Knaur.

Knaur.

Im Knaur Taschenbuch Verlag sind bereits folgende Bücher der Autorin erschienen:
Die Erben der Stellings
Das Haus am Feenteich
Die Heimkehr der Stellings

Über die Autorin:
Christa Kanitz studierte Psychologie und lebt nach langem Auslandsaufenthalt jetzt in Hamburg. Sie arbeitete als Journalistin für den Südwestfunk Baden-Baden und die Lübecker Nachrichten und ist Autorin zahlreicher, erfolgreicher Romane.

Christa Kanitz

DIE STELLINGS

Roman

Knaur Taschenbuch Verlag

Besuchen Sie uns im Internet:
www.knaur.de

Vollständige Taschenbuchausgabe 2004
Knaur Taschenbuch. Ein Unternehmen der Droemerschen
Verlagsanstalt Th. Knaur Nachf. GmbH & Co. KG, München

Umschlaggestaltung: ZERO Werbeagentur, München
Umschlagabbildung: FinePic
Satz: Dr. Doris Hagen
Druck und Bindung: Nørhaven Paperback A/S
Printed in Denmark
ISBN 978-3-426-62439-5

7 6

Johannes Stelling ging nachdenklich die knarrende Holztreppe hinauf. Wie jeden Abend hatte er seinen Rundgang durch die Kontorräume beendet. Obwohl er wusste, dass Jens Alberti zuverlässig und korrekt war, fand er keine Ruhe, wenn er nicht selbst noch einmal nach dem Rechten sah. Er hatte das Türschloss und die Fensterriegel überprüft, den Kassenschrank kontrolliert und die beiden Kamine, die die Schreibräume mit Wärme versorgten.

Johannes Stelling war müde. Der lange feuchte Winter steckt mir in den Knochen, dachte er, und die Probleme mit den Schiffen auf der Unterelbe machen mir Angst. Die Piraterie hört einfach nicht auf. Wir müssen uns etwas einfallen lassen, um diese Räuber endlich zur Ruhe zu bringen. Damals, vor vierhundert Jahren, als Klaus Störtebeker starb, war dieses Unwesen ja keinesfalls zu Ende gewesen. Johannes Stelling seufzte. Er spürte seine fünfundfünfzig Jahre. Und dann die ständige Konkurrenz zwischen ihm und dem alten Reeder Brennicke – ein Kampf, der nun in der dritten Generation unterschwellig brodelte.

In der Wohnung über dem Kontor war es still. Annette und die Kinder waren zu Bett gegangen. Die Kerzen waren gelöscht bis auf die eine, die Annette für ihn stehen gelassen hatte. Er nahm den Halter und ging mit dem flackernden Licht durch die Wohnräume. Das kleine Boudoir seiner Frau, in dem noch der Duft ihres Jasminwassers hing, das Speisezimmer mit dem Geruch des köstlichen Abendessens, der Salon, der ein wenig nach seinem türkischen Tabak roch – sein Zuhause. Er rückte die Schutzgitter vor den Kaminen noch einmal zurecht, zog die Standuhr auf, sah nach den Fensterläden und nach dem Hund, der artig auf der Decke lag und seinen Herrn aufmerksam beobachtete. Johannes beugte sich zu dem Setter und kraulte ihn hinter den Ohren. »Benno, du hast auch schon bessere Zeiten gesehen. Erinnerst du dich an die Hetzjagden in Wulfswede? Nun ja, aus dem Alter sind wir beide heraus.«

Die Kerze brannte herunter und er musste sich beeilen, wollte er nicht im Dunklen die Treppe zu den Schlafräumen hinauf steigen. Er sah sich noch einmal um. Alles am rechten Platz, dachte er und sog den leichten Duft von Bienenwachs ein, mit dem die Holzböden und die Treppe poliert wurden, damit das alte Holz nicht zu sehr knarrte. Oben warf er einen Blick auf die Stiege, die zu den Zimmern der Hausangestellten in der Mansarde führte. Da oben müssen sie selbst für Ordnung sorgen, dachte er und schaute kurz zu seinen Kindern. Patrizia und Viktoria schliefen bei leicht geöffneten Fenstern. Er schloss sie und sah in das Zimmer seiner Söhne. Anfang Mai ist es einfach noch zu früh für die feuchte Nachtluft, die von der Elbe und von den Fleeten hereinzieht, überlegte er, und morgens wabert noch immer dichter Nebel durch die Gassen.

Es war fast Mitternacht, als Johannes den ehelichen Schlafraum betrat. Auf dem Nachttisch seiner Frau brannte die Kerze, die sie für ihn stehen gelassen hatte. Auch sie hatte ein Fenster geöffnet, das er nun schloss. Dabei warf er einen Blick auf die schlafende Stadt. Von hier oben konnte er bis zum Hopfenmarkt und zur Nikolaikirche sehen. In den engen Gassen mit den dicht aneinander gebauten schmalen Häusern herrschte tiefe Nacht. Bis auf die Eckleuchten waren auch die Straßenlaternen gelöscht. Beruhigt kleidete er sich aus, legte seine Beinkleider und den Gehrock sorgfältig gefaltet über den Stuhl, band den Bartschoner um und löschte das letzte Licht. Denn er hatte es nicht gern, dass Annette ihn mit dem Bartschutz sah. Müde schlüpfte er in seinem wieder einmal zu hart gestärkten Hemd unter das dicke Federbett und legte sich auf die Seite, darauf bedacht, mit seinen langen Beinen nicht gegen das hölzerne Fußende des Bettes zu stoßen. Seine Frau hatte einen leichten Schlaf und er wollte sie nicht wecken.

Johannes war ein großgewachsener Mann von kräftiger Statur, der immer ein bisschen mit seinem Gewicht kämpfte. Aber, er lächelte in die Dunkelheit hinein, Annette mag mich so wie ich bin und sorgt dafür, dass die Köchin täglich eines meiner Leibgerichte zubereitet.

Mit Annette habe ich wirklich eine gute Frau gefunden, stellte er zufrieden fest. Seit zweiundzwanzig Jahren waren sie jetzt verheiratet und richtigen Streit hatte es nie gegeben, höchstens etwas Ärger, wenn sie zuviel Geld für zuviel Tand ausgab. Sie wollte eben immer etwas Besonderes sein, eine Frau möglichst an der Spitze der Honoratioren, ganz weit oben in der gehobenen Gesellschaft. Johannes lächelte vor sich hin. Dabei war er nur ein Reeder, der eher mit bescheidenen als mit großen Schiffen seinen Handel trieb. Auch sein Speicher in der Steintwiete war einer von der kleineren Sorte, dafür aber wohlgefüllt mit exklusiven Waren. Vor allem seltene Gewürze aus Madagaskar waren es, die sein Geld vermehrten, und natürlich Kaffee, Kakao und chinesischer Tee.

Behaglich drehte sich Johannes auf die andere Seite. Einen großen Wunsch hatte er ja seiner Annette im letzten Jahr erfüllen können. Sie wollte, wie zwei befreundete Familien auch, ein Sommerhaus am großen Alstersee. Das hatte er vom Baumeister Lingen klein, aber fein errichten lassen und Annette freute sich, obwohl sie ein größeres, eleganteres Haus erwartet hatte. Auch er beglückwünschte sich zu seinem Entschluss. Das Leben in der Enge der Stadt mit den verwinkelten, schmalen Gassen, mit der ständig wachsenden Zahl von Menschen, die innerhalb der Wallanlagen und Mauern leben und arbeiten mussten, mit dem stinkenden Unrat auf den Straßen, den keiner beseitigte, und mit den neuen Fabriken und Industrieanlagen, die zwischen den Häusern wuchsen und die Luft verdarben, mit diesen Unannehmlichkeiten ließ es sich wirklich nicht angenehm leben. Da war es schön, an den Sonntagen mit der ganzen Familie hinaus ins Grüne zu fahren und sich inmitten von Feldern und Weiden zu ergehen. Mit den Gedanken an die fröhlichen Gartenfeste, die der Hauseinweihung gefolgt waren, schlief er ein.

Das stürmische Läuten einer Alarmglocke weckte ihn wenig später. Er fuhr hoch. Hatte er geträumt? Nein, da war es wieder. Dieses Läuten, das musste die Glocke von einem Spritzenwagen sein. Herrgott, was war denn los? Jetzt hörte er auch Stimmen auf der Straße, panikartige Schreie, lautes Rufen. Er stürzte zum Fenster. Menschen rannten durch die Gasse. In vollem Tempo preschte der Spritzenwagen einer Löschmannschaft durch die Menge. Die Pferde, zum Galopp gepeitscht, rasten rücksichtslos zwischen den Menschen hindurch. Die Männer, die auf schmalen Holzbänken zu beiden Seiten des Wagens kauerten, klammerten sich an Haltegriffen fest, um nicht herunter geschleudert zu werden. Und dann sah Johannes das Feuer über den Dächern der Häuser in der Deichstraße. Rot wölbte sich das grässliche Licht bis hinauf in die tiefhängenden, vom Südwind getriebenen Wolken. Südwind? Der Wind treibt das Feuer genau hierher!

Johannes schüttelte seine Frau: »Annette, zieh dich an, weck die Kinder und dann nichts wie raus hier. Wir haben ein Großfeuer am Hafen und es treibt direkt auf uns zu. Schnell, nur anziehen und auf die Straße. Ich wecke die Mamsell in der Mansarde, sie soll sich um die anderen kümmern. Beeilt euch um Gottes willen.«

Annette, das lange, leicht ergraute Haar zu einem dicken Zopf geflochten und das Leinenhemd mit dem Spitzenkragen bis unter das Kinn zugeknöpft, starrte ihren Mann an. »Hannes, was sagst du da? Das ist doch nicht möglich, das kann doch gar nicht sein. Was soll ich machen? Was wird aus unseren Sachen? Hannes, die Kleider, die Möbel?«

»Annette, verflixt noch mal, weck die Kinder, zieht euch an und dann raus aus dem Haus. Wir werden abbrennen, Anni, mach schnell, ich muss nach oben.«

Er hatte sein Beinkleid und die Schuhe angezogen, dann schlüpfte er in seinen bereitliegenden Hausmantel, donnerte gegen die Türen seiner Kinder, schrie »aufstehen und raus aus dem Haus« und eilte die Stiege hinauf in die Mansarde. Licht brauchte er nicht, denn durch alle Fenster leuchtete inzwischen das flackernde Feuer. Er hämmerte gegen die Tür der Mamsell und rief: »Aufstehen, ganz schnell raus auf die Straße, gleich brennt das Haus.«

Er selbst kletterte eine kleine Leiter zum Dachfenster hinauf, stieß den Eisenrahmen auf und sah hinaus. Es verschlug ihm den Atem. Die Speicher am Nikolaifleet standen wie lodernde Fackeln im Nachthimmel. Auch sein Speicher in der Steintwiete, dicht an dicht an die anderen Häuser gebaut, brannte lichterloh. Entsetzt schloss Johannes für einen Augenblick die Augen. Da verbrannte in Sekunden sein Lebenswerk und das seiner Vorfahren. Jahrzehnte hatten die Stellings zum Aufbau der Firma gebraucht, immer gegen die Konkurrenz der Brennickes gekämpft und jetzt war alles dahin. Dann besann er sich, kletterte die Leiter herunter, kontrollierte die Mansardenkammern und die Schlafzimmer seiner Familie und hastete nach unten. Verstört standen alle im großen Salon, unfähig, ohne ihn zu entscheiden, wie es weitergehen sollte.

»Raus aus dem Haus, schnell, wartet auf der Straße, ich komme gleich nach. Thomas, du kümmerst dich um Benno, lass ihn nicht von der Leine. Patrizia, pass auf Viktoria auf. Annette, sorge dafür, dass alle zusammenbleiben. Draußen herrscht das Chaos.«

Flüchtig umarmte er seine Frau, die zitternd in Türrahmen stand, und ihren geliebten kleinen Beutel mit der Petit–Point-Stickerei in der Hand hielt, in dem sie die Schlüssel der Häuser verwahrte.

Als er sicher war, dass alle das Haus verlassen hatten, rannte er in sein Kontor, zog den Hausmantel aus und legte ihn auf den Boden. Dann öffnete er den Kassenschrank und packte Familiendokumente, Geschäftsbücher, Urkunden, Stempel, die kleine Schmuckschatulle seiner Frau und das wenige Bargeld, das er in dem Schrank verwahrte auf den Mantel, wickelte ihn zusammen und klemmte ihn unter den Arm. Traurig verließ er sein geliebtes Kontor. Er musste mit den Tränen kämpfen, als er einen letzten Blick auf das Bild seines Vaters warf.

In der Tür stand Michael, sein Ältester, Kleidungsstücke über dem Arm. »Hier, Vater, zieh den Mantel an. Ich trage den Packen.«

Die anderen warteten zitternd vor Aufregung und Angst vor dem Haus. Annette mit Patricia und Viktoria neben sich, gleich dahinter die Mamsell mit der Köchin und dem Zimmermädchen. Alle nur notdürftig bekleidet und schreckensbleich. Michael verteilte die Mäntel, die er vom Garderobenhaken gerissen hatte.

Das Feuer erfasste bereits das Nachbarhaus. Knallend, zischend und stinkend fraßen sich die Flammen in ungeheurer Geschwindigkeit durch die Etagen. Die alten Häuser aus Holz und Fachwerk boten keinen Widerstand.

»Schnell weg hier. Alles läuft zur Binnenalster. Wenn wir uns verlieren, treffen wir uns dort am Ufer beim Bootssteg. Beeilt euch, der Wind ist schneller, als ihr laufen könnt.«

Die Gassen waren verstopft von Menschen, die in Panik flüchteten und von Helfern, die dem Flüchtlingsstrom entgegen liefen, um zu retten, was nicht mehr zu retten war. Menschen mit Handkarren, auf denen sich letzte Habseligkeiten stapelten, weinende Mütter mit Körben voller Küchengerät, schreiende Kinder mit Spielzeug unter den Armen, bellende, verwirrte Hunde und Männer mit Eimern und Feuerklatschen, die helfen wollten, drehten sich in einem ungeheuren, unüberschaubaren Knäuel durch die engen Gassen. Und über ihren Köpfen flogen die Funken von Haus zu Haus und übersprangen mit Knall und Leichtigkeit die schmalen Straßen, gepeitscht vom Südwind.

Auf den Fleeten stauten sich die überladenen Boote fliehender Schiffer und in den Gängevierteln, wo es dunkel war, rotteten sich die ersten Plünderer zusammen. Ordnungshüter auf Pferden, Männer der Bürgergarde, Krankenwagen, deren Gespanne die Menschen eher bedrohten als retteten, und immer neue Spritzenwagen, von überaus nervösen Pferden gezogen, vervollständigten das Chaos.

Johannes Stelling hatte große Mühe, seiner Familie einen Weg durch das Inferno zu bahnen. Seine größte Sorge galt den Booten auf der Alster. Gab es noch Fähren, die hinaus in das Vorland fuhren, die den angestauten Alstersee überquerten? Dort wo der Fluss die Wallanlagen durchbrach, hatte Felix Wümmer seine Boote liegen. Dorthin drängte Johannes die Familie.

Annette Stelling weinte. Patrizia hatte den Arm um ihre Schultern gelegt und versuchte, sie zu trösten. »Alles wird wieder gut, Mama. Gleich sind wir im Sommerhaus, gleich kannst du ruhen.«

»Aber wir haben alles verloren, unser wunderschönes Zuhause, Patrizia. Auch den Speicher mit den Handelsgütern deines Vaters gibt es nicht mehr. Alles verbrannt, mein Kind, wovon sollen wir leben?«

»Papa wird alles wieder in Ordnung bringen. Er weiß alles, er kann alles, du wirst sehen, Papa macht das.«

Während Johannes die kleine Gruppe vorwärts drängte, sah er seine große Tochter an. Ein liebes Mädchen, dachte er, und so vernünftig mit ihren achtzehn Jahren. Eine wirkliche Stütze für die Familie, wie sie ihre Mutter im Arm und die wilde Viktoria an der Hand hielt. Auf seine Große war Verlass, das wusste Johannes. Er sah sich nach Michael um, der als letzter die kleine Gruppe zusammen hielt. Auch ein Prachtjunge mit seinen zwanzig Jahren, nur leider zu sensibel. Ihm fehlte die innere Stärke, die seinen sechzehnjährigen Bruder auszeichnete. Und dann war da noch seine jüngste, die vierzehnjährige Viktoria, ein widerspenstiges Geschöpf, das so gar nicht gehorchen wollte und immer einen eigenen Kopf hatte. Mit ihr gab es die meisten Schwierigkeiten in der Familie. Nur gut, dass wenigstens Patrizia mit ihr fertig wurde.

Endlich erreichten sie den Jungfernstieg. Hier wurden die Straßen etwas breiter und man kam besser voran. Inzwischen wurde es hell. Man musste sich Schnupftücher vor Nase und Mund halten, um atmen zu können. Der beißende, brennende Gestank von Rauch und Unrat zog mit den Flammen zusammen von Süden her über die ganze Stadt. Dann erreichten sie den Anlegesteg. Aber von Felix Wümmer und seinen Booten war nichts zu sehen.

»Weit und breit kein Schiff«, entfuhr es Johannes, »nicht der kleinste Kahn zu sehen. Wir müssen weiter laufen.« Er sah sich um. »Anni, geht es noch?«

»Ja, Johannes, aber wohin sollen wir jetzt?«

»Wir müssen zum Tor am nördlichen Damm. Denn dahinter fangen die Weiden an, über das Moor kann uns das Feuer nicht folgen.«

Aber nicht nur Johannes Stelling hatte diese Idee. Von allen Seiten strömten Menschen jetzt in Richtung Tor. Dort, wo die Wallanlagen die Stadt schützten, wo Wachen Tag und Nacht darauf bedacht waren, keine Fremden in die Stadt zu lassen, drängten nun die Menschen nach draußen in das weite, wenig besiedelte Land vor den Stadttoren. Aber bevor Johannes seine Familie in das Gedränge führte, sah er Felix Wümmer mit einem Boot durch den kleinen Kanal in das Binnengewässer kommen. Er rief seine Familie zusammen und eilte zurück ans Wasser. Der Fährmann war völlig erschöpft. Seit Stunden war er unterwegs, immer mehr Menschen wollten die Stadt über den Wasserweg verlassen und nun kam auch noch Stelling mit seiner ganzen Familie und allen Hausangestellten. Er schüttelte den Kopf. »Ich kann einfach nicht mehr, Herr Stelling. Sie müssen das verstehen, ich bin vollkommen zerschlagen. Ich kann keinen Arm mehr heben, um zu rudern. Seit drei Uhr in der Nacht bin ich unterwegs. Immer hin und her, jetzt geht es nicht mehr.«

Johannes ließ sich von Michael sein Bündel geben und entnahm ihm ein paar Goldstücke. »Wümmer, bitte, nehmen Sie das Geld. Es reicht für ein ganz neues Boot, aber bitte bringen Sie meine Familie nach Harvestehude. Meine Söhne können beim Rudern helfen.«

Der Fährmann sah auf das Gold, dann auf Stelling und der konnte erkennen, wie der Mann mit sich kämpfte, dann Michael und Thomas ansah und schließlich nickte. »Ich werde es versuchen, aber die Jungen müssen helfen. Einer vorn und einer hinten und sie müssen genau das tun, was ich sage.«

Johannes nickte. »Selbstverständlich, es sind folgsame Jungen, kein Problem.«

Michael sah ihn an. »Und du, Vater, kommst du nicht mit?«

»Nein, mein Sohn, ich muss zurück. Es ist meine Pflicht, bei der Rettung der Stadt zu helfen.«

»Aber, Johannes«, unterbrach ihn Annette mit Panik in der Stimme. »Johannes, du kannst doch nicht die ganze Stadt retten, du musst dich doch zuerst um deine Familie kümmern. Du kannst uns doch jetzt nicht allein lassen.«

»Es tut mir Leid, meine Liebe, aber es muss sein.« Er umarmte seine Frau. »Wümmer bringt euch hier heraus und im Sommerhaus seid ihr in Sicherheit. Dorthin wird das Feuer niemals kommen. Zuviel Wasser und das ganze moorige Weideland liegen dazwischen. Also, keine Angst, meine Anni. Und auf mich selbst passe ich schon auf.«

Er half den Frauen beim Einsteigen. »Michael, du bist jetzt der Herr im Hause, pass gut auf alle auf, bis ich wieder da bin.« Er winkte ihnen kurz zu und lief zurück in das Getümmel. Für Wümmer wurde es höchste Zeit abzulegen, immer mehr Menschen drängten in Panik auf den Anlegesteg und er war kaum noch in der Lage, sie vom Entern des kleinen Bootes abzuhalten. »Los, Jungs, packt die Ruder und paddelt, was die Arme hergeben. Eins und zwei und eins und zwei und …«, hörte Johannes ihn rufen, als sich die kleine Fähre entfernte. Noch einmal blickte er zurück, dann sah er nach vorn, dem Inferno entgegen.

Die vollbesetzte kleine Fähre kam nicht vorwärts. Sie drehte sich und drehte sich und geriet immer weiter in die Mitte der Binnenalster, statt durch den schmalen Zufluss in das äußere Gewässer zu gelangen.

Schließlich sprang Viktoria auf. Das ganze Boot geriet ins Schwanken und Annette schrie entsetzt: »Setzt dich hin, Kind, du wirfst uns alle um!«

Aber Viktoria kümmerte sich nicht darum. Sie sah, dass der alte Wümmer im Heck eingeschlafen war, kletterte ans Ende des Bootes und nahm den Steuerknüppel selbst in die Hand. Sie rief ihren Brüdern zu: »Ihr müsst gleichmäßig rudern, im Takt, sonst kommen wir nie von der Stelle und landen mit der Strömung in der Elbe.«

Sie hatte Recht. Das angestaute Wasser der Alster drängte

mit aller Macht durch den schmalen Kanal unter den Wallanlagen. Der Fluss, der zunächst den aufgestauten äußeren See und dann den Binnensee durchquerte, rauschte mächtig und laut flussabwärts zum Hafen und hatte an dieser schmalen Stelle die heftigste Strömung.

Auch der geschwächte, von Viktorias Rufen geweckte Wümmer griff jetzt zu den Rudern, aber allein schaffte er es nicht, das überfüllte Boot in die Gegenströmung zu führen. So stand Viktoria im Heck und kommandierte.

»Du sitzt hinten, Michael, und hast Thomas vor dir. Du musst dich nach seinem Takt richten, weil er dich nicht sehen kann. Ich gebe jetzt die Kommandos. Thomas, du musst dich unbedingt nach meinen Anweisungen richten.« Und unter ihren Befehlen begann das Boot endlich in die gewünschte Richtung zu schwimmen.

Die nur zweiundfünfzig Kilometer lange Alster, in Hamburg zur Außen- und Binnenalster aufgestaut, hatte durch das Gefälle eine starke Strömung, und um gegen sie mit einem überladenen Boot anzurudern, brauchte man nicht nur Kraft, sondern Geschick. Viktoria erkannte im Gegensatz zu dem erschöpften Fährmann, dass sie mit den ungeübten Ruderern hart umspringen musste, sollte das Boot die schmale Passage gegen den Sog bezwingen.

Es war dieser, eigentlich unbedeutende Augenblick, der, von niemandem bemerkt, Schuld daran war, dass Viktoria die Geschicke der Familie Stelling in die Hände nahm.

Mit kräftiger Stimme und kurzen Kommandos erreichte sie den Rhythmus, der das Boot schließlich vorwärts trieb. Dann hatten sie die Durchfahrt bezwungen und tauchten hinein in das ruhige Wasser des großen Sees, in dem sich die aufgehende Sonne in zarten Pastelltönen spiegelte. Langsam schob sich das Boot in Ufernähe nach Norden. Von weit her kam der Ruf eines Blesshuhns. Ein anderes antwortete. Trauerweiden streiften mit langen Zweigen das Wasser. Schafe, Ziegen und Rinder weideten auf den moorigen Wiesen. Im Schatten der Büsche standen Pferde am Ufer, um ihren Durst zu löschen. Wildenten schwammen, mit dem ersten Nachwuchs des Jahres, in Familienverbänden am Ufer auf und ab. Die Sonne begann, die frierenden, kaum bekleideten Menschen in ihrem Boot zu wärmen.

Viktorias Befehle wurden ruhiger, leiser. Hier musste sie ihre kleine Mannschaft nicht mehr anpeitschen, hier durfte die Fähre gemächlich nach Norden zum Anlegesteg treiben. Alle beruhigten sich und sahen mit Anspannung dem Ende der Fahrt entgegen.

Golden leuchtete die Sonne auf dem roten Fell des Setters, der sich hinter Thomas aufgestellt und seinen schönen schlanken Kopf auf die Schulter des Jungen gelegt hatte. Viktoria beobachtete ihren Bruder. Er war der einzige in der Familie, der sich wenigstens ab und zu die Mühe gab, sie zu verstehen. Seine Haut hatte den gleichen hellen Ton wie sein Haar und er war seiner Mutter sehr ähnlich. Wenn er einatmete, legte sich der sehr feine Stoff seines Hemdes eng um seine Schultern. Sie mochte diese Schultern, sie versprachen Geborgenheit, wenn sie jemanden zum Anlehnen brauchen sollte. Wenigstens einer, der mich versteht und zu mir hält, dachte sie müde.

Sie hatte es nicht leicht, nicht mit sich selbst und nicht mit anderen. Sie war ein Mädchen voller Widersprüche: Sie war zärtlich und sie war heftig, aufbrausend und verträumt, wild und nüchtern, opferbereit und berechnend. Ein Mädchen von vierzehn Jahren und die einzige in der Familie, die dem Vater äußerlich wie aus dem Gesicht geschnitten und innerlich das absolute Gegenteil von ihm war. Noch waren sie nicht aneinander geraten, der Vater und die Tochter, dass aber ein Zusammenprall nur noch eine Frage kürzester Zeit war, wurde täglich deutlicher. Annette Stelling, die Frieden und Eintracht in ihrem Umfeld liebte, sah die Entwicklung mit Schrecken, war aber viel zu vorsichtig, um sich einzumischen, und nicht in der Lage, die Situation zu ändern.

Langsam driftete das Boot am Schilfgürtel entlang. Vom östlichen Ufer war kaum etwas zu sehen. Frühnebel und Rauchschwaden verdeckten den Blick. Gott sei Dank hatten sie den Gestank von brennenden Häusern, Müll, verbranntem Fleisch und Unrat hinter sich und konnten frei atmen.

Seit dem letzten Gartenfest im Oktober sind wir nicht mehr hier gewesen, aber es hat sich überhaupt nichts verändert, dachte Annette. Der Steg, auf dicken Eichenpfählen gebaut, reichte wie immer nur wenige Meter in das flache Wasser und die kleinen Wellen platschten friedlich gegen das Holz.

Sie sah zwei Fischer auf den Brettern, die nackten Beine im Wasser und die langen Leinen zum Fang ausgeworfen. Den Blick auf die brennende Stadt gerichtet kauten sie auf ihren Pfeifen und diskutierten die rauchumwölkte Silhouette im Süden. Annette sah, wie sie die langen Leinen einzogen, als die Fähre näher kam, und aufstanden. Der Fährmann nahm das Steuer wieder selbst in die Hand, um das Schiff vorsichtig zum Steg zu lenken.

Sie beobachtete Michael, der sich die rotgescheuerten Hände rieb und trotz der Schmerzen froh war, dass der Vater ihn nicht aufgefordert hatte, mit ihm zurückzugehen. Sie wusste, körperliche Schwerarbeit und Menschenmassen waren ihm ein Gräuel. Er selbst bezeichnete sich als Feingeist, verkannt von der ganzen Familie, und tat alles, um seinem persönlichen Empfinden entsprechend zu leben. Es ist schlimm genug, dachte sie, dass der Vater von ihm fordert, Kaufmann zu werden, und dass er seine Tage als Lehrling im Kontor zubringen muss. Sobald er aber Zeit und Gelegenheit hat, frönt er dem Nichtstun und seiner Liebhaberei, dem Malen. Und wie es jetzt aussieht, steht ihm eine wunderbare Zeit bevor. Wo soll er, vom Vater angetrieben, lernen, wenn alles verbrannt ist? Sie schüttelte traurig den Kopf. Um die Zukunft der Familie macht er sich wenig Sorgen. Ich bezahle von meinem Nadelgeld seine heimlichen Malstunden und werde es auch weiterhin tun, und wenn sein Lehrer ihm nichts mehr beibringen kann, wird er nach Italien reisen, um dort weiter zu studieren. Er würde sogar arbeiten, um seine Lehrstunden bezahlen zu können, hatte er ihr gesagt, nicht körperlich natürlich. Er wollte sich nicht die Hände verderben, aber als Hauslehrer oder Gesellschafter, als Reisebegleiter oder Übersetzer würde er schon eine Tätigkeit finden, glaubte er. Gedankenversunken sah sie in die Zukunft und erst der leichte Stoß, mit dem das Boot an die Holzpfähle stieß, holte Annette in die Wirklichkeit zurück.

Viktoria war auf den Steg gesprungen und vertäute das Boot mit einem Strick am Pfosten. Dann half sie ihrer Mutter und der Mamsell beim Aussteigen und nahm Benno an die Leine, damit er nicht davon preschte.

Das kleine Fährhaus, zwischen Sträuchern und Erlen und Trauerweiden am Ufer verborgen, strömte Ruhe und Frieden aus. Neben dem kleinen Kräutergarten waren Fischernetze zum Trocknen aufgespannt und der Rauch, der vom Schornstein aufstieg, trug den Geruch von Holzfeuer und gebratenem Fisch über die Alster. Michael verließ als letzter das Boot, das Bündel mit Geld, Papieren und der Schmuckschatulle fest an sich gepresst. Er wusste, er hielt den letzten Besitz der Familie in den Armen, und achtete sorgfältig darauf, nichts zu verlieren.

Viel ist es nicht, was wir gerettet haben, dachte er, aber viel haben wir sowieso nie besessen. Vater hat immer alles in die Firma gesteckt. Ihm war es wichtiger, einen gefüllten Speicher zu besitzen als ein gefülltes Portemonnaie. Nun ja, jetzt haben wir einen leeren Geldbeutel und keinen Speicher mehr. Vater muss sich etwas einfallen lassen, wenn wir nicht am Hungertuch nagen wollen. Mutter wird das überhaupt nicht gefallen, überlegte er und sah seiner Mutter nach, die am Arm von Patrizia die Uferböschung hinauf schritt.

Alle machten sich auf den Weg zum Sommerhaus an der Ecke zur alten Rabenstraße. Nur Viktoria dachte daran, dem alten Fährmann zu danken. Das weißgetünchte ebenerdige Haus mit dem flachen Walmdach leuchtete schon von weitem durch das frische Grün der ersten Maitage. Für einen Augenblick blieben alle stehen, um den Anblick zu genießen. Eine dreiseitige steinerne Treppe mit sechs Stufen führte in der Mitte der Vorderfront an zwei Säulen vorbei zur Haustür. Die herrlichen Sprossenfenster mit Butzenscheiben zierten die Vorderseite des Hauses, das sich zum Garten hin lang und behäbig ausstreckte.

Annette hob abwehrend die Hände: »Das Haus ist viel zu klein, um lange darin zu wohnen. Im Salon kann man keine Gäste standesgemäß empfangen und im Speisezimmer können höchstens zwölf Personen tafeln.« Sie schüttelte traurig den Kopf. »Ich habe im vorigen Sommer schon gesagt, wir brauchen ein großes Haus, aber nein, euer Vater wollte ein neues Schiff kaufen und so mussten wir mit diesem Puppenhaus vorlieb nehmen. Zuerst fand ich es ja auch ganz schön und habe mich gefreut, wenigstens an den Wochenenden aus der engen Stadt herauszukommen. Und dann wollte ich ihm auch nicht die Freude verderben, aber inzwischen habe ich längst bemerkt, dass dies kein Haus auf Dauer ist.«

»Mutter, wir können froh sein, dass wir dieses Haus jetzt besitzen. Wir haben wenigstens ein Dach über dem Kopf, denk doch mal an all die Menschen, die in Notlagern hausen müssen. Ich bin auch traurig, und ich vermisse mein schönes Zimmer, aber Papa wird alles ordnen.«

»Schluss jetzt mit der ganzen Trauer. Davon wird auch nichts besser«, unterbrach Viktoria das Jammern. »Mutter, such bitte den Schlüssel in deinem Beutel, damit wir endlich eintreten können.« Dann nahm sie den Schlüssel, öffnete die

Tür und forderte die Familie auf, hinein zu gehen. »Hier riecht es muffig«, Viktoria sah sich um und bat die Mamsell. »Babette, öffnen Sie bitte überall die Fenster. Stinchen soll Holz holen und in allen Zimmern die Kachelöfen einheizen, hier steckt der Winter noch in den Mauern. Und Sie, Simone, sollten loslaufen und sehen, wo wir etwas zu essen kaufen können. Weiter oben am Mittelweg gab es im Sommer einen Krämerladen.«

Und an den Bruder gewandt: »Michael, gib mir etwas Geld aus dem Bündel, wir müssen schließlich essen und trinken.«

Stinchen, das Stubenmädchen, sah hilflos zur Mamsell. »Wo finde ich denn Holz?«

»Richtig, du bist ja zum ersten Mal hier. Hinten im Garten ist ein kleines Haus, da sind die Kammern für das Personal und im angebauten Schuppen findest du Kaminholz und Körbe. Wir haben im Herbst drei Fuder voll eingelagert.« Sie sah sich um, ob von der Herrschaft auch niemand zuhörte und erklärte flüsternd: »Eine Knochenarbeit war das, sei froh, dass du nicht dabei warst.«

Während Stinchen durch den Garten lief, zählte Viktoria Geld ab und fragte die Köchin: »Was brauchen wir am dringendsten?«

»Ich denke: Mehl, Butter, Salz, Eier, Milch und Kartoffeln. Ich versuche auch, ob ich etwas Kaffee für die gnädige Frau bekomme und alles, was ich zum Brotbacken brauche. Außerdem müssen wir Reis, Mais und Graupen haben.«

»Gut«, Viktoria sah zu ihrer Mutter hinüber, »schau mal, ob du Honig findest, dann versüßen wir der Mama den Einzug. Der Krämergehilfe soll dir beim Tragen helfen.«

Die Köchin sah sie unglücklich an. »Ja, ich versuche es, aber, gnädiges Fräulein, ich bin im Nachthemd und dieser Mantel ist mir viel zu groß. Ich habe in meiner Kammer noch Sachen vom letzten Jahr, dürfte ich mich nicht erst einmal umziehen?«

Viktoria sah sie an und musste lachen. »Ja, natürlich, so

kannst du wirklich nicht gehen. Zieh dich an und dann nichts wie los. Wir haben Hunger.« Kurz entschlossen und liebevoll drückte sie die Frau an sich.

»Ich gehe sofort und dann backe ich die wunderbarsten Küchlein aus Buchweizenmehl mit Vanille und Anis. Gewürze haben wir noch vom Sommer in den luftdichten Dosen in der Küche.« Und zur Mamsell gewandt: »Stinchen soll den Küchenherd heizen, damit ich ein Frühstück richten kann.«

Viktoria sah die anderen an. Michael stand immer noch mit dem Bündel im Arm am Tisch, das wenige Geld, das sie gerettet hatten, vor sich ausgebreitet.

Annette besah sich die Gold- und Silberstücke. »Was sollen wir davon nur zuerst kaufen? Ich brauche unbedingt etwas zum Anziehen. Meine ganze Garderobe ist verbrannt und ohne Hut kann ich auch nicht ausgehen.« Sie setzte sich auf einen Stuhl und barg das Gesicht in den Händen. »Ich weiß, ich sollte nicht weinen, aber ich kann nicht anders.«

Viktoria stieß ihre Schwester an. »Bring Mama in ihr Zimmer und schau nach, was dort im Schrank noch an Kleidung ist. Und nimm die Schmuckschatulle mit, vielleicht tröstet sie der Anblick ihres Geschmeides.«

Und zu ihrem Bruder gewandt: »Thomas, verriegle die Gartenpforte und lass Benno laufen, bevor hier im Haus ein Unglück geschieht.«

Der Junge, froh, der gedrückten Stimmung zu entkommen, ließ es sich nicht zweimal sagen. Für ihn war das alles ein riesiges Abenteuer. Er wollte unbedingt zurück ans Ufer und das Feuer beobachten. Dass seine Eltern ihr Vermögen und der Vater seine Existenz verloren hatten, berührte ihn nur soweit, wie seine Zukunft in Frage gestellt war. Er wollte Pferde züchten, Jagden reiten und Derbyrennen gewinnen. Und dazu brauchte man viel Geld. Mit seinen sechzehn Jahren wusste er genau, dass gute Pferde ein Vermögen kosteten. Und für ihn kamen natürlich nur die besten in Frage. Blieb das Problem, den Vater von seinen Wünschen zu überzeugen. Der dachte immer noch, dass seine Söhne in die Firma eintreten und die Tradition der Kaufmannsfamilie fortsetzen würden. O nein, so dumm wie Michael war er nicht. Mit ihm konnte man nicht machen, was man wollte. Dass würde er Papa schon erklären, wenn es an der Zeit war.

Michael stand unschlüssig im Zimmer herum und blätterte in den Dokumenten, die verstreut auf dem Tisch lagen.

»Du solltest sie in Vaters Zimmer bringen, da ist ein kleiner Wandtresor, in dem wir sie aufheben können«, forderte Viktoria ihn auf.

»Du hast gar nichts zu bestimmen, Vater hat mir die Verantwortung für die Familie übergeben.«

»Dann kümmere dich auch darum.«

»Was ich mache, geht dich gar nichts an, kleine Schwester, werde du erst einmal erwachsen, bevor du mitredest.«

»Es kommt nicht aufs Reden an, sondern aufs Tun. Schau mal, die kleine Stine schleppt sich mit den schweren Holzkörben krumm und lahm. Wie wäre es, wenn du ihr dabei hilfst, als Kavalier sozusagen.«

»Als Kavalier, du spinnst wohl, ich als Kavalier für ein Stubenmädchen. Und an meine Hände denkst du gar nicht.«

»Denen schadet es nicht, einen Korb zu tragen. Stinchen kann sie füllen und du kannst sie tragen, dann wird es endlich warm hier drinnen.«

Wütend sah er seine Schwester an. »Morgen melde ich dich in einer neuen Schule an. Irgendwo werden sie ja wohl rotznäsigen kleinen Gören Benehmen beibringen.«

»Ja, ja, aber vorher kümmere dich um das Holz, Mutter wird frieren und die Verantwortung hast ja du.«

Missmutig ging er nach draußen. Ob er wirklich half, konnte Viktoria nicht sehen. Sie wusste genau, wie gern er sich vor körperlichen Arbeiten drückte, immer darauf bedacht, seine Künstlerhände zu schonen. Nun ja, Holz holen, diese Art von Handarbeit lag ihm wirklich nicht. Dann hörte sie, wie das Stubenmädchen den Salon betrat.

»Stinchen, mach zuerst Feuer im Kachelofen der gnädigen Frau, dann in den anderen Öfen. Und vergiss den Herd in der Küche nicht.«

»Wo ist denn die Küche, die habe ich noch nicht gesehen.«

»Küche und Wirtschaftsräume sind im Keller, Stinchen.«

»Ja, dann gehe ich auch gleich dort hinunter.«

Viktoria nahm die Dokumente und das restliche Geld und schloss alles im Wandtresor ihres Vaters ein. Dann endlich ging sie in ihr Zimmer. Sie musste sich waschen und anziehen. Zuerst aber musste sie die Pumpe im Garten in Gang setzen. Hoffentlich klappte das, sonst hatten sie kein Wasser. Im vergangenen Jahr hatte die Pumpe immer Schwierigkeiten gemacht, wenn sie ein paar Tage nicht gebraucht worden war.

Patrizia hatte die Mutter in ihr Zimmer gebracht und den großen Kleiderschrank geöffnet, in dem ein Teil der Sommergarderobe des letzten Jahres aufbewahrt wurde.

»Schau nur, Mama, du hast die schönsten Kleider hier, und soviel Wäsche und all die Hüte, du hast ein Glück, Mama, wie wundervoll.«

»Das riecht ja alles muffig, wie scheußlich.« Annette schüttelte resolut den Kopf. »Kind, die Sachen, von dem Geruch ganz abgesehen, kann ich doch nicht mehr tragen, die hatte ich doch alle im vergangenen Jahr an. Was sollen die Leute denken, wenn ich mit den gleichen Kleidern und Hüten herumlaufe. Das geht ganz einfach nicht!«

Verblüfft schwieg Patrizia. Sie wusste, dass ihre Mutter eine sehr eitle Frau war, dass sie aber angesichts der Not, die nun in der Stadt herrschte, so eingebildet war, konnte sie überhaupt nicht verstehen.

»Komm, Mama, setz dich vor deinen Frisiertisch, ich bürste dir dein Haar. Das entspannt dich und ich mache das gern, das weißt du.«

»Danke, mein Kind, das ist sehr lieb von dir.« Sie begann sofort, den langen Zopf zu lösen, und genoss die liebevollen Bürstenstriche, mit denen ihre älteste Tochter sie verwöhnte. Sie schloss die Augen und malte sich eine wundervolle Zukunft aus. Sie würde für Patrizia einen großartigen und vor allem sehr reichen Mann finden und von der Hochzeit würde ganz Hamburg sprechen. Und natürlich hatten sie bis dahin auch das Palais an der Elbe, von dem sie schon so lange träumte. Eigentlich, so hatte sie gehofft, sollte Johannes sie im letzten Jahr damit überraschen, aber als er dann schließlich sein Geheimnis um das neue Haus lüftete, stellte sich heraus, dass es nur ein kleines Sommerhaus inmitten von Feldern und Weiden geworden war. Sobald sie den Garten verließ, musste sie durch Kuhfladen und Rossäpfel stapfen, und wenn ein Reiter oder eine Kutsche auf dem Weg nach Harvestehude vorbeikam, konnte man vor Staub die Hand nicht mehr vor Augen sehen. Nein, mit dem exklusiven Elbufer hatten diese Klosterfelder nichts gemein. Annette hatte lange gebraucht, um ihren Freundinnen die Vorzüge eines Sommerhauses an der Großen Alster zu erklären. Sie selbst dagegen glaubte bis heute nicht an diese so genannten Vorzüge.

Johannes Stelling verließ schweren Herzens den Bootssteg an der Binnenalster. Er wollte die Innenstadt mit dem brennenden Inferno umgehen, um die Speicher in Hafennähe zu erreichen. Dass sein Kontorhaus nicht mehr zu retten war, hatte er mit eigenen Augen gesehen, aber ob der Speicher mit all dem kostbaren Lagergut verbrannt war, war noch nicht sicher. Obwohl er wusste, dass in angrenzenden

Speichern vor allem Arrak, Schellack und Gummi gelagert wurden, Waren also, die wie Zunder brannten, hegte er noch einen Funken Hoffnung. Der Blick aus dem Dachfenster hatte ihm zwar den Verlust seines Speichers angekündigt, daran glauben konnte er aber erst, wenn er tatsächlich vor den Trümmern stand.

Als er den Jungfernstieg hinter sich hatte und zum Alten Wall hinüber laufen wollte, brannten dort bereits ganze Häuserzeilen. Die Hitze war unbeschreiblich. Obwohl Löschtrupps aus den Vorstädten zu Hilfe geeilt waren und von Schiffen aus gegen die Flammen ankämpften, sah Johannes, dass man das Feuer nicht mehr eindämmen konnte. So versuchte er, über die Marktstraße und an St. Petri vorbei zum Hafen zu kommen. Aber am Fischmarkt war kein Weiterkommen mehr. Krankenpfleger, die ein paar Zelte für Verletzte aufgebaut hatten, riefen ihm zu:

»Sie können nicht weitergehen! Hier werden gleich Häuser gesprengt, um Feuerschneisen zu schaffen. Bleiben Sie stehen, sonst ist Ihr Leben in Gefahr.«

Johannes ging hinüber zu den Männern und blieb bei ihnen, um die Sprengungen abzuwarten. Aber immer noch kamen Krankenwagen aus den brennenden Straßen geprescht und luden ihre stöhnende Last vor den Zelten ab. Die Pferde, von Schweiß bedeckt, bebten am ganzen Körper und waren so nervös, dass der Kutscher sie kaum halten konnte. In den hochrädrigen roten Kastenwagen mit den flachen Dächern waren die Verletzten regelrecht aufgestapelt, um möglichst viele Menschen mit einer Fahrt retten zu können. Viele hatten schwere Brandwunden, andere hatten sich beim Sprung aus Fenstern oder von den Dächern ihrer Häuser Gliedmaßen gebrochen oder innere Verletzungen zugezogen. Johannes, der sah, dass viel zu wenige Helfer da waren, griff ein und half, die Menschen auszuladen und in den Zelten auf Strohmatten zu legen. Es war eine Arbeit, die kein Ende nahm. Kaum war ein Wagen abgefahren, kam der nächste herangeprescht.

Dann hörten sie das Signal, das die Sprengung der Häuser ankündigte. Die Helfer standen vor den Zelten und warteten auf die Zündung. Die Detonationen waren ohrenbetäubend. Steine, Holz und Dachziegel, Möbelstücke, Stofffetzen und Sand flogen bis auf den Fischmarkt. Hunde, Katzen und Ratten rasten aus ihren Verstecken, Hühner und Tauben schwirrten verstört durch die Luft. Aber auch Funken flogen und die Krankenpfleger hatten alle Hände voll zu tun, die Glut von den Zelten zu wischen und erste kleine Feuer auf den Strohlagern zu zertreten.

Johannes erkannte als erster, wie gefährdet der Standort dieser Samariterzelte war, und redete mit einigen Männern.

»Hier können wir nicht bleiben. Die Menschen verbrennen uns unter den Händen, wenn der Wind den nächsten Funkenflug herüberbläst.«

»Aber deshalb werden doch die Häuser gesprengt, damit das Feuer keine Nahrung mehr findet.« Einer der Männer drehte sich um und zeigte auf die qualmende Schneise. »Das ist doch jetzt eine breite Lücke, reicht die denn nicht?«

Johannes schüttelte den Kopf. »Der Sturm ist zu gewaltig und der Funkenflug zu stark. Sie sehen doch, wie die Flammen immer öfter bis hierher fliegen.«

»Aber was sollen wir tun?« Ratlos sahen die Männer sich an.

Johannes blickte in die Runde. »Wer ist hier der Kommandant? Mit wem könnte ich sprechen?«

Aber die Männer zuckten mit den Schultern. »Wir haben keinen, der hier das Kommando hat. Der Arzt, der uns hergebracht und die Zelte besorgt hat, ist längst wieder weg, um an einer anderen Stelle zu helfen.«

»Dann müssen wir selbst etwas unternehmen.«

»Aber was? Wir haben keine Zelte, keine Transportwagen,

kein Verbandszeug. Wir haben überhaupt nichts außer unseren Händen.«

»Also, dann gebrauchen wir mal unsere Hände.« Johannes sah sich um. »Die nächsten Krankenwagen werden gleich weitergeschickt. Wir müssen nach Norden, so weit wie möglich an die Wallanlagen heran. Da stehen die Häuser nicht so eng, da findet das Feuer nicht soviel Nahrung.«

Entsetzt sahen die Männer ihn an. »Sie befürchten, dass das Feuer bis an die Wallanlagen reichen könnte?«

»Ich weiß es nicht, ich weiß nur, dass es hier nicht aufzuhalten ist.«

Die heranpreschenden Krankenwagen wurden sogleich weitergeschickt. Mit dem ersten fuhr Johannes mit. Mühsam kletterte er auf den hohen Kutschbock und klemmte sich zwischen den Kutscher und seinen Helfer. Mit aller Macht stemmte er seine Beine gegen das Fußbrett, um sich abzustützen, jeden Augenblick darauf gefasst, von dem hohen Bock herunter geschleudert zu werden. Hinter den Kurzen Mühren ließ er anhalten, denn der Wall machte dort einen Bogen nach Norden und diese Bodenfläche war unbebaut.

»Hier bleiben wir«, erklärte Johannes dem Fahrer. Rutschend kamen die Pferde zum Stehen. Sand und Steine flogen auf und vermischten sich mit dem dicken Qualm des Feuers, der die ganze Gegend überzog.

»Fahren Sie bitte sofort zurück zum Fischmarkt und holen Sie andere Verletzte. Die müssen dort so schnell wie möglich fortgebracht werden«, bat Johannes. Dann hoben sie die Verletzten vorsichtig aus dem Wagen und betteten sie auf den Grünstreifen am Fuße des Walls. Die Pferde, Schaum vor dem Maul und Blut in den Nüstern, standen völlig erschöpft mit bebenden Flanken vor dem Wagen.

Andere Krankenwagen kamen und bald lagen die Verunglückten Seite an Seite nebeneinander. Männer stöhnten, Frauen weinten, Kinder schrien Angst und Schmerzen laut hinaus. Es gab keinen Arzt, kaum Verbandszeug und immer mehr Verletzte.

Johannes kämpfte mit Angst und Verzweiflung. Er hatte plötzlich eine Verantwortung zugeschoben bekommen, der er sich nicht gewachsen fühlte. Musste ein Entschluss gefasst werden, sahen ihn die Menschen erwartungsvoll an, tauchten Fragen auf, kamen sie hilfesuchend zu ihm. Eine Situation, die ihn fest umklammerte und ihm keine Zeit ließ, an eigene Probleme zu denken. Nachmittags fing der Turm der Nikolaikirche Feuer und gegen 16 Uhr brach er brennend zusammen. Kurz darauf stand die Bogenstraße in Flammen. Wie gut, dass wir rechtzeitig den Fischmarkt geräumt haben, dachte Johannes und ging an den Reihen der Verletzten entlang.

Es wurde bereits dunkel, als er seinen Namen hörte. Suchend blickte er sich um, dann sah er einen Menschen winken. Er konnte nicht erkennen, ob es ein Mann oder eine Frau war, die Stimme war heiser und der Kopf beinahe vollkommen bandagiert. Besorgt trat er näher und bückte sich zu dem Verletzten.

»Ich bin es, der Heinz vom Speicher«, flüsterte der Mann.

Johannes kniete sich hin, um ihn besser zu verstehen. »Heinz Kramer, mein Lagerverwalter? Mein Gott, was ist Ihnen passiert?«

»Ich war in meiner Kammer, als das Feuer ausbrach«, erklärte er. Johannes erinnerte sich, dass er dem alten Junggesellen erlaubt hatte, kostenlos eine Kammer im Speicher zu bewohnen, wenn er auch nachts einmal nach dem Rechten schaute.

»Und was ist dann passiert?«

»Also, ich hörte die Sirene und bin gleich raus aus dem Bett. Ich war kaum angezogen, da schlugen schon Leute an die Tür und schrien, ich müsste ganz schnell rauskommen. Aber ich wollte natürlich nach dem Lager sehen und bin die Treppen rauf, da war noch alles in Ordnung. Und ich dachte schon, uns hat das Feuer nicht erwischt, als nebenan beim Kaufmann Brennicke der ganze Speicher in die Luft flog.«

»Kramer, um Himmels willen, wie konnte das denn passieren?«

»Der Herr Brennicke hat doch den ganzen Speicher vom Keller bis zum Giebel voller Fässer mit Arrak und Rum, die sind wie verrückt explodiert. Man konnte richtig hören, in welchem Stockwerk das Feuer gerade war. Ja, und dann sind brennende Balken und Dachschindel zu uns herüber geflogen und im gleichen Augenblick stand unser Speicher auch in Flammen. Ich habe noch versucht zu löschen, aber es war kein Wasser da. Dann hat mich ein Stück vom Treppengeländer am Kopf und am Rücken erwischt. Jedenfalls bin ich brennend aus dem Haus gerannt und draußen haben Leute Decken über mich geworfen und das Feuer an mir gelöscht. Dann haben sie mich verbunden, aber meine Haare sind alle weg.«

Johannes war entsetzt. Der arme Mann. Irgendwann musste er das wieder gutmachen. Ja, nun hatte er also die Gewissheit: Auch sein Speicher war verloren. Und zwar durch die Dummheit und Schuld seines großen Konkurrenten. Es war seit vielen Jahren verboten, leicht entflammbare oder explodierende Waren in den Häusern der Steintwiete zu lagern. Aber kein Reeder kümmerte sich wirklich darum, denn die Lastschiffe konnten von der Elbe aus direkt in die Fleete fahren und dort bequem an den Speichern anlegen. Dann musste man die Güter nicht erst auf Pferdefuhrwerke verladen, um einen Lagerraum am Stadtrand zu erreichen.

Der Reeder beugte sich wieder zu seinem Arbeiter herunter. »Ich muss Sie jetzt allein lassen, Kramer. Ich muss mich um die anderen kümmern, aber ich komme wieder und dann verbringen wir die Nacht gemeinsam hier.«

Aber es gab keine Ruhe in dieser Nacht. Die Flammen breiteten sich immer weiter aus und ein Ende war nicht abzusehen. Gegen 3 Uhr wurde das Rathaus an der Trostbrücke gesprengt, um eine weitere Schneise zu schaffen, aber das Feuer ließ sich nicht mehr aufhalten. Es hatte von allen Seiten die Innenstadt erreicht.

Die Krankentransporte waren für ein paar Stunden eingestellt worden, denn die Pferde waren am Ende ihrer Kraft.

Auch Johannes Stelling war zu Tode erschöpft. Mit letzter Kraft schleppte er sich an die Seite seines Lagerverwalters und ließ sich ins Gras fallen. Kramer schlief. Auch Johannes versuchte zu schlafen. Wenigstens eine oder zwei Stunden abschalten, dachte er und schloss die Augen. Aber seine Gedanken waren zu mächtig und die Verzweiflung lastete auf ihm wie ein ungeheures Gewicht. Er hatte nicht nur seinen Speicher, sein Haus und sein blühendes Geschäft verloren, er hatte mit Sicherheit auch seine Frau, vielleicht seine ganze Familie verloren. Er wusste sehr genau, welche Rolle Geld im Leben der Stellings spielte.

Das war früher nicht so gewesen. Es gab Zeiten, da hatten die alten Familien einen Pioniergeist entwickelt, der seinesgleichen suchte. Keine Aufgabe war ihnen zu groß, keine gegen sie gerichtete Intrige zu infam, um nicht gegen sie anzukämpfen. Und letzten Endes, weil Ehre und Ehrlichkeit immer an erster Stelle standen, hatten sie gesiegt. Seine Vorfahren hatten die Piraterie an der Störmündung und die Verschwörungen der Händler, die Machenschaften der Konkurrenz und die Attacken der Politiker bezwungen und ein Geschäft aufgebaut, zu dem die Kunden Vertrauen hatten.

Und nun war das alles vorbei. Kein Mensch würde nach diesem Inferno nach Ehrlichkeit und Zuverlässigkeit fragen, wenn es um einen neuen Anfang ging. Jetzt hieß es kämpfen, mit allen Mitteln kämpfen, um zu retten, was übriggeblieben war vom guten Ruf der Reederei Stelling, die immer so pünktlich, so zuverlässig und so ehrlich ihren Handel betrieben hatte. Nichts war übriggeblieben außer diesem so genannten guten Ruf. Das war zwar auf der einen Seite viel, auf der anderen Seite aber gar nichts. Und eben auf diese andere Seite kam es jetzt an.

Das Feuer hatte seine Existenz vernichtet, womit sollte er neu anfangen? Wer stand hinter ihm, um zu helfen? Die Familie? Johannes Stelling wusste sehr gut, dass er mit seiner Familie nicht rechnen konnte. Michael, der älteste Sohn, war zwar ein kluger, aber schwacher Mann, ein Schwächling, um ehrlich zu sein, der nicht das geringste Interesse an der Firma hatte und die Kaufmannslehre nur mit Widerwillen absolvierte. Ihm standen Farben und Pinsel sehr viel näher als Bilanzen. Er als Vater und Geschäftsmann versuchte zwar, die verworrenen, künstlerischen Träume seines zwanzigjährigen Sohnes zu ignorieren, einfach nicht zur Kenntnis zu nehmen, aber er fühlte sehr genau, dass dieser Sohn die größte Enttäuschung seines Lebens war.

Und Thomas mit seinen sechzehn Jahren? Der hatte nur Pferde im Kopf. Das wäre kein Problem, wenn Michael sich für die Firma interessierte. In der gegebenen Situation aber war die Liebhaberei seines zweiten Sohnes tödlich für die Reederei. Für wen schuftete er denn, wenn nicht für seine Familie und für deren Zukunft?

Nun ja, dann waren da natürlich noch die beiden Mädchen: Patrizia, die hübsche, wohlgeratene Tochter, die so sehr der Mutter ähnelte, aber zum Glück nicht deren Eitelkeit geerbt hatte; und dann gab es noch die kleine, vorlaute und undurchschaubare Viktoria, die immer das letzte Wort haben musste, keinen Respekt zeigte und sich gegen alles sträubte, was man als gute Erziehung bezeichnen konnte. Sie war, daran gab es keinen Zweifel, die Intelligenteste, aber eben nur ein Mädchen. Er hatte seine Pläne mit den Mädchen: Sie sollten in gute, einflussreiche Familien einheiraten, damit er sich dann mit deren Firmen verbinden und seine Reederei vergrößern konnte. Das war sein Traum. Aber jetzt konnte er ihn vergessen.

Die beiden Reiter waren seit zwei Tagen unterwegs, als sie endlich bei Hoopte die Elbe erreichten. Sie hatten zum Schluss ein scharfes Tempo vorgelegt, um noch vor der Dunkelheit über den Fluss zu kommen. Die Sonne streifte bereits den Horizont, als sie endlich das Wasser vor sich sahen. Breit und behäbig zog der Strom durch das flache Land, im Norden von den Hügeln des Geestrückens begrenzt. Nach Süden hin verlor sich das Tal in der Weite. Der Himmel hatte eine fast grünliche Farbe angenommen und im Osten tauchte ein orangeroter Mond aus den ersten Abendnebeln. Die beiden Männer hatten den letzten Teil des Weges schweigend zurückgelegt. Sie hatten ihre kräftigen Pferde angetrieben und zu immer schnelleren Galoppaden gezwungen.

Als sie endlich den Fähranleger erreichten, lag das breite Boot fahrbereit am Ufer. Sie saßen ab, führten die Tiere über die Rampe und sprachen beruhigend auf sie ein. Dicht über ihnen zogen Singschwäne über den Fluss, das Gefieder von der untergehenden Sonne rötlich gefärbt, deren Strahlen vom Wasser wie von einem Spiegel zurückgeworfen wurden. Der Fährmann und sein Gehilfe kamen zum Bootssteg, jeder mit einem Korb voll frischem Gras, das sie den Pferden hin warfen.

»Sie stehen besser, wenn sie etwas zu fressen haben«, erklärte der alte Mann. Er und sein Gehilfe lösten die Taue, zogen die Rampe an Bord, nahmen die langen Stangen zum Staken in die Hände und stießen das Boot vom Ufer ab. Sie mussten schwer arbeiten, um gegen die Strömung anzukommen und riefen sich gegenseitig Kommandos zu. Die Schatten wuchsen, dehnten sich über die ganze Breite des Bootes aus und verschmolzen langsam mit dem Grau der Dämmerung, die sich über dem Wasser breit machte.

Auf den letzten fünfzig Metern gab es keine Strömung mehr, ruhig schwappte das Wasser in Ufernähe. Der Gehilfe stellte sich mit dem Tau neben die aufgezogene Vorderrampe, um die Fähre zu vertäuen. Knirschend schob sich die Rampe über die Bohlen am Ufer. Die beiden Reiter hakten ihre Mäntel bis zum Hals zu. Der Ältere gab dem Fährmann eine Silbermünze, dann saßen sie auf und ritten davon. Nach wenigen Metern hatte die Dämmerung sie verschluckt.

»Wo werden wir übernachten, Vater?« Der jüngere auf einem starken Schimmel war ein großgewachsener, breitschultriger Mann, ein Reiter, der mit seinem Pferd eine vollkommene Einheit bildete. Er ritt neben den älteren Mann und sah ihn fragend an.

Heinz Brennicke, ein stämmiger Mann, der sicherlich zwei Zentner auf die Waage brachte, zog den Hut tiefer ins Gesicht und deutete nach vorn. »Wir rasten in Howe. Ich kenne das Wirtshaus. Sie sorgen gut für die Pferde und für uns wird vernünftig gekocht. In einer knappen Stunde sind wir da.« Er bückte sich über den Pferdehals und strich dem Braunen über die Mähne.

»Die Pferde haben sich gut gehalten. Nur zwei Tage von Lüneburg bis hierher und meist durch sumpfiges Gelände und dichte Wälder, in denen es kaum erkennbare Wege gab. Das ist schon eine Leistung. Du hast den richtigen Blick beim Pferdekauf, Jens. Ich wünschte, du hättest ihn auch beim Lesen der Handelsbücher.«

»Fang nicht wieder davon an. Ich mache meine Arbeit, das habe ich versprochen, aber ich mache sie auf meine Art, Vater. Du hast keinen Grund, dich zu beklagen, und das weißt du auch.«

Der Alte ritt schweigend weiter. Mit seinen sechzig Jahren

musste er an die Zukunft denken und Jens war sein einziger Sohn, der musste spuren, wenn das Geschäft laufen sollte. Da gab es kein Wenn und kein Aber. Jens war zwar fleißig, aber er hatte eben seinen eigenen Kopf und der musste noch zurechtgerückt werden.

Jens sah sich aufmerksam um, aber in der einsetzenden Dunkelheit war nichts zu erkennen. »Irgendwo scheint es zu brennen, Vater. Entweder heizen die Leute noch ihre Öfen fürs Abendessen oder es gibt ein Feuerchen vor uns auf der Strecke.«

»In Howe werden sie es wissen. Der Wind kommt aus Südwest, das ist die Richtung, in die wir morgen weiter müssen, spätestens dann werden wir sehen, welche Scheune abgebrannt ist.«

Feine Nebelschwaden stiegen vom nahen Fluss herauf. Dann erreichten sie das Dorf; Häuser, die sich eins hinter dem anderen am Weg entlang zogen. Die Gebäude lagen im Dunklen, nur erkennbar am Licht in den Fenstern oder an den Öllampen neben den Toren. Wenn Türen geöffnet wurden, durchschnitt ein breiter Streifen Helligkeit den nachtschwarzen Dunst. Dann bog Brennicke vom Weg ab und gab das Zeichen zum Halten.

»Wir sind da.«

Er hielt vor einem Stallgebäude und saß ab. Jens versuchte sich zu orientieren. Er sah einen Waschbottich mit den Resten gewaschener Wäsche in einem danebenstehenden Korb, Hunde bellten in der Ferne, eine Holztür knarrte. Er folgte dem Vater. Sie nahmen die Zügel in die Hände und führten die Pferde in ein offenstehendes Gebäude.

Für eine Weile waren nur die Tritte der Pferde und die vertrauten Stallgeräusche zu hören: Heu, das aus der Raufe gerissen wurde, das Schlagen eines Schweifs, der Schlag eines Hufs gegen die Bohlen der Boxenwand. Wohlige Wärme und warmer Tierbrodem umgab die beiden Reiter, die ihre Mäntel öffneten und die Pferde absattelten. Dann kam ein Knecht und führte die Pferde in zwei leere Ständer. Brennicke gab ihm ein Silberstück. »Gut abreiben und geschroteten Hafer füttern. Später Wasser und soviel Heu, wie sie wollen.«

»Ja, mein Herr, Sie können sich auf mich verlassen. Was ist mit dem Sattelzeug?«

»Die Sättel bleiben hier, die Satteltaschen nehmen wir mit«, erklärte Jens und bückte sich, um die Taschen aufzunehmen. Aber der Knecht schüttelte den Kopf. »Ist besser, Sie nehmen alles mit hinein. Sieht nach teurem Lederzeug aus und es gibt genug Typen, die scharf auf so etwas sind.«

Heinz Brennicke sah sich im Stall um. »Aber die Pferde sind hier sicher?«

»Ja, Herr. Ich schlafe da hinten in der Kammer und habe die Tür offen. Ich höre es sofort, wenn einer mit den Pferden zugange ist. Dafür sorgen die Pferde schon selbst und machen Krach, wenn ein Fremder sie anfasst. Aber wenn einer herumschleicht und Sättel mitnimmt, das geht so schnell und so leise, dass ich davon nichts hören würde.«

»Also gut, wir nehmen das Zeug mit. Aber die Pferde wollen wir morgen früh hier vorfinden.« Jens packte die Sättel und die Trensen, der Vater nahm die Taschen und steif von dem langen Ritt gingen sie über das Kopfsteinpflaster hinüber zum Wirtshaus.

Die Fenster warfen gedämpftes Licht nach draußen. Schatten bewegten sich hinter den Scheiben. Die beiden großgewachsenen Männer mussten sich bücken, um durch die Tür zu kommen. Dicke Schwaden vom Tabak und Rauch aus dem Kamin hingen unter den Deckenbalken. Im Herd der angebauten Küche brannte ein Feuer, im Kamin prasselten brennende Scheite. Der Holzboden schimmerte rötlich im Widerschein der Flammen. Ein paar Mäntel hingen an den Haken neben der Tür, die Mützen darüber gestülpt. Männer standen am Tresen und sahen den beiden Fremden entgegen. Mädchen lachten im Hintergrund. Es roch nach Bier und Braten.

Der Wirt erkannte Heinz Brennicke und kam ihm entgegen, um ihm die Taschen abzunehmen. »Wieder einmal auf dem Heimweg, Herr? Und gute Geschäfte abgeschlossen?«

»Wie immer«, nickte Brennicke und sah sich nach Jens um. »Wir haben Hunger und Durst und wir sind müde. Die Mamsell soll sich mit dem Kochen beeilen.« Er setzte sich auf einen der klobigen Stühle und legte die Arme besitzergreifend auf die blankgescheuerte Tischplatte.

»Zuerst einmal brauchen wir ein gutes Bier. Komm, Jens«, er winkte seinem Sohn zu. »Setz dich.«

Der Wirt beeilte sich mit dem Bier. Er kannte seinen späten Gast, Zeit hatte der nie. Seine Frau, die am Herd hantierte, kam zu ihm, wischte sich die roten Hände an der Schürze ab und flüsterte: »Was will er essen? Hat er einen bestimmten Wunsch?«

»Nein, hat er nicht, nur schnell soll es gehen, wie immer.«

»Gut, dann röste ich ein paar Scheiben fetten Speck mit Grütze für den Anfang und backe ihnen Schinken im Brotteig. Der Schinken ist schon gekocht, da geht das Backen schnell. Sorg du dafür, dass sie genug Bier trinken, dann vergeht ihnen die Zeit und ich kann noch Sauerkraut dünsten und ein paar Erdäpfel braten.«

Der Wirt stellte die Teller auf den Tisch, legte die Messer, Gabeln und Mundtücher daneben und wandte sich den anderen Gästen zu: »Schaut nicht so dumm, habt ihr noch keinen Durchreisenden gesehen?«

Die beiden zogen die Reitermäntel aus und Jens hing sie über die Haken an der Tür. Dann setzte er sich auch und sie tranken den ersten Krug mit kühlem Bier. Die Männer in der Gaststube, fast alle mit Tabakpfeifen zwischen den Zähnen, prosteten ihnen zu.

»Wohl bekomm's«, rief einer und alle hoben die Krüge.

»Draußen riecht es nach Rauch, heizt die Mamsell den Herd so gut ein oder brennt irgendwo ein Heuschober?« Jens fuhr sich mit beiden Händen durch das volle, kastanienbraune Haar und rieb sich die Augen. War es die Müdigkeit oder Rauch, der in der Luft hing und in den Augen brannte?

»In Hamburg soll es brennen«, rief einer der Männer und ein anderer bestätigte: »Schon seit zwei Tagen, das hat ein Kutscher erzählt, der auf dem Weg nach Boizenburg ist.«

Brennicke horchte auf. »Ein Feuer seit zwei Tagen? Unmöglich! Wir haben doch Löschmannschaften und die Bürgergarde. Die werden mit einem Feuer in zwei Stunden fertig. Die brauchen keine zwei Tage dafür.«

»Soll ein ziemlich großes Feuer sein, Herr«, erklärte der Wirt und beeilte sich mit dem zweiten Bier.

Brennicke sah seinen Sohn an. »Was kann da passiert sein? Wir sollten so schnell wie möglich nach Hause reiten.«

»Vater, die Pferde müssen rasten und wir sind auch ganz schön kaputt. Jetzt in der Nacht kommen wir sowieso nicht vorwärts. Lass uns ausruhen und bei Tagesanbruch losreiten, dann geht es umso schneller.« Jens kannte seinen Vater und er wusste, wenn der sich etwas in den Kopf setzte, dann ließ er sich nicht mehr davon abbringen. Genau so würde es jetzt sein. Vielleicht konnten die Pferde noch in Ruhe fressen, aber dann spätestens würde er aufbrechen wollen.

Der Wirt bemerkte die Unruhe und beeilte sich, die Schüssel mit der fertigen Grütze und dem knusprigen Speck auf den Tisch zu stellen.

Brennicke füllte seinen Teller und sah sich um. »Wer weiß noch etwas über das Feuer?«

Die Männer zuckten mit den Schultern. Dann sagte einer: »Löschmannschaften aus dem Lauenburgischen sollen nach Hamburg gefahren sein, das wurde erzählt.«

»Und wo genau brennt es?« Brennicke nickte seinem Sohn zu. »Beeile dich, wir brechen gleich auf.«

»Keiner weiß etwas. Eine Kirche soll aber auch schon verbrannt sein.« Der Wirt beeilte sich und stellte die nächsten beiden Bierkrüge seinen späten Gästen hin.

»Dann brennt es in der Innenstadt. Dann ist unser Haus an der Elbe nicht in Gefahr.« Jens wollte seinen Vater beruhigen. Jede Minute, die sie länger hier saßen, verschaffte den müden Pferden Ruhe, und darauf kam es ihm an.

»Aber unser Kontorhaus an der Trostbrücke und der Speicher sind in Gefahr. Wir haben ein Vermögen für die Fässer ausgegeben, die im Speicher lagern.«

»Die dort gar nicht liegen dürften, Vater. Ich habe dir oft genug gesagt, dass es verboten ist, in diesen Speichern Spirituosen zu lagern.«

»Blödsinn«, fuhr Brennicke seinen Sohn an. »Erstens lagern sie dort gut und zweitens ist es ja nur vorübergehend, bis der Speicher in der Neustadt fertig ist.«

Jens sah seinen Vater an und schüttelte den Kopf. »Das sagst du jedes Mal, wenn ein neuer Transport kommt und dann bleiben die Fässer doch in der Steintwiete.«

»Junge, begreifst du denn nicht«, der Alte schüttelte den Kopf und wischte sich den Mund ab, sorgsam darauf bedacht, den gepflegten Bart gründlich zu reinigen. »Jeder zusätzliche Transport kostet Geld, wie du weißt, und wir brauchen im Augenblick jede Courantmark für das Geschäft mit dem Lüneburger Salz. Schließlich sind wir genau deshalb hier unterwegs.«

Jens wusste, dass es keinen Zweck hatte, mit seinem starrsinnigen Vater zu diskutieren. Der alte Mann war hart und brutal, wenn es darauf ankam, einen Vorteil durchzusetzen. Dann konnte man ihn weder mit Vernunft noch mit Recht und Gesetz umstimmen und musste ganz einfach auf bessere Gelegenheiten warten. Er hatte viele Feinde, der Vater, das wusste Jens genau, aber er hatte keine Ahnung, wie er daran etwas ändern konnte. Der Dickschädel bestimmte ja nicht nur das geschäftliche Geschehen. Nein, er mischte sich genau so in die privaten Belange der Familie. Er bestimmte, mit wem die Brennickes verkehren durften, und als der Vater durch einen dummen Zufall erfuhr, dass Jens sich für Patrizia Stelling interessierte, hatte er ihn fast aus dem Haus gejagt. Mit Sorge dachte Jens an die Auseinandersetzung mit dem Vater, als er eine Bemerkung in diese Richtung machte. Er hatte um das Leben des Alten gezittert, so blaurot war dessen Gesicht angelaufen. Die Augen quollen ihm fast aus den Höhlen und vor Aufregung stotterte er und Speichel lief ihm aus den Mundwinkeln. Eine schreckliche Minute lang hatte er befürchtet, den Vater treffe der Schlag, und dann hatte er sich gehütet, den Namen Stelling noch einmal in den Mund zu nehmen. Im Geheimen aber hatte er sich nach dem hübschen Mädchen erkundigt. Vor allem wollte er wissen, ob sie bereits einem Mann versprochen war oder ob sie einen festen Freund hatte, und überrascht stellte er fest, dass er bereit war, um sie zu kämpfen. Wenn nur der Vater nicht so ein Dickschädel wäre. Was interessierten die jungen Leute die Fehden der Alten?

Jens füllte sich zum zweiten Mal Grütze auf den Teller und aß mit Genuss den mit frischen Kräutern gewürzten Brei. Er dachte zurück an das Osterfest vor wenigen Wochen. Er war gerade aus London gekommen, wo er zwei Jahre bei Lloyds Schiffsrecht und Seeversicherungen studiert hatte, und ein paar Freunde nahmen ihn mit zum Osterfeuer am Elbeufer, das dieses Jahr besonders groß gefeiert werden sollte. Ein riesiger Holzstoß war aufgebaut und angezündet worden, Bierbrauer hatten Fässer mitgebracht und angestochen und die Blaskapelle der Bürgergarde spielte auf zum Tanz.

Da hatte er das Stelling-Mädchen wiedergesehen. Früher, da war sie nichts weiter als ein kleines Schulmädchen für ihn gewesen, jetzt war sie aber plötzlich eine wunderschöne junge Frau. Die dunklen Haare, an den Seiten hochgesteckt, fielen wie braune Kaskaden über ihre Schultern, das Gesicht, leicht vom Feuer gerötet, war weich und zart und ihr schlanker Körper zum Umarmen schön. Er hätte sie gern zum Tanz aufgefordert, aber sie stand zwischen ihren Eltern und er wusste um den Konkurrenzkampf der Familien. Der alte Stelling war genau so ein Dickkopf wie sein Vater, dem ging er vorerst lieber aus dem Wege. Und dann war sie plötzlich fort.

»Träume nicht, Junge. Iß auf und mach dich fertig.« Der Vater warf ein paar Silbermünzen auf den Tisch, stand auf und zog seinen Mantel an. Zum Wirt gewandt erklärte er: »Tut mir Leid, sag's der Mamsell. Und gib den Braten den Männern, wenn sie Hunger haben. Bezahlt ist alles.« Er packte seinen Sattel, die Taschen und verließ den Raum. Jens musste ihm folgen. Es blieb ihm gar nichts anderes übrig, wollte er den alten Mann nicht allein in die Nacht hineinreiten lassen.

Dieser Querkopf, dachte er und nahm seine Sachen. Hoffentlich haben wenigstens die Pferde fertig gefressen. Jens galt, obwohl er erst fünfundzwanzig Jahre alt war, bereits als gewandter und gewitzter Geschäftsmann, aber auch als großer Tierfreund. Denn als er mit knapp zwanzig Jahren ein Tier-Asyl in Hamburg einrichtete und von seinem knappen Lohn finanzierte, hatte sogar der »Hamburger Beobachter« darüber geschrieben.

Brennicke hatte sein Pferd bereits gesattelt, als Jens den Stall betrat. Erschrocken stand der Knecht neben dem tänzelnden Pferd und hielt die Satteltaschen. Er konnte nicht begreifen, dass zwei Männer einen finsteren Nachtritt dem warmen Bett im Wirtshaus vorzogen. Aber Brennicke gab keine Erklärung, sondern forderte nur: »Kratzen Sie die Hufe aus und ziehen Sie die Sattelgurte fest, die Taschen befestige ich selbst.« Dann sah er sich nach seinem Sohn um. »Fertig, Jens?«

»Ja, Vater, aber du machst einen Fehler. In drei Stunden wird es hell, dann könnten wir auf ausgeruhten Pferden im

Galopp nach Hamburg reiten. Jetzt steht uns ein mühseliges Wegesuchen mit viel Stolpern bevor.«

»Es ist meine Entscheidung. Du kannst ja bleiben.« Aber der Alte wusste genau, dass sein Sohn ihn nicht allein lassen würde, und führte sein Pferd auf den Hof. Er hatte Mühe beim Aufsitzen. Das Pferd war nervös und stand nicht still, und der alte Mann war nicht mehr elastisch genug, um mit einem Satz in den Sattel zu springen.

»Verdammt«, hörte Jens ihn fluchen, »kann mal einer das Pferd halten?«

Der Knecht lief nach draußen und hielt die Zügel, bis der Reiter aufgesessen war. Jens führte seinen Schimmel aus der Stallgasse, hakte sich den Reitermantel zu und saß auf.

Der Mond schien hell genug, um den Weg zu erkennen. Vom Fluss zogen Nebelschwaden herüber. Es war kühl und Jens drückte seinen Hut fester auf den Kopf. Eine Zeit lang ritten sie am Wasser entlang. Dunkel strömte die Elbe der Mündung entgegen. Vom anderen Ufer war nichts zu sehen. Das Wasser war hier nicht tief. Hunderte von kleinen Wellen, die durch ihre weißen Schaumkronen in der Dunkelheit zu erkennen waren, brachen sich an Steinen. Jens horchte in die Nacht. Irgendwo wieherte ein Pferd auf der Weide, dann trat wieder Stille ein.

Jens ritt neben dem Vater und beobachtete, wie er mit fester Hand sein Pferd zügelte und es gleichzeitig mit den Sporen antrieb. So legten die Tiere einen schnellen Schritt vor. Nach kurzer Zeit bogen sie nach Norden ab, hatten die Elbe bald hinter sich gelassen und den breiten Lauenburger Weg erreicht.

Tiefe Wagenspuren und die von Pferdehufen aufgewühlte Erde zeugten von einem regen Verkehr auf dieser Strecke und es war nicht schwer, den Spuren zu folgen. Vielleicht hat der Vater ja doch Recht, wenn es ihn nach Hause treibt, dachte der junge Mann und spornte sein Pferd ebenfalls zu einer schnelleren Gangart an. Vielleicht konnten sie tatsächlich etwas retten, wenn sie früh genug in Hamburg waren. Auch er dachte mit Sorge an das Kontorhaus an der Trostbrücke. Es war die Schaltstelle der Firma. Die Geschäftsbücher, alle Dokumente, die Adressenlisten der Kunden, das Bargeld, es wäre katastrophal, wenn das alles verbrannte.

Patrizia hatte alle Hände voll damit zu tun, das Sommerhaus bewohnbar zu machen. Nachdem sie die Mutter zu einer Ruhestunde auf dem Diwan überredet hatte, begann sie mit der Mamsell zusammen, die weißen Schonbezüge zu entfernen, die während der Wintermonate die Möbel vor Staub und Mottenfraß geschützt hatten. Dann schloss sie die Wäschekammer auf und gab der Mamsell die Laken und Bezüge für die Betten, damit sie die Schlafzimmer herrichten konnte:

»Babette, Sie wissen, meine Mutter bekommt immer lindgrüne Wäsche mit Seidenspitzen, Viktoria will es knallbunt und die Jungen ziehen Streifen vor.«

»Ja, ich weiß«, lachte die Mamsell, »die Geschmäcker sind sehr verschieden. Sie haben es am liebsten schlicht weiß.«

»Nun ja«, auch Patrizia musste lachen, »wirklich, eine etwas wunderliche Familie, aber warum soll man nicht auf die kleinen Sonderlichkeiten Rücksicht nehmen, wenn man die Lieben damit glücklich macht?«

»Ich habe nur noch nie so bunte Bettwäsche gesehen wie bei Ihnen«, meinte Babette und betrachtete die Wäsche in ihren Händen.

Patrizia legte ihr beruhigend den Arm um die Schulter.

»Als mein Vater vor fünf Jahren in Dänemark war, brachte er einen Koffer voller Muster mit, da konnte sich jeder aussuchen, was er wollte. Erinnern Sie sich nicht mehr?«

Die Mamsell nickte. »Ja, das stimmt, aber wenn wir die Wäsche zur Mangel bringen, stehen immer alle Nachbarn daneben und sehen zu. Bunte Bettbezüge sind eben etwas Seltsames.«

»Sagen wir lieber, etwas Besonderes und irgendwann werden sich die Leute schon daran gewöhnt haben. Die müssen ja nicht darin schlafen, nicht wahr?«

Babette nickte, nahm den Stapel Wäsche auf den Arm und begann mit der Arbeit. Bettenbeziehen mochte sie überhaupt nicht. Aber leider gehörte es zu ihren Hauptaufgaben in dieser Familie, die jeden zweiten Tag frische Bezüge verlangte. Mit einem versteckten Seufzer machte sie sich an die Arbeit. Patrizia sah ihr lächelnd nach.

Sie ist seit acht Jahren bei uns und war immer zufrieden. Zuerst war sie nur Zimmermädchen, aber sie war zuverlässig und fleißig, dachte Patrizia, und als die alte Mamsell aufhörte und zu ihrem Bruder nach Nusse bei Lübeck zog, durfte sie ihre Nachfolgerin werden. Das ist auch schon sechs Jahre her, überlegte sie und begann das Haus zu kontrollieren. Hier müssen die Jungen in einem gemeinsamen Zimmer schlafen, ging es ihr durch den Kopf, hoffentlich geht das gut, aber diese kleine Villa ist nun einmal nicht so groß wie das dreistöckige Kontorhaus am Rödingsmarkt. Ein bisschen konnte sie ihre Mutter verstehen, die sich so sehr eine große, repräsentative Villa an der Elbe gewünscht hatte. Aber ich finde dieses kleine Haus sehr viel gemütlicher. Nicht so viel Arbeit wie in einem großen Haus, Patrizia sah sich um, nicht so viele Zimmer, die gereinigt, nicht so viele Öfen und Lampen und Fenster, die sauber gehalten werden müssen, nicht so viele Teppiche, die gepflegt werden, und vor allem nicht so viele Gäste, die bedient sein wollen. Nein, von großen Partys hielt Patrizia nicht viel.

Der Vater ist eben ein sehr bescheidener Mann, das wusste sie seit langem. Bei dem ging es nicht darum, Reichtum zur Schau zu stellen, sondern grundsoliden Wohlstand zu schützen und zu vermehren. Es war schon eine gute Familie, in der sie groß geworden war, eine wirklich alte, ehrenwerte Familie mit einem erstklassigen Ansehen in der hanseatischen Gesellschaft, auch wenn das nach außen hin nicht unbedingt demonstriert wurde. Aber so ist das nun mal bei den Hanseaten, dachte Patrizia, die Kaufmannschaft hat in Hamburg das Sagen und nur wer dazu gehört, hat Rang und Namen.

Patrizia summte leise vor sich hin. Natürlich, das Feuer in der Stadt war schrecklich, aber sie hatten großes Glück. Sie hatte ein Dach über dem Kopf, einen gefüllten Teller und ein paar Kleider vom letzten Jahr im Schrank, warum sollte sie traurig sein? Die Mutter traf das sehr viel schmerzhafter, die hatte ja auch viel größere Ansprüche, und um die würde es in Zukunft schlecht bestellt sein.

Patrizia hatte inzwischen Geschirr und Silber sortiert und ging hinüber in die Wohnräume, die sich vorne im Mittelteil des Hauses befanden. Sie wollte noch die Öfen kontrollieren, denn Stinchen mit ihren vierzehn Jahren musste in allen Hausarbeiten noch angelernt werden. Aber als sie die Tür zum Salon öffnete, schlug ihr wohlige Wärme entgegen. Auch im Speisezimmer und in der Halle war es angenehm. Die Öfen waren also wohlversorgt und Patrizia begann den Tisch für das Mittagessen zu decken.

Dann traf sie die Mamsell: »Hast du meine Geschwister gesehen, Babette? Wenn es Arbeit gibt, sind sie immer verschwunden.«

»Der Thomas ist mit dem Hund unterwegs, Fräulein Patrizia, das Fräulein Viktoria und den Herrn Michael habe ich nicht gesehen.«

»Wenn du Viktoria entdeckst, schicke sie zu mir, wir müssen unbedingt das Silber putzen. Es hat ein halbes Jahr im

Schrank gelegen und ist angelaufen. Da kann sie sich nützlich machen.«

Wenig später fand die Mamsell Viktoria. Sie hatte sich in das kleinste Zimmer zurückgezogen, ein Zimmer, das der Hausherr im letzten Sommer an seinen freien Tagen als Kontor benutzte, und blätterte in den geretteten Geschäftsbüchern.

»Fräulein Viktoria, Ihre Schwester sucht Sie überall.« Babette drückte sich sehr vorsichtig aus, sie wusste, wie schnell die Kleine ärgerlich wurde, wenn etwas gegen ihren Willen ging.

»Was will Patrizia?« Misstrauisch sah sie die Mamsell an. Wie sie ihre perfekte Schwester kannte, konnte es sich nur um widerwärtige Hausarbeit handeln. »Ich kann jetzt nicht. Wie Sie sehen, bin ich beschäftigt. Sagen Sie das bitte meiner Schwester.«

Babette nickte, eine andere Antwort hatte sie nicht erwartet.

Aber Patrizia ließ sich nicht so schnell abspeisen. Sie ging hinüber in das Kontor, den Korb mit Bestecken und Silberputztüchern am Arm und stellte ihn vor Viktoria auf den Tisch.

»Bitte, das muss bis zum Abendessen blitzblank sein.«

Aber Viktoria schüttelte den Kopf. »Nimm das Zeug gleich wieder mit, ich habe Wichtigeres zu erledigen.«

»Und was wäre das?«

»Ich muss mir Überblick über die Geschäfte unserer Firma verschaffen.« Selbstbewusst sah sie die ältere Schwester an.

Patrizia beugte sich über den Tisch, um einen Blick in die Bücher zu werfen. »Spinnst du? Das ist Männersache.«

»Ach ja? Und wo sind die Männer? Du meinst doch wohl nicht unsere feinen Brüder? Und Vater? Der ist vielleicht tagelang nicht erreichbar«, triumphierte die Vierzehnjährige und sah die Schwester verächtlich an.

»Und wenn du deinen Überblick hast, was dann?«

»Dann werde ich entscheiden, wie wir diese ganze Misere am besten in den Griff kriegen.«

»So, und du wirst das schaffen und die Firma retten!«

»Einer muss es schließlich tun. Und jetzt lass mich endlich arbeiten.«

Verärgert verließ Patrizia den kleinen Raum, den Korb aber ließ sie mitten auf dem Tisch stehen. Wenn Viktoria nicht half, würden sie eben mit den Fingern essen. Die kleine Kröte würde dann schon sehen, was die Mutter dazu sagte. – Wenn sie etwas dazu sagte! Ein Jammer, dass keiner von den Erwachsenen mit dem frechen Mädel fertig wurde. Mutter war zu weich, sie wollte immer nur Frieden und Harmonie im Haus und Vater nahm die Kleine überhaupt nicht zur Kenntnis. Der hatte seine Probleme mit den Jungen und mit denen gab es wirklich jede Menge Ärger.

Patrizia ging hinunter in die Küche. Die Köchin musste jeden Augenblick zurückkommen, und dann wollte sie mit ihr die Speisenfolgen für die nächsten Tage überlegen. Bei der augenblicklichen Geldknappheit musste wirklich jede Mahlzeit gut geplant werden.

Viktoria war wütend aufgesprungen und hatte den Korb vom Tisch gerissen und mit Wucht auf die Erde gestellt. Was fiel ihrer Schwester ein! Wusste sie nicht, dass dies Vaters Lieblingsmöbel war? Sie setzte sich wieder an den Tisch und strich behutsam mit den Händen über die zerkratzte Fläche. Da war der kleine rote Flecken, wo dem Großvater einmal Siegellack hingetropft war, da gab es die Tintenkleckse, wenn eine Schreibfeder gerissen war, und dort die kleine Kerbe, da hatte einer versucht, ein Herz und ein Monogramm in das Holz zu ritzen. Und ein Geheimfach hatte der Schreibtisch auch, aber das hatte sie schon vor Jahren entdeckt. Leider war es leer.

Als sie klein war und der Vater noch manchmal Zeit für sie hatte, durfte sie einmal auf seinem Schoß sitzen und er hatte ihr die Geschichte von dem alten Tisch erzählt, der schon so lange in der Familie war. Aus England hatte der Urgroßvater ihn mitgebracht. Auf einem Segelschiff war er gekommen und auch damals war er schon alt, aber die Männer der Familie konnten sich nicht von ihm trennen. Und nun saß sie hier und beschloss, dass genau dieser Schreibtisch einmal ihr gehören würde.

Sie dachte an die lange Geschichte ihrer Familie und an den Stammbaum, der in der alten Bibel aufgezeichnet war. Bis in das Jahr 1526 reichte er zurück. Damals wurde der Name zum ersten Mal erwähnt. Die Familie hatte zu jener Zeit einen kleinen Handel mit Webstühlen und Stoffen. Mit zwei Pferdegespannen fuhren die Gehilfen über die Landstraßen und verkauften die Ware auf den Dörfern. Später waren dann, sehr langsam allerdings, die ersten eigenen Schiffe dazu gekommen, mit denen sie ihre Waren auf Flüssen und Küstengewässern in andere Städte transportierten. Schon vor zweihundert Jahren waren sie bis nach Russland gesegelt; auch das stand in der Bibel.

Und heute hatten die Stellings eines der größten Handelshäuser in der Stadt. Viktoria schüttelte den Kopf. Aber wer weiß, was von der Firma noch existiert, wenn das große Feuer vorbei ist, dachte sie traurig und dann fiel ihr ein, dass auch die alte Bibel im Kontorhaus verbrannt war, und zum ersten Mal weinte sie ein Weilchen vor sich hin.

Schließlich trocknete sie die Tränen und nahm sich wieder die Bücher vor. Sie wollte wissen, wie es um die Geschäfte stand und keiner sollte denken, dass sie keine Ahnung davon hatte. Sie war ja nicht dumm. Wann immer es Gelegenheit dazu gab, und die gab es oft, hatte sie genau zugehört, wenn beim Essen von Einkauf und Verkauf geredet wurde. Vater brachte beinahe täglich Geschäftsfreunde mit nach Hause, weil er der Meinung war, in gemütlicher, häuslicher Runde ließen sich Geschäfte besser besprechen als in den nüchternen Kontorräumen. Und an diesen gemeinsamen Mahlzeiten durfte sie seit einem Jahr teilnehmen. Da ging es um Plus und Minus, um

Soll und Haben, um Gold und Silber. Ja, sie wusste Bescheid. Viktoria nickte in Gedanken an die Gespräche, die sie in die Geheimnisse großer Männer und reicher Familien einweihten. Schon vor langer Zeit hatte sie sich vorgenommen, einmal eine Kauffrau von aller erstem Rang zu werden. Dann wollte sie es den Männern zeigen, die immer der Meinung waren, nur ein Mann könne erfolgreich Geschäfte tätigen. Sie hatte natürlich noch niemandem ihren Plan verraten, aber sie hatte durchgesetzt, dass sie seit einem Jahr eine öffentliche Schule besuchen durfte. Dort hatte sie sich in der Klasse eingeschrieben, in der vor allem Geographie, Mathematik und fremde Sprachen unterrichtet wurden. Neben dem Rechnen waren das Wissen um andere Länder und die Verständigung mit fremden Menschen das A und O einer Reederei, das wusste sie sehr genau.

Viktoria vertiefte sich wieder in die Geschäftsbücher. Ich muss die Zeit nutzen, in der Vater nicht zu Hause ist, denn er erlaubt natürlich niemandem den Blick in seine Unterlagen, überlegte sie und zündete die kleine Öllampe an, die auf dem Tisch stand und leider nur ein müdes Licht abgab.

Viktoria nahm einen der gespitzten Bleistifte, die immer für den Vater bereitlagen und machte sich Notizen. Und es dauerte gar nicht lange, da wusste sie, welches Schiff mit welcher Ladung wo unterwegs war. Sie erkannte den Wert der Fracht und den Gewinn, den die Firma durch den Verkauf erlangen konnte. Sie rechnete und schrieb und kalkulierte und dann wurde sie so müde, dass sie den Kopf auf die aufgeschlagenen Bücher legte und einschlief.

Thomas war glücklich, dass er mit dem Hund herumlaufen konnte. Er rannte hinunter zum Anlegesteg. Von hier aus kann ich das Feuer beobachten und wenn ich Glück habe, kann ich zusehen, wie die alte Schule verbrennt, dachte er und lief bis ans äußerste Ende des Stegs, um einen besseren Blick zu haben. Aber die ganze Innenstadt war so in schwarzen Rauch gehüllt, dass er keine Einzelheiten erkennen konnte. Aber da das St.-Johannis-Kloster mit dem Johanneum in der Mitte der alten Stadt liegt, kann ich davon ausgehen, dass das alles abbrennt, überlegte er.

Thomas hasste das Gymnasium. Dieses Stillsitzen und Ruhigsein, dieses Büffeln, und wenn man nachmittags entlassen wurde, dann gaben sie einem noch einen Packen Hausaufgaben auf, damit nur keiner auf die Idee kam, noch ein bisschen freie Zeit zu haben. Wozu brauche ich Mathematik und Latein? Ich will nicht handeln und kalkulieren, ich will Landwirt werden und kein Kaufmann. Und dann die Lehrer, diese verknöcherten Langeweiler, die nur ihren Unterricht, ihre Zeugnisse und ihre Strafen im Kopf haben. Die haben doch überhaupt keine Ahnung davon, was sechzehnjährige Jungen gern machen. Er jedenfalls wusste, was ihm Spaß machte, und damit wollte er gleich anfangen. Er rief Benno und lief zum Alsterufer zurück. »Jetzt geht's los, mein Alter, komm, beweg die Knochen, wir laufen bis rauf nach Harvestehude und schauen nach, ob es den Reitstall noch gibt.« Fröhlich bellend rannte der Hund vor ihm her. Sie liefen direkt am Ufer entlang; das war zwar etwas weiter, aber auf dem offiziellen Weg war so viel Verkehr, dass Thomas Angst hatte, Benno könnte überfahren werden. Da waren nicht nur Kutschen und Reiter unterwegs wie sonst immer. Heute rasten Feuerwehrwagen und Krankentransporte mit übernervösen Pferden den Weg hinauf und hinunter, Meldereiter galoppierten nach irgendwohin und auch die Bürgergarde war unterwegs.

Thomas beobachtete eine Weile den Verkehr. Sie können anscheinend in der Stadt nicht weiter, sie müssen Umwege machen, um in andere Bezirke zu kommen, überlegte er und streichelte den Hund, der vor Begeisterung hechelnd mit der Rute wedelte. »Komm weiter, Benno, wir haben noch einen ordentlichen Weg vor uns.«

Der Setter, ein begeisterter Schwimmer, rannte immer wieder ins Wasser, stromerte durch den Schilfgürtel und bellte Wildenten an, die schnatternd davon flogen. Als Thomas sah, dass einige Enten bereits brüteten und andere mit ganz jungen Küken versuchten, vor dem Hund davon zu schwimmen, nahm er Benno an die Leine.

»So geht das nicht, Junge, wir können doch die nistenden Enten nicht stören. Lass die schön in Ruhe für ihren Nachwuchs sorgen.«

Thomas mit seiner Liebe für alles, was vier Beine oder zwei Flügel hatte, besaß nicht viel Erfahrung mit wildlebenden Tieren. Woher auch, dachte er, wann komme ich schon mal raus aus der Stadt. Die wenigen Wochenenden hier an der Alster im letzten Sommer waren nicht gerade das, was er unter Freizeit auf dem Lande verstand. Und dann verlangten sie auch noch, dass man stets bei der Familie war. Einzige Abwechslung waren die Ausflüge mit den Kutschen zu anderen Familien oder Geschäftsfreunden. Nicht einmal die Kutschenpferde gehörten uns, dachte er bekümmert. Aber auf seine Frage nach eigenen Pferden sagte der Vater immer, diesen Luxus brauchen wir nicht. Wenn wir Pferde benötigen, leihen wir uns Kutschen oder Reitpferde. Nun ja, überlegte Thomas, wo sollten wir sie auch lassen. Im Kontorhaus am Rödingsmarkt war nun wirklich kein Platz für Ställe und hier an der Alten Rabenstraße war der Garten viel zu klein, um einen Stall zu bauen. Ja, wenn Mutter mit ihrem Wunsch nach einem Haus an der Elbe durchgekommen wäre, dann hätten wir bestimmt Platz für Pferde gehabt. Jeder, der am Elbufer wohnte, hatte Pferde und in Klein Flottbek gab es sogar einen Reitstall und eine kleine Rennbahn. Aber hier in Harvestehude?

Na schön, laufen wir also zu den alten Klosteranlagen. Da ist wenigstens ein kleiner Stall, und wenn ich Glück habe, lässt man mich im Zirkel reiten, überlegte er und lächelte in Gedanken an das Vergnügen, auf einem Pferderücken zu sitzen.

Aber aus dem Reiten wurde nichts. Verlassen und verschmutzt lag das baufällige Stallgebäude am Rande der Hofanlage. Von Rädern und Hufen aufgewühlte Erde zeugte von regem Verkehr in den letzten Stunden, aber jetzt war kein Pferd zu sehen. Irgendwo gackerten ein paar Hühner, Gänse rannten kreischend über eine Wiese, und Thomas ließ Benno wieder von der Leine. Als er gerade gehen wollte, kam ein Landarbeiter über den Hof, eine Forke über der Schulter und ein Bund Stroh im Arm.

Thomas lief ihm entgegen. »Hallo, kennen Sie sich hier aus?«

»Ja, worum geht's denn?«

»Ich suche die Pferde, ich wollte fragen, ob ich reiten kann.«

Verblüfft sah der Alte ihn an. »Sie haben aber Probleme, junger Mann. Unsere Pferde sind seit Stunden im Einsatz. Haben Sie noch nichts von dem Feuer gehört?«

»Doch, natürlich. Aber ich wusste nicht, dass man auch diese Pferde hier braucht. Es sind doch Reitpferde und keine Wagenpferde.«

»Nun, es gibt ja auch jede Menge Reiter, die als Kuriere unterwegs sind. Die Bürgergarde hat sie alle beschlagnahmt und mitgenommen.«

»Und bringt man sie wieder zurück?«

»Ich hoffe es. Deshalb bin ich ja unterwegs. Ich will die Ständer einstreuen, damit sie, wenn sie wiederkommen, wenigstens etwas frisches Stroh vorfinden.«

»Ich könnte Ihnen helfen.«

»Nicht nötig, junger Mann, das bisschen Stroh verteile ich lieber selbst.«

Thomas zuckte mit den Schultern. »Na schön, dann gehe ich wieder.«

»Kommen Sie ruhig zurück, wenn das Feuer aus ist, dann können Sie auch wieder reiten. Bis dahin also.«

Enttäuscht lief Thomas zur Alster hinunter, nahm Benno

wieder an die Leine und trat den Rückweg an. Wer weiß, dachte er, wann ich wieder einmal Gelegenheit habe, hierher zu kommen. Wenn Vater erst wieder auftaucht, ist es vorbei mit den Ausflügen, dann heißt es wieder für die Schule zu pauken und die Fesseln der Familie zu ertragen.

Am Abend des dritten Tages kam Johannes Stelling zurück in das Sommerhaus Ecke Alte Rabenstraße und Harvestehuder Weg. Schmutzig, ungepflegt und in zerrissenem Anzug öffnete der zum Umfallen müde Mann das Gartentor. Benno hörte ihn zuerst. Mit lautem Gebell rannte er durch die Halle, und als sich die Haustür öffnete, sprang er mit einem Satz seinem Herrn entgegen. Beide Vorderpfoten auf die Schultern des Mannes gelegt, leckte er ihm mit Hingabe das Gesicht. Es war die einzig wirklich freudige Begrüßung, die Johannes Stelling an diesem Abend erfuhr.

Die Familie nahm gerade das Abendessen ein und diskutierte die Schäden in der Firma. Simone hatte mit Schalotten, Weißbrot, Sahne und Eiern einen Karpfen gefüllt, den ein Fischer mittags vorbeigebracht hatte. Sie hatte den Fisch gerade serviert, als Johannes den Speiseraum betrat.

Annette entfuhr ein kleiner Schreckensschrei, bevor sie sich erhob und ihm vorsichtig entgegen ging. Die Söhne und Töchter sahen ihn stumm an. Sie hatten ihren eleganten, feinsinnigen Vater noch nie in einem solchen Zustand erlebt.

Patrizia war die erste, die sich fing, aufstand und ihren Vater auf die Wange küsste, während Annette noch immer auf Abstand bedacht war.

»Vater, schön, dass du wieder da bist«, und um die Sprachlosigkeit der anderen zu vertuschen, schlug sie sogleich vor, »komm, ich begleite dich in dein Zimmer und sorge für heißes Wasser, damit du dich waschen und umziehen kannst.«

Annette nickte. »Ja, ja, das ist gut. Wir werden mit dem Essen warten, bis du fertig bist. Simone kann den Fisch noch einmal in den Ofen schieben.« Dann klingelte sie nach der Mamsell. »Wir brauchen viel heißes Wasser für den Herrn und ein weiteres Gedeck für den Tisch.«

Aber Johannes schüttelte den Kopf. »Esst bitte weiter. Ich werde mich waschen und dann muss ich erst einmal schlafen. Ich bin seit drei Tagen auf den Beinen, ich will nur noch meine Ruhe.« Er lächelte die anderen an, er hatte sehr genau die Distanz bemerkt, die sich um ihn herum aufgebaut hatte und nickte auch Patrizia zu. »Bleib hier, Tochter, ich weiß noch den Weg zu meinem Zimmer und für heißes Wasser wird die Mamsell sorgen.«

Nur Benno ließ sich nicht abweisen, freudig wedelnd lief er neben Johannes her – auch er wusste noch den Weg in das Schlafzimmer seines Herrn, in dem immer eine Decke für ihn bereit lag.

Annette betupfte sich die Nase mit einem Schnupftuch und sah sich entschuldigend um. »Mein Gott, was für ein Geruch.«

»Na und?« Viktoria hielt nichts davon, um Tatsachen herum zu reden. »Er riecht wie eine Kloake, ist das denn verwunderlich? So wie Vater aussieht, hat er Tag und Nacht in Ruinen gewühlt, Menschen gerettet und Feuer gelöscht. Ist doch klar, dass er stinkt.«

Sie sah sich um. »Na los, worauf wartet ihr, lasst uns weiteressen, bevor alles kalt wird. Und wenn ich fertig bin, bringe ich ihm eine Flasche Rotwein ans Bett, die wird ihm gut tun. Wir haben doch noch Wein im Keller, Mutter?«

»Natürlich, aber den werde ich ihm bringen. Es ist nicht schicklich für ein Mädchen, den Vater im Schlafzimmer zu besuchen.«

Viktoria sah die Mutter ungläubig an. »Also wirklich, wo lebst du denn? Im Mittelalter? Warum soll eine vierzehnjährige Tochter nicht den Vater im Schlafzimmer besuchen? Nein, das mache ich. Der Rotwein war meine Idee, und ich werde ihn bringen.«

Als die Mahlzeit beendet war, stand sie auf, ließ sich in der Küche von Simone eine Flasche Wein und ein Glas geben und ging mit dem kleinen Tablett zu ihrem Vater. Unterwegs fragte sie die Mamsell: »Ist der Herr fertig mit dem Waschen?« Und als Babette nickte, klopfte sie artig an die Zimmertür und trat ein.

»Hallo, Vater, ich denke, eine kleine Stärkung wird dir gut tun. Danach kannst du bestimmt tief und fest schlafen.« Sie stellte das Glas auf den Nachttisch und schenkte dem müden Mann den Wein ein. »Bitte sehr, Vater. Schön, dass du wieder da bist.«

Johannes nahm das Glas und sah seine Jüngste an. »Ich wusste gar nicht, dass du so nett sein kannst, Viktoria.«

»Nun ja, Vater, viele Stunden haben wir ja auch noch nicht miteinander verbracht. Vielleicht wird es höchste Zeit, dass wir uns besser kennen lernen. Und jetzt lass ich dich allein. Schlaf gut.«

Leise schloss sie die Tür. Der Vater würde sich noch wundern. Sie konnte sehr nett sein, wenn sie es für richtig hielt, und jetzt war so ein Augenblick gekommen. Er würde sie nicht wiedererkennen und langsam würde er sie schätzen lernen und Hochachtung vor ihr bekommen, und dann konnte sie mit ihm machen, was sie wollte. Und sie hatte eine Menge mit ihm vor.

Im Speisezimmer war das Dessert serviert worden. Viktoria nahm Platz und genoss den Sago-Pudding mit Cremesauce. Für süße Sachen war sie immer zu haben. Sie sah sich im Raum um. Keiner sprach, aber sie spürte eine gewisse Unruhe seit dem plötzlichen Erscheinen des Vaters. Die beiden Jungen rutschten unruhig auf ihren Stühlen herum, Mutter betupfte sich immer wieder mit einem Spitzentuch die Stirn, obwohl es gar nicht heiß war, und sogar Patrizia aß hastig, was sonst nicht ihre Art war. Auch sie selbst hatte es eilig und hoffte, dass die Mutter bald die Tafel aufheben würde. Sie wollte diese letzten Stunden ohne den Vater ausnutzen und die restlichen Papiere studieren, die noch ungeordnet auf dem Schreibtisch herum lagen. Sie hatte in diesen drei Tagen einen wichtigen Einblick in die Geschäfte des Handelshauses bekommen. Vor allem hatte sie festgestellt, dass der Großvater vor etwa zwanzig Jahren eine Versicherung mit der General-Feuercassa abgeschlossen hatte, von der ihr Vater nie gesprochen, von der er vielleicht nicht einmal eine Ahnung hatte. Heute Abend musste sie die restlichen Papiere durchsehen, und das wollte sie tun, bevor der Vater erwachte und nach seinen Büchern fragte.

Kaum hatte sich die Mutter erhoben, standen auch die Brüder auf und Michael erklärte: »Wir laufen noch ein Stück am Wasser entlang, ab morgen ist es mit solchen Freizeiten wieder vorbei.«

Die Mutter sah ihnen nach. »Es wird auch höchste Zeit, dass der Vater wieder die Regie in dieser Familie übernimmt. Hier macht seit drei Tagen jeder, was er will. So geht das nicht weiter.« Sie sah ihre älteste Tochter an. »Viktoria ist auch schon wieder fort. Ich möchte wissen, was sie dauernd in dem kleinen Büro macht.«

»Sie versucht, Ordnung in die geretteten Papiere zu bringen, das ist doch sehr nett von ihr«, versuchte Patrizia die Schwester in Schutz zu nehmen. Sie selbst fand Viktorias so genannte Arbeit anmaßend und ungerechtfertigt, sagte aber nichts mehr dazu. Schließlich konnte es nicht schaden, wenn wenigstens einer dem Vater helfen wollte.

Die jungen Männer hatten ihre Paletots angezogen und das Haus verlassen. Kaum waren sie außer Hörweite, versicherte Michael: »Jetzt haben wir die Misere.«

»Na«, empörte sich Thomas, »als Misere kann man Vaters Rückkehr ja nun auch nicht bezeichnen.«

»Ach was, du weißt genau, was ich meine. Jetzt heißt es wieder schuften, und zwar mehr als je zuvor.« Gereizt schob Michael die Hände in die Taschen.

»Unsinn, wo willst du denn schuften, in dem kleinen Büro etwa, in dem Viktoria jeden Tag sitzt? Es gibt kein Kontor mehr und keinen Büroleiter Jens Alberti, der dich antreiben könnte. Warte doch erst mal ab, wie sich alles anlässt.« Michael sah sich um, langsam wurde das Gelände bebaut. Während im vorigen Sommer nur ein paar Pazellen abgesteckt waren und wenige Häuser bewohnt wurden, konnte man jetzt einige prachtvolle Villen und schöne Gartenanlagen sehen. Langsam wurde aus den Weiden und den Feldern eine sehr elegante Wohngegend. Michael stieß seinen Bruder an. »Schau mal, wie hier gebaut wird. Gut, dass Vater unser Gelände rechtzeitig gekauft hat. Bald ist die ganze Gegend voll.« Aber Michael reagierte nicht. Er schoss mit dem Fuß einen Stein ins Wasser und sah den Wellen nach.

»Eines weiß ich bestimmt, mit meiner Malerei ist es erst einmal vorbei. Mutter hat kein Nadelgeld mehr, um meinen heimlichen Unterricht zu bezahlen, und Vater dreht durch, wenn ich ihm sage, dass ich Maler werden will, und nicht Kaufmann.«

»Dann sitzt du also in der Klemme.«

»Aber nicht mehr lange. Im Oktober werde ich einundzwanzig, dann mache ich, was ich will«, sagte er selbstbewusst und legte einen schnelleren Schritt vor.

»Aha, ohne Geld sieht das aber schlecht aus.«

»Ich habe alles geplant, ich komme schon durch.«

»Du willst ausreißen?« Jetzt war Thomas schockiert. So etwas tat man doch nicht in den feinen Familien, da musste alles seine Ordnung haben, wenigstens nach außen hin. Ein Skandal würde die ganze Familie in Verruf bringen, und das konnten sie sich bestimmt nicht leisten.

»Ausreißen eigentlich nicht, aber wenn ich volljährig bin, kann ich gehen, wohin ich will.«

»Und wohin wäre das?«

»Nach Italien natürlich. Und da bringt mich auch nichts von ab. Ein echter Künstler muss in Florenz oder in Venedig gearbeitet haben, sonst reicht es nie zu einem Ansehen.«

»Vater wird begeistert sein. Du weißt doch, was er mit der Firma vorhat.«

»Sicher, ich soll das Handelshaus übernehmen und du die Reederei. Er will die Firma teilen und erhofft sich doppelten Gewinn. Aber nach dem Chaos jetzt kann er diesen Plan vergessen. Da muss er wieder ganz klein anfangen. Das Kontorhaus ist weg, der Speicher ist weg und die ganze gelagerte, wertvolle Ware auch. Was will er denn da noch teilen?«

Thomas war nun doch erschrocken. »Du bist ja ganz schön rücksichtslos. Willst du ihm jetzt, wo er in der größten Misere seines Lebens steckt, deine Pläne erzählen?«

»Nein, natürlich nicht«, Michael schüttelte den Kopf, »ich weiß auch, dass er jetzt sehr angeschlagen ist. Erst einmal mache ich alles, wie er es will. Aber sobald das Gespräch auf die Zukunft kommt, sage ich ihm, dass ich Hamburg verlasse.«

Thomas nickte. »Ich habe ja die gleichen Probleme. Ich muss zwar erst einmal weiter in die Schule gehen, und so alt wie du bin ich auch noch nicht, aber eines Tages werde ich Pferde züchten. Das steht für mich fest, und da wird keiner etwas dran ändern.«

Michael sah ihn zweifelnd an. »Und woher nimmst du das Geld? Weißt du, was ein Gestüt kostet?«

»Bevor ich damit anfangen kann, muss ich lernen, und wenn ich irgendwo auf einem Gestüt arbeite, lerne ich Leute kennen und kann Verbindungen knüpfen, und dann wird man weiter sehen.«

»Da hast also auch deine festen Pläne. Bloß nützen werden sie dir noch lange nichts. Du musst dich in den nächsten Jahren auf Latein, Physik und Algebra konzentrieren, da lässt Vater bestimmt nicht mit sich reden.«

»Weiß ich, aber planen kann man doch schon mal. Wichtig ist, dass man selbst sicher ist, was man will. Alles andere kommt dann schon.«

Michael legte den Arm um die Schultern des jüngeren Bruders, der nun auch schon so groß war wie er selbst. »Sag bloß keinem etwas von unseren Plänen.«

»Ist doch selbstverständlich.«

Auch Patrizia beschäftigte sich an diesem Abend mit ihrer Zukunft. Über eine Stickerei gebeugt hatte sie Zeit und Ruhe zu überlegen, wohin ihr Weg sie führen würde. Sie wusste, dass die Eltern für sie eine Einheirat in eine der ersten Kaufmannsfamilien der Stadt planten. Vater wollte dadurch an Einfluss gewinnen, seine Firma sogar zu vergrößern versuchen und Mutter wollte endlich an die Spitze der Aristokratie. Nur sie selbst wurde nicht nach ihren Wünschen gefragt. Sie wusste, dass es üblich war unter Hanseaten, die unter Hamburger Bürgern die regierende Oberschicht darstellten, Verbindungen zu arrangieren, ohne die Betroffenen zu fragen. Das betraf die Söhne genau so wie die Töchter, die Töchter allerdings waren meist gehorsamer.

Aber Patrizia war sicher, dass aus den Plänen der Eltern jetzt nichts mehr werden würde. Abgesehen davon, dass es keinen jungen Mann in Hamburg gab, der ihr gefiel, für den sie auch nur eine Spur von Gefühlen hegte, hatte die Brandkatastrophe auch die Pläne der Eltern durchkreuzt. Sie war jetzt mehr oder weniger ein mittelloses Mädchen und welche wohlhabende Familie streckte wohl die Hand nach einer Jungfrau ohne Mitgift aus?

Patrizia schüttelte den Kopf und seufzte. Außerdem hatte sie ganz andere Pläne und von denen würde sie sich nicht abbringen lassen.

Die Mutter, aufgeschreckt durch ihren Seufzer, sah sie

erschrocken an. »Was hast du denn, mein Kind? Fühlst du dich nicht wohl?«

Patrizia schüttelte den Kopf. »Nichts, Mutter, es ist alles in Ordnung. Ich bin nur etwas müde und werde bald ins Bett gehen.«

Es war so typisch für ihre Mutter: Ein kleiner Seufzer und ihre Sorge brachte sie beinahe um. Wenn sie aber mit ihren Heiratsplänen das Herz eines Menschen zerriss, störte sie das in keiner Weise. Hauptsache, ihr Ehrgeiz wurde gestillt. Patrizia schüttelte den Kopf und packte ihre Stickerei ein.

»Angenehme Ruhe, Mutter.«

»Gute Nacht, mein Kind.«

Inmitten eines weitläufigen Parks stand die weiße Villa der Brennickes. Das Palais, nach dem Modell eines Südstaaten-Hauses in Virginia gebaut, in dem der Reeder während eines Besuches bei seinem Tabaklieferenten gewohnt hatte, war der Traum Heinz Brennickes gewesen. Vor zehn Jahren hatte er diesen Traum in die Wirklichkeit umgesetzt. Seitdem galt das Haus als sehenswerte Attraktion und feinste Adresse an der Elbchaussee und wurde ständig von Neugierigen belagert. Die allerdings konnten wenig sehen, denn ein schmiedeeisernes Tor verschloss den Zugang zum Grundstück, exotische Bäume und Sträucher, die in dem kühlen Hamburger Klima ständig ums Überleben kämpften, verhinderten den Blick auf die weiße Villa. Das Haus selbst öffnete sich mit imposanter, säulenverzierter Südseite zur Elbe hin. Der Blick reichte weit über das Urstromtal mit dem breiten Fluss, den wenig besiedelten

Land- und Sumpfflächen am anderen Ufer und bis hinüber zu den fernen Harburger Bergen.

Heinz Brennicke liebte diesen Blick über alles und am meisten, wenn unten seine Schiffe vorbeifuhren. Freilich, die Zeit, die er in seinem Haus verbrachte, war begrenzt. Er war tagsüber in seinem Kontorhaus am Alten Wall oder auf Reisen. Ein Kaufmann muss fremde Länder kennen und ein Reeder die Weltmeere, war seine Meinung. Oft war er monatelang unterwegs, nahm seine kluge Frau Irmgard mit und genoss den Luxus eigener Schiffe, auf denen er wie ein König behandelt wurde. Aber nicht immer waren Reisen luxuriös und bequem und manchmal veränderten sie ein ganzes Leben. Das hatte er soeben erfahren. Er hatte die Strapaze auf sich genommen und war persönlich nach Lüneburg geritten, um ein paar Schiffsladungen Salz zu kaufen, und schon erwartete ihn das Chaos. Seine alten Knochen taten ihm weh und der Rücken schmerzte, als er in Hamburg ankam. Und dann der Schock: Sein großes, aus Backstein gebautes Kontorhaus an der Trostbrücke war bis auf die Grundmauern abgebrannt.

Es war schwer gewesen, überhaupt in die Stadt hineinzukommen. Jens hatte Umwege gesucht und gefunden und schließlich waren sie an den Brandwachen vorbei bis zur Heiligengeistbrücke und dann in die von Trümmern übersäte Straße hineingekommen. Die Pferde waren störrisch und ängstlich. Der Gestank von Asche und Müll vermischte sich mit dem Geruch aus den Fleeten, die bei Niedrigwasser die reinste Kloake bildeten. Der Stadt fehlten Kanalisation und Sielsysteme für die Beseitigung der Abwässer, wie sie in London und anderen Großstädten längst vorhanden waren.

Heinz Brennicke machte es seinem Sohn nach und wickelte sich den Schal um Mund und Nase. Den Pferden konnte er allerdings nicht helfen, die mussten den Gestank ertragen.

»Vater, wir sollten uns hier nicht aufhalten. Am Haus ist

nichts mehr zu retten. Wie du siehst, ist bis in die Kellerräume hinunter alles abgebrannt. Entweder hatten unsere Angestellten Zeit, unser Geschäftsmaterial zu retten, dann können wir froh und dankbar sein, und wenn nicht, können wir daran auch nichts ändern, indem wir hier herumreiten.«

»Gut. Reiten wir zum Speicher.«

»Und du denkst, da sieht es anders aus? Bei den Waren, die da gelagert waren, dürfte der alte Fachwerkbau wie eine Rakete in die Luft geflogen sein.«

»Wahrscheinlich hast du Recht, aber überzeugen möchte ich mich selbst.«

»Nun gut, hoffentlich verhaftet uns die Bürgergarde nicht sofort, weil wir Spirituosen gelagert hatten.«

»Dann such uns eine Strecke, auf der sie uns nicht findet.«

Aber aus dem gemeinsamen Weg wurde nichts. Als sie den Rödingsmarkt erreichten, scheuten die Pferde und waren durch nichts zu bewegen, auch nur noch einen Meter weiterzulaufen. Immer noch rasten Pferdegespanne mit Löschfahrzeugen und Mannschaftswagen durch das Chaos. Menschen suchten schreiend nach Angehörigen. Herrenlose Schafe und Ziegen, Hühner und Gänse, deren kleine Ställe in den Hinterhöfen abgebrannt waren, streiften auf der Suche nach Futter durch die Trümmer. Überall stiegen noch stinkende Rauchwolken auf. Feuerwehrmänner mit Spitzhacken zogen Trümmerreste auseinander, um schwelende Brände zu finden und zu löschen. Männer der Bürgergarde errichteten Sperren, um Plünderer fern zu halten und Passanten vor einstürzenden Ruinen zu schützen.

»Hier kommen wir nicht weiter, Vater. Die Pferde machen nicht mehr mit, und ich weiß keinen anderen Weg in die Steintwiete.«

»Junge, du bist doch hier in die Schule gegangen, du musst dich doch in der ganzen Gegend auskennen.«

»Das Feuer hat alles verändert. Wo früher Wege waren, liegen jetzt Trümmer, und viele Straßen sind in letzter Zeit verändert worden. Es ist immerhin fast acht Jahre her, dass ich die Gelehrtenschule im Johanneum besucht habe.«

Jens, der dem Vater ansah, wie müde und auch wie verzweifelt er war, wollte ihm den Anblick weiterer Trümmer ersparen. »Ich schlage vor, du bleibst mit den Pferden hier am Fleet und ich versuche, zu Fuß zur Steintwiete zu laufen. Ich nehme mir eine Spitzhacke und tue so, als gehöre ich zu den Löschmannschaften, und dann werde ich schon durchkommen. In einer halben Stunde bin ich zurück.«

Brennicke, der sah, dass dieser Vorschlag die einzige Möglichkeit war, etwas über seinen Speicher zu erfahren, nickte. »In Ordnung, Jens, aber sei vorsichtig.«

Als der Sohn zurückkam, sah er ihm schon von weitem an, dass er keine guten Nachrichten hatte. Jens schüttelte den Kopf und stieg auf sein Pferd. »Nichts wie fort hier, Vater. Von dem Speicher ist nicht einmal mehr ein Mauerrest übrig. Ich habe ihn nur gefunden, weil eine Gruppe von Männern zwischen den Ruinen herumgewühlt hat. Ich habe mich mit meiner Spitzhacke langsam näher an sie herangearbeitet und erfahren, dass sie zu einer Kommission gehören, die klären soll, weshalb unser Speicher in die Luft geflogen ist und dadurch alle anderen Gebäude in der Steintwiete mit ins Verderben gerissen hat. Wenn ich es richtig verstanden habe, hat der Kaufmann Stelling Anzeige erstattet. Der hatte den Speicher neben uns.«

»Verdammt! Dieser Stelling kann mit seinem kleinen Handelshaus kaum über eine Schiffsreling gucken und macht Schwierigkeiten. Das hat mir gerade noch gefehlt. Der wird sich noch wundern.«

»Komm, Vater, steig auf, und dann nichts wie weg hier. Und vergiss nicht, dass du selbst schuld daran bist, dass der Speicher in die Luft geflogen ist.«

»Blödsinn! Das Feuer hat ihn in die Luft gejagt. Da soll man erst einmal klären, woher das Feuer kam.« Der alte Mann saß auf und nahm energisch die Zügel in die Hand. »Also los, nach Hause, in einer Stunde sind wir da. Wir biegen gleich in der Neustadt zur Elbe hin ab und reiten am Ufer entlang. Da gibt es keinen Verkehr und wir können einen flotten Galopp hinlegen.«

»Vergiss nicht, dass die Pferde müde sind, Vater.«

»Das bin ich auch. Aber die sind durch das Chaos hier so aufgeladen, die müssen sich erst einmal abreagieren, und das können sie am besten durch ein rasantes Tempo.«

Als sie eine Stunde später das Ufer verließen und den Abhang hinauf zur Straße ritten, um an das Parktor zu gelangen, waren die Pferde schweißnass. Das Anwesen lag in völliger Dunkelheit. Keine der zahlreichen Parklaternen brannte, die Wirtschaftsgebäude waren unbeleuchtet und vom Haus konnten sie auch nichts erkennen.

»Kannst du mir sagen, was diese Finsternis zu bedeuten hat? Der Pferdeknecht müsste uns doch längst gehört haben.« Brennicke führte seinen Braunen über den Kies zum Stall. Aber niemand eilte ihm entgegen, um ihm das Tier abzunehmen. Jens schloss das Tor wieder sorgsam – bei dem Chaos wusste man nicht, welches Gesindel sich in der Nacht und in der Nähe herumtrieb – und folgte mit dem Schimmel am Zügel dem Vater.

»Seltsam, kein Mensch zu sehen«, stimmte er dem Alten zu. Und dann, als er den Stall betrat, bemerkte er: »Die Kutschpferde sind auch nicht da. Vielleicht ist Mutter verreist? Vielleicht ist sie zu ihrer Familie nach Glückstadt gefahren, als sie von dem Feuer hörte.«

»Unsinn«, knurrte der Alte, »die reist nicht allein irgendwohin. Das gibt es nicht. Los, versorgen wir die Pferde und kümmern wir uns um das Haus.«

Die beiden Reiter rieben ihre Pferde trocken, streuten ihnen frisches Stroh in die Boxen, schütteten geschroteten Hafer in die Krippen und kontrollierten die Tränken. Brennicke war mit Recht stolz darauf, dass sein Haus als eines der ersten am Elbehang fließendes Wasser und sogar im Stall Frischwasser für die Pferde hatte.

Als sie an der Remise vorbeigingen, stellte Jens fest, dass beide Kutschen, der Reisewagen und auch der Jagdwagen, fehlten.

Im Haus war es kalt und dunkel. Jens nahm die Zündhölzer, die neben jeder Öllampe lagen und machte Licht in der Halle. Heinz Brennicke rief laut durch das Haus: »Hallo, ist hier keiner?« Zunächst blieb es still, dann hörten sie, wie sich oben an der Galerie eine Tür öffnete. Ein kleiner Lichtschein fiel auf das Treppengeländer. »Heinrich, bist du es?«

»Ja, natürlich, wer denn sonst. Was ist hier los? Wo sind die Pferde und die Männer und weshalb ist es kalt und dunkel hier?«

»Kommt in meinen Salon, der ist warm. Ich erzähle euch alles.«

Jens war schon die Treppe hinaufgeeilt und hatte die Mutter umarmt. »Gut, dass du da bist, Mutter, wir hatten schon Angst um dich.«

Brennicke folgte seinem Sohn. Die beiden Männer zogen die schweren Reitermäntel aus und weil sie wussten, dass Irmgard Brennicke den Pferdegeruch in ihrem Zimmer nicht mochte, legten sie die Mäntel, die Hüte und die Schals draußen über das Galeriegeländer.

»Was ist hier los?« Brennicke sah sich um. Auch hier brannte nur eine Öllampe und das Feuer im Kamin war klein und spärlich.

Irmgard holte Sherry und Gläser aus ihrer Vitrine. »Setzt euch und trinkt einen Schluck, ich erzähle euch alles.«

Als sie angestoßen hatten, berichtete sie: »Gleich am ersten Tag, als das Feuer in der Stadt ausgebrochen ist, kam die Bürgergarde in alle Häuser und beschlagnahmte die Pferde, die Kutschen und auch die Männer. Der Knecht, der Kutscher und die beiden Gärtner mussten mitgehen, ob sie wollten oder nicht.«

»Das ist unerhört, das ist einfach unglaublich«, Heinz Brennicke war aufgesprungen und lief im Zimmer hin und her.

»Sie haben gesagt, alle müssten helfen, das Feuer zu löschen und es sei ein Befehl vom Senat. Die Kutschen würden für die Krankentransporte gebraucht, und um obdachlose Menschen in Sicherheit zu bringen. Die Männer mussten alles Gerät mitnehmen, was helfen konnte, die Feuer zu löschen.«

»So etwas haben wir doch gar nicht.«

»Doch, Harken, Spaten, Schaufeln und Hacken, sie konnten einfach alles gebrauchen.«

»Und seitdem sind sie weg. Und wo ist das Hauspersonal? Ich habe den Eindruck, du bist ganz allein hier.« Jens war aufgestanden und versuchte, das Feuer neu zu entfachen, aber der Korb mit dem Brennholz war leer. »Ich gehe gleich und hole neues Holz, Mutter, aber erzähle erst alles.«

»Ja, die Mamsell, die Köchin und die Hausmädchen waren natürlich sehr in Sorge um ihre Angehörigen. Ihr wisst, dass alle aus den einfachsten Verhältnissen in den Gängevierteln kommen, und als sie hörten, dass das Feuer dort besonders wütete, konnte sie hier nichts mehr halten. Sie wollten nach ihren Familien suchen und helfen, wenn noch etwas zu retten war. Sie haben mich alle um Erlaubnis gebeten. Ich konnte doch nicht nein sagen.«

»Und seitdem sitzt du allein hier in dem kalten Haus.«

»Heinrich, reg dich nicht auf. Mit fehlt es an nichts. Ich habe mir das Holz zum Heizen eben selbst geholt und in der Küche weiß ich schließlich auch Bescheid.«

»Ich will mich aber aufregen. Es ist unerhört, dich allein hier zu lassen. Kaum bin ich eine Woche weg, und schon bricht alles zusammen.«

»Unsinn, Heinrich, nichts ist zusammengebrochen. Du solltest mich eigentlich besser kennen. So, und jetzt gehen wir in die Küche und ich richte euch ein Abendessen. So wie ihr aussehet, könntet ihr ein kräftiges Mahl gebrauchen. Jens, du holst bitte vorher Holz und sorgst für Wärme und du, Heinrich, kannst dich schon einmal waschen und umziehen. Ihr stinkt, wenn es erlaubt ist, das zu sagen. Und beim Essen werdet ihr mir erzählen, wie es in der Stadt aussieht.«

Mit wenigen Worten hatte Irmgard Brennicke das Kommando übernommen. Es war ihr Haus und sie war die Herrin. Und beide Männer fügten sich. Sie wussten, dass Irmgard eine starke Frau war, die genau wusste, was sie wollte, und als eine Stunde später das Essen auf dem Tisch stand, brannte überall Licht, die Öfen waren warm und Jens hatte noch einmal nach den Pferden gesehen. Die Tiere hatten sich beruhigt und kauten zufrieden ihr Heu, das er ihnen in die Raufen geschoben hatte. Dann verschloss er sorgfältig die Stalltüren, kontrollierte noch einmal das Schloss am Parktor und setzte sich zu den Eltern an den gedeckten Tisch.

Irmgard war eine ausgezeichnete Köchin. Sie hatte als junges Mädchen im Internat gelernt, ein wohlhabendes Haus zu führen, und sie konnte jeder Angestellten zeigen, wie ein solcher Haushalt zu funktionieren hatte.

Als Tochter einer begüterten Familie in Glückstadt, in der alle Söhne seit Generationen Offiziere wurden und die Mädchen in reiche Familien einheirateten, war es selbstverständlich gewesen, die Kunst der Haushaltsführung zu studieren. Ihre Eltern hatten sie in eine Klosterschule nach Bremen geschickt, die bekannt dafür war, reichen Mädchen das richtige Wissen mit auf den Weg zu geben. Sie hatte zwar nichts über Liebe und das Zusammenleben mit Männern erfahren, aber sie konnte perfekt Konversation betreiben, Gesellschaften organisieren, Feste veranstalten und einen hanseatischen Haushalt führen. Sie konnte Tennis, Bridge und Klavier spielen, und genau darauf kam es in den reichen Hamburger Familien an.

Die beiden Männer waren nach den derben Wirtshausgerichten, die sie während ihrer Lüneburger Reise zu sich genommen hatten, nicht gerade verwöhnt und langten kräftig zu, als Irmgard servierte. Es gab zwar nur kalte Speisen, etwas anderes war in der kurzen Zeit nicht zu machen, aber sie hatte alles mit Sorgfalt ausgewählt und mit Liebe zubereitet. Zum Glück war die Speisekammer wohlgefüllt und sie konnte aus dem Vollen schöpfen. So hatte sie ihnen gesulzten Aal mit Meerrettichcreme, eine aufgeschnittene Wildpastete mit weißer Weinschaumsauce, in Schmalz gebackene Brotscheiben und zum Dessert in Zuckersirup eingelegte Kürbisstückchen serviert. Zum Essen gab es herzhaftes Hamburger Bier und zum Kürbis Portwein.

Jens streckte sich behaglich, als er endlich aufstehen und ein Zigarillo anstecken durfte. Seinem Vater, das sah er deutlich, fiel das Aufstehen sehr viel schwerer. Er tat ihm Leid, der Mann mit seinen sechzig Jahren wurde langsam gebrechlich. Körperliche Strapazen sollte er vermeiden, dachte Jens, und das Reisen mir überlassen. Aber so ist Vater nun einmal, nur nichts aus der Hand geben. Dabei hatte Jens durchaus feste Vorstellungen davon, wie er die Firma führen wollte, was er modernisieren würde, wie er veraltete Methoden über Bord werfen könnte. Er war lange genug in London gewesen, um zu lernen, wie moderne Reedereien aufgebaut und Handelshäuser attraktiv gemacht wurden. Aber genau das ist es, was den Alten am Ruder hält, dachte der Sohn. Nur nichts ändern, nichts riskieren, nichts probieren. Und die Mutter bestärkte den Vater in seiner veralteten Arbeitsweise. »Er hat die Firma in diesem Zustand übernommen und weitergeführt. Uns ist es nie schlecht gegangen, wir gehören seit Generationen zu der angesehensten Familie, warum willst du etwas ändern, etwas riskieren, nur weil man in London andere Wege geht? Lass deinen Vater in Ruhe und akzeptiere ihn, wie er ist.«

Aber damit war es jetzt vorbei, das spürte Jens und machte ihn optimistisch. Jetzt nach dem Chaos muss sich vieles ändern, und ich werde dafür sorgen, dass frischer Wind durch die Firma weht. Und wenn der Vater nicht spurt, muss ich härter mit ihm umspringen.

Jens war nach draußen auf die Terrasse gegangen. Noch immer wehte dieser frische Südwind von der Elbe herauf. Dunkel lag das Land vor ihm, nur hin und wieder unterbrochen von einzelnen Lichtern. Dort, wo in einem der Dörfer schon Straßenlaternen aufgestellt waren, durchdrang warmes Licht die Finsternis. Gott sei Dank ist der Himmel über Hamburg nicht mehr glutrot. Sie haben das Feuer besiegt, dachte Jens, aber um welchen Preis. Er hatte die Ohren gespitzt, als er nach dem Speicher suchte und einiges von dem aufgefangen, was die Männer dort erzählten. Viertausend Wohnungen und über einhundert Speicher sollten verbrannt sein. Mehr als fünfzig Menschen waren umgekommen, hundertfünfzig schwer verwundet und zwanzigtausend Menschen hatten kein Zuhause mehr. Das sind zehn Prozent der Hamburger Bevölkerung, rechnete er aus und schüttelte den Kopf. Sieben Gotteshäuser seien abgebrannt, hatten die Männer erzählt, und zwei davon waren die größten der Stadt: Sankt Nikolai und Sankt Petri. Fast alle öffentlichen Gebäude liegen in Schutt und Asche: das Rathaus, die Bank, die alte Börse, das Zuchthaus und das Archiv. Der Senat muss genauso von vorne anfangen wie ich, dachte er. Ein Neuanfang auf der ganzen Linie, dem kann sich auch der Vater nicht versperren.

Er setzte sich auf die oberste Stufe der Terrassentreppe, die in elegantem Schwung auf die Rasenfläche vor dem Haus führte.

Schön ist es hier, dieses Haus und der Park, das war wirklich feudal. Hier wollte er leben, hier wollte er glücklich sein und hier sollten seine Kinder groß werden. Und wenn er an Kinder dachte, dann sah er Patrizia Stelling vor sich. Sie ist die richtige Mutter für meine Kinder. Sie werden ihre Schönheit, ihre Größe, ihr Anmut haben – nun ja, die Mädchen hoffentlich, die Jungen brauchen meine Kraft.

Auch Patrizia Stelling träumte an diesem Abend von der Zukunft. Die Brände in der Stadt sind gelöscht, der Vater ist heimgekehrt und ein normales Leben könnte wieder anfangen, dachte sie, wenn das Feuer nicht unsere Zukunft zerstört hätte. Sie saß in ihrem Zimmer im ausgebauten Dachgeschoss und sah hinaus in die Dunkelheit, die ihr den schönen Ausblick auf den großen Alstersee verwehrte. Wie oft hatte sie hier im vergangenen Sommer gesessen und über ihr Leben nachgedacht. Jetzt war sie achtzehn Jahre alt und es wurde Zeit, dass sie sich entschloss, das von ihr geplante Lebensziel anzustreben.

Sie starrte in die Nacht. Obwohl sie nichts sehen konnte, wusste sie, was sich in der Dunkelheit verbarg. Genau gegenüber auf der anderen Seite des Wassers war jener Stadtteil, nach dem sie sich sehnte. Manchmal war sie in Begleitung der Mamsell – denn allein hätte sie das Haus niemals verlassen dürfen, um durch fremde Stadtteile zu spazieren – in jenen Straßen unterwegs gewesen. So kam es auch, dass die Mamsell die einzige im Hause Stelling war, die ihre Pläne kannte.

In St. Georg, so hatte Patrizia im Konfirmandenunterricht erfahren, lebte Amalie Sieveking, eine Frau aus allerfeinster hanseatischer Familie, die sich um arme und kranke Menschen kümmerte. Sie hatte mit ihrer Arbeit angefangen, als 1831 die Cholera in Hamburg ausbrach und fast eintausend Menschen daran erkrankten. Unter katastrophalen Verhältnissen hatte sie vor allem kranke Kinder gepflegt und ihr Leben eingesetzt, um den Ärmsten der Armen zu helfen, denn unter ihnen wütete die Krankheit am meisten. Als die Epidemie besiegt war, hatte sie sechs verheiratete und sechs unverheiratete Frauen aus wohlhabenden Familien in ihrer Wohnung versammelt und mit ihnen 1832 den ›Weiblichen Verein für Armen- und Krankenpflege‹ gegründet. Diese Amalie wusste – das hatte Patrizia im Religionsunterricht erfahren –, dass viele junge Frauen, wenn kein Mann um ihre Hand anhielt, zu einem kümmerlichen, unausgefüllten Leben bei Verwandten verurteilt waren, wo sie höchstens mit Handarbeiten ein kleines Taschengeld verdienen durften. Es war eben unvorstellbar, dass eine Dame einem Beruf nachging. Sie wäre wegen unweiblichem und nicht standesgemäßem Verhalten von ihrer Familie und der Gesellschaft gemieden worden. In dem nun seit zehn Jahren bestehenden Verein erhielten Frauen neue Lebensperspektiven, indem sie in der Kinderbetreuung und in der Armen- und Krankenpflege ausgebildet wurden.

Zu dieser Frau wollte Patrizia. Sie wollte im Amalienstift Krankenpflege lernen und später, sobald sie einundzwanzig Jahre alt war, mit einem Auswandererschiff nach Amerika reisen und dort genau so eine Schule gründen. Sie fühlte sich zu dieser Arbeit berufen und würde ihren Willen durchsetzen. Sie wollte weder auf einen Mann warten, der um ihre Hand anhielt, noch auf einen, den die Eltern aussuchten. Sie wollte Menschen betreuen, darin sah sie ihre Zukunft. Es wäre natürlich sehr hilfreich, dachte sie, wenn ich dafür das Geld einer Mitgift zur Verfügung hätte. Aber wer nach Amerika auswandert, hat selbst nichts außer seinem Pioniergeist und dem starken Willen zu überleben. Diesen Willen hatte sie auch, und sie war zäh und hatte Kraft, wenn man sie hier in der Familie auch wie eine Puppe behütete.

Patrizia stand auf und ging vom Fenster weg. Sie wollte morgen nachsehen, ob das Feuer auch in St. Georg Schäden angerichtet hatte. Dafür brauchte sie jetzt noch ein paar Stunden Schlaf. Denn wenn sie müde und mit dunklen Augenringen am Frühstückstisch erschien, würde die Mutter bestimmt jeden Spaziergang verbieten.

Sie zog sich aus und löste die strengen hochgesteckten Zöpfe, die sie tagsüber trug. Im Spiegel sah sie eine große, schlanke Frau mit langen, dunklen Haaren, die ihr in hübschen Wellen über die Schultern fielen. Ihre Gesichtszüge waren ebenmäßig und die hübsch geschwungenen Brauen verliehen ihr den etwas distanzierten Ausdruck, den sie bevorzugte. Mich muss nicht jeder ansprechen, ich suche mir Gesprächspartner lieber selbst aus, dachte sie und lächelte ihrem Spiegelbild zu, während sie in das Nachthemd schlüpfte. Dabei war sie ein sehr liebevolles Mädchen, hilfsbereit und verständnisvoll und wusste als einzige in der Familie, wie man die exzentrische Mutter taktvoll behandelte.

Patrizia liebte ihre Familie sehr und wusste: Eine Familie, die zusammenhält, braucht keine Angst vor der Zukunft zu haben. Sie wusste aber auch, dass sie diese Familie verlassen musste. Der Abschied würde ihr unendlich schwer fallen. Dennoch, der Wille zu einem eigenen ausgefüllten Leben, so wie sie es sich vorstellte, war stärker als alles andere. Es würde schwer werden, die Eltern davon zu überzeugen, aber bis zu einem Abschied hatte sie ja noch drei Jahre Zeit. Jetzt war es erst einmal nötig, in St. Georg nachzusehen, ob das Stift das Feuer überstanden hatte. Und anmelden wollte sie sich auch. Zwar würde man die Meldung erst akzeptieren, wenn der Vater eingewilligt hatte, aber einen ersten Schritt wollte sie morgen tun.

Sie freute sich auf den neuen Abschnitt ihres Lebens. Sie wusste bereits, dass eine ganze Reihe junger Frauen, die wie sie aus guten Familien kamen, diese Lehre anstrebten oder bereits mit der Arbeit begonnen hatten. Im kirchlichen Unterricht war manchmal darüber gesprochen worden, und sie wusste, dass die Pastoren die Arbeit der Amalie Sieveking unterstützten.

Vielleicht half diese Tatsache, die Eltern umzustimmen, denn sie waren fleißige Kirchgänger, wenn der Vater auch immer wieder sagte, auf Gott zu vertrauen sei gut, selbst etwas zu tun sei aber besser. Nicht ein einziger Pfeffersack sei bisher vom Himmel direkt in seinen Speicher gefallen.

Patrizia löschte das Licht auf dem Nachttisch und streckte sich aus. Sie liebte dieses kleine Zimmer und war froh, dass der Vater es für sie ausbauen hatte lassen. Es war das einzige in dem niedrigen Dachgeschoss, alle anderen Familienmitglieder schliefen unten. Sie konnte zwar keinen Ofen hier oben heizen, aber sie hatte ein dickes Federbett und eigentlich war das Haus ja auch nur als Wohnstätte für den Sommer gedacht. Mit geschlossenen Augen achtete sie auf die Geräusche des Hauses, die man nur nachts hört: das Reißen der Ziegel in den kälter werdenden Kaminen, das Knistern der Möbel, das Tappen nackter Füße, wenn einer im Haus herumlief, Balken, die ächzten und das Rascheln von Mäusen, die es natürlich auch gab.

Pünktlich um sieben Uhr am nächsten Morgen versammelten sich alle zum Frühstück. Johannes Stelling bestand darauf, dass die Familie wenigstens eine Mahlzeit am Tage gemeinsam einnahm, und da die beiden jüngsten Kinder noch die Schule besuchten, musste sehr zeitig gegessen werden. Mittags war er selbst oft geschäftlich unterwegs oder aß mit Freunden in der Stadt. Und abends war es schwer, einen gemeinsamen Zeitpunkt zu finden. Die Söhne trieben Sport, die Mädchen nahmen an schulischen oder kirchlichen Veranstaltungen teil und Annette verzichtete am liebsten auf das Abendessen, um sich ihre schlanke Figur zu erhalten. Außerdem hielt er es für richtig, die Familie mit einem Segenswunsch in den Tag zu entlassen. Ob der Wunsch etwas mit Gott zu tun hatte, hing ganz von den Geschäften ab. Wurde ein Schiff vermisst, betete man natürlich um Rettung und auch, wenn die Geschäfte schlecht gingen. Hatte man jedoch Ärger mit einem Konkurrenten oder mit dem Senat, dann artete der Segenswunsch auch schon einmal in einen Fluch aus. So ein Tag war heute. Johannes hatte zwar gut geschlafen, aber die Sorgen war er dadurch nicht losgeworden. Er aß mürrisch sein gebuttertes Brot und löffelte die doppelte Menge Zucker in den Kaffee.

Annette, wie immer musterhaft gekleidet und frisch wie der junge Morgen, sah ihn missbilligend an. Sie mochte es nicht, wenn er seinen Ärger vor den Kindern zeigte. »Was für Geschäfte hast du heute, Johannes?«, wollte sie wissen und versuchte ihm die Zuckerdose zu entwenden.

»Lass den Zucker da«, knurrte er, »und von Geschäften kann wohl kaum die Rede sein. Ich werde versuchen, Konträume zu mieten und meine Mitarbeiter zu finden. Dann komme ich und hole die Handelsbücher. Und dann irgendwann können wir vielleicht auch wieder von Geschäften reden.«

»Vater«, unterbrach ihn Viktoria, »du musst auch Speicherplatz besorgen, der Clipper mit der Wolle aus Liverpool läuft heute mit der Flut ein.«

Verblüfft sah Johannes seine Jüngste an. »Was weißt du denn von der ›Seemaid‹?«

»Ich habe in den letzten Tagen ein bisschen in deinen Unterlagen geblättert. Da ich nicht weiß, wie es um meine Schule in der Großen Johannisstraße bestellt ist, wollte ich mich etwas weiterbilden. Das ist dir doch recht, nicht wahr?«

Johannes Stelling war sprachlos. »Was fällt dir denn ein, dich in meine Geschäfte zu mischen?«

»Vater, du hast soviel um die Ohren. Hättest du heute an den Clipper gedacht? Und dass er so schnell wie möglich entladen werden muss, weil die Gespanne aus Altona für morgen bestellt sind, um die Wolle in den Speicher zu transportieren, und dass übermorgen die Ware aus Hannover kommt, die der Clipper nach Amsterdam bringen soll? Sei doch froh, dass ich dir helfe, Vater.«

»Das ist alles Unsinn. Kein einziger Termin kann eingehalten werden. In der Stadt und am Hafen herrscht das Chaos, wer kann denn da an ein Ent- und Beladen denken. Nichts, aber auch gar nichts wird funktionieren.«

»Vater«, widersprach Viktoria, »weder in Liverpool noch in Hannover oder in Amsterdam fragt man nach dem Chaos von Hamburg. Geschäft ist Geschäft und jeder erwartet termingerechte Lieferungen. Das sagst du doch auch immer.«

»Und das muss ich mir jetzt von einer Vierzehnjährigen erklären lassen! Na gut, an die ›Seemaid‹ hätte ich heute nicht gedacht, das gebe ich zu. Aber in Zukunft wirst du dich aus meinen Geschäften heraus halten und die Nase in Schulbücher und nicht in Geschäftsbücher stecken. Ist das klar?«

»Nein, Vater, ich denke, dass du jede Hilfe brauchst, die du bekommen kannst, und ich kann dir helfen. Besser als du denkst. Ich bin nämlich nicht dumm und lerne schnell.«

»Kommt nicht in Frage, eine Frau hat im Geschäft nichts zu suchen«, und zu Michael gewandt: »Du übernimmst die ›Seemaid‹. Hol dir ein Pferd aus dem Mietstall, reite runter an die Elbe und erkundige dich beim Hafenmeister, wann der Clipper gemeldet ist. Dann …«

Aber der Sohn ließ ihn nicht ausreden. »Tut mir Leid, Vater, aber ich habe nicht damit gerechnet, heute arbeiten zu müssen. Ich habe eine andere Verabredung, die ich nicht mehr absagen kann.«

Plötzlich herrschte am Tisch absolutes Schweigen. Der Hund erhob sich mit eingeklemmter Rute und legte sich in der Nähe der Tür nieder, als spürte er die geladene Atmosphäre.

Johannes sprang auf und schlug mit der Hand auf den Tisch. »Was willst du damit sagen? Du hast keine Zeit? Du hast eine andere Verabredung? Du bist nicht nur mein Sohn, der zu gehorchen hat, solange er seine Beine unter meinen Tisch stellt, du bist auch mein Angestellter und verdienst dein

Geld bei mir. Du wirst das tun, was ich dir sage und sonst gar nichts.« Johannes ließ sich auf den Stuhl fallen. »Der junge Mann hat eine andere Verabredung, Himmel, womit habe ich das verdient.«

»Bitte beruhige dich, Johannes«, Annette legte ihm besänftigend die Hand auf den Arm. »Niemand von uns konnte wissen, wann du zurückkommst und wann es wieder ein Kontor für die Firma gibt. Die Kinder haben eigene Pläne für die nächsten Tage gemacht, das musst du verstehen.« Sie nickte Michael zu, als wollte sie sagen, ›lass nur, ich mache das schon‹. »Hannes, auch für uns ist der Verlust der Häuser nicht leicht zu ertragen, auch wir haben alles verloren und müssen damit fertig werden, jeder auf seine Weise. Da ist es nicht nur verständlich, sondern auch sehr nötig, dass man versucht, sich mit anderen Aufgaben abzulenken.«

»Und welche Aufgaben halten meinen Sohn davon ab, beim Aufbau der Firma zu helfen? Ich verlange, dass jeder in dieser Familie die Ärmel aufkrempelt und anpackt – jeder, das versteht sich doch wohl von selbst.«

»So, und wo soll ich mit aufgekrempelten Ärmeln anpacken? Könnte ich das bitte erfahren?« Verärgert sah Annette ihn an. Sie hatte keinesfalls die Absicht, unterwürfig um Arbeit zu betteln. Die Firma, die funktionierende Firma, das war Männersache, da hatte ihr Ehemann vollkommen Recht. Also sollte er nun auch dafür sorgen, dass das Handelshaus Stelling wieder Boden unter die Füße bekam. Und zwar nicht auf ihre Kosten und auch nicht auf Kosten ihrer Kinder. Michael wollte zum Malunterricht, das wusste sie, schließlich hatte sie ihm das Geld dafür gegeben. Und es war die letzte Stunde, denn sein Lehrer wollte für immer nach Italien umsiedeln. Dieser Unterricht heute war äußerst wichtig für ihren Liebling und sie würde dafür sorgen, dass er ihn bekam. Außerdem ging es um mehr als um den Unterricht. Michael wollte mit seinem Lehrer Adressen in Italien austauschen, einen Briefwechsel und eine eigene spätere Reise besprechen. Dafür brauchte er diesen Kontakt. Und sie würde ihm dabei helfen.

Sie sah ihren erzürnten Mann an, schenkte ihm neuen Kaffee ein und rückte die Zuckerdose wieder in seine Nähe. »Darf ich einen Vorschlag machen?«

»Bitte.«

»Du reitest in die Stadt und mietest ein neues Kontor. Thomas kann dich begleiten und bei der Suche nach deinen Mitarbeitern helfen. Viktoria reitet zum Hafen und erwartet dein Schiff. Wenn Michael seine Angelegenheit erledigt hat, besorgt er den nötigen Speicherraum, und alles läuft nach Plan.«

Johannes beobachtete seine Frau. So viel und so lange hatte sie selten mit ihm geredet. Und das auch noch aus geschäftlichen Gründen. Was war mit dieser Familie los, waren die alle aus dem Ruder gelaufen? Er stand auf, er musste mit dieser Situation erst einmal allein fertig werden. Ihm kam es vor, als sei er ein ganzes Jahr fort gewesen und nicht nur drei Tage. Er sah sie alle an, einen nach dem anderen und schüttelte den Kopf.

»Wenn ich nur wüsste, was hier passiert ist. Ich bin drei Tage nicht da und alle haben einen eigenen Kopf und machen, was sie wollen.«

»Du vergisst, Johannes«, beruhigte ihn seine Frau, »auch wir haben schwere Stunden erlebt. Da ist es doch verständlich, dass sich jeder Gedanken um die Zukunft macht. Lass uns etwas Zeit, damit wir unsere veränderten Lebensumstände begreifen lernen, dann richtet sich alles wieder ein.«

Johannes stand auf und wandte sich zur Tür. »Also gut. Thomas, du besorgst die Pferde für uns beide im Verleihstall. Viktoria kann den Pferdebus zum Hafen nehmen, er muss zwar Umwege fahren, aber die Strecke funktioniert wieder. Wie und wohin Michael will, ist seine Sache, aber pünktlich um zwölf Uhr will ich ihn beim Hafenmeister sehen. Und dich,

Annette«, er sah seine Frau an, »möchte ich bitten, mit der Mamsell zusammen meine Geschäftsunterlagen für das Kontor zu ordnen und einzupacken. Thomas holt sie dann gegen Mittag.« Enttäuscht und verärgert verließ er das Frühstückszimmer und ging mit dem Hund nach draußen.

Auf dem Harvestehuder Weg waren zahlreiche Reiter und Kutschen stadteinwärts unterwegs. Hinter seinem Haus, wo der Weg endete, bogen sie in die Alte Rabenstraße ein, um dann über den Mittelweg und um die Moorweiden herum zum Dammtor und in die Stadt zu gelangen. Johannes Stelling war erstaunt, wie viele Menschen hier unterwegs waren. Er wich den schweren Wagen aus, die mit Gemüse, Kohlen, Holz oder Schlachtvieh beladen auf dem Weg zu den Märkten waren und hielt den Setter fest, der bellend und fröhlich den feinen Herren folgen wollte, die mit ihren Zylindern in Kutschen und auf Pferden unterwegs zu ihren Geschäften in der Stadt waren. Er sah mit Erstaunen, wie viele Menschen sich in letzter Zeit hier am Alsterufer angesiedelt hatten. Die größten Teile des ehemaligen Klosterlandes waren bereits in Parzellen aufgeteilt und einige wohlhabende Familien hatten sich regelrechte Paläste am Ufer der Alster gebaut.

Es sieht ganz so aus, als ob dieses Gebiet sich zu einer der besten und teuersten Wohngegenden der Stadt entwickelt, dachte er. Da wird es höchste Zeit, dass ich mich selbst nach Bauland umsehe. Er sah hinüber zu seinem kleinen Sommerhaus, das von Anfang an nur als Wochenenddomizil gedacht war. Allerdings, überlegte er, direkt am Wasser werde ich nicht bauen, hier sind zu viele Ausflugsgäste unterwegs. Der Mittelweg ist besser für ein Haus, in dem auch Geschäfte abgewickelt werden sollen. Speicher und Kontorhaus gehören natürlich in die Nähe des Hafens, aber meine Stadtvilla muss gut erreichbar sein und doch in einer attraktiven Gegend stehen. Ja, der Mittelweg ist gut. Es gibt bereits ein paar Geschäfte, ein Pferdeomnibus fährt regelmäßig durch die

Straße, der Weg ist gepflastert worden und die neugepflanzten Bäume werden ihn in eine hübsche Allee verwandeln. Er reckte die Schultern und schob die Hände in die Taschen des Gehrockes. Er würde zwar arbeiten müssen bis zum Umfallen, aber er würde es schaffen: Erst der Speicher, damit meine Schiffe ihre Anlaufstelle haben, dann das Kontorhaus, damit meine Geschäfte wieder ihr Fundament bekommen, und dann das Haus, damit die Familie ihr Heim hatte. Aber zuerst sichere ich mir eine erstklassige Parzelle am Mittelweg. Ja, genau so werde ich es machen. Verlieren wir also keine Minute. »Benno, Zeit ist kostbar«, erklärte er dem vor ihm her springenden Hund und ging zurück ins Haus. Er wollte die Geschäftspapiere noch ordnen, damit Thomas sie abholen konnte, sobald Kontorräume gefunden waren.

Aber zu seinem Erstaunen stellte er fest, dass die Bücher, die Dokumente und alle anderen Unterlagen auf das Beste sortiert und gerichtet waren. Hatten Annette und die Mamsell so schnell gearbeitet? Oder hatte Patrizia ihm diese mühsame Arbeit abgenommen? Er rief nach seiner Frau, die mit Babette im Garten stand. »Annette, wer hat meine Papiere so trefflich geordnet?«

»Das weiß ich nicht. Vielleicht Patrizia? Sie ist in der Küche bei Simone und stellt eine Einkaufsliste zusammen, ich werde sie rufen.«

Aber auch Patrizia zuckte nur mit den Schultern, als der Vater sie fragte. Doch dann fiel ihr ein: »Ich habe Viktoria gesehen, die ein paar Mal in deinem Zimmer war. Vielleicht hat sie dir die Arbeit abgenommen?«

»Viktoria? Unmöglich, die versteht doch von Geschäftsbüchern nichts.«

Doch Patrizia hob abwehrend die Hände: »Da wäre ich gar nicht so sicher, Vater. Ich glaube, sie interessiert sich sehr für die Firma.«

»Unsinn, sie ist ein Schulmädchen und soll sich um ihre

Hausaufgaben und ihren Klavierunterricht kümmern. Nun ja, wer es auch war, die Papiere sind bestens sortiert und ich nehme an, dass Michael sich damit beschäftigt hat, um mich zu versöhnen. Dann verzeih ich ihm auch seine frechen Worte von heute Morgen.«

Als Thomas eine halbe Stunde später mit den Pferden kam – der Verleihstall war glücklicherweise in der Nähe der Feldbrunnen jenseits vom Mittelweg und leicht zu erreichen –, hatte Johannes sich beruhigt. Es nützt ja nichts, sagte er sich, wenn ich mich aufrege, weil die Familie Schwierigkeiten macht. Ich muss mich auf das Geschäft konzentrieren, dann funktioniert auch die Familie wieder.

Die beiden ritten die Alte Rabenstraße hinauf, dann ein Stück den Mittelweg entlang und danach quer über die moorigen Weiden vor dem Dammtor, wo ein alter Hirte eine Herde schwarzbunter Kühe hütete.

Nach einigem Suchen fand Stelling ein Kontor am Gänsemarkt, der vom Feuer verschont worden war. Er wurde sich schnell mit dem Hausbesitzer einig und konnte eine ganze Etage günstig mieten. Als der Vertrag unterschrieben und die ersten Courantmark bezahlt waren, schrieb Johannes Stelling die neue Adresse auf ein weißes Pappschild und bat Mitarbeiter und Geschäftspartner, ihn in seinem neuen Domizil aufzusuchen.

»So, Thomas, hier ist eine Aufgabe für dich. Du reitest zu den Ruinen vom alten Kontorhaus, bringst das Schild dort gut sichtbar an und holst dann aus Harvestehude meine Papiere. Ich werde inzwischen die Räume so einrichten, wie ich sie brauche und dann kann es mit der Arbeit losgehen.«

»Vater, werden wir es schaffen?«

»Aber ja doch, mein Junge, wenn ihr alle mit anpackt, sind wir bald wieder oben. Ihr müsst natürlich alle helfen.« Er gab seinem Sohn einen freundschaftlichen Schlag auf die Schulter. »Du kannst gleich damit anfangen.«

Der junge Mann, der so ganz andere Pläne hatte, ritt mit sehr gemischten Gefühlen davon.

Annette Stelling war zutiefst unglücklich. Nichts in ihrem Leben entwickelte sich so, wie sie es sich erträumt hatte. Mehr als ein Jahr war seit dem Großen Brand vergangen, aber der Wiederaufbau der Firma kam kaum voran. Alle vier Kinder, auf die sie einst so stolz gewesen war, hatten die Eltern enttäuscht und gingen eigene Wege. Ja, und Johannes, dieser früher so liebevolle, höfliche Mann, wurde mit jedem Tag schweigsamer und schwieriger. Womit hatte sie soviel Unglück verdient?

Sie saß im Garten und stickte an einer Kaffeedecke, die sie St. Katharinen für den Weihnachtsbasar spenden wollte. Weihnachten, das war noch lange hin, aber die Pastorenfrau wollte wissen, mit welchen Geschenken sie rechnen konnte, und sie hatte sich für diese Decke mit Kreuzstich-Blüten entschieden.

Sie war sehr einsam und an vielen Tagen ganz allein mit dem Personal, weil Johannes und Michael sich um die Firma kümmern mussten, Patrizia ihren Kopf durchgesetzt hatte und bei Amalie Sieveking arbeitete, und Viktoria neben ihrem Schulunterricht noch eine Handelsschule besuchte, in der sie zwar das einzige Mädchen, gleichzeitig aber Klassenbeste war. Sie entwickelt sich wirklich zu einem Ausnahmegeschöpf, dachte die Mutter. Weil sie den Vater überzeugen konnte, dass die Feuercassa zahlen musste, verlangte sie als Belohnung den Besuch dieser Handelsschule und Johannes musste zustimmen. Sie wäre sonst ohne seine Einwilligung zum Unterricht gegangen.

Annette liebte den kleinen Garten zwischen dem Sommerhaus und dem Gesindehäuschen. Sie hatte Johannes überredet, eine Bank zwischen die Stauden von stahlblauem Rittersporn und mattroten Levkojen zu stellen, und nun verbrachte sie viele Stunden im Schatten eines alten Apfelbaumes, der wohl noch aus jener Zeit stammte, in der dieses ganze Land zum Harvestehuder Frauenkloster gehörte.

Es ist unerträglich schwül, dachte Annette und betupfte die feuchte Stirn. Seit Wochen hat es nicht geregnet. Ein Gewitter wäre die reinste Wohltat. Sie sah hinüber zur Alster, die bleigrau und still den diesig-grauen Himmel widerspiegelte. Im Dunst konnte sie kaum das gegenüberliegende Ufer erkennen. Dort irgendwo ist Patrizia unterwegs, überlegte Annette betrübt, weshalb ist sie nicht bei mir, tröstet mich und hilft mir über meine Niedergeschlagenheit hinweg? Weshalb kümmert sie sich um fremde Menschen und nicht um ihre Mutter?

Alles war falsch gelaufen in diesem vergangenen Jahr, aber wirklich alles. Obwohl die Feuercassa für die beiden versicherten Gebäude eine Abfindung gezahlt hatte – dass sie überhaupt bezahlten, war allein Viktoria zu verdanken. Sie hatte damals die verstaubten Versicherungspolicen zwischen den Geschäftsakten gefunden und den Vater fast gezwungen, die Versicherung in Anspruch zu nehmen. – Obwohl also das Geld für den Bau neuer Häuser vorhanden war, klappte es mit den Neubauten nicht. Es gab kaum Baumeister in der Stadt, und Johannes hatte endlich einen gefunden, der bereit war, Speicher und Kontorhaus zu bauen, aber es gab weder ein geeignetes Gelände und Baumaterial noch Handwerker. Selbst jetzt noch, mehr als ein Jahr später, herrschte innerhalb der Stadttore das Chaos. Zuviel war zerstört worden, zuviel sollte ganz modern aufgebaut werden, zu unterschiedlich waren die Meinungen im Rathaus, wenn es um die Planungen der Innenstadt ging.

Annette erinnerte sich, wie sehr Johannes sich beklagt hatte, weil sich Bürgermeister, Senatoren, Architekten und Bürgerschaft nicht einigen konnten.

»Um mit dem Wiederaufbau zu beginnen, müssen viele Grundstücke enteignet werden«, erklärte ihr Johannes, »und dagegen sträuben sich die Besitzer. Man hat Experten mit einem neuen Stadtkonzept beauftragt. Der britische Ingenieur Lindley will ein Kanalsystem mit Sielen nach Londoner Vorbild bauen, um die stinkenden Abwässer in unterirdische Kanäle zu leiten. Der berühmte Architekt Chateauneuf will das Rathaus an die kleine Alster verlegen und die Binnenalster soll nach Süden hin einen Damm erhalten. Alle wollen viel verändern, aber keiner will zahlen«, hatte er gesagt. Annette seufzte, ›und mitten darin stecken wir in unserem ganz persönlichen Dilemma: kein Speicher für die Waren, kein Kontorhaus für die Geschäfte und kein Wohnhaus für die Familie.‹

Dabei hatte Johannes ihr endlich ein elegantes, repräsentatives Haus am Mittelweg versprochen. Der Mittelweg würde eine attraktive Wohnstraße werden, hatte er gesagt, in der nur Einfamilienhäuser mit Vor- und Hintergärten stehen würden und in der es verboten war, Geschäfte mit üblem Geruch oder übermäßigem Lärm zu errichten. Er hatte mit ihr das Grundstück besichtigt, das er gekauft hatte, und ihr erlaubt, eigene Pläne für die Zimmeraufteilung zu entwickeln. Er würde einen Architekten finden, hatte er gesagt, der sich ganz nach ihren Wünschen richtete. Ein ganzes Jahr träumte sie davon und nichts geschah.

Das Haus sollte im Souterrain alle Wirtschaftsräume beherbergen, im Erdgeschoss würde sie neben einem kleinen Büro für Johannes zwei große Empfangsräume haben, einen davon mit Zugang zu einem Garten. Darüber gäbe es in der ersten Etage schmucke Wohnräume für die Familie, in der zweiten die Schlafräume und Bäder und im Dachgeschoss würden die Angestellten wohnen. Ach, fließendes Wasser und Toiletten mit Wasserspülung würden sie haben und nicht wie hier diesen Abtritt im Anbau, den man bei Wind und Wetter aufsuchen musste, wenn man seine Notdurft verrichten wollte. Und dann diese Eimerträger, die in jeder Woche einmal kamen, um die stinkenden Behälter gegen gereinigte auszutauschen. Echte englische Klosetts würde das neue Haus bekommen, hatte Johannes versprochen. Sie konnte sich darunter zwar nichts vorstellen, aber das würde sie dann sehen. Und nun wartete sie seit mehr als zwölf Monaten vergeblich auf den Baubeginn.

Und wenn sie dann hörte, wie die vorlaute Viktoria den Vater bedrängte, Passagierschiffe zu kaufen, um Auswanderer nach Übersee zu transportieren, weil es das größte Geschäft der Zukunft würde, dann konnte sie sich ausrechnen, dass in absehbaren Zeiten kein Stelling-Haus am Mittelweg gebaut werden konnte. Dabei wurde täglich deutlicher, dass sich rund um die Alster die reichsten der Reichen niederließen. Ach, es war zum Verzagen! Und sie hatte nicht einmal Platz genug im Haus, um einen Empfang mit Dinner zu geben. Sie konnte nur Einladungen für Gartenfeste aussprechen und die konnten nur bei gutem Wetter stattfinden. Und wann gab es in Hamburg gutes Wetter?

Drei Kähne, einer hinter den anderen gebunden, glitten über die Alster flussabwärts und beförderten Schweine zum Schlachthaus. Laut und vernehmlich riefen sich die drei Männer, jeder eine lange Stange zum Staken in den Händen, ihre Kommandos zu. Die eingezwängten Tiere quickten furchtsam und kläglich.

Simone kam aus dem Haus. Die Köchin hatte die Küchenschürze abgebunden und rollte sich die Ärmel ihrer gestärkten Bluse bis über die Ellenbogen hoch. Sie nickte ihrer Herrin zu und wollte weitergehen, aber Annette, gelangweilt und allein, forderte sie auf, bei ihr zu bleiben.

»Setzen Sie sich einen Augenblick zu mir, Simone. Nach

den Küchendüften wird Ihnen die frische Luft gut tun.« Sie rückte zur Seite, um Platz zu machen. »Setzen Sie sich.«

Simone, der die Nähe zu ihrer Herrin etwas despektierlich war, setzte sich auf die äußerste Kante und bewunderte die Handarbeit.

»Wie wunderschön Sie das machen, Madame, die Blüten sehen aus wie frisch auf das Tuch gewachsen.«

»Man muss viel zählen, Simone, jeder Stich muss abgezählt werden und alle Fäden müssen in die vorgeschriebene Richtung laufen«, erklärte Annette nicht ohne Stolz. »Ich bin froh, dass meine Augen noch mitmachen.«

»Ich habe nie gelernt, so feine Arbeiten zu machen, Madame.«

Annette seufzte. »Dafür können Sie wunderbar kochen und das kann ich nicht. Handarbeiten ist das einzige, was Frauen meines Standes tun dürfen, ist das nicht albern?«

»Aber weshalb sollten Sie kochen können, Sie haben doch mich.«

Jetzt musste Annette lachen. »Da haben Sie auch wieder Recht, Simone. Und jetzt gehen Sie und ruhen Sie sich aus. Ich habe Sie von Ihrer wohlverdienten Mittagspause abgehalten.«

»Danke, Madame. Ich werde mich etwas hinlegen, mittags werden meine Beine immer so schwer, da tut die Ruhestunde gut.«

Patrizia, wie alle Frauen, die im Amalienstift arbeiteten, in ein dunkelblaues Kattunkleid mit weißen Pünktchen gekleidet, wischte sich den Schweiß vom Gesicht. Hier drinnen in den vollbelegten Krankenzimmern herrschte eine stickige, übelriechende Luft, und da viele Patienten Angst vor einem Durchzug hatten, durfte sie auch keine Fenster öffnen. Manchmal fiel ihr die Arbeit wirklich schwer! Draußen war es schwül, bleigrau hing der Himmel über der Stadt. Sie sah verstohlen auf die kleine Uhr, die sie an einer Kette um den Hals trug. Noch zwei Stunden bis zur Ablösung. Wie würde sie den Heimweg genießen! Die Eltern hatten endlich erlaubt, dass sie abends allein nach Hause gehen durfte. Nur wenn es schon dunkel war, musste einer der Brüder sie abholen. Dass die davon begeistert waren, konnte man nicht gerade behaupten, und Patrizia war jedes Mal froh, wenn sie noch bei Tageslicht die Fähre über die Alster erreichte. Eine muffelige Begleitung war das Letzte, was sie brauchte, wenn sie müde von dem langen Tagesdienst den Heimweg antrat.

Sie hatte zwar damit gerechnet, daß die Arbeit schwer war, aber sie hatte sich den Tagesablauf nicht so hart vorgestellt. Während ältere Pflegerinnen ihre wohlverdienten Ruhepausen genossen, mussten die Lehrlinge zum theoretischen Unterricht. Und wenn irgendwo Not an Pflegekräften war, mussten ebenfalls die jungen Frauen einspringen. Trotzdem fühlte sich Patrizia im Amalienstift und in den angrenzenden Pflegestationen wohl. Sie wurde gebraucht und ihre Arbeit wurde anerkannt. Zum ersten Mal in ihrem Leben war sie abends todmüde und dennoch richtig glücklich.

Patrizia zog die Schleife ihrer kleinen, weißen Spitzenhaube fest und begann das Geschirr vom Abendessen einzusammeln. Alle Pflegerinnen trugen, wie Amalie Sieveking, diese Spitzenhaube und die gleichen blauen Kleider. Ihre Lehrmeisterin wollte, dass man ihre Pflegerinnen auch draußen auf der Straße erkannte und achtete. Außerdem sei so eine einheitliche Tracht auch ein gewisser Schutz vor schlechtgesinntem Pöbel. Die Frauen waren stolz auf ihr Gewand, es sicherte ihnen Aufmerksamkeit und höfliche Beachtung. Nur manchmal, überlegte Patrizia an diesem späten Nachmittag, ist der dicke Stoff einfach zu warm, und sie dachte mit Sehnsucht an das weiße Spitzenkleid in ihrem Schrank, das sie in diesem Sommer noch nicht ein einziges Mal getragen hatte.

Als sie die letzten Teebecher abgetrocknet und ins Regal gestellt hatte, hörte sie den ersten leisen Donner in der Ferne.

Sie rollte die Ärmel herunter, knöpfte die Manschetten zu und band die Schürze ab. Hoffentlich komme ich noch vor dem Gewitter nach Hause, dachte sie, die Fähre setzt bestimmt nicht bei Sturm und Regen über den breiten See.

Das Gewitter hatte sich jenseits der Elbe festgesetzt, als stelle der Strom eine unüberwindliche Barriere dar. Als die Nachtpflegerin ins Zimmer kam, verabschiedete sich Patrizia eilig. »Ich will versuchen, noch über die Alster zu kommen, sonst muss ich den ganzen Umweg über die Lombardsbrücke machen und werde bestimmt sehr nass.«

»Ja, lauf nur, ich komme schon zurecht. Bis morgen dann.«

Patrizia winkte noch einmal, nahm ihre Tasche und einen Schirm, den sie immer in ihrem Schrank hatte, und ging nach draußen. Vor der Tür in der kleinen Gasse stand ein Reiter mit einem Schimmel am Zügel, den das herannahende Gewitter nervös machte.

»Mademoiselle Stelling?«

»Ja?«

»Erlauben Sie bitte, dass ich mich vorstelle. Mein Name ist Jens Brennicke. Ich ...« Ein kräftiger Donner verschluckte die nächsten Worte und der junge Mann musste sich noch einmal vorstellen. »Ich bin Jens Brennicke und ich wollte Sie fragen, ob Sie mir die Ehre erweisen, Sie nach Hause begleiten zu dürfen?«

Patrizia, im ersten Augenblick angetan von dem guten Aussehen und dem einwandfreien Benehmen des jungen Mannes, dann aber verwirrt und erschrocken, hob abwehrend die Hände.

»O nein, vielen Dank, ich nehme die Fähre, und bitte halten Sie mich nicht auf, sonst verpasse ich die Abfahrt.«

Aber Jens Brennicke hatte nicht vor, so schnell aufzugeben. Zu lange hatte er versucht zu erfahren, wo und wann das Fräulein Stelling tätig war, das seit einem Jahr spurlos aus dem Gesellschaftsleben der Stadt verschwunden war. Freilich, er hatte nicht ständig nach ihr gesucht, denn zwischendurch musste er sich um die väterliche Firma kümmern. Er war in Italien, wo er bei La Spezia und bei Bari Marmorbrüche besichtigt und Ware bestellt hatte. Den Hanseaten war in der neuen Aufbauphase kein Material zu kostbar, um ihre Häuser zu schmücken. Nein, Jens Brennicke gab nicht so schnell auf.

»Mademoiselle Stelling, es wird ein furchtbares Gewitter geben und ich sehe mich gezwungen, Sie zu begleiten und zu schützen.«

»Monsieur«, sie lief weiter, »ich bin es gewohnt, bei jedem Wetter unterwegs zu sein. Ich habe einen Schirm bei mir und wenn ich schnell genug bin, erreiche ich mein Haus, ohne nass zu werden.«

Aber Jens Brennicke ließ sich nicht abweisen. Obwohl der Schimmel immer wieder am Zügel zerrte und lieber rückwärts als vorwärts gehen wollte, blieb Jens neben Patrizia.

»Mademoiselle, besteht denn die Möglichkeit, dass ich Sie einmal einlade?«

Patrizia lachte und eilte weiter. »Wohin wollen Sie mich denn einladen? Ich denke, Sie wissen ganz genau, dass es sich für eine Frau nicht schickt, mit einem Mann auszugehen, der ihr nicht offiziell vorgestellt wurde.«

»Ich halte nichts von diesen mittelalterlichen Gepflogenheiten. Aber wenn Sie Wert darauf legen, werde ich einen Freund bitten, uns ganz hanseatisch-korrekt miteinander bekannt zu machen.«

Das Gewitter kam sehr schnell näher. Es hatte die Elbe übersprungen und zog mit nachtschwarzen Wolken und heftiger werdendem Wind von Süden her über die Stadt. Patrizia eilte die Stiftstraße entlang und dann in der Langen Reihe weiter. Bis zum Fähranleger am Schwanenwik musste sie noch zehn Minuten rechnen. An ihrer Seite nach wie vor dieser beharrliche Mann, der ihr von einem Mendelssohn-Bartholdy-Konzert erzählte, zu dem er gern mit ihr gehen würde, und von einem Zirkus-Besuch, der auch sehr lohnend sein sollte.

Als die ersten Regentropfen fielen und Patrizia den Schirm aufspannte, sah sie ihn gereizt an.

»Monsieur, merken Sie eigentlich nicht, dass Sie mir lästig sind? Ihre Konzerte und circensischen Abenteuer sind bestimmt sehr nett, aber ich habe dafür keine Zeit. Bitte reiten Sie nach Hause, Ihr Pferd mag das Wetter und auch meinen Schirm nicht.«

»Unsinn, mein Hassan gehorcht aufs Wort. Er ist nur so nervös, weil ich es bin. So etwas überträgt sich eben.«

»Und weshalb sind Sie nervös?« Der Regen prasselte inzwischen so stark auf den Schirm, dass Patrizia schreien musste, um sich verständlich zu machen.

»Danach fragen Sie noch? Abgesehen von Ihrer Ablehnung mir gegenüber, frage ich mich die ganze Zeit, wie ich Sie vor dem Unwetter, das hinter uns heraufzieht, schützen soll. Bitte, drehen Sie sich einmal um und schauen Sie den Himmel über der Stadt an.«

Patrizia sah sich um. Ihr stockte der Atem. Der Himmel war nicht nur von Blitzen erhellt, sondern zeigte eine schwefelgelbe Farbe, die den Weltuntergang zu verkünden schien.

»Mein Gott, wie furchtbar«, entfuhr es ihr. »Was machen wir denn jetzt? Bei diesem Wetter fährt doch keine Fähre mehr.«

»Danke, dass Sie zum ersten Mal wir gesagt haben. Wir laufen so schnell wir können zum Ende der Langen Reihe, da gibt es einen Mietstall. Sicher können wir uns dort unterstellen.«

Inzwischen regnete es in Strömen. Jens zog seinen Gehrock aus und legte ihn Patrizia über die Schulter. »Bitte, behalten Sie ihn an, es genügt, wenn einer von uns nass wird.«

Sie nickte ihm zu und sah, wie sein feingefaltetes Hemd von einem Augenblick zum nächsten wie ein nasser Lappen an seiner Haut klebte. Das Wasser lief ihm von der Hutkrempe hinten in den Hals und vorn wie ein Tränenstrom über das Gesicht. Sie bedankte sich und lief, tief unter ihren Schirm gebeugt, neben ihm her. Anscheinend kannte er sich in dieser Gegend aus und wusste, welche Richtung sie einschlagen mussten. Über der Stadt entlud sich das Gewitter mit voller Gewalt. Grellgrüne Blitze zerteilten den Himmel, das Krachen der Donner hörte überhaupt nicht auf und der Regen fiel wie ein grauer Vorhang senkrecht vom Himmel.

Jens musste sich anstrengen, seinen Schimmel zu beruhigen und mit einem Arm zu halten. Den anderen hatte er um Patrizias Schultern gelegt, als er sah, dass sie vor Angst und Kälte zitterte. Dann endlich hatten sie den Mietstall erreicht. Bei schönem Wetter hatte man von hier aus einen hübschen Blick über die Alster zum anderen Ufer hinüber. Heute aber versank alles in Regenschleiern und tiefster Finsternis. Jens stieß das Stalltor auf. Dumpfe, feucht-warme Luft schlug ihnen entgegen. Es roch nach Pferden, Heu und Sattelzeug, zu sehen war nichts. Nicht eine einzige Öllampe brannte.

Jens rief: »Hallo, ist hier jemand?« Aber niemand meldete sich.

»Hier scheint kein Mensch zu sein.« Er nahm Patrizia an die Hand. »Kommen Sie ein paar Schritte weiter, damit ich Hassan hereinführen kann. Es ist zwar dunkel hier drinnen, aber wenigstens trocken.«

Patrizia nahm den durchgeweichten Gehrock ab und Jens rieb an der Stallmauer ein Zündholz an. Für einen Augenblick konnten sie sehen, dass einige Pferdeständer leer waren. Jens führte seinen Schimmel in die erste Box und nahm ihm den Sattel ab. Dann nahm er Patrizia an die Hand und führte sie im Schein der Blitze, die durch die schmalen Stallfenster zuckten, zu den gebündelten Heuballen.

»Bitte setzen Sie sich, wir werden hier warten müssen, bis das Unwetter nachlässt.«

Patrizia, seit ihrer Kindheit ängstlich, wenn ein Gewitter

tobte, fühlte sich höchst unwohl. Diese krachenden Elemente draußen, dieser unbekannte Mann hier drinnen, die späte Stunde – man erwartete sie natürlich längst zu Hause und hatte womöglich einen der Jungen ausgeschickt, um nach ihr zu suchen – all das behagte ihr gar nicht. Vielleicht denkt man zu Hause, ich habe Nachtdienst, überlegte sie, auf jeden Fall kann ich es so erklären. Ich werde einfach zurück in das Stift gehen, sobald das Gewitter vorbei ist und so tun, als sei ich nie fortgegangen. Sie befühlte ihren Kopf. Die gestärkte Haube klebte wie ein unförmiger Lappen an ihrem Haar. An ihr allerdings kann jeder sehen, dass ich im Gewitter unterwegs war.

Jens, der die Bewegung im Schein eines Blitzes gesehen hatte, bat: »Nehmen Sie doch diese nasse Mütze ab. Sie haben so wunderschönes Haar, es ist schade, dass Sie es unter soviel Tüll verstecken.«

»Woher kennen Sie denn mein Haar?«

»Im vorigen Jahr beim Osterfeuer an der Elbe habe ich es gesehen.«

»So lange kennen Sie mich schon?«

»Ich kannte Sie schon als kleines Schulmädchen, aber dort unten an der Elbe, da …« und wieder zerriss ein Donner seinen Satz. Aber das war auch gut so, er konnte ihr doch nicht sagen, dass er seit damals in sie verliebt war und sie gesucht hatte.

Patrizia fragte nicht nach. Sie spürte, dass sich das Gespräch zu einem heiklen Thema entwickelte, und das wollte sie vermeiden.

Sie löste die Nadeln und schüttelte das feuchte Haar, damit es trocknen konnte. Jens, der dies in der Dunkelheit bemerkte, fragte sehr leise: »Würden Sie mir erlauben, Ihr Haar einmal zu berühren?« Und als sie ja sagte, setzte er sich neben sie und strich ganz behutsam über die Locken, die in sanften Wellen den Rücken hinunter flossen.

»Schade, dass es so dunkel ist, die Farbe Ihrer Haare ist einmalig. Es war das erste, was mir an Ihnen so gut gefallen hat.«

Patrizia, die genau spürte, dass dieser junge Mann begann, mit ihr zu flirten, rückte ein wenig ab. Sie hatte kein Interesse an Schmeicheleien und keine Zeit. Das musste sie ihm so schnell wie möglich erklären. Er durfte sich keine falschen Hoffnungen machen.

Jens Brennicke war trotz seiner beeindruckenden Statur und seinen beachtlichen, wenn auch nicht immer fairen geschäftlichen Erfolge ein sehr feinfühliger Mann. Erfolgsgewohnt, wenn es um Eroberungen bei Frauen ging, spürte er doch sehr genau, wann er abgelehnt wurde. Es schmerzte ihn, aber es raubte ihm nicht sein Selbstbewusstsein, wenn eine Frau ihm zu verstehen gab, dass sie an einer Beziehung nicht interessiert war. Das allerdings war ihm sehr selten widerfahren. Frauen mochten ihn und vor allem wussten sie seinen gesellschaftlichen Stand, seinen geschäftlichen Erfolg und seinen Reichtum zu schätzen.

Dass Patrizia Stelling eine Frau war, die all dem widerstand, kränkte ihn zutiefst. Tiefer, als er sich im ersten Augenblick eingestand. Denn als er, erregt von ihrer Nähe, versuchte, sie mit seinen zärtlicher werdenden Händen nicht nur im Haar, sondern auch am Körper zu berühren, wich sie ihm aus. Eine winzige Reaktion nur, aber sie genügte, ihn sofort einhalten zu lassen. Er setzte sich wieder aufrecht hin, was sofort einen korrekten Abstand zwischen ihnen schuf und bat: »Verzeihen Sie bitte, ich wollte Ihnen nicht zu nahe treten.« Für ihn stand nun fest, dass Patrizia keine Frau war, die sich schnell erobern ließ. Dass er um sie kämpfen musste, weil die Familien verfeindet waren, wusste er. Dass er aber auch um sie kämpfen musste, weil sie ihm persönlich widerstand, daran musste er sich erst gewöhnen. Aufgeben würde er jedenfalls nicht, im Gegenteil, die Herausforderung reizte ihn in ganz besonderem Maße. Dass er früher oder später als Sieger da stehen würde, stand für ihn fest.

Das Unwetter ließ nach. Die Blitze wurden seltener, der Donner leiser, der Regen endete. Patrizia stand auf, flocht die Haare in zwei Zöpfe, steckte sie hoch und zog die nasse Spitzenhaube über das Geflecht.

»Was haben Sie vor, Mademoiselle?«

»Ich werde in das Amalienstift zurück gehen und dort die Nacht verbringen. Der Fährbetrieb ist mit Sicherheit eingestellt.«

»Dann erlauben Sie mir, dass ich Sie begleite?«

»Das wäre freundlich. Die Gassen von St. Georg sind nicht sehr sicher, wenn man nachts als Frau allein unterwegs ist.«

Als er sich vor dem Stift von ihr verabschiedete, fand sie ihre Unruhe bestätigt. Er fragte, wenn auch in aller Bescheidenheit: »Wann darf ich Sie wiedersehen?«

Sie zuckte mit den Schultern und schüttelte den Kopf. »Überlassen wir es dem Zufall, die Stadt ist nicht groß, da trifft man sich schon irgendwann.«

»Ich glaube, auf den Zufall werde ich mich nicht verlassen, Mademoiselle.« Er verbeugte sich und küsste formvollendet ihre Hand. Und Patrizia wusste, dass sie deutlicher werden musste.

»Monsieur, ich sehe meine Lebensaufgabe in der Betreuung hilfsbedürftiger Menschen und ich bitte Sie, das zu respektieren.«

»Das würde mir nicht gefallen, Mademoiselle, Sie werden erlauben müssen, dass ich damit nicht einverstanden bin.« Er lächelte, stieg auf den Schimmel, der geduldig am langen Zügel hinter ihm stand, klopfte ihm liebevoll den Hals und sagte: »Gute Nacht, Patrizia.« Dann ritt er davon.

Die junge Frau hoffte ungesehen das Stift betreten zu können. Aber sie hatte kein Glück mit diesem Wunsch, denn die Tür war verschlossen und sie musste die Pförtnerin herausklingeln. Etwas verwundert betrachtete die verschlafene alte Frau Patrizia, die mit nassem Haar und zerknittertem Kleid, die Spitzenhaube verdrückt auf dem Kopf, vor ihr stand und um Einlass bat.

»Es tut mir Leid, dass ich Sie herausklingeln musste, Schwester Ursula, aber ich bin auf dem Heimweg in das Unwetter geraten und musste mich unterstellen. Und jetzt bekomme ich keine Fähre mehr für die Überfahrt.«

»Kommen Sie, Kindchen, kommen Sie, ziehen Sie sich um. Ich mache Ihnen inzwischen in der Küche eine heiße Schokolade.«

Patrizia lächelte dankbar, raffte den nassen Rock hoch und lief in das Ankleidezimmer, in dem jede Pflegerin einen kleinen Schrank hatte. Sie zog sich um und steckte die nassen Sachen in ihren Wäschebeutel, den sie auf dem Weg zur Küche in der Wäscherei zurückließ.

Auf der Küchenuhr sah sie, dass Mitternacht längst vorbei war und dachte zurück an die vergangenen Stunden. Noch nie hatte ihr ein Mann den Hof gemacht, und nun kam dieser gutaussehende, in der Stadt sehr bekannte und von allen Frauen sehr begehrte Jens Brennicke und bemühte sich auf eine korrekte, aber sehr eindeutige Weise um ihre Bekanntschaft. Obwohl sie sich mit milder Neugier vorzustellen versucht hatte, wie es wäre, hofiert zu werden, hoffte sie sehr, dass sie sich deutlich ausgedrückt hatte und diese kleine Affäre damit beendet war. Denn sie wusste natürlich auch, dass eine Verbindung mit diesem rivalisierenden Handelshaus, selbst wenn sie an einer festen Beziehung interessiert gewesen wäre, niemals in Frage kam.

Jens Brennicke hatte einen anstrengenden Tag vor sich. Er ritt zum Kontorhaus, das die Firma an der Trostbrücke wieder aufgebaut hatte, gab den Hengst einem Stallknecht und suchte sein Büro auf. Da der Weg zur Villa an der Elbchaussee sehr weit war, hatten die Brennicke-Männer, die oft bis in die späte Nacht hinein arbeiteten oder Geschäftspartner bewirteten, Liegen und notwendige Kleidung zum Wechseln in Kemenaten neben ihren Büros. Zum Glück konnten die Mitarbeiter während der Feuersbrunst, als er mit seinem Vater in Lüneburg weilte, alle Geschäftspapiere und fast das gesamte Inventar retten, sodass außer an dem Gebäude kein allzu großer Schaden entstanden war.

Jens wollte unbedingt noch ein paar Stunden schlafen, bevor er sich dem Ärger des Tages aussetzen musste. Denn Ärger gab es heute: Für elf Uhr war, mit beinahe einjähriger Verspätung, die Verhandlung vor dem Hanseatischen Gericht anberaumt, bei der die Frage geklärt werden sollte, ob die Reederei Brennicke schuld daran war, dass die Speicher in der Steintwiete abgebrannt waren und sie für die Verluste aufkommen musste. Einer der Kläger war Johannes Stelling, der behauptete, dass verbotenerweise dort gelagerte Spirituosen der Firma Brennicke explodiert waren. Dies hätte eine Feuersbrunst in der Twiete ausgelöst, die keinem der Lagerbesitzer Zeit gelassen hatte, seine Waren in Sicherheit zu bringen, was ohne die Explosionen durchaus möglich gewesen wäre. Experten hatten die Beschuldigung bestätigt und andere Kaufleute hatten sich der Klage angeschlossen.

Jens wusste, dass die Kläger Recht hatten, obwohl der Vater die Anklage weit von sich wies. Er wusste aber auch, dass er sich auf die Seite seines Vaters stellen musste; zum einen, weil er sich nicht gegen den alten Herrn wenden konnte, zum anderen, weil die Firma in die Nähe eines Bankrotts gedrängt wurde, wenn die Kläger Recht bekämen und seine Reederei für die Verluste aufkommen müsste.

Die Verhandlung fand in der Neuen Börse statt, weil das abgebrannte Gerichtsgebäude noch nicht erneuert worden war. Jens traf seinen Vater auf dem Korridor vor dem Sitzungssaal. Er war mit den drei altbewährten Firmenanwälten gekommen, die auf das Genaueste instruiert waren und deren Honorar vom Erfolg der Verhandlung abhing. Da die Herren gut zu verdienen gewohnt waren, würde es harte Verhandlungen geben und Jens zweifelte keinen Augenblick daran, dass das Ergebnis zu Gunsten der Firma Brennicke ausfallen würde.

Nachdem alle Beteiligten Platz genommen hatten, sah Jens, dass bis auf Johannes Stelling, der persönlich gekommen war, alle anderen Kläger nur ihre Anwälte geschickt hatten. Feiges Pack, dachte er und freute sich insgeheim. Die Herren ahnen, was es bedeutet, sich mit der Reederei Brennicke anzulegen. Mit den Advokaten haben wir ein leichtes Spiel, die wissen, dass sie bei anderen Verhandlungen auf uns angewiesen sind: Brunnen, die Wasser spenden, schüttet man nicht zu!

Stelling war mit seinem Anwalt gekommen und auf das nachhaltige Drängen seiner Tochter hatte er erlaubt, dass sie ihn begleiten durfte. Viktoria hatte allerdings versprechen müssen, sich vollkommen ruhig zu verhalten und unter das Publikum zu mischen.

Der Richter war, der internen hanseatischen Brisanz wegen, aus Bremen gerufen worden. Niemand sollte nach der Verhandlung sagen können, der Jurist sei befangen gewesen.

Nachdem die Anwälte den Sachverhalt und die Feuerschutz-Experten die Ergebnisse ihrer Nachforschungen geschildert hatten, begann der eigentliche Kampf. Der Stelling beweist erstaunlichen Mut, dachte Jens und bewunderte im

Stillen den Mann, der einen Rechtsbeistand an seiner Seite hatte, der eher ängstlich als optimistisch auftrat. Aber je länger die Verhandlung dauerte, desto entmutigter wirkte auch Johannes Stelling. Dabei hat er in allen Fragen Recht, dachte Jens Brennicke.

Und dann plötzlich wendete sich das Blatt. Mitten unter den Zuschauern erhob sich ein junges Mädchen und bat um die Erlaubnis, etwas sagen zu dürfen. Nachdem sie ihren Namen genannt hatte, erlaubte der Richter – da sie ja ebenfalls durch die Explosionen Verluste erlitten hatte –, dass Viktoria Stelling als Nebenklägerin auftreten dürfe. Mit erstaunlicher Kenntnis der Sachverhalte und mit genauem Wissen um die Rechte der Kläger hielt sie eine Rede, die alle Beteiligten aufhorchen ließ und der ganzen Verhandlung eine entgegengesetzte Richtung gab. Auf einmal herrschte absolute Stille im Saal. Die Müdigkeit, die sich breitgemacht und die Verhandlung gelähmt hatte, war vergessen. Ein Aufatmen ging durch die Reihen der Zuhörer.

Jens sah seinem Vater an, dass er im Augenblick ziemlich ratlos war, und blickte selbst verblüfft auf dieses Schulmädchen, das mit all der Dreistigkeit, die so eine Göre zu entwickeln wusste, diesen gestandenen, gebildeten, versierten Männern die Meinung sagte. Sie zählte Verluste auf, die hieb- und stichfest waren und heute kaum noch widerlegt werden konnten. Und ganz schnell musste er erkennen, dass sich die Verhandlung vollständig zu Gunsten der Kläger entwickelte. Es gab zwar noch das eine oder andere Geplänkel unter den Anwälten, aber die Tatsachen standen jetzt so klar im Raum, dass keiner mehr an den Worten dieses Stelling-Mädchens zweifelte. Die hat sich auf das Gründlichste auf diesen Tag vorbereitet, dachte Jens und empfand große Bewunderung und abgrundtiefen Hass. Denn dass dieses Mädchen der Reederei Brennicke einen tödlichen Stoß versetzt hatte, ließ sich nicht mehr leugnen.

Jens erhob sich und ordnete die Papiere auf seinem Tisch.

Die Advokaten beider Seiten – wie Unglücksraben sehen sie in ihren schwarzen Roben aus, dachte Jens – hatten sich zusammengestellt und besprachen gemeinsame Sitzungen, in denen die Übergabe der zu erstattenden Summen festgelegt und die jeweiligen Termine geregelt werden sollten. Der Richter hatte die Verhandlung mit genauen Angaben über die Höhe der Schadenserstattung und über die Fristen der Geldübergaben beendet und forderte schnelle Vollzugsmeldungen.

Jens beobachtete seinen Vater, der zornrot inmitten seiner Anwälte den Gerichtssaal verließ, und sah hinüber zum Publikum, das sich in Gruppen zusammenrottete und die Verhandlung diskutierte. Ihm blieben weder hämische Bemerkungen noch laut bekundete Schadenfreude verborgen. So eine Verhandlung am Vormittag war für das gemeine Volk eine willkommene Abwechslung und wer irgend konnte, drängelte sich in den Gerichtssaal, um zuzuhören und zuzuschauen.

Elendes Pack, dachte er, sie leben von unserem Unternehmen, aber sie verdammen uns. Wie ginge es ihnen wohl, wenn wir keine Männer als Matrosen, Lagerarbeiter, Stauer oder Schiffsbauer beschäftigten und keinen Frauen Arbeit als Näherinnen, Köchinnen, Sortiererinnen oder Putzfrauen gäben? Was wäre, wenn wir in den Gängevierteln keine Mahlzeiten für Hilfsbedürftige verteilen und keine Kinderbetreuung für die arbeitenden Mütter anbieten würden? Wenn es darum geht, das Handelshaus Brennicke auszunehmen, stehen sie alle mit offenen Händen und offenen Mündern vor der Tür. Wenn es aber darum geht, Solidarität mit dem Arbeitgeber zu zeigen, ist kein Mensch zu sehen. Im Gegenteil, dann ist Schadenfreude angesagt.

Jens war unvorstellbar wütend. Nicht nur, weil sie den Prozess verloren hatten, sondern auch, weil diese rotzfreche Göre sie bis auf die Knochen blamiert hatte. Er sah ihr nach, wie sie mit ihrem Vater zusammen den Saal verließ. Lang, dünn, hässlich und durch und durch unsympathisch, registrierte er und packte seine Papiere ein. Er würde ihr heimzahlen, was sie heute seiner Firma angetan hatte. Bis zur letzten Courantmark, die sie zahlen mussten, würde er sie büßen lassen. Ein Leben lang soll sie sich an diesen Tag erinnern, nahm er sich vor und verließ das Gerichtsgebäude.

Eigentlich sollte er mit dem Vater und den Anwälten zum Essen in den Störtebeker-Keller gehen, aber der Appetit war ihm vergangen. Jens sah einen Abgrund von Problemen, der sich vor ihm auftat: Da war natürlich der ungeheure finanzielle Verlust, den die Firma kaum verkraften konnte. Dann die Feindschaft mit der Familie Stelling, die sein Werben um die zauberhafte Patrizia in keiner Weise erleichtern würde. Ja, und dann ist da auch noch Mutter, die uns in Grund und Boden verdammen wird, wenn sie erfährt, dass eine freche Göre schuld an diesem ganzen Dilemma ist. Mutter, dachte er, diese liebenswerte, freundliche Frau, die sich zu einer Furie entwickeln kann, wenn sie Vater, mich, die Firma oder ihre Glückstädter Familie verteidigen muss. Zuerst aber wird sie uns verdonnern, weil wir nicht auf sie gehört haben, denn sie hatte von Anfang an einen friedlichen Vergleich vorgeschlagen – und dann wird sie uns schallend auslachen, weil wir gegen ein Schulmädchen verloren haben.

Mit sehr gemischten Gefühlen verließ Johannes Stelling die Neue Börse. Viktoria, die neben ihm herging, musste fast laufen, um mit dem großen Mann Schritt zu halten, und hoffte vergeblich auf ein lobendes Wort des Vaters. Aber Stelling wusste, dass kein Anlass zu Freude oder Lob gegeben war. Als Viktoria den schweigenden Mann nicht mehr ertragen konnte, ergriff sie seine Hand und sah ihn an. »Vater, freust du dich denn nicht? Wir haben gewonnen. Wir werden alles ersetzt bekommen, was wir verloren haben, du kannst endlich ein Schiff für die Auswanderer kaufen, wir werden richtig gute Geschäfte damit machen.«

»Du verstehst gar nichts, Kind.« Unwirsch und verärgert

löste er sich von ihrer Hand. »Hatte ich dir nicht gesagt, du sollst schweigen, wenn ich dir schon erlaube mitzukommen? Und was machst du? Du musst eine Rede halten, die unseren größten Konkurrenten zu unserem größten Feind macht. Weißt du, was das bedeutet?«

»Nein, das weiß ich nicht, ich weiß nur, dass Recht gesprochen werden musste und dass es allerhöchste Zeit war. Denn um ein Haar hätten wir den Prozess verloren, und ich glaube, das wäre für unsere Firma schlimmer geworden als das Grummeln eines alten Mannes.«

»Der alte Mann, wie du ihn nennst, mag grummeln, der junge aber wird dir heimzahlen, was du ihm heute angetan hast.«

»Vater, wovor hast du Angst?« Sie wusste zwar, dass ihr geliebter Vater nicht zu den mutigsten Männern gehörte, aber immer ein zuverlässiger, hilfsbereiter Mann war, sonst würde er schließlich nicht zur hochgeachteten hanseatischen ›Versammlung eines ehrbaren Kaufmanns‹ zählen. Sie verstand seine Sorge nicht. Freilich, es war ihm schwer gefallen, ihr zu erlauben mitzugehen. Er wollte nicht akzeptieren, dass sie sich mit seinen Geschäften befasste, seine Beschlüsse lobte oder kritisierte. Aber heute hatte sie die Reederei Stelling vor einem enormen Verlust bewahrt und wenigstens das sollte er anerkennen. Schön, mochte der junge Brennicke wütend sein, er würde sich auch wieder beruhigen, wenn er ein Mann war, der Rechtsbewusstsein besaß.

Vor dem Kontorhaus am Gänsemarkt verabschiedete sich Viktoria. Sie bedauerte, dass sie den Vater nicht von der Bedeutung des Prozessausgangs überzeugen konnte. Sie wusste aber auch, dass er seine Zeit brauchte, um die Realität zu erkennen. Ihr Vater, ein solider, zuverlässiger Kaufmann und immer opferbereit, wenn andere Leute in Schwierigkeiten gerieten, hatte noch immer nicht gelernt, Siege zu akzeptieren. Mit seinen fünfundfünfzig Jahren dachte er nach wie vor, durch vornehme Zurückhaltung die besten Geschäfte machen zu können.

Viktoria schüttelte verärgert den Kopf und lief über die Dammtorstraße hinweg zur Esplanade. Sie musste sich beeilen, wollte sie pünktlich zum Nachmittagskursus in der Handelsschule sein.

Vater begreift einfach nicht, dass die Zeiten sich geändert hatten, dass die Geschäfte riskanter, die Methoden härter und die Konkurrenz viel viel größer geworden sind. Und Michael, dieser Weichling, tritt genau in Vaters Fußstapfen. Er geht jedem Risiko aus dem Wege, redet dem Vater zum Munde und hofft, wenn er endlich volljährig ist, einen ihm wohlgesonnenen Vater um das Reisegeld nach Italien bitten zu können. So ein Trottel, dachte Viktoria verärgert, Vater wird ihm niemals erlauben, Maler zu werden und die Firma zu verlassen.

Viktoria hatte die Schule erreicht. Die Stunde hatte noch nicht begonnen, und ihre Mitschüler standen auf dem Bürgersteig, einige mit einem selbstgedrehten Zigarillo in der Hand, das sie heimlich hinter dem Rücken anderer rauchten, denn Tabakgenuss war in der Schule streng verboten.

Es störte Viktoria nicht, dass sie das einzige Mädchen in dem Seminar war. Sie war als Kumpel anerkannt und sie war freizügig, wenn es darum ging, ihr Wissen weiterzugeben. So manche gute Klassenarbeit des einen oder anderen Jungen ging auf ihr Konto. Die Schüler honorierten das, indem sie ihr Kameradschaft anboten und sie gegen Jungen aus anderen Klassen verteidigten. Obwohl sie die Handelsschule nur nachmittags besuchen konnte – der Vater ließ sich nicht erweichen, ihr den längst uninteressanten, langweiligen Unterricht in der Höheren Töchterschule zu ersparen –, war Viktoria Klassenbeste in der Esplanade. Dieser Unterricht machte ihr Spaß. Sie wusste, dass sie eines Tages all das brauchen würde, was sie hier lernte. Und wenn es auch erst in ferner Zukunft möglich sein würde, in der Firma mitzuarbeiten, sie wollte darauf vorbereitet sein. Denn dass sie das Handelsunternehmen Stelling einmal führen würde, war für sie ganz selbstverständlich. Und sie hatte Pläne für den Ausbau, für Modernisierungen, für Überseegeschäfte, ach, am liebsten würde sie heute noch die Ärmel aufkrempeln und anfangen. Wenn nur der Vater nicht so uneinsichtig und festgefahren in seinem Denken wäre, was sich für ein Mädchen ziemte und was nicht.

Als sie bei den Jungen vor der Schultür ankam, wurde sie mit Lachen und mit Beifall begrüßt. Kumpelhaft schlug man ihr auf die Schultern.

»Du hast es aber den Brennickes gegeben.«

»Toll, wie du mit den beiden Feudalherren umgesprungen bist.«

»Na bravo, dein Erfolg kann sich sehen lassen.«

Viktoria lachte fröhlich. »Woher wisst ihr denn schon Bescheid?«

»Na, denkst du, so etwas spricht sich nicht herum? Zwei von unseren Lehrern waren bei der Verhandlung und haben als Resultat gleich Gewinn- und Verlustkalkulationen auf den Stundenplan gesetzt. Woher wusstest du denn damit umzugehen?«

»Ich habe mir Bücher in der Bibliothek geholt und in der letzten Nacht bis zum Umfallen gebüffelt und gerechnet. Glaubt bloß nicht, dass mir diese Kalkulationen so einfach in den Schoß gefallen sind, das ist ein Stoff zum Fürchten, sage ich euch.«

»Na, großartig, da haben wir ja was Feines vor uns!«

Mit sehr gemischten Gefühlen ging Johannes Stelling die Treppen zu seiner Kontor-Etage hinauf. Er hatte begründete Sorge vor den Reaktionen der Brennickes, denn er wusste, dass die sich den Prestigeverlust in der Hansestadt und den Verlust ihres Vermögen nicht gefallen ließen. Sie würden auf Rache sinnen und den Bankrott der Reederei Stelling an die oberste Stelle aller zukünftigen Aktivitäten setzen. Er hatte auch Angst um den Ruf seiner Tochter. Schrecklich, überlegte er, sie ist zwar nur ein Mädchen, aber sie ist eine Hanseatin und eines Tages wird sie eine Frau sein, für die wir einen Ehemann suchen müssen. Wer aber wird eine Frau heiraten, die schon als Schulmädchen im Gericht herumstreitet und einem der größten Hamburger Unternehmen praktisch den Bankrott diktiert? Himmel, stöhnte Johannes Stelling und stieg die letzte der vier Treppen hinauf, wer macht in Zukunft noch mit mir Geschäfte, wenn ich erlaube, dass ein Schulmädchen in meiner Firma das große Wort führt?

Im Kontor wussten bereits alle Bescheid. Er hatte Jens Alberti, seinem Büroleiter, erlaubt, an der Gerichtssitzung teilzunehmen, und der war schnellstens zurückgekehrt, um das, wie er behauptete, wunderbare Ergebnis der Verhandlung bekannt zu geben. Alle Mitarbeiter versammelten sich in Stellings Büro und gratulierten auf das Herzlichste. Aber Johannes Stelling hob abwehrend die Hände und erklärte: »Liebe Leute, wir haben zwar Geld gewonnen und einen Prozess, aber wir haben auch einen Feind bekommen und der wird uns das Leben zur Hölle machen.«

Betretenes Schweigen folgte seinen Worten. Niemand wusste, wie er auf diese pessimistische Auslegung eines großartigen Sieges reagieren sollte. Schließlich führte Alberti alle Mitarbeiter hinaus auf den Flur und sagte: »Leute, ran an die Arbeit, durch Grübeln wird kein Problem gelöst. Wir werden die Situation erst einmal verdauen, und dann schauen wir weiter. Wenn das Geld auf Stellings Konto im Bankhaus Salomon Heine in Altona ist, sieht die Welt für unseren Chef auch wieder besser aus. Also, Ärmel hochkrempeln und weitermachen.«

Wer auf Grund des Gerichtsurteils nach der Brandkatastrophe die Firma Brennicke am Rande eines Abgrundes sah, täuschte sich. Diese alteingesessenen Hanseaten, Vater wie Sohn traditionsbewusst und kämpferisch wie die Vorfahren, denen man hinter vorgehaltener Hand eine gewisse Verwandtschaft mit Wikinger Fürsten aus dem Dänischen Herrscherhaus nachsagte, wussten um das Ansehen der Firma und die Existenz des Handelshauses zu ringen. Hätten sie es nicht gewusst, die Generalin, wie Irmgard Brennicke im Familienkreis genannt wurde, hätte es gewusst. Sie hätte ihre Männer mit Bravour und Courage an die Front zum Kampf auf Biegen und Brechen geschickt.

Sie, die Offizierstochter aus Glückstadt, wusste, wie man kämpft, wie man sich aus einem Schlamassel befreit und die Oberhand gewinnt. Sie hatte, nachdem sie sich von dem Schock und von ihrem Gelächter erholt hatte, das Zepter im Hause Brennicke in die Hand genommen und dem alten Patriarchen, diesem Dickschädel und Sturkopf, Beine gemacht, in dem sie ihn zum Bankhaus schickte und alle Kontoauszüge zu sehen wünschte. Und dem Sohn hatte sie klipp und klar erklärt: »Jetzt ist keine Zeit für Sentimentalitäten, Jens, kümmere dich um die Firma und nicht um Weiberröcke und bringe mir morgen die Hauptbücher aus dem Kontor nach Hause, ich will selbst sehen, wie es um uns steht.«

Sie wusste natürlich längst, dass bei ihrem Sohn eine gewisse Leidenschaft entbrannt war, sie spürte aber auch, dass sich diese Angelegenheit nicht zu seiner Zufriedenheit entwickelte. Einerseits war sie betrübt, dass er leiden musste, andererseits wusste sie aber auch, dass er zu jung für eine ernsthafte Bindung war. Und vor allem, sie wollte selbst in so einer Herzensangelegenheit ein Wörtchen mitreden und fand es gar nicht amüsant, dass er mit keiner Andeutung verriet, wer die Auserwählte war.

Die Brennicke-Männer, in der ganzen Stadt selbst als harte Geschäftsleute und unbeugsame Hanseaten bekannt, wenn es um ihre Firma ging, gehorchten der Hausherrin von der Elbchaussee und einen Tag später wusste Irmgard Brennicke, wie es um das angesehene, bisher hochgeachtete Handelshaus stand. Wenn sie die festgelegten Schadensersatzsummen von mehr als einer Million Courantmark an die geschädigten Speicherbesitzer bezahlt hatten, war von ihrem augenblicklichen Barvermögen nichts mehr übrig. Und bezahlt werden musste laut richterlichem Beschluss sofort.

»Wir müssen also neues Geld heranschaffen. Wir müssen Grundstücke, Schiffe, Häuser oder was immer wir haben verkaufen«, sagte sie, »und zwar schnell.«

»Kommt nicht in Frage«, erklärte Heinz Brennicke und schüttelte energisch den Kopf. »Noch nie haben wir etwas abgegeben, was uns gehört, wir haben immer nur hinzugewonnen und so wird es auch bleiben.«

»Unsinn«, widersprach seine Frau, »wir haben uns auch noch nie so eine Dummheit mit leicht explodierender Ware in einem Speicher erlaubt, und wer an dieser Tollheit schuld ist, brauchen wir hier und heute nicht mehr zu diskutieren.«

Irmgard Brennicke, selbst in ihrem rüschenbesetzten, femininen Hauskleid eine sehr imponierende Gestalt, setzte sich in ihrem Lehnsessel aufrecht hin und studierte die vor ihr auf dem Tisch ausgebreiteten Papiere. »Wir werden verkaufen«, sagte sie ohne einen Anflug von Unsicherheit, »welche Immobilien stehen zur Verfügung?«

Jens beugte sich vor und suchte in den Akten. »Wir haben mehrere Grundstücke am Kehrwieder und am Sandtorkai.

Hafenarbeiter mit ihren Familien leben dort in alten, heruntergekommenen Häusern. Eine sehr schmutzige, verwahrloste Gegend.«

»Gut. Haben die Grundstücke einen gewissen Wert und wer würde sie uns abkaufen?«

»Kommt nicht in Frage«, protestierte der alte Brennicke, »es gibt im Senat geheime Pläne, alles abzureißen und dort die modernste Speicherstadt Europas zu errichten.«

Jens nickte. »Eines Tages, wenn das Geheimnis gelüftet ist, sind die Grundstücke zwischen den Fleeten bares Gold wert.«

»Umso besser! Jens, man muss diese geheimen Pläne etwas publik machen, und die Interessenten werden sich darum reißen und gute Preise bezahlen. Du wirst einen kleinen, aber feinen Artikel für die Zeitung schreiben und dafür sorgen, dass er auch gedruckt wird. So, das wäre erledigt«, erklärte die energische Hausherrin und schloss abrupt die Akte.

»Das ist unmöglich«, protestierte der alte Hanseat, »Respekt und Anstand unter Handelsherren verbieten solch ein Vorgehen.«

»Ach ja? Und wer wird unter der Schadenfreude und Lächerlichkeit leiden, wenn das hoch angesehene Handelshaus Brennicke bankrott ist? Nichts da, keine falsche Rücksicht auf alte Traditionen. Wir leben hier und heute und nur, wer Mut zum Handeln hat, wird überleben. Also, was können wir noch verkaufen, ohne uns und unserem Ansehen zu schaden?«

Die beiden Männer schwiegen. Heinrich, weil es ihm so völlig gegen den Willen ging, sich von seinen Werten zu trennen, und Jens, weil er die Gefühle des Vaters kannte und respektierte. Gleichzeitig aber wusste er, dass sie beide nicht gegen den Willen der Mutter ankamen. Wenn sie eine Sache in die Hand genommen hatte, dann führte sie sie auch zu Ende. Und schon fragte sie mit großer Energie in der Stimme: »Wie steht es mit den Schiffen? Wie viele haben wir zur Zeit, wie viele sind sofort verfügbar, welche kommen für einen Verkauf in Frage und welchen Wert haben sie? Jens, zeig mir die Papiere.«

Während der Sohn in den Aktenordnern suchte, verließ der Alte den kleinen Salon und stürmte in sein Arbeitszimmer. Was denkt sie sich, sie ruiniert uns, erst die Grundstücke, jetzt die Schiffe, nun fehlt nur noch, daß sie die Villa hier verkauft und wir auf der Straße sitzen. Das Eingeständnis, dass er selbst an diesem Dilemma schuld war, unterdrückte er eigensinnig und suchte nach seiner Pfeife und Schuldigen für diese Misere. Die hatte er natürlich ganz schnell gefunden: Dieser Sprössling, dieses nichtsnutzige, aufgeblasene, freche Schulmädchen, diese jüngste Stelling, sie war an allem schuld. Wäre sie nicht gewesen mit ihrem Gerede, die Verhandlung wäre zu seinen Gunsten ausgegangen. Alle waren damals erschöpft von der Hitze, hungrig, lustlos, reif für die Mittagsruhe, keiner hatte mehr Kraft zum Kämpfen, und die kleine Siegesfeier im Restaurant für sich und seine Advokaten war schon bestellt. Alles wäre gut gegangen. Und dann kam diese Göre!

Wütend und mit schmauchender Pfeife stapfte er, obwohl er wusste, dass seine Frau den Pfeifengeruch nicht duldete, zurück in den Salon.

»Verdammt noch mal«, stürmte er in die Tür, »wir werden einen Clipper verkaufen, einen alten Amerikafahrer, den die Auswanderer sowieso heruntergewirtschaftet haben, und damit basta. Nicht ein einziges Stück wird sonst noch verkauft.«

Missbilligend sah seine Frau von den Papieren auf. »Hier wird weder geflucht noch geraucht, Heinrich. Wir haben alles durchgerechnet. Der Verkauf eines guten Schiffes wird genügen. Dann sind wir wieder flüssig. Also beruhige dich. Jens wird für die Verkäufe sorgen und du kannst hingehen und mit dem Geld neue Geschäfte beginnen.«

Sie stand auf, raffte den weiten Rock ihres Hauskleides

zusammen und drückte ihrem brummigen Mann einen Kuss auf die Wange. Nun war es zwar nicht üblich, im Hause Brennicke Zärtlichkeiten außerhalb des Schlafzimmers auszutauschen, aber nach den harten Verhandlungen und ihrem unbeugsamen Willen, dem sich ihre Männer an diesem Morgen hatten beugen müssen, hielt sie diese eine Ausnahme für erlaubt.

»Kommt mit, die Köchin hat ein zweites Frühstück bereitet und ich denke, es ist angebracht, nach solchen ernsten Gesprächen ein Glas Champagner zu trinken und von den Krebsen zu kosten, die ich für uns vorbereiten ließ. Eines aber muss ich euch noch sagen, ganz gleich, wie ihr darüber denkt, dieses rotzfreche Schulmädchen, wie ihr die kleine Stelling nennt, die will ich kennen lernen. Und zwar bald!« Sie hatte keine Ahnung, was sie mit diesen Worten anrichtete.

Heinrich Brennicke beglich pünktlich und wie vorgeschrieben die Schadensersatzforderungen. Er verkaufte einen alten, aber durchaus noch seetüchtigen Clipper und er verkaufte Grundstücke am Sandtorkai. Das löste unter den dort lebenden Menschen eine Panik aus, denn plötzlich hatten Tausende Angst um ihre armseligen Heimstätten. Die erschrockenen Pastoren von St. Katharinen protestierten, denn sie waren in Sorge, ihre Gemeinde an den Hafenrändern zu verlieren und sonntags vor leeren Kirchenbänken zu predigen, wenn die Menschen umgesiedelt würden. Und der Senat war empört über die Indiskretion irgendwelcher Mitarbeiter und die vorzeitige Bekanntgabe seiner geheimsten Pläne, die nun in einem, wenn auch an versteckter Stelle gedruckten Zeitungsartikel aufgedeckt wurden.

Brennicke berührte das wenig. Er hatte einen vertrauenswürdigen Strohmann mit den Verkäufen beauftragt und blieb ein unbescholtener Handelsherr, der weiterhin seinen Geschäften nachging. Mit dem neu verfügbaren Bargeld ließ er ein Dock bauen, auf dem eines der ersten Dampfschiffe

Hamburgs erstellt werden sollte. Damit würde er in die Geschichte der hanseatischen Schiffsbauer eingehen, und nicht nur seine Frau Irmgard, sondern alle, die in Hamburg Rang und Namen hatten, beglückwünschten ihn zu seinem gigantischen Vorhaben und zu seinem Pioniergeist.

Aber auch Johannes Stelling hatte einen Erfolg zu verbuchen: Was Heinrich Brennicke nicht wusste, war nämlich die Tatsache, dass er, Johannes Stelling, ebenfalls durch einen Strohmann, die später sehr wertvollen, jetzt aber noch günstigen Grundstücke am Sandtorkai ebenso erworben hatte wie den Hochseeclipper, der, an Duckdalben gekettet, in der Norderelbe auf Reede lag. Johannes schmunzelte, denn zu diesem geheimen Handel war es gekommen, weil Viktoria, eine gründliche Zeitungsleserin, die es kaum erwarten konnte, wenn er nach dem Frühstück die Blätter beiseite legte, den Artikel über die Senatspläne mit der Speicherstadt gelesen hatte und die Bedeutung erkannte. In abendlichen Wohnzimmergesprächen, bei denen auch Michael anwesend war, versuchte sie dann, ihn, den Firmenchef, zu dem Kauf der Grundstücke zu überreden. Michael, der wohl als einziger in der Familie erkannte, wie sehr und wie weitsichtig sich die jüngste Schwester für die Firma einsetzte, unterstützte Viktoria, und schließlich stimmte auch der Vater dem Kauf zu. Nicht, weil ihn Viktoria überzeugt hatte, sondern weil Michael dafür war. Ihn wollte er in die Geschäfte der Firma fester einbinden und wenn der Sohn, was selten genug der Fall war, sich einmal für ein Geschäft engagierte, dann wollte er ihm auch die nötige Anerkennung zollen.

Stelling grinste bei dem Gedanken daran, daß am nächsten Morgen durch geheime Hände von zwei Strohmännern die ehemaligen Brennicke-Gelder von den Stelling-Konten wieder zurück auf die Konten Brennickes wanderten. Und er hatte keine Ahnung vom Handel mit dem anderen und wusste nicht, welche Bedeutung dieser Handel noch haben sollte.

Nur seine Tochter Viktoria ahnte, welch ein grandioses Geschäft das Handelshaus Stelling mit dem Kauf der Grundstücke und des Schiffes gemacht hatte.

Im Anschluss an dieses Gespräch fasste Johannes Stelling gemeinsam mit seiner Frau Annette den Entschluss, Viktoria im April des kommenden Jahres – eine frühere Aufnahme war auf Grund von festgelegten Hausregeln nicht möglich – in ein Internat nach Bremen zu schicken. Ihm war zu Ohren gekommen, erschreckender Weise sogar während einer seiner geliebten Herrenabende im Clubraum des Hamburger Hofes, dass man seine jüngste Tochter sehr oft in Hafennähe sehen würde, wo sie peinlicher Weise einen recht engen Kontakt zu Hafenarbeitern, Schauerleuten und Matrosen pflegte.

So hatte er sich umgehend nach einem besonders streng geführten Institut erkundigt, in dem Handarbeit und Gartenpflege, Kochen, Putzen und Wäschepflege, Kindererziehung und Raumgestaltung gelehrt wurden. Das Kind musste endlich zu einer musterhaften Hausfrau erzogen werden, denn von einer echten Hanseatin durfte jeder Ehemann erwarten, dass sie in allen häuslichen Bereichen ihrem Personal ein Vorbild war.

Viktoria, inzwischen fast sechzehn Jahre alt, entwickelte sich zu einem umsichtigen Mädchen, das nicht mehr spontan handelte und frech die Meinung äußerte, sondern wohlüberlegt Pläne in Angriff nahm und eigene Wünsche durchsetzte. Aber sie hatte keine Ahnung von den Plänen ihrer Eltern. Sie besuchte nach wie vor zwei Schulen gleichzeitig, die eine morgens, die andere nachmittags, und verbrachte fast alle freie Zeit am Hafen, da sie in den väterlichen Kontors nicht erwünscht war. Sie schloss Freundschaften mit Schauermännern und Lastenträgern, mit Matrosen und Kapitänen, mit Lagerarbeitern, mit Lotsen und vor allem mit dem Hafenmeister. Und während ihre Eltern sie bei Freundinnen und Gartenfesten, beim Tennisunterricht, beim Stadtbummel und in der Klavierstunde vermuteten, beschäftigte sie sich mit der drohenden Elbversandung, die sehr bald keinem größeren Schiff mehr erlauben würde, den Fluss aufwärts bis zum Hafen zu segeln. Dann mussten die Waren in Cuxhaven entladen werden und das würde ungeheure Transportkosten verursachen. Sie kannte sich aus mit den Problemen der Menschen am Hafen und sie hatte so ihre Ideen.

Seit zwei Tagen schwänzte sie nun schon die Schule und wartete auf die ›Königin Sophia‹, Vaters größten Schoner, der die Südamerika-Route befuhr und mit der wertvollen Fracht von Kaffee, Kakao, Baumwolle und Tabak unterwegs war. Das Schiff war seit über einer Woche überfällig und die Stürme der vergangenen Tage im englischen Kanal bereiteten nicht nur der Reederei Stelling, sondern auch dem Hafenmeister und vor allem Viktoria große Sorgen. Sie hatte sich mit Justus Habermann, dem Kapitän, angefreundet und hoffte stündlich, die Takelage am rechten Rand vom Schweinesand auftauchen zu sehen. Sie war, mit einem Fernrohr des Hafenmeisters bestückt, hinauf auf die Hügel von St. Pauli geklettert, wo sie den größten Überblick hatte, und zählte voller Ungeduld die Minuten bis zur Hochflut, mit der das Schiff seines großen Tiefgangs wegen doch endlich einmal einlaufen musste.

Schließlich tauchten Segel am Horizont auf. Aber es verging noch fast eine Stunde, bis sie erkennen konnte, dass es tatsächlich die ›Königin Sophia‹ war, die da mit windgeblähtem Tuch bei Övelgönne die Hafeneinfahrt passierte. Sie rannte vom Hügel herunter und lief zu den Vorsetzen, an denen das Schiff festmachte. Natürlich ziemte es sich nicht, ihre übergroße Freude zu zeigen, dennoch konnte sie nicht umhin, sofort auf das Deck zu laufen, als die ersten Planken für den Landgang ausgelegt wurden. Sie hatte sich in den hübschen Kapitän verliebt und schwärmte mit jugendlichem Enthusiasmus von dem ›Herrn der Weltmeere‹, wie sie ihn heimlich nannte, von dem Abenteurer, dem erfahrenen Mannsbild in der schmucken Uniform und mit dem fröhlichen Lachen im Gesicht, mit dem er sie stets begrüßte. Es machte ihr nichts aus, dass es außer diesem Lachen nichts gab, was ihre romantischen Gefühle heftiger in Bewegung versetzt hätte. Ihr genügte es, den Mann zu sehen, zu bewundern und von ihm zu träumen, wenn er dann wieder monatelang unterwegs war. Während er in Hamburg war, hatte sie glücklicher Weise Gelegenheit, ihn zu sehen, mit ihm zu sprechen, sein Lachen und die angenehmen Gesten, mit denen er seine Worte unterstrich, zu beobachten.

Die Stellings hatten ein gastfreundliches Haus, in das die Kapitäne, die für sie auf See unterwegs waren, ihnen die wertvollen Waren unversehrt nach Hamburg brachten, ihr Leben riskierten, um ihren Dienst zu tun, gern und oft eingeladen wurden. Aber bis zu einer solchen Einladung wollte Viktoria nicht warten. Sie hatte, neben all der Freude des Wiedersehens, ein ernstes Gespräch mit dem Kapitän zu führen. Als er vor vier Monaten zu dieser Fahrt gestartet war, hatte sie ihn gebeten, sich umzusehen und zu erkunden, woran es lag, dass viele Schiffe, die von Brasilien aus die Heimreise antraten, mit so großer Verspätung in Hamburg eintrafen. Lag es an den Meeresströmungen, am schlechten Wetter, lag es gar an den brasilianischen Behörden, die eine Abfertigung verzögerten, oder lag es an den Mannschaften, die sich nicht von dem fernen Lande trennen mochten. Viktoria wusste: Zeit ist Geld und neuerdings gingen zu viele Tage verloren, Tage, die zur Folge hatten, dass eine Abfertigung in Hamburg verzögert wurde, Lagerplätze und Speicherkapazität durcheinander brachten, an denen Schauerleute nutzlos warteten und Anlegeplatze anderweitig besetzt werden mussten.

Viktoria hatte kaum Justus Habermann respektvoll begrüßt, indem sie ihm die kleine, immer mit Tinte beschmierte Hand reichte.

»Lieber Kapitän, wissen Sie noch, um was ich Sie vor Ihrer Abreise gebeten habe?«

»Selbstverständlich, Fräulein Viktoria.«

»Und? Haben Sie etwas herausgefunden?«

»Eigentlich müsste ich mich zuallererst um mein Schiff kümmern, Fräulein Viktoria. Der Hafenmeister schaut schon recht erzürnt hier herüber und meine Männer warten auf Befehle – «

»Bitte, lieber Kapitän, nur eine winzige Antwort, ein Geheimnis zwischen uns beiden: Ist es das Wetter, das Meer, der Zoll oder aber sind es die brasilianischen Vergnügungen, die für die Verspätungen der Schiffe sorgen?«

»Nein, Viktoria, es ist etwas ganz anderes: Wenn wir in Brasilien ankommen, oft nach vielen stürmischen Wochen auf See, dann haben unsere Schiffe gelitten, so manches ist entzwei gegangen, zerstört worden, vieles muss repariert und geflickt werden. Ja, manche Teile müssten ganz ausgetauscht und ersetzt werden, aber dann steht man vor dem Desaster, denn es gibt keine Ersatzteile, keine neuen Segel, keine entsprechenden Werkzeuge für unsere Reparaturen. Dann ist man im Land unterwegs, fährt mühsam und lange mit Küstenbooten von Hafenstadt zu Hafenstadt auf der Suche nach brauchbarem Material und dann dauert es manchmal wochenlang, bis man die eigene Rückreise mit einem notdürftig geflickten, kaum seetüchtigen Schiff antreten kann. Oder man muss warten, bis ein anderes Schiff aus der Heimat kommt und zufällig ein Ersatzteil an Bord hat. Uns ist es auf dieser Reise so ergangen und vielen anderen Schiffen auch.« Resignierend zuckte er mit den Schultern und rückte seine fesche Mütze zurecht. »Wir haben diesmal drei Wochen in Recife festgelegen. Aber jetzt muss ich mich um meine Leute kümmern, der Hafenmeister kommt und er wird leicht wütend.«

»Danke, Kapitän, Sie haben mir sehr geholfen. Dem Hafenmeister sage ich, dass ich Sie aufgehalten habe, er ist ein Freund von mir. Und bitte: Kein Wort über unser Geheimnis zu irgendeinem anderen Menschen. Ich möchte mir das Problem mit den Ersatzteilen überlegen, vielleicht gibt es ja eine Lösung. Aber die möchte ich gern allein finden. Versprochen?«

Mehr als ungläubig sah Kapitän Habermann dem jungen Mädchen nach und schüttelte den Kopf. Was die wohl wieder ausheckt, dachte er und wusste aber, dass die kleine Viktoria eine sehr aufgeweckte junge Dame war, die fast immer, weiß Gott wie, durchsetzte, was sie wollte.

Während der langsame und gründliche, vielleicht etwas schwerfällige Johannes Stelling bemüht war, die Firma zu vergrößern, um eines Tages, wenn er alt und müde war, eine expandierende Reederei und ein florierendes Handelshaus an seine Söhne übergeben zu können, führte seine Frau, allerdings hinter seinem Rücken, intensive Gespräche mit Patric O'Brian. Der britische Architekt irischer Abstammung, der seit einiger Zeit in Hamburg lebte und arbeitete, galt unter den Damen der besseren Gesellschaft als der modernste Künstler seines Fachs. Er war bekannt für seine zukunftsorientierten, modernen Einfälle und für sein Verständnis den Damen gegenüber, die nicht selten abstruse Vorstellungen von Architektur hatten.

Nun legte Annette Stelling nicht unbedingt Wert auf künstlerische oder übermoderne Gestaltung ihres neuen Heimes, sondern ganz einfach darauf, den bekanntesten Architekten der Stadt für ihr Vorhaben zu engagieren. Sicher, sie wollte auch die neuen, in England entwickelten Wasserspültoiletten in ihrem Haus haben und eine moderne Gasbeleuchtung, die jetzt überall eingeführt werden sollte. Vor allem aber wollte sie sagen können, wenn das Haus denn einmal fertig war und eingeweiht wurde, dass diese Villa von Patric O'Brian entworfen, gebaut und mit ihr gemeinsam eingerichtet worden war.

Dass die Gespräche mit dem Künstler hinter dem Rücken ihres Ehemannes geführt wurden, lag an der Tatsache, dass Johannes Stelling noch immer nicht seine Zustimmung zu dem Bau gegeben hatte. Sobald sie das Gespräch darauf brachte, hieß es: »Ja, ja, wir bauen das Haus, aber ich kann mich noch nicht auf einen Termin festlegen.«

Dennoch war sie nun fast täglich mit der neuen Kalesche und einem Lohnkutscher unterwegs, um in den elegantesten Geschäften nach neuen Möbeln, seidenen Tapeten, dekorativen Vorhangstoffen – einfach nach dem besten Interieur zu suchen. Vor allem die Läden unter den Alsterarkaden, von dem berühmten Architekten Alexis de Chateauneuf nach venezianischem Muster kürzlich entworfen und gebaut, hatten es ihr angetan. Wie in einer südländischen Stadt konnte man dort gepflegt und trockenen Fußes flanieren, Schaufenster betrachten und im Café Möwe verführerische Törtchen oder delikate Liköre zu sich nehmen.

Annette bevorzugte bei diesen Ausflügen die Begleitung einer ihrer Freundinnen, die, wenn sie Zeit und keine anderweitigen Verpflichtungen hatten, nur zu gern an diesen Spaziergängen teilnahmen und Annette mit Rat und Tat zur Seite standen. Vor allem Henriette Bellinghoff und Melanie Pollvogt waren gern an ihrer Seite. Hermine Groothoff aus dem Dorf Blankenese an der unteren Elbe zählte ebenso dazu. Sie hatte vor zwanzig Jahren dorthin geheiratet, was die enge Verbindung etwas störte, weil die Entfernung recht groß war. Sie kannten sich aus der Fachschule für höhere Töchter, die sie zur gleichen Zeit besuchten, um eine moderne Haushaltsführung zu erlernen. Später hatten sie gemeinsam Tanzkurse besucht, sich bei gesellschaftlichen Ereignissen getroffen, wenn die Erwachsenen das erlaubten, und waren zur gleichen Zeit im gleichen Tennisclub. Sie hatten Freud und Leid miteinander geteilt, als die Eltern Ehepartner für sie suchten, die ihnen nicht immer genehm waren, und sie hatten als Brautjungfern an den jeweiligen Hochzeiten teilgenommen. Jetzt, als wohlsituierte Damen der Hautevolee, als Mütter erwachsener Kinder und überaus erfahrene Ehefrauen, suchten sie mehr denn je die Freundschaft, die gegenseitige Vertrautheit und den Austausch von Erfahrungen. So wussten denn auch diese Freundinnen sehr bald, obwohl kein Wort darüber gesprochen wurde, dass Annette Stelling etwas mehr als architektonische Beratung in den Gesprächen mit dem attraktiven Mister O'Brian suchte.

»Er hat zugesagt, in einem neu eröffneten Geschäft in Altona Muster für den Parkettboden im Gartensaal auszusuchen. Er möchte unbedingt drei verschiedene Hölzer verlegen lassen und verspricht sich davon ein zauberhaftes Ornament.«

»In Altona?« Henriette, die an diesem Tage als Vertraute die Freundin begleitete, hob die Augenbrauen und rührte zweifelnd in ihrem Mokka. »Eine weite Fahrt, meine Liebe. Wirst du in deiner Kalesche fahren? Und wirst du ihn mitnehmen?«

»Ja, natürlich, ich kann doch nicht erwarten, dass er mit dem Pferdebus bis nach Altona fährt. Und allein dorthin reiten mag er nicht. Er findet, dass Reitkleidung so unattraktiv ist und ihm nicht gut zu Gesicht steht.« Versponnen und in Gedanken bereits unterwegs, schaute Annette auf die Kleine Alster, die unter ihnen mit recht viel Gefälle der Mündung entgegen rauschte. Die Konditorei hatte Tische und Stühle nach draußen unter die Arkaden gestellt, so dass die Gäste selbst bei etwas feuchtem Wetter im Freien sitzen und die Blumenpracht genießen konnten. Denn in jedem Sommer wurden nach hanseatischer Tradition an den ganzen Arkaden entlang Blumenkästen mit weißen Petunien und roten Geranien bepflanzt.

»Weißt du«, fuhr Annette unbekümmert fort, »er ist ein so gesitteter, geistreicher und höflicher Mann, so weit entfernt von Unschicklichkeiten, dass kein Mensch aus solch einer geschäftlichen Fahrt falsche Schlüsse ziehen könnte.« Sie zuckte mit den Schultern. »Im Übrigen stehe ich über solchen Kleinlichkeiten.«

»Das weiß ich«, nickte Henriette. »Aber du sagtest doch, du führst die Gespräche zur Zeit noch ohne Wissen deines Mannes, um am Tage des Baubeginns sozusagen gerüstet zu sein. Man könnte ihm erzählen, der Kalesche und ihren Insassen begegnet zu sein. Würde ihm das gefallen?«

»Henriette, du machst dir zu viele Gedanken. Ich langweile mich in dem kleinen Haus am Harvestehuder Weg. Die Kinder sind kaum noch daheim, Johannes arbeitet von morgens bis abends im Kontor und wenn er zu Hause ist, will er nur noch seine Ruhe haben. Er ist so verändert, seitdem die Firma expandiert, dass ich mich manchmal frage, ob er mich überhaupt noch wahrnimmt. – Ich brauche etwas Abwechslung und die Baupläne sind das Einzige, was mich derzeit etwas ablenkt. Also, selbst wenn es zu Gerede käme, wüsste ich mich zu verteidigen.«

»Ich wollte dich ja nur zur Vorsicht gemahnen, meine Liebe, wozu sind Freundinnen denn da?«

»Das weiß ich doch, Henriette, aber verlass dich darauf, ich bin sehr diskret und muss mir in keiner Weise Vorwürfe machen.« Annette zog ihren Umhang enger um die Schultern. »Mich fröstelt. Wenn die Sonne hinter der Neustadt untergegangen ist, wird es hier am Wasser kühl. Lass uns zahlen.«

Die Damen winkten der Bedienung, bezahlten Mandelhörnchen und Mokka und verabschiedeten sich. »Wir sehen uns nächste Woche bei Konsul Wohlfahrt. Man will bereits den Weihnachtsbasar der Commerzdeputation planen. Wirst du dich zur Verfügung stellen?«

»Selbstverständlich«, Annette nickte, »Johannes legt größten Wert auf solche Veranstaltungen. Du weißt doch, seit der Feuerkatastrophe hat er sich ständig für wohltätige Zwecke zur Verfügung gestellt. Man hat ihn deshalb im Rathaus hoch gelobt.«

»Ja, ich weiß, wie schön, wenn er dafür noch Zeit erübrigen kann. Aber jetzt muss ich wirklich eilen. Mein Mann kommt immer auf die Minute pünktlich nach Hause und dann verlangt er, dass ich ihm zur Verfügung stehe. Er will rundum verwöhnt werden. Manchmal ist das richtig lästig, ich muss ihm dann kleine, möglichst lustige Geschichten aus meinem Tageslauf erzählen und ihn mit einem Cocktail verwöhnen. Na, du kannst dir denken, wie so ein Abend dann endet. Und das in unserem Alter! Tschüs, meine Liebe, bis nächste Woche dann.« Kichernd winkte sie und während sie zum Droschkenstand an der Bergstraße lief, ging Annette in entgegengesetzter Richtung davon. Sie hatte ihre Kalesche für achtzehn Uhr vor den Alsterpavillon bestellt. Nun hatte sie noch eine gute Stunde Zeit. Zeit, die sie für ein Rendezvous eingeplant hatte. Dieses Café-Haus am Jungfernstieg war am späteren Nachmittag ein beliebter Treffpunkt. Herren trafen sich nach Kontorschluss im Rauchsalon, Damen nach dem Einkaufsbummel im Tearoom und andere Leute, Paare etwa, die offiziell nicht zusammengehörten, fanden in kleinen behaglichen Nischen im Untergeschoss Räumlichkeiten, die einem Séparée ähnlich für diskrete Treffen wie geschaffen waren.

Hier trafen sich seit einem Monat einmal in der Woche, in aller Schicklichkeit natürlich, aber dennoch inoffiziell, Annette Stelling und Patric O'Brian.

Der gutaussehende Mann mit dem rotblonden leichtgewellten Haar, das ihm fast bis auf die Schultern fiel, war eine typisch britische Erscheinung. Schlank, blass, hervorragend gekleidet und von großem Selbstbewusstsein fiel er sofort auf. Der engtaillierte, knielange Sommermantel und die beigefarbenen Steghosen machten das Bild eines erfolgreichen Engländers, der Wert auf Understatement legte und gleichzeitig Kühnheit demonstrierte, vollkommen.

Patric O'Brian reichte seinen zierlichen Stock und den grauen Zylinder mit einem leichten Lächeln und einem Silber-Courant der Garderobiere im Alsterpavillon. Er ging hinunter in den Salon mit den separaten Nischen, denn er wusste, dass Annette Stelling ihn nicht nur ob ihrer Pünktlichkeit dort bereits erwartete. Dieses Tete-a-Tete mit der Frau eines der bekanntesten Hanseaten bereitete dem Briten grosses Vergnügen. Einerseits war er selbstbewusst genug, um zu wissen, dass er durch sein Können einen Platz in der Hamburger Gesellschaft gefunden hatte, andererseits war ihm auch bewußt, dass die Sympathien der Frauen von größtem Vorteil für ihn waren. Führten diese herrischen Hanseaten auch das Wort in der Geschäftswelt, zu Hause dominierten die Damen und sie waren es, die sein Können bewunderten und bezahlten.

Patric O'Brian durchschritt leichtfüßig und beschwingt den Raum, nickte dem Kellner zu, der ihn kannte und mit einer höflichen Verbeugung begrüßte, und strebte dem Tisch zu, an dem Annette bereits Platz genommen hatte. Wie immer war er auch heute überrascht von der Nonchalance der eleganten Frau, die im Gegensatz zu anderen Damen der Gesellschaft so gar kein Geheimnis aus ihrem Treffen mit ihm machte. Mit einem reizenden Lächeln reichte sie ihm die Hand in dem weißen Glacéhandschuh und bedeutete ihm, auf den Stuhl neben sich Platz zu nehmen. Mit einem raschen Blick hatte er festgestellt, dass Annette wie immer sehr gut gekleidet war. Im Gegensatz zu den oft mehr als dezenten und weniger modebewussten Frauen der Hamburger Geschäftsleute, die der Meinung waren, schlicht sei elegant oder ›weniger ist mehr‹, hatte Annette Stelling das angeborene Gefühl für Stil und Eleganz, das sie aus dem eher farblosen Modebild der

Flanierenden hervorhob. Mit einer kleinen Verbeugung se te er sich neben sie, zog die Bügelfalten seiner Beinkleic zurecht und entnahm der Manteltasche Zigarrenetui u Streichholzschachtel. Er wusste, dass sie nichts gegen ein kleinen Zigarillo einzuwenden hatte, und sie wusste, dass zu seinem Wohlbehagen beitrug, wenn er seinen ägyptisch Tabak genießen konnte. Wie immer bestellten sie Tee, de Annette, die eigentlich Kaffee bevorzugte, wusste, dass ih viel daran lag, die englische Tea-Time einzuhalten. Wesha sollte man nicht auf die kleinen Eigenheiten eines Mann eingehen, den man verehrte?

»Liebste Annette, wie geht es Ihnen, wie haben Sie die v gangene Woche verbracht? Sie hatten doch einen Theate bend geplant?«

»Danke der Nachfrage. Ich habe eine Opernaufführung ges hen und es war ein atemberaubendes Ereignis. Die Polizei mu ste für Ordnung sorgen, so groß war der Andrang.« Ihre Auge leuchteten in Erinnerung an den glanzvollen Abend im Stad Theater und am liebsten hätte sie hinzugefügt, wie absol schön es gewesen wäre, mit ihm dorthin zu gehen.

»Ich habe davon gehört. Jenny Lind, die Schwedin, h gesungen. Leider gibt es schon seit Wochen keine Eintritt karten mehr, aber auch um die Aufführung herum gibt es j viele Veranstaltungen, von denen ich einige miterlebt habe.«

»Erzählen Sie, bitte, von denen weiß ich so gut wie ga nichts.«

»Es gibt Fackelzüge, Blumenteppiche, wo immer die ›Schwedische Nachtigall‹ auftritt und natürlich Feuerwerke.«

»Oh, ja, die Feuerwerke habe ich gesehen. Von unserem Haus in Harvestehude kann man sehr gut die Alster überblicken und ich habe mich schon gefragt, aus welchem Anlass sie stattfinden.«

»Es hätte mir Freude gemacht, Sie abzuholen und zu den Veranstaltungen hinzuführen, man hat regelrechte Volksfeste

um die Operndiva herum arrangiert«, erklärte Patric charmant und legte vertraulich seine Hand auf den Arm seiner Begleiterin.

Annette lächelte mit leicht geröteten Wangen. Sie liebte diese kleinen, versteckten Liebeserklärungen und fühlte sich wie ein junges Mädchen beim ersten Rendezvous. Dennoch zog sie ihren Arm nach einem Augenblick zurück, um zu zeigen, dass sie eben doch eine respektierliche Frau war, die wußte, wo Grenzen zu ziehen waren.

Patric nahm die Hand sofort zurück, da er wusste, dass er behutsam vorgehen musste. Eine Frau von Stand und Würde wie Annette konnte man nicht hofieren wie ein junges Mädchen. Hier waren Geduld und Feingefühl nötig. Und außerdem, er war sich gar nicht sicher, ob er ernsthaft ein Verhältnis mit der Dame des Hauses Stelling beginnen sollte. Es reizte ihn zwar, aber es konnte ihm auch beruflich sehr schaden. Einmal, weil es noch andere Frauen gab, die sich so diverse kleine Hoffnungen machten, und auch, weil er seinen guten Ruf bewahren wollte. Denn schließlich waren es die Ehemänner, die das Geld verdienten, das die Damen später für ihre neuen Häuser ausgaben. Also wurde es für heute Zeit, den kleinen Flirt zu unterbrechen und zum Geschäftlichen überzugehen. Annette hatte noch immer nicht gesagt, wann er mit der Arbeit beginnen konnte. Sie hatte stets Träume, und Inspirationen und Pläne für den Hausbau, für den Innenausbau und für die Einrichtung, sie hielt sich aber bedeckt, wenn es um eine feste Absprache ging. Und er selbst bei soviel Vergnügen, wie ihm diese gemeinsamen Teestunden bereiteten, hatte konkrete Aufträge, die er termingerecht erledigen musste.

»Liebste Annette, ich muss Sie leider darauf hinweisen, dass ich nicht unbegrenzte Zeit für meinen Hamburger Aufenthalt einplanen kann. Wäre es Ihnen möglich, den Baubeginn etwas genauer zu terminieren?«

Erschrocken sah sie ihn an. Hatte ihre kleine Zurückweisung ihn so verärgert, dass er drohte, Hamburg zu verlassen? »Sie müssen mir verzeihen, Patric, ich bin selbst etwas irritiert. Mein Mann verspricht mir von einem Tag zum nächsten den Baubeginn und dann kommt ihm irgendetwas dazwischen, und alles wird wieder verschoben. Ich bin sehr unglücklich darüber. Bitte glauben Sie mir.«

»Liebste Annette, nicht doch. Ich weiß, wie es um die Geschäftsleute bestellt ist. Immer stehen das Kontor, das Büro oder der Geschäftspartner an erster Stelle, und wenn es um die Häuslichkeit geht, dann bleiben nur die Abendstunden, in denen ein müder Mann endlich seine Ruhe haben möchte. Aber denken Sie auch an mich. Jede Stunde, die ich vertrödele, fehlt mir irgendwann.«

»O mein Gott, auch die Stunden, die wir hier verbringen? Das wäre ja entsetzlich.«

»Aber nein, jeder Mensch braucht auch Freiraum und Vergnügen und glauben Sie mir, Annette, diese Stunde hier mit Ihnen ist die reinste Freude für mich.«

Und wieder legte er sehr zärtlich seine Hand auf ihren Arm. Diesmal zog sie ihn nicht zurück, wie er mit Genugtuung feststellte. Wenn er schon nicht zu einem lukrativen Auftrag kam, wollte er wenigstens etwas Spaß mit dieser hübschen Hanseatin haben.

Nach diesem Rendezvous brauchte Annette Stelling erst einmal Zeit zum Nachdenken. Sie wusste, dass sie sich auf ein Spiel mit dem Feuer einließ, wenn sie sich weiterhin mit Patric O'Brian traf. Henriette hatte nicht ganz Unrecht, als sie sagte, dass eine Frau sehr schnell ins Gerede kommen könnte, wenn sie in aller Öffentlichkeit mit einem Mann gesehen wurde, mit dem sie nicht verheiratet war. Mit wohligem Frösteln dachte sie an die vergangene Stunde im Alsterpavillon, die sie einerseits genossen hatte, weil sie spürte, dass dieser attraktive Mann sie hofierte. Andererseits malte sie sich aus, mit ihm in der Kalesche nach Altona zu fahren. Würde er auch dann seine Hand auf ihren Arm legen und sozusagen in aller Öffentlichkeit einen Besitzanspruch demonstrieren, mit dem sie sich nicht einverstanden erklären konnte?

Patric hatte sie nach draußen zur Kutsche begleitet, ihr höflich beim Einsteigen geholfen und mit einem vielsagenden Blick seiner blauen Augen zu verstehen gegeben, dass er sich auf das nächste Treffen mit ihr freute. Dann hatte er galant ihre Fingerspitzen geküsst und mit einer Verbeugung »Adieu, liebste Annette« geflüstert.

Mit einem Seufzer des Behagens ließ sie sich in die Polster gleiten und bat den Kutscher: »Fahren Sie ganz langsam den Rothenbaum hinauf bis zum Klosterhof und dann den Harvestehuder Weg an der Alster entlang nach Hause.«

Annette, mit ihren beinahe fünfzig Jahren und dem leicht ergrauten Haar noch immer eine gutaussehende Frau und trotz ihrer vier Kinder schlank und rank, dachte mit leiser Wehmut an die vergangenen Jahre, die nicht immer so verlaufen waren, wie sie es sich erhofft hatte: Wie romantisch und einmalig war es gewesen, als Johannes Stelling um sie warb. Erstaunlicherweise hatten ihre Eltern nichts gegen die Verbindung mit dem bekannten Kaufmann, obwohl der Vater es lieber gesehen hätte, wenn seine einzige Tochter die Frau eines Diplomaten geworden wäre. Er hielt die Hamburger ›Pfeffersäcke‹, wie er die Kaufleute abfällig bezeichnete, nicht unbedingt für die ganz feine Gesellschaft. Diesen Hang nach oben hatte sie von ihrem Vater geerbt. Sie lächelte in der Erinnerung an ihn, der als Advokat und in den letzten Jahren seines Arbeitslebens als Kommerzienrat der Hamburger Regierung so manches Mal das Leben schwer gemacht hatte.

Dann dachte sie zurück an die erste Begegnung mit Johannes Stelling: Meine Güte, war das ein peinlicher Augenblick. Sie lief mit einer blutbeschmierten Schürze auf dem Hof herum und er war bis auf die Haut nass und schlammbedeckt.

Wie in jedem Jahr verbrachte sie ihre Sommerferien auf dem Gut der Großeltern in Rodenhagen. Ihre Mutter, eine geborene Baroness von Peggendorff, legte großen Wert auf die Pflege von Tradition und Familienzusammenhalt und bestand darauf, dass ihre Tochter einmal im Jahr für ein paar Wochen nach Mecklenburg reiste. Annette liebte diese Ferien auf dem Lande, die Ungezwungenheit, die bei den Großeltern herrschte, wo man barfuß laufen durfte und keinen Verweis erhielt, wenn man einmal unpünktlich oder unpassend gekleidet zum Essen erschien.

An jenem späten Nachmittag gab es ein heftiges Gewitter und von dem Donner zu Tode erschrocken kalbte eine der Kühe zu früh und kein Mensch war im Stall, um dem Tier zu helfen. Nur Annette, die damals gerade siebzehn Jahre alt war und sich mit einem verbotenen Roman aus Großvaters Bibliothek oben auf dem Heuboden versteckt hatte, hörte die Schmerzensschreie der Kuh. Da sie, durch den Landaufenthalt aufgeklärt, alles über Paarung und Geburt bei Tieren wusste, half sie dem entsetzten Rind, indem sie beruhigend auf das Tier einsprach und schließlich, da das Kalb nur zur Hälfte draußen war, die Vorderbeinchen packte und so lange daran zog, bis das restliche Kalb auf dem Stroh lag. Und weil sie keine Tücher hatte, um es trocken zu reiben, hatte sie die Schürze dafür benutzt. Ja, und dann war sie barfuß und mit eben dieser Schürze durch den strömenden Regen über den Hof gelaufen und direkt in einen fremden Mann hinein, der tropfnass und bis zum Hut hinauf schlammbedeckt Unterschlupf und Hilfe suchte. Sie nahm ihn mit ins Gutshaus und riet ihm, sich in der Halle nicht vom Fleck zu bewegen, da er äußerst schmutzige Spuren auf dem gefliesten Boden hinterließ. Dann rief sie die Mamsell und gab den Fremden in die Obhut der Dienerschaft, während sie selbst hinauf in ihr Zimmer lief und sich umzog.

Erstaunt stellte sie dann beim Abendessen fest, dass der

Fremde, den sie für einen Kutscher oder Boten gehalten hatte, noch immer im Hause weilte und sogar an der Mahlzeit teilnahm. Ja, er durfte den Ehrenplatz neben der Großmutter einnehmen. Dann stellte ihn der Großvater als den Kaufmann Johannes Stelling vor, der auf dem Weg von Schwerin nach Hamburg mit seiner Kutsche verunglückt war. Bei eben jenem bedrohlichen Donnerschlag, der auch die Kuh entsetzt hatte, waren ihm die Pferde durchgegangen. Die Kutsche hatte sich überschlagen und er selbst war in hohem Bogen in einen morastigen Graben neben dem Weg geflogen. Großvaters Männer hatten später die Pferde gefunden, die friedlich grasend neben der zerbrochenen Kutsche standen, und Großmutter hatte den Kaufmann mit sauberer Kleidung versorgt.

Johannes Stelling nahm mit Freuden die Einladung der Baronin an, ein paar Tage auf Rodenhagen zu verweilen, und so lernte man sich kennen. Als Wochen später der Tag der Abreise für Annette kam, erschien pünktlich und von Großmama bestellt Johannes Stelling, um die junge Dame nach Hause zu bringen. In Begleitung einer Dienerin, die sowieso in den Hamburger Haushalt der Mutter überwechseln sollte, und in einer Kutsche, die bis zum letzten Platz mit Mecklenburger Landspezialitäten beladen war, fuhr Annette dann heimwärts, neben sich einen galanten, überaus höflichen und wohlerzogenen Handelsherrn, der bereits zwei Tage später seine offizielle Aufwartung im Hause der Eltern machte und einen Monat später um ihre Hand anhielt.

Mein Gott, dachte Annette, was waren das für schöne Zeiten. Der liebevolle Mann, die schöne, elegante Wohnung im Kontorhaus, die Eltern, die ihr mit Rat und Tat zur Seite standen, und dann nach und nach die wohlgeratenen Kinder, die ihr soviel Freude machten – damals jedenfalls. Annette seufzte und lächelte den Kutscher an, der sich, besorgt durch den Seufzer, umdrehte und sich für das schlechte Straßenpflaster entschuldigte.

Wo war sie geblieben, die schöne Zeit, die Romantik, die innige Liebe? Alltäglichkeiten hatten sie aufgefressen. Die Arbeit, der Ehrgeiz, die Sucht nach Erfolg, nach Geld, nach Ansehen und Anerkennung – ihr war das Glück zum Opfer gefallen. Heute hatten sie Geld, Ansehen und die Firma hatte Erfolge, die kaum noch zu bewältigen waren, nur Zeit für Zärtlichkeiten gab es nicht mehr.

Ach, Mama, dachte sie mit Sehnsucht. Wenn du wenigstens noch da wärst! Aber die Eltern waren seit mehr als zehn Jahren tot. Erst war die Mutter, wenig später der Vater gestorben. Sie hatten die letzten Jahre, als der Vater in den wohlverdienten Ruhestand getreten war, in Rodenhagen verbracht, wo sie sich mit Genuss dem Landleben hingaben. Leider viel zu kurz, dachte Annette und trauerte für einen Augenblick. Heute wurde das verwaiste Gut von einem Verwalter geführt. Ihr Erbe, an dem sie nicht mehr interessiert war.

Sie war ein Großstadtmensch geworden, ihr waren Theater und Konzerte und elegante Geschäfte wichtiger als Landluft und kleine, neugeborene Kälbchen und von ihren Kindern war auch keines bereit, das Gut und die damit verbundene Verantwortung und die schwere Arbeit zu übernehmen. Sie dachte an Thomas, der sich zwar für Pferde interessierte, aber noch nie den Wunsch geäußert hatte, die Ländereien kennen zu lernen, und für den Johannes sehr ehrgeizige Pläne hier in Hamburg hatte. Ihre Kinder hatten die Ferien lieber an der Ostsee verbracht und daran war sie selbst nicht schuldlos, denn auch sie zog den Aufenthalt im eleganten Boltenhagen mit der gepflegten Promenade, den Kurkonzerten, den feinen kleinen Geschäften und der Gesellschaft wohlhabender Menschen aus Berlin oder Hamburg dem Landleben vor.

Annette lehnte den Kopf in die Polster und sah hinauf in die Kronen der Kastanienbäume, die den Weg säumten. Die ersten braunen Blätter kündigen den Herbst an, dachte sie, schon wieder ein Jahr vorüber.

Der Himmel zeigte sich unentschlossen, einige Wolken hatten sich zusammengezogen, doch eine sanfte Wärme lag über der Stadt. Hin und wieder streifte ein leichter Wind vom Wasser her über ihr Gesicht und ließ den kleinen Schleier des Hutes fröhlich tanzen. Als Annette ihr Haus erreichte, hatte sie mit der gleichen Leichtigkeit alle Sorgen abgeschüttelt. Die Kutschfahrt nach Altona würde sie doch wohl lieber allein unternehmen.

Annette freute sich, endlich gab es ein großes Fest im Hause Stelling. Am 10. Oktober wurde Michael einundzwanzig Jahre alt. Sie wusste zwar, dass er am liebsten mit seinen Freunden vom neu gegründeten Hamburger Ruder-Club im Vereinshaus an der Alster gefeiert hätte, aber das kam überhaupt nicht in Frage.

»Dein Festtag wird hier in der Familie begangen und deine Eltern laden die Gäste ein«, beschloss sie resolut und obwohl Michael ihr erklärter Liebling war, rückte sie keinen Zentimeter von ihrer Meinung ab. Was sie allerdings nicht verstehen konnte, war die harte Haltung ihres Mannes, der darauf bestand, dass Michael genau wie an jedem anderen Tag und genau wie jeder andere Angestellte seine Arbeit in der Firma tat und erst abends feiern konnte.

Mit Bedacht und Umsicht hatte sie eine kleine Gästeliste aufgestellt, die darauf ausgerichtet war, die Zukunft ihres erwachsenen Sohnes einzuleiten. Sie hatte unter ihren Bekannten jene ausgesucht, die einflussreich waren, feste Positionen in der Stadt inne hatten und ihrem Haus gegenüber genügend verpflichtet waren, um Michaels Unlust zur Arbeit zu ertragen. Ihr Liebling, der in letzter Zeit nie mehr von einer Malerkarriere gesprochen hatte, sollte eine Zukunft haben, in der eine hohe Lebensqualität die größte Rolle spielte.

Bei der Planung des Festes machte ihr das kleine Haus die größten Sorgen. Mehr als zwölf Personen kann ich am Esszimmertisch nicht bewirten, überlegte sie, wir müssen wieder ein abendliches Büfett statt eines festlichen Dinners anbieten, ein Fest mit weniger als zwanzig Gästen, zu denen dann noch die Familie gerechnet werden muss, ist einfach unakzeptabel. »Als könnten wir uns eine festliche Tafel mit Meißner Geschirr, englischem Silber, edlem Damast und handgeschliffenen Gläsern nicht leisten«, stöhnte sie der Mamsell gegenüber und entwarf den Aufbau des Büfetts mit genau berechneter Strategie. »Auf jeden Fall muss in der Mitte als glanzvoller Aufbau ein aus Eis geschnitzter Schwan stehen. Ich habe bei einer Einladung im Hause von Konsul Bloomström einen solchen Schwan gesehen und er war der absolute Höhepunkt der Tischdekoration«, erklärte sie Babette. »Zum Glück konnte ich später, ohne allzu neugierig zu erscheinen, die Anschrift jener Werkstatt in Eppendorf erfahren, in der solche Eiskunstwerke geschaffen werden.«

Einen Augenblick noch träumte sie von dem blauen, durchsichtigen Schwan mit seinem stolz erhobenen Kopf auf dem eleganten Hals – »Schwäne sind in Hamburg so etwas wie ›heilige Kühe‹ und stehen seit Jahrhunderten unter dem ganz besonderen Schutz der Regierenden«, erklärte sie der Mamsell –, dann widmete sie sich wieder der Büfett-Strategie, von der Simone nicht sehr angetan war. Annette wusste, die Köchin hatte ihre eigenen Pläne und hielt mehr von rustikaler Küche als von viel zu schnell dahinschmelzenden Eisgebilden und fremdartigen Törtchen, deren Inhalt und Belag kein Mensch identifizieren konnte. Um ihre gute Laune zu erhalten, muss ich einen Kompromiss eingehen. In der Mitte der Tafel und rund um den Schwan drapiert, werden wir die edlen Delikatessen aus einem Feinkostgeschäft aufbauen, an die Seiten kommen Simones Platten, sinnierte sie und dachte an Johann Jacob, der erst vor wenigen Wochen sein elegantes Geschäft am Mittelweg eröffnet hatte. Sie lächelte bei dem Gedanken an die delikaten Köstlichkeiten und wie sie jede Gelegenheit nutzte, die kleinen Delikatessen zu erstehen und die Auslagen zu bewundern. Welch ein Glück, dass ich mir inzwischen diese geliebten Eskapaden leisten kann. Sie blickte gutgelaunt in den Spiegel und strich mit einer eleganten Handbewegung ein paar Haarsträhnchen zurück in den Chignon. Gott sei Dank geht es unserer Firma finanziell wieder blendend. Das haben wir allein der couragierten Viktoria zu verdanken, dachte sie. Aber es war nicht erwünscht, darüber zu reden.

Als das Grundgerüst der Tafel mit Schalen, Schüsseln, Etagen und Blumengebinden in Zartrosa, passend zu den neuen Seidentapeten, festgelegt war, besprach sie mit Simone die Speisen, die diese kochen würde. Auch sie mussten von der feinen Sorte sein, damit sie mit den Jacobschen Köstlichkeiten wetteifern konnten. Burgunder Schinken und Wildschweinkeule mit Waldbeerenkompott und Serviettenklößchen, die Simone gern zubereitet hätte, waren diesmal nicht erwünscht. Die Speisen der Köchin würden an den beiden Enden der Tafel aufgestellt werden und sollten mit Raffinesse zubereitet sein. Deshalb entschloss sie sich, panierte Rehfilets mit Pfifferlingen, Kalbmedaillons in Weißweinsauce, Rebhühnchen mit Bucheckern und pochierten Lachs im Sauerampfermantel anzubieten.

Dass ihre Platten an die Tischenden gestellt wurden, war Simone allerdings recht, so konnte sie zwischendurch die eine oder andere Platte austauschen und neue Speisen servieren, ohne von den Gästen bemerkt zu werden. Auch dass das Feinkostgeschäft das nötige Personal für die Bedienung mitschickte, kam ihr sehr entgegen. Ihr Reich war die Küche und nicht der Salon, wo die Schleppen der Abendkleider einem ständig unter die Füße gerieten und manche Herren handgreiflich wurden und ihre angeblich gute Erziehung vergaßen.

Annette war mit der Planung zufrieden. Zwar konnte sie jetzt im Oktober nicht mehr den Garten oder die Terrasse in die Räumlichkeiten einbeziehen, aber mit dem Esszimmer, dem Salon und ihrem kleinen Boudoir, alle durch gläserne Schiebetüren miteinander verbunden, würden sie Platz für dreißig Personen haben. Man muss immer, das weiß ich aus Erfahrung, etwas Spielraum nach oben haben, denn es passiert oft, dass Gäste eine Person mehr mitbringen, dachte Annette und gratulierte sich zu ihrer Weitsicht.

Sie sah auf die Kaminuhr. Um sechs kam der Coiffeur, der ihr die Frisur richtete. Für sieben Uhr hatte sie die Modistin bestellt, die ihr beim Ankleiden helfen sollte. Sie hatte für ihr neues Kleid einen mauvefarbenen Stoff gewählt, der in seiner Farbe so einzigartig war, dass sie gleich den ganzen Ballen gekauft hatte, damit ihr nicht ein zweites Kleid aus diesem Stoff in Hamburg begegnete. Sie freute sich auf die Robe mit den passend zum Stoff eingefärbten Brüsseler Spitzen und dem Amethyst-Kollier, das ihr Mann damals aus Paris mitgebracht hatte, als sie zehn Jahre verheiratet waren.

Michael und Johannes kamen um sieben Uhr. Johannes hatte nicht erlaubt, früher als üblich die Arbeit zu beenden. Aber wenn sie direkt hierher reiten und Thomas die Pferde zum Mietstall zurückbringt, haben sie Zeit genug zum Umkleiden, rechnete Annette. Die Gäste hatte sie vorsorglich für neun Uhr eingeladen, der Feinkosthändler kam zusammen mit dem Schwanenlieferanten um acht. Weder die Delikatessen noch das Eiskunstwerk durften zu lange in den warmen Räumen stehen. Die Kaminfeuer und die vielen Kerzen würden zwar eine sehr gemütliche Atmosphäre schaffen, aber auch eine rechte Hitze, die sie einkalkulieren musste.

Es ist eben alles etwas provisorisch in diesem kleinen Haus, resümierte Annette und dachte mit großer Freude an die Stadtvilla am Mittelweg, mit deren Bau demnächst begonnen werden konnte. Das Geld ist nun vorhanden – wenn nur Viktoria endlich aufhören würde, den Vater zu bedrängen, ein Schiff für Auswanderer zu kaufen – und ein Architekt ist auch gefunden. Dort oben auf der Parzelle Nummer 1 wird ein Haus entstehen, in dem sich garantiert im Hochparterre ein Saal für große Empfänge befindet, dachte sie vergnügt und zog sich in ihr Schlafzimmer zurück: »Babette, bitte bringen Sie mir jetzt das heiße Wasser für mein Bad und vergessen Sie die Jasminessenzen nicht.«

Michael, die Hauptperson dieses 10. Oktober, hatte ganz andere Probleme. Für ihn ging es an diesem Tag nicht ums Feiern, sondern um die Zukunft. Er kannte die Pläne seines arbeitswütigen Vaters und seiner ehrgeizigen Mutter und die liefen auf Wegen, die er nicht zu gehen bereit war. Er hatte lange nicht mehr über seine Karriere als Maler gesprochen, er wollte erst diesen Geburtstag abwarten, aber er hatte im Geheimen alles für die Reise nach Italien vorbereitet. Er hatte längst seinen Koffer gepackt und bei einem Freund deponiert, er hatte eine Schiffspassage nach Italien gebucht und mit seinem alten Lehrer korrespondiert, der ihn in Venedig willkommen heißen würde.

Michael stand an seinem Schreibpult, brütete vor sich hin und rechnete zum Schein für die anderen Angestellten in den Bilanzen herum. Heute um Mitternacht kann mir kein Mensch mehr verbieten, zu tun, was ich will. Er wusste, dass er fristgerecht kündigen musste und hatte, um jedem Ärger aus dem Weg zu gehen, seinen gesamten Urlaub der letzten beiden Jahre aufgespart. So konnte er dem Vater um Mitternacht die Kündigung überreichen und die fehlenden Tage mit dem Urlaub ausgleichen. Dann, so hoffte er, würde der Vater sich vielleicht auch etwas dankbar für seine Integrität erweisen und ihm etwas Geld für den Start in Italien schenken.

Wenn nicht, dachte er, und damit muss ich wohl rechnen, ist er so verärgert, dass er mir nichts gibt. Aber den Lohn für den letzten Monat, den muss er mir zahlen, der steht mir zu.

Langsam schloss Michael die Bilanzen und stellte die Bücher in das Regal zurück. Er hatte sehr ordentlich gearbeitet, niemand sollte ihm Nachlässigkeiten vorhalten können. Er hatte sein Stehpult aufgeräumt, alle anfallenden Arbeiten beendet und sogar seinem Nachfolger eine Mappe mit Ratschlägen hinterlassen.

Michael sah sich um, alles hatte jetzt seine Ordnung. Er war zwar unwillig, wenn es ums Kaufen und Verkaufen ging, aber er war nicht dumm. Er hatte sorgfältig geplant, seit vielen Monaten seinen Lohn gespart, eine Schifffahrtslinie gefunden, die Venedig direkt anlief und nicht mit der Reederei Stelling kooperierte, damit sein Ziel nicht bekannt wurde, und er hatte Freundschaften gepflegt, die sich nun auszahlten. Natürlich hätte er lieber mit diesen Freunden gefeiert, die ihn heute Nacht auf das Schiff bringen würden, aber er wusste, wie viel seiner Mutter an dem Fest lag und er wollte ihr diese Freude nicht nehmen. So hatte er seine Freunde gebeten, die letzten Stunden bis zum Auslaufen des Schiffes beim Morgenhochwasser mit ihm in einer Hafenkneipe zu verbringen, wo er für alle Eisbein mit kräftigem Erbsenbrei und Schwarzbrot bestellt hatte.

Doch, überlegte er, ich habe an alles gedacht. Ich werde mich heute Nacht von der Familie und den Gästen ganz korrekt verabschieden und das Haus verlassen. Ich muss ja Gott sei Dank nicht heimlich ausreißen, ich bin seit heute einundzwanzig und kein Mensch kann mich daran hindern, zu tun, was ich will.

Als das Glockenspiel in der Alten Post das Sieben-Uhr-Lied anschlug, schloss Michael sein Schreibpult ab, übergab den Schlüssel wie an jedem Tag Jens Alberti, dem Büroleiter, zog sein Jackett an und machte sich auf die Suche nach dem Vater, um gemeinsam mit ihm nach Harvestehude zu reiten.

Endlich besitzt unsere Firma eigene Pferde, dachte er. Es wurde wirklich Zeit, dass der Vater zwei Reitpferde und zwei Kutschpferde für die Kalesche der Damen kaufte und in einem Stall bei den nahegelegenen Feldbrunnen einstellte, wo die Tiere versorgt und gepflegt wurden. Außerdem war Thomas sehr froh, jeweils die benötigten Pferde zu holen oder fortzubringen, machte nicht selten einen gehörigen Umweg, um reiten zu können, und verdiente sich nebenbei noch ein Taschengeld bei dieser Arbeit.

Einen eigenen Stall können wir natürlich nicht unterhalten. Weder das jetzige Grundstück noch das spätere am Mittelweg waren groß genug, um Pferdestall, Remise und Unterkünfte für Kutscher und Pferdeknecht zu bauen, das sah er ein. Außerdem war Pferdehaltung in den eleganten Wohngegenden nicht erwünscht, denn sie bedeutete Geruch und Ungeziefer, das von den Misthaufen angezogen wurde.

Ein Stallknecht hielt unten auf dem Kontor-Hof die gesattelten Pferde bereit. Der Vater hatte damals, als er die Pferde kaufte, für große, kräftige Tiere gesorgt, da sie beide von beachtlicher Statur waren. Während der Vater eine braune Stute mit Namen ›Carina‹ ritt, hörte der braune Wallach, mit dem Michael unterwegs war, auf den Namen ›Chianti‹. Die Pferde sahen sich sehr ähnlich und wenn sie beide mit ihnen unterwegs waren, blieb so mancher Fußgänger stehen, um ihnen nachzusehen.

Michael beobachtete seinen Vater, der gut gelaunt neben ihm ritt und mit einem leichten Nicken seines Kopfes die Grüße entgegenkommender Leute erwiderte. Der Mittelweg, der jetzt die Moorweiden teilte, war im letzten Jahr bis zum Dammtor verlängert worden und ersparte den Umweg rund um das grasende Vieh. Dennoch, dachte Michael und setzte sich fest in den Sattel, man muss ständig damit rechnen, dass einem ein wildgewordener Bulle vor das Pferd läuft. Der Vater ist nicht ganz bei Sinnen, ausgerechnet auf diesem Stück

Weg muss er morgens und abends galoppieren, eine Aufforderung für jedes Rind, den Schwanz zu heben, die Hörner zu senken und mit uns um die Wette zu rennen, schimpfte Michael leise vor sich hin. Denn während der Vater ein guter Reiter war, der jahrelang an jeder Schleppjagd der Gutsbesitzer rund um Hamburg teilgenommen hatte, war Michael eher ein kläglicher Reiter und wünschte sich für seine empfindlichen Künstlerhände und sein Gesäß Fortbewegungsmittel, die bequemer waren als Pferderücken.

Thomas wartete mit Benno zusammen vor dem Haus und nahm ihnen die Pferde ab. Er, aber auch der Hund, konnten es gar nicht erwarten, mit ›Carina‹ unter dem Sattel und ›Chianti‹ an der Hand im vollen Galopp in Richtung Mietstall davon zu preschen. Heute durfte er keinen Umweg reiten. Die Mutter hatte ihm Zimmerarrest angedroht, wenn er nicht in wenigen Minuten zurück war und dem Stubenmädchen half, in der Halle die Stühle für die Musiker zurecht zu rücken, damit sie am späteren Abend zum Tanz aufspielen konnten.

Aber er war nicht nur ein forscher Reiter, sondern auch ein guter. So ließ er vom Mittelweg ab die Pferde im Schritt gehen, damit sie nicht verschwitzt und aufgeregt im Stall eintrafen.

Auf dem Rückweg in die Alte Rabenstraße dachte er an den Pferdekauf im Frühjahr. Der Vater hatte ihn nach Wedel mitreisen lassen, wo in der Woche nach Ostern der berühmteste Pferde- und Viehmarkt im Norden Deutschlands stattfand. Sie waren mit einem Küsten-Ewer flussabwärts bis zu dem kleinen Hafen in der Elbmarsch gefahren, hatten dort in der Goldenen Forelle fürstlich gespeist und übernachtet und am nächsten Morgen ganz zeitig den Markt aufgesucht. Der Vater war nicht kleinlich auf solchen Reisen und Thomas genoss es, mit ihm allein unterwegs zu sein. Dann können wir richtig von Mann zu Mann reden, erinnerte er sich, und er behandelt mich wie einen Erwachsenen. Aber er weiß schließlich auch, dass ich etwas von Pferden verstehe, und verlässt sich auf mein Urteil.

Am nächsten Morgen waren sie nach einem eiligen Frühstück schon früh auf dem großen Marktplatz gewesen, um eine wirklich gute Auswahl zu haben. Bewacht von dem imposanten, mit viel Gold verzierten Standbild des Roland, dem Symbol für Ordnung und Marktrecht, hatten sie sich bis zum Pferdegatter vorgearbeitet, was in dem Gewühl von Schafen, Ziegen, Rindern, Schweinen und lautstark handelnden Männern fast zur Schwerstarbeit wurde. Aber dann hatten sie die Wiese erreicht, auf der die Pferde standen.

Thomas freute sich noch immer: Ich konnte Vater überreden, wirklich gute Pferde zu kaufen und nicht aus Polen oder Ungarn importierte Rösser, deren Papiere oft gefälscht sind, erinnerte er sich und war froh, dass der Vater wirklich auf ihn gehört hatte. Die große Mecklenburger Stute ist ein richtiger Glücksgriff, ein bisschen nervig, so wie der Vater es gern hat, und das äußerlich dazu passende Pferd, der westfälische Wallach, der für Michael etwas ruhiger sein sollte, gewöhnten sich sofort aneinander, wobei die Stute das Kommando hat, grinste Thomas. Er erinnerte sich mit leisem Vergnügen an seine Diplomatie, mit der er dem Vater bewiesen hatte, dass er ein Pferdekenner war. Er erklärte ihm, worauf man beim Kauf achten sollte, wie die Beine, der Rücken, die Kopfhaltung und die Zähne beschaffen sein mussten, wie man das Alter feststellen konnte und die Festigkeit der Hufe, die bei dem Stadtverkehr auf den neuen gepflasterten Straßen besonders wichtig waren.

Thomas ließ ein paar Droschken mit festlich gekleideten Menschen passieren, überquerte den Mittelweg und legte einen Schritt zu, denn er war ins Träumen gekommen und recht langsam unterwegs. Freilich, überlegte er, dem Vater zu sagen, dass Pferde eines Tages der Inhalt meines Lebens sein werden, das habe ich noch nicht gewagt, aber ein bisschen Zeit habe ich ja noch.

Als er das Haus erreichte, war es fast dunkel. Scheußliches Wetter für Michaels Fest, dachte er und sah durch die Uferbäume mit ihren tropfenden Blättern zum Wasser hinüber. Die Wolken über der Alster waren dick und grau. Schwere Nebelschwaden zogen durch die mit letzten Blättern behangenen Kronen der Kastanien und Buchen, die an dieser Stelle das Ufer säumten. Während Thomas durch den nach verwelktem Laub und abgestorbenen Blumen riechenden Garten zu dem festlich beleuchteten Haus lief, dachte er noch einmal an den Ausflug mit dem Vater. Sie hatten damals einen wunderbaren Frühlingstag erwischt und waren, nachdem sie noch die beiden Kutschpferde mit der eleganten Kalesche für die Frauen und für Familienausflüge gekauft hatten, zurück nach Hamburg geritten. Es war ein herrlicher Ritt auf den neuen Pferden und mit dem Vater kann man wirklich ein rasantes Tempo vorlegen, erinnerte er sich und dachte mit spöttischem Lachen an den Lohnkutscher, der einige Mühe hatte, die Reiter nicht aus den Augen zu verlieren.

Im Haus hatten die Festvorbereitungen das letzte Stadium erreicht. Viktoria hatte mit Stinchen zusammen die Stühle für die Musiker gerichtet, so dass die Mutter keinen Grund zur Schelte hatte. Ein Lohndiener war für den Abend eingestellt worden, um die Kamine und die neu installierten Kachelöfen zu versorgen. Der würzige Holzgeruch vermischte sich angenehm mit dem Duft unzähliger Kerzen.

Als Thomas das Zimmer betrat, das er mit Michael zusammen bewohnte, war der ältere Bruder gerade fertig angekleidet und legte sich die Manschettenknöpfe und die Krawattennadel an – ein üppiges, mit drei großen Diamanten verziertes Geschenk der Eltern zu seinem einundzwanzigsten Geburtstag.

»Gut siehst du aus, richtig respekteinflößend mit dem eleganten Gehrock. Und dann diese Knöpfe mit der passenden

Nadel, die müssen ein Vermögen wert sein. Hätte ich einen Hut auf, würde ich den jetzt vor dir ziehen«, scherzte Thomas, spürte aber gleichzeitig, dass der Bruder nicht zum Scherzen aufgelegt war.

»Thomas, ich muss mit dir sprechen, weil ich das nachher nicht mehr kann.«

»Was ist los?«

»Du weißt, ich habe immer gesagt, wenn ich einundzwanzig bin, verlasse ich Hamburg und gehe nach Italien. Heute ist es soweit. Ich werde mich nach Mitternacht in aller Form verabschieden und dieses Haus verlassen. Ich wollte es dir jetzt schon sagen. Wir haben uns immer gut verstanden und du hast das Recht, es vor den anderen zu erfahren.« Michael zupfte an seinen Manschetten. »Dieser Schmuck ist für mich so etwas wie eine eiserne Reserve. Wenn ich einmal gar nicht weiter weiß, kann ich die Steine verkaufen und eine Weile davon leben. Heute muss ich sie natürlich tragen.«

Thomas war wie erstarrt vor Schreck. »Michael, ich weiß nicht, was ich sagen soll. Hast du das wirklich gut überlegt? Du hast doch nie mehr von Italien gesprochen. Ich dachte, du hättest diesen Plan aufgegeben.«

»Ich wollte nicht darüber reden, sondern einfach in aller Ruhe meine Zukunft planen. Ich weiß noch nicht, wie es mir ergehen wird, aber ich weiß, dass es der richtige Weg für mich ist.«

»Was werden die Eltern sagen?«

»Ich weiß es nicht. Ich hoffe aber, dass sie mich eines Tages verstehen werden, und wenn nicht, kann ich nichts daran ändern. Aber ganz gleich, wie meine Zukunft aussieht, ich möchte, dass wir beide in Verbindung bleiben.« Er zog den jüngeren Bruder freundschaftlich an sich und umarmte ihn kurz.

»Wohin willst du denn in Italien, kennst du dort überhaupt einen Menschen?«

»Mein alter Lehrer erwartet mich in Venedig und hilft mir dann weiter.«

»Hast du Geld, wie kommst du nach Venedig? Mein Gott, ich hätte nie gedacht, dass du eines Tages wirklich gehen würdest.«

»Ich habe Geld gespart, Freunde bringen mich morgen früh zum Schiff und die Passage ist auch gebucht und bezahlt.«

»Ich würde dich gern zum Hafen begleiten.«

»Es wäre mir lieber, du bleibst hier. Kümmere dich um Mutter, die wird es am schwersten treffen. Aber du kannst ihr sagen, dass ich eines Tages wiederkomme, und dann wird sie stolz auf mich sein.«

Thomas schüttelte noch immer fassungslos den Kopf. »Ich verstehe dich ja, aber es kommt so plötzlich. Natürlich kannst du dich auf mich verlassen und wenn du Hilfe brauchst, ich bin immer für dich da, und ich bin froh, dass du mir das jetzt erzählt hast.«

Thomas hatte sich inzwischen umgezogen. Auch er hatte zur Feier des Tages ein neues Gewand bekommen, aber freuen konnte er sich nun nicht mehr darüber. Der Bruder würde ihm, verdammt noch mal, richtig fehlen. Obwohl die vier Jahre Altersunterschied so manchen Streit in ihrem Zusammenleben verursachten, sie hatten sich zusammengerauft, wenn es nötig war, und im übrigen hatten sie sich gut verstanden. Sie konnten miteinander reden, vertrauten sich und hatten das nötige Verständnis füreinander. Sie waren eben Brüder!

In der Halle trafen die ersten Gäste ein. »Wir müssen gehen. Schade, dass Patrizia nicht kommen kann«, bedauerte Thomas, aber die Schwester lebte und arbeitete seit ein paar Wochen als Pflegerin auf der Veddel, einem Gebiet in Hafennähe, auf dem Reeder der Überseeschifffahrt ein Lager für Auswanderer errichtet hatten. Die Menschen, die aus allen deutschen Landesteilen in Hamburg eintrafen, um von hier aus in ferne Länder zu starten, waren meist sehr arm, krank und pflegebedürftig. Die Stadtverwaltung sah es nicht gern, wenn sie mit Hamburger Bürgern zusammentrafen und sie womöglich mit Krankheiten ansteckten oder einen schlechten Einfluss auf sie ausübten. So hatten die Reeder, die schließlich an den Auswanderern gut verdienten, einen soliden Gebäudekomplex errichtet, in dem die Menschen leben, gesund werden und ihr Schiff erwarten konnten.

Michael und Thomas kannten die Situation auf der Veddel. Nachdem Viktoria den Vater überredet hatte, ein Auswandererschiff zu erwerben und, was nicht in jeder Reederei üblich war, für einen menschenwürdigen Transport umzubauen, war das Handelshaus Stelling an der Problematik in jenem Lager beteiligt.

Was die beiden Brüder nicht wussten, war die Tatsache, dass Patrizia sich freiwillig zu dieser Arbeit gemeldet hatte. »Ich sehe keinen anderen Ausweg«, erklärte sie ihrer Freundin Melanie, »mich vor den Nachstellungen des Jens Brennicke zu schützen. Er hat es sich zur Angewohnheit gemacht, jeden Abend vor dem Amalienstift auf mich zu warten. Das bringt mich nicht nur in Verlegenheit, sondern auch ins Gerede. Ich wollte ja Thomas, meinen jüngeren Bruder, bitten, mich abends abzuholen, aber der ist nur widerwillig gekommen, weil zur gleichen Zeit interne Reiterwettkämpfe auf den Rennfeldern in Wandsbek stattfinden. Er nutzt jede freie Minute, um dort zuzuschauen und Kontakte zu knüpfen. Deshalb habe ich Amalie gebeten, mich hierher zu schicken und keinem zu sagen, wo ich bin.«

»Schade, dass Patrizia heute nicht hier ist, ich hätte mich gern von ihr verabschiedet«, sagte Michael traurig und sah seinen Bruder an. »Du musst sie von mir grüßen und sag ihr, sie soll nicht von ihrem Weg abweichen. Sie wird es schwer haben, aber sie wird sich durchsetzen, davon bin ich überzeugt.«

Annette genoss den festlichen Abend in vollen Zügen. Die Gäste waren wohlgelaunt, wenn auch regennass eingetroffen und hatten dem Lohndiener lachend die tropfenden Capes und die feuchten Gummigaloschen übergeben und dann ihre eleganten Garderoben, selbstverständlich in aller Bescheidenheit und ohne darüber zu sprechen, zur Schau gestellt. Niemand hatte abgesagt und die Kutscher draußen bei den Pferden würden eine lange Nacht vor sich haben. Aber sie konnten sich unter die Plandächer der Kaleschen zurückziehen. Später würde die Mamsell sie mit heißen Getränken und schmackhaften Broten versorgen.

Am Arm ihres Mannes schritt Annette durch die Räume, begrüßte die Gäste, kontrollierte, ohne dass es auffiel, das gemietete Personal, freute sich, dass der Feinkosthändler Jacobs genügend heiße Steinplatten mitgebracht hatte, auf denen auch Simones Gerichte vorbildlich gewärmt wurden und verglich heimlich die Garderoben der Damen, die sich wie immer an Eleganz zu überbieten versuchten.

Vor allem aber freute sie sich, dass ihre Freundinnen mit ihren Familien gekommen waren und selbst Hermine Groot-hoff den weiten Weg aus Blankenese nicht gescheut hatte, um am Ehrentag von Michael teilzunehmen. Sie hatte, was Annette ganz besonders entzückte, ihre hübsche Tochter Susanne mitgebracht, die Annette bereits als heimliche Schwiegertochter betrachtete. Eine außerordentlich wohlgeratene, guterzogene junge Dame von achtzehn Jahren, die einem reichen hanseatischen Haushalt eines Tages durchaus vorstehen konnte und ihr eine würdige Nachfolgerin wäre. Denn, und das war selbstverständlich, als Mutter würde sie bei der Brautwahl ihres Lieblingssohnes ein Wörtchen mitreden.

Nach den allgemeinen Begrüßungen hielt Johannes eine launige, erheiternde Ansprache, in der er sogar seinen nun mündigen Sohn lobte, was noch nie vorgekommen war.

Dann wurde das Büfett eröffnet und wie erwartet war der Schwan aus Eis die Attraktion. Man plauderte, aß ein paar Köstlichkeiten, trank sich zu, naschte hier und kostete da und flanierte durch die Räume. Doch bei aller Heiterkeit beobachtete Annette auch, dass Michael bedrückt wirkte und Thomas sich in allem sehr zurückhielt, was sie von ihm gar nicht kannte. Hatten sich die Brüder gestritten oder hatte es Ärger im Kontor gegeben? Aber nein, tröstete sie sich, dann hätte Johannes seinen Sohn nicht so wortreich gelobt. Mit den Augen suchte sie Viktoria, ob sie wohl Anlass zu Ärger unter den Geschwistern gab, aber die Kleine benahm sich untadelig. Sie unterhielt sich wohlerzogen mit den Erwachsenen, alberte mit Gleichaltrigen herum und erwies sich als umsichtige Tochter des Hauses, wo sie Mängel entdeckte und kleine Pannen beheben konnte. Überhaupt, das Mädchen hat sich mächtig herausgemacht, dachte Annette und beobachtete, wie sich ihre Jüngste ernsthaft mit Konsul Wohlfahrt unterhielt, mit dezenten Gesten ihre Worte unterstrich und deutlich die Aufmerksamkeit des alten Herren geweckt hatte. Er hörte ihr interessiert zu, beugte sich zu ihr hinunter, um sie besser zu verstehen und antwortete ihr mit großem Ernst. Schade, dass Johannes das nicht beobachtet, grübelte sie, es würde vielleicht seine Meinung über Viktoria zu Gunsten des Mädchens ändern, denn ihr tat der Beschluss leid, das Kind in wenigen Monaten nach Bremen zu schicken.

Kurz vor Mitternacht begann die kleine Kapelle zum Tanz in der Halle aufzuspielen. Annette hatte auf Anraten ihrer Freundin Melanie, die sich in Fragen der Unterhaltung bestens auskannte, ein Streicherquintett engagiert, das nun, flankiert von Zierpalmen und Gummibäumen, beliebte Tanzweisen spielte. Allerdings hatte sie die Musiker gebeten, von Walzermelodien abzusehen, die Tanzfläche war einfach zu klein für die weiten Schwünge und die beschwingten Drehungen, zu offensichtlich würde dann der eingeschränkte Platz der Räumlichkeiten erkennbar sein. Ja, gratulierte sie sich, ich habe wirklich an alles gedacht und kann mit dem Verlauf des Festes zufrieden sein.

Nachdem mit einem kleinen Tusch um Mitternacht die Musikanten den neuen Tag und damit den Eintritt Michaels in sein Erwachsensein begrüßt hatten, kam der Sohn mit ernster Miene auf sie zu und bat: »Mutter, ich möchte dich und den Vater sprechen. Bitte kommt mit in mein Zimmer.«

»In dein Zimmer? Aber Michael, erstens können wir die Gäste nicht allein lassen und zweitens warum in dein Zimmer, hier ist es doch sehr schön und wir können auch hier eine ungestörte Ecke finden.«

»Bitte, Mutter, es dauert nicht lange und du kannst dich gleich wieder deinen Gästen widmen.«

Annette spürte, dass es sich um eine ernste Angelegenheit handeln musste, wenn Michael so nachdrücklich um etwas bat. Sie ging in das Büro ihres Mannes, wo die tanzunlustigen Herren saßen, wohlriechende Zigarren in den Händen hielten und diskutierten.

»Bitte, meine Herren«, sie lächelte, um ihrem Wunsch den Ernst zu nehmen, »bitte, darf ich Ihnen für einen Augenblick meinen Mann entführen? Er ist in einer Minute zurück, ich verspreche es.«

Johannes sah seine Frau mit verärgert zusammengekniffenen Augenbrauen an. Das hatte sie noch nie getan, ihn aus einer Herrenrunde herauszuholen.

»Was ist los, was willst du?«, fragte er unwirsch und folgte ihr durch die Halle mit den tanzenden Paaren hinüber in den Flügel mit den Schlafräumen der Familie.

»Nun sag schon, was das soll«, brummte er und legte die

Zigarre unterwegs in einen Aschenbecher, weil er wusste, dass Annette keinen Rauch in den Schlafräumen duldete.

Sie drehte sich zu ihm um, zuckte mit den Schultern und erklärte: »Michael möchte mit uns sprechen, ich weiß nicht, was er will.«

Sie öffnete die Tür zum Zimmer ihrer Söhne und fand Michael fertig angekleidet im Reisemantel, den Hut und einen Spazierstock unter dem Arm und ein etwas kümmerliches Lächeln im Gesicht.

»Verehrter Vater, liebste Mutter, ich möchte mich verabschieden. Wie ihr wisst, plane ich seit vielen Jahren eine Karriere als Maler und heute werde ich damit beginnen. Verzeiht mir, wenn das etwas plötzlich für euch kommt, aber ihr habt nie auf meine persönlichen Wünsche geachtet und so habe ich sie auch nie mehr öffentlich erwähnt. Vater, meine Lehrzeit im Kontor habe ich fristgerecht und wie du vorhin sagtest auch zu deiner Zufriedenheit beendet; ich nehme jetzt meinen mir noch zustehenden Urlaub in Anspruch und reise heute Nacht ab. Ich bitte um Verständnis und um meinen restlichen Lohn und verspreche, dass ich euch niemals zur Last fallen oder euch Schande machen werde.«

Er verbeugte sich, drückte seine Mutter kurz an sich, drehte sich zu dem Vater um und erschrak zutiefst. Das Antlitz des Mannes war zunächst schneeweiß, dann von tiefstem Rot überzogen und dann ließ sich Johannes auf einen Stuhl fallen, kaum noch in der Lage, Luft zu holen. Aber der Schwächeanfall dauerte nur Sekunden, dann sprang er auf, griff nach seinem Sohn, packte die Aufschläge des Mantels und schüttelte ihn wie besessen hin und her.

»Du Irrer, du Lump, du Wahnsinniger, du wirst nirgendwohin gehen. Dein Platz ist im Kontor und wenn ich dich dort anschnallen müsste, du wirst in der Firma deine Arbeit machen und sonst nirgendwo. Was glaubst du denn, wofür ich dich ausgebildet habe? Für das Luderleben eines Bohemien? Für einen farbeverschmierenden Faulenzer? Für einen nichtsnutzigen Herumtreiber? Nein, mein Sohn, dafür habe ich dir nicht drei Jahre lang das Wissen um die Firma eingetrichtert. Nein, o nein, du wirst nicht tun, was du willst, auch nicht als Volljähriger. Du hast Verpflichtungen dem Hause, der Firma und der Familie gegenüber und die tritt man nicht mit eleganten Lackschühchen«, unbeherrscht trat er dem Sohn gegen die glänzenden Stiefeletten und schüttelte ihn noch immer hin und her. »Zieh dich aus. Zieh dir sofort diesen Flanierkrempel aus und steck den Kopf in die Waschschüssel da drüben, damit du wieder klar denken kannst«, und während er sich suchend nach der Schüssel umdrehte, gelang es Michael, sich von den Händen zu befreien, die ihn so fest gepackt hatten.

Im gleichen Augenblick stellte sich Annette zwischen Ehemann und Sohn. »Schluss jetzt, das genügt! Johannes, Reisende soll man nicht aufhalten, hast du das noch nie gehört? Auch mir brechen diese Worte das Herz, aber was nützt uns ein Sohn und Erbe, der seine Arbeit hasst? Lass ihn ziehen, wenn er will. Dann soll er in Zukunft seinen Weg gehen, allein und ohne uns.«

»So«, fuhr Johannes herum, »du stellst dich also auf seine Seite. Das hätte ich mir denken können. Du und dein Lieblingssohn, und ihr mit euren Heimlichkeiten, denkt ihr, das hätte ich nicht bemerkt? Aber ich habe geschwiegen, weil der Junge seine Arbeit geleistet hat. Ich habe gedacht, er kommt zur Vernunft, er sieht, wo seine Aufgaben liegen, er wird ein vernünftiger Mensch. Ha, weit gefehlt. Heute sehe ich, wohin mich mein verdammter Irrglaube geführt hat. Da steht plötzlich ein feiner Pinkel in meinem Hause und sagt ›Adieu‹. Nein, nein, ohne mich. Du bleibst, und du, Annette, schweigst. Ich will kein Wort mehr hören. Zieh den Mantel aus und geh zu den Gästen, die deinetwegen gekommen sind und morgen reden wir ein ernstes Wörtchen miteinander, darauf könnt ihr beide euch verlassen.«

Annette, zu Tode erschrocken von der unerwarteten Szene und zu Tode betrübt von dem Gedanken an einen Abschied, brach in Tränen aus. Das war alles zu viel für sie. Diese Anstrengung, den Abend zu planen und diese Mühe, den Abend zu leiten, und nun dieser entsetzliche Streit, gerade als alles zum Besten stand.

Dann ging die Tür auf. Thomas und Viktoria kamen herein. »Der Krach ist bis in die Halle zu hören, die Gäste tanzen nicht mehr und die Musiker sehen sich auch schon beunruhigt an. Was ist denn hier los?« Viktoria sah von einem zum anderen. »Könnt ihr nicht die Contenance wahren und euch streiten, wenn das Haus leer ist?«

Johannes machte einen Schritt auf sie zu und schlug ihr mit voller Wucht ins Gesicht. »Raus hier, du vorlautes Ding.«

Annette schrie auf, Michael stellte sich vor Viktoria und Thomas schaute sich nach der Tür und einem Fluchtweg um. Es war das erste Mal, dass Johannes Stelling eines seiner Kinder geschlagen hatte. Nur Viktoria blieb vollkommen ruhig in der Mitte des Zimmers stehen und sah dem Vater in die zornsprühenden Augen.

»Das werde ich niemals vergessen, Vater, niemals.« Und statt sich von ihrem Bruder beschützen zu lassen, stellte sie sich vor ihn und sagte: »Ich habe den Eindruck, Michael, dass du gerade gehen wolltest. Also geh jetzt, ich halte die Tür für dich offen und niemand wird dich aufhalten. Adieu, liebster Bruder.« Damit öffnete sie die Tür ganz weit und vertrat dem Vater den Weg, bis der Bruder draußen war. Dann sah sie den Vater an.

»Du hast soeben den Fehler deines Lebens gemacht, du hast die Familie zerbrochen. Ab heute wird nichts mehr so sein wie vorher, Vater, denke immer daran.«

Johannes, verblüfft von der Courage seiner Tochter und weitaus zorniger, als er zu zeigen im Stande war, schrie sie an: »Du wirst dich wundern, Viktoria, morgen bereits kommst du in das strengste Internat, das ich finden kann. Wir wollten bis Ostern damit warten, aber ich werde eine Anstalt finden, die dich sofort aufnimmt. Und dann, meine Tochter, wird dir das Lachen vergehen. Gründlich.«

Viktoria, noch immer die Augen fest auf den Vater gerichtet, sagte leise: »Du, Vater, wirst dich wundern.« Dann ging sie und schloss sich in ihrem Zimmer ein.

Draußen hörte sie die Stimmen junger Männer und das Geräusch einer abfahrenden Kutsche. Wenig später bestiegen die Gäste ihre Kaleschen. Der Abend war zu Ende, niemand konnte sich korrekt verabschieden, die Familie Stelling war nicht mehr zu sprechen. Ein äußerst heikler Eklat, von dem in Hamburg noch lange gesprochen wurde. Und auf dem leeren Büfett zerschmolz der eitle Schwan zu einer unbedeutenden Pfütze.

Thomas, schockiert vom Verhalten des Vaters und von dem Bruch in der Familie, hielt sich aus allem heraus. Er bewunderte seine kleine Schwester, aber er wagte nicht, die Bewunderung zu zeigen. Er wollte Ruhe und Frieden in seinem Umfeld und auf keinen Fall die Aufmerksamkeit des Vaters auf sich lenken. Er war inzwischen achtzehn und besuchte die letzte Klasse im Gymnasium und er wusste, es konnte sich nur noch um wenige Wochen handeln, bis der Vater ihn auffordern würde, nach dem Examen mit der Ausbildung im Kontor zu beginnen. Und er wusste auch, dass er gehorchen musste.

Dass es keinen Zweck hatte, mit Macht seinen eigenen Willen durchzusetzen, sah er an Viktoria, die, als der Vater sie mit Gewalt in ein Internat bringen wollte, weggelaufen war. Bis heute, und der Streit in der Familie lag immerhin schon acht Wochen zurück, wusste niemand, wo sie geblieben war. Um diese peinliche Angelegenheit geheim zu halten, hatte der Vater nur Detektive seines Vertrauens mit der Suche beauftragt, aber niemand hatte sie gefunden und Thomas befürchtete, dass sie längst mit einem Schiff Hamburg verlassen hatte.

Da er vor einem ähnlichen Zerwürfnis zurückschreckte, blieb ihm nichts anderes übrig, als dem Vater zu gehorchen. Er würde, diplomatisch wie Michael, seine Arbeit im Kontor verrichten, bis er einundzwanzig war und dann seinen Weg gehen.

Abgesehen von dem Unfrieden in der Familie, Vater und Mutter sprachen kaum miteinander, Viktoria war verschwunden, Michael nach Italien abgetaucht und Patrizia ganz und gar auf der Veddel etabliert, fühlte Thomas sich am Harvestehuder Weg wohl. Er hatte endlich wieder ein eigenes Zimmer, Michaels Pferd ›Chianti‹ gehörte jetzt ihm, er ging morgens in die Schule und kam dort gut zurecht, machte nachmittags seine Hausaufgaben, half der Mutter, wenn sie es verlangte und verbrachte die Abende in Wandsbek auf den Rennfeldern. Die Eltern, die ihn im Sportclub oder bei Freunden wähnten, hatten natürlich keine Ahnung von seinen Ausflügen an die Rennbahn, kontrollierten ihn aber auch nicht. So konnte er in Ruhe Kontakte mit Pferdezüchtern knüpfen und Freundschaft mit Jockeis schließen, ohne dass zu Hause etwas davon bekannt wurde. Und auch die Wochenenden konnte er nach seinen Wünschen gestalten.

Indem er Einladungen von Schulfreunden vorschob, gelang es ihm immer wieder, den Samstag und den Sonntag auf dem Gestüt der Rainkendorffs bei Stapelfeld zu verbringen. Da am Sonntagmorgen der gemeinsame Gang der Familie in die Kirche fortfiel – der Vater arbeitete nun auch an den Sonn- und Feiertagen im Kontor und die Mutter wollte nicht ohne Familie in die Katharinen-Kirche beim Zippelhaus fahren –, gab es auch keine gottesdienstliche Verpflichtung für Thomas.

Gestern allerdings wäre sein Geheimnis beinahe bekannt geworden. Er war wie immer auf dem Gestüt bei Stapelfeld, als es plötzlich hieß: Morgen findet die Wulfsdorfer Schleppjagd bei uns statt, im Raum Wulfsdorf soll Tollwut ausgebrochen sein, man muss die Wälder dort meiden. Thomas wusste, dass sein Vater diese Jagd immer mitmachte. Es war die letzte von vielen, die er früher geritten war, aber an dieser wollte er noch immer teilnehmen. Nun hätte Thomas sofort und heimlich nach Hause reiten können, um nicht mit dem Vater zusammenzutreffen. Er hatte sich aber verpflichtet, als Dank für kostenlosen Unterricht, bei besonderen Aktionen auf dem Gestütshof mitzuarbeiten. Und nun war solch eine besondere Aktion eingetreten.

Als er am Vorabend in der Kammer seines Freundes Franz unruhig auf der provisorischen Liege hin- und herrutschte, bis ihm der Jockei zurief, »lieg endlich still, ich will schlafen«, erklärte er verärgert: »Ich weiß nicht, was ich morgen machen soll. Mein Vater reitet die Jagd mit und er darf nicht wissen, dass ich hier bin.«

»Na und? Irgendwann muss er es ja mal erfahren.«

»Ausgeschlossen, dann war ich zum letzten Mal auf dem Hof.«

»Blödsinn, warum soll er dir das bisschen Reiterei am Wochenende verbieten?«

»Er will, dass ich ihm im Kontor helfe. Nur wenn ich sage, ich bin mit Schulfreunden unterwegs und wir arbeiten für den Unterricht, lässt er mich gehen.«

»Höchste Zeit, dass dein alter Herr erfährt, dass Söhne auch ihre eigenen Interessen haben.«

»Hm, du kennst ihn nicht. Er ist der absolute Patriarch und seitdem mein Bruder alles hingeschmissen hat, gibt's nur noch Krieg bei uns. Und genau wegen diesem Krieg kann ich machen, was ich will.«

»Das verstehe ich nicht.«

»Na ja, keiner hat Zeit, sich um mich zu kümmern.«

»Hm, praktisch, so ein Krieg. Muss man sich direkt merken.« Sie lachten beide. »Und was mache ich nun morgen?«

»Du versteckst dich, wenn die Reiter sich auf dem Hof versammeln. Das dauert nicht lange, sie trinken ein paar Schnäpse und die Hornisten blasen ein paar Signale, und wenn sie weg sind, kannst du wieder helfen.«

»Mein Pferd wird mitkriegen, dass die Stute auf dem Hof ist. Die beiden kleben wie Pech und Schwefel zusammen und er geht die Wände hoch, wenn er sie draußen wittert.«

»Dann bringst du ihn morgen ganz früh auf die abgelegene Weide am Groot Redder, da laufen ein paar andere Pferde und er ist nicht allein.«

»Gute Idee, mach ich. Also wundere dich nicht, wenn ich sehr früh aufbreche.«

»Sei bloß leise, ich habe morgen einen anstrengenden Tag.«

»Schon gut, ich bin leise. Bis dann also.«

Thomas drehte sich auf der unbequemen Liege um. Zum Kotzen, diese ganze Heimlichtuerei, dachte er, dann schlief er ein.

Johannes Stelling wusste nicht mehr aus noch ein. Sein ganzes Leben war aus dem Ruder gelaufen und er hatte keine Ahnung, wie er es wieder in den Griff bekommen sollte. Zum Glück gab es in der Firma keine Probleme. Da lief alles zur größten Zufriedenheit und mit beachtlichen Gewinnen, aber er war ein häuslicher Mensch und zu Hause war eben nichts mehr so, wie es sein sollte. Er liebte sein Heim, die Behaglichkeit nach einem arbeitsreichen Tag, die Ruhe in den eigenen vier Wänden, die Köstlichkeiten vom eigenen Herd und das Verwöhntwerden durch seine Frau, die ihm immer das Leben so angenehm gestaltet hatte. Aber nun zeigte sie ihm die kalte Schulter. Immer war sie beschäftigt, wenn er müde das Haus betrat, oder sie war überhaupt nicht anwesend, sondern ausgefahren und nie wusste er, wohin und mit wem. Oft musste er seine Mahlzeiten allein einnehmen, weil sie sich unpässlich fühlte. Seit einiger Zeit klagte sie über Migräne und war in das Zimmer der Töchter umgezogen. Wollte er Gespräche führen, erklärte sie, müde zu sein, und wollte er sie mit den Erfolgen der Firma erfreuen, fragte sie nur noch nach dem Baubeginn der Stadtvilla, die er versprochen hatte.

Und dann seine Söhne: Michael, sein ganzer Stolz, hatte ihn verlassen, er fand ein Leben in der Fremde interessanter als die Arbeit an der Seite seines Vaters. Wie oft hatte er ihn unter Freunden gelobt, wie sehr hatten seine Freunde ihn um diesen trefflichen Sohn beneidet. Und dann hatte er ihn zum Gespött von ganz Hamburg gemacht. Er war nach Italien gereist, um Maler, ein Farbenkleckser, von denen es Tausende in der Welt gab, statt ein Handelsherr mit der großen Chance hanseatischer Berühmtheit zu werden.

Und dann seine Töchter: An Viktoria wollte er gar nicht denken, sie hatte ihn und seine väterliche Gewalt verhöhnt, ihn dem Gelächter der ganzen Kaufmannschaft ausgesetzt – nie würde er das verzeihen können. Und dabei war er fast täglich den Fragen von Freunden, von Fremden, von Mitarbeitern ausgesetzt, die sich nach dieser Göre erkundigten.

Ja, und Patrizia? Sie war sozusagen im Elend erstickt. Seine hübsche, wohlgeratene, heiratsfähige Tochter, mit der die Eltern so hochfliegende Pläne hatten, sie war ganz einfach in den Auswanderer-Quartieren auf der Veddel abhanden gekommen. Sie lief nun in einem blauen Kittel herum mit Schürze davor und Mütze auf dem Kopf und nannte sich Diakonisse, was von dem Wort dienen kommt. Sprach man mit ihr, ging es nur noch um Krankenberichte und Massenspeisung und Auswanderer-Probleme. Wann gedachte sie, mit diesem Unsinn aufzuhören und ihm endlich den erwünschten Schwiegersohn zu präsentieren? Wann endlich würde sie ihm die erwarteten Enkelkinder schenken?

Johannes war den Tränen nahe, wenn er an die verlorene Zukunft dachte. Na gut, da war noch Thomas, aber womit würde der ihn überraschen? Er wusste, wovon der Junge träumte. Er hatte sich so oft verraten, dass es schon beinahe unmöglich war, ihn nicht darauf anzusprechen. Er dachte, sein Geheimnis mit der Reiterei sei bestens gewahrt, so ein Unsinn. Als Vater wusste man immer, was die Söhne trieben. Das war bei Michael so gewesen, der seine Malerei geheim halten wollte, und das ist bei Thomas so mit den Pferden. Aber er, Johannes Stelling, hatte immer beide Augen zugedrückt und gedacht: So lange sie ihre Arbeit in der Schule oder im Kontor gut machen, so lange sollen sie ihre Geheimnisse und ihre Vorlieben haben. Und was war daraus geworden? Noch hatte Thomas ein paar Jahre Zeit, noch konnte er ihn beobachten, ihn führen und zurechtbiegen, aber dann? Er hoffte inbrünstig, den Jungen in der Firma behalten zu können, wenn er ihm eine Arbeit anbot, bei der er nebenbei reiten und Pferde züchten konnte, solange die Firma die erste Stelle in seinem Leben einnahm. Aber ob er damit zu ködern war?

Johannes rieb sich die müden Augen. Er hatte seit einiger Zeit Schwierigkeiten mit dem Sehen. Trotz der neuen Augengläser, die der Arzt ihm verordnet hatte, verschwammen die Zahlen in den Büchern zu oft und die Buchstaben rutschten einfach aus dem Blickfeld. Er sei müde, abgearbeitet, nervös, hatte der Arzt gesagt und ihm Ferien oder gar eine Kur empfohlen. Nur wann und wie und mit welchem Vertreter in der Firma, das hatte der Arzt vergessen zu erwähnen.

Er stand auf, kontrollierte das heruntergebrannte Feuer im Kamin und löschte die Lampe. Draußen war es kalt und neblig. Wie gemütlich war dieses kleine Haus im Winter. Einst als Sommerhaus gedacht und in den Jahren, der Not gehorchend, zu einem winterfesten Wohnsitz umgebaut, war es für ihn zu einem geliebten Zuhause geworden. Die intimen Zimmer, in denen man längst jeden Winkel kannte, der Garten, der das Haus vor fremden Blicken abschirmte, das sanfte Plätschern der Alster am nahen Ufer. Wenn es nach mir ginge, könnten wir hier bis ans Lebensende wohnen, dachte er, aber es geht eben nicht nach mir. Wenn ich meine Ehe retten und diese zerstrittene Familie zusammenhalten will, muss ich die Stadtvilla bauen. Ich möchte nur wissen, wer dann noch dort mit mir leben wird. Ein Haus mit Hochparterre und zwei Etagen darüber wollte Annette, für wen denn um Himmels willen? Für einen Sohn, der alle acht Wochen einen Brief aus Italien an die Mutter schickte oder für Töchter, die verschwunden waren, statt das Haus mit Kindern zu beleben? Der Schmerz und die Scham überwältigten ihn wieder und die lähmende Angst, der Zukunft nicht mehr gewachsen zu sein. Er ahnte, was geschehen würde, und wusste, dass er es nicht verhindern konnte: Eines Tages stand er mit dem blühenden Unternehmen da und hatte keinen Menschen, dem er es übergeben konnte.

Er beugte sich zu dem Setter hinunter, der aufgestanden war und mit der Rute wedelnd auf einen letzten, kleinen Ausflug in den dunklen Garten wartete. »Na komm, Benno, eine Runde durch die Nacht und beeile dich.« Er öffnete die Tür des kleinen Büros und dann die Haustür. Der Hund stürmte mit verhaltenem Kläffen nach draußen und stromerte einmal am Gartenzaun entlang. Als die Runde beendet war, kam er zurück und rieb das leicht feuchte Fell an den Beinen seines Herrn ab. Dann drückte er seinen schlanken Kopf gegen die herunterhängende Hand, bis diese Hand die Aufforderung zum Streicheln befolgte, und lief vor seinem Herrn hinüber zum Schlafzimmer, das sie beide teilten.

Viktoria verbrachte eine unruhige Nacht. Morgen würde die ›Königin Sophia‹ mit Justus Habermann wieder auslaufen und sie hatte keine Ahnung, wie sie es anstellen sollte, ihn noch zu sehen. Seit Wochen war sie nicht im Hafen gewesen, hatte sich nicht mehr in der Stadt gezeigt, war einfach für alle verschwunden. Aber dieses Abtauchen war ein Teil der Abmachung, die sie mit Irmgard Brennicke getroffen hatte, als die sie bei sich aufnahm.

Sie lag im Bett und ließ die letzten Wochen in Gedanken an sich vorüberziehen, lauschte der Stille und sah zu, wie die Dunkelheit der Nacht langsam dem Grau des Wintermorgens wich. Es war ein hübsches Zimmer in lindgrünen Farbtönen an Wänden, Boden und Fenstern und mit weißlackierten Möbeln, in dem sie jetzt wohnte. Ein üppiges Himmelbett, eingebaute Schränke, eine reichgeschnitzte Schreibkommode mit vielen kleinen Schubladen, die man sogar abschließen konnte, bequeme Stühle und ein Kachelofen, der vom Flur aus beheizt wurde und so früh bereits Wärme ausstrahlte, machten das Zimmer zu einem gemütlichen Heim.

Sie hatte ein unglaubliches Glück gehabt, damals, an dem Tag nach dem Krach im Elternhaus: Sie war wie immer zur Schule gegangen, aber fest entschlossen, nicht mehr an den Harvestehuder Weg zurückzukehren. Sie zog ihr bestes Kleid und den wärmsten Mantel an, packte etwas Wäsche, ein Medaillon mit dem Bild ihrer Mutter, ihre Tagebücher und das wenige gesparte Geld in die Schulmappe und verließ das Haus, während der Vater frühstückte und von den anderen niemand zu sehen war. Sie besuchte wie jeden Vormittag die

Töchterschule, bummelte mittags durch die Wallanlagen und ging pünktlich zum Unterricht in die Handelsschule. Schwierig wurde es erst, als dort die letzte Stunde beendet war. Wohin sollte sie gehen, wem konnte sie sich anvertrauen? Mit Freundinnen ist das so eine Sache, alle Eltern halten zusammen, da bin ich schneller in einem Internat, als ich weglaufen kann, dachte sie und packte die Schulbücher in die Tasche, während die Jungen pfeifend und lachend bereits das Schulgebäude verließen.

Aber das Wunder ereignete sich, als sie auf die Straße trat. Eine Frau kam auf sie zu und fragte, ob sie Viktoria Stelling sei. Im ersten Augenblick dachte sie, man holt mich bereits ab, um mich in ein fürchterliches Internat zu stecken und wollte davon laufen. Aber die Frau – an der Kleidung war zu erkennen, dass es sich um eine Hausangestellte handelte – hob beschwichtigend die Hände und sagte schnell: »Keine Angst, Mademoiselle Stelling, meine Herrin möchte Sie sprechen, sie wartet dort drüben in der Kutsche.«

Viktoria sah auf der anderen Seite der Esplanade eine elegante Kalesche mit sehr edlen Braunen, die bestimmt nicht zu einem Internat gehörten.

»Wer ist die Dame?«

»Das möchte sie Ihnen selbst sagen, Mademoiselle. Bitte, kommen Sie mit.«

Unsicher sah Viktoria sich um. Sie hatte oft genug von Entführungen gelesen. Aber dann nahm sie sich zusammen, wartete einen Augenblick, bis der ständige Verkehr auf beiden Seiten der Esplanade etwas abgeflaut war, schlängelte sich zwischen Kutschen, Reitern, zwei Pferdebussen und einigen Männern auf diesen seltsamen Fahrrädern, die man neuerdings zur Fortbewegung benutzte, hindurch und lief zu der wartenden Kutsche. Die Frau, die sie überredet hatte, war auf der anderen Straßenseite geblieben, nickte ihr noch einmal aufmunternd zu und ging davon.

In der Kutsche saß eine geschmackvoll gekleidete Dame, öffnete die kleine Tür und reichte ihr die Hand. »Kommen Sie, ich tue Ihnen nichts. Ich bin Irmgard Brennicke und meinen Namen haben Sie bestimmt schon einmal gehört.«

»Brennicke vom Handelshaus ›Brennicke und Sohn‹?«

»Ja. Ich wollte Sie schon lange einmal kennen lernen. Heute dachte ich, komme ich Ihnen vielleicht gelegen.«

Unruhig sah Viktoria sich um. Brennicke? Ausgerechnet Brennicke? »Ich weiß nicht. Was wollen Sie von mir?«

»Nun, zunächst einmal wollte ich wissen, wie ein Schulmädchen aussieht, das eine große Firma fast in den Bankrott getrieben hat. Wissen Sie, das hat mir damals sehr imponiert und ich finde es erstaunlich, wenn jemand soviel Mut besitzt.«

»Das ist ja nun schon eine ganze Weile her, Madame. Sie können übrigens ›du‹ zu mir sagen, ich bin erst sechzehn.«

»Danke, Viktoria. Dass mit den zwei Jahren ist richtig, aber mein Wunsch ist es immer gewesen. Ich wusste nur nicht, wie ich es anstellen sollte, dich zu treffen. Meine beiden Männer waren mir keine Hilfe. Sie lehnten es rundheraus ab, dich zu sehen. Aber heute, denke ich, kommen wir uns beide mit unseren Problemen sehr entgegen. Du suchst eine Unterkunft und ich suche dich.«

»Na, hören Sie. Woher wissen Sie denn etwas von meinen Problemen?«

»Ach Kind, so eine Auseinandersetzung, wie sie gestern in deinem Elternhaus stattgefunden hat, bleibt in dieser Stadt kein Geheimnis. Ich kannte bereits heute Morgen beim Frühstück alle Einzelheiten. Ich musste nur noch in Erfahrung bringen, wann und wo ich dich treffen könnte. Ja, und hier bin ich. Ich biete dir an, bei mir zu wohnen.«

»Nein, so einfach ist das nicht. Ich weiß zwar noch nicht, wohin ich gehen könnte, aber dass ich ausgerechnet beim größten Konkurrenten unserer Firma Unterschlupf suche, ist nicht richtig.«

»Komm erst einmal mit. Ich habe dir nämlich noch einen anderen, interessanten Vorschlag zu machen, aber ich denke, darüber müssen wir nicht hier am Rande dieser belebten Straße sprechen. In meinem Haus wartet ein appetitliches Dinner auf uns beide und wir könnten in Ruhe alles besprechen. Einverstanden?«

Viktoria sah sie skeptisch an. »So nach dem Motto ›Mit Speck fängt man Mäuse‹?«

Irmgard Brennicke lachte laut. »Komm, steig erst einmal ein.« Sie gab dem Kutscher ein Zeichen und drückte Viktorias Hand. »Kind, du bist genau richtig, So habe ich mir dich vorgestellt.«

Die Kutsche fuhr bis zur Neustadt immer an den Wallanlagen entlang. Zahlreiche Fußgänger nutzten den milden Oktoberabend und flanierten über die Anlagen, die Schuhe knöcheltief in dem herabgefallenen, braunen Laub der Kastanien versunken. Dann ging es weiter über die Reeperbahn, wo die Reeper Taue für die Schiffe schlugen, eine Gegend, die Viktoria noch nie gesehen hatte, und danach über die Königstraße und oberhalb des Hafens weiter in Richtung Altona und über die Palmaille zur Elbchaussee. Viktoria war neugierig, entzückt und gleichzeitig bedrückt. Was machte sie in dieser fremden Kutsche? Was nahm diese Geschichte für ein Ende? Himmel, worauf hatte sie sich da eingelassen?

Irmgard Brennicke mit einem feinen Gespür für das Mädchen an ihrer Seite, legte ihre Hand auf Viktorias Arm. »Du musst dir keine Sorgen machen, ich hatte heute ein paar Stunden Zeit, um über alles nachzudenken und ich habe eine gute Lösung für dich und für mich gefunden.«

Viktoria schüttelte den Kopf. »Die Herren in Ihrem Hause werden mich in hohem Bogen hinauswerfen. Ich sehe noch die Gesichter vor mir, zorngerötet wie kurz vor einer Explosion, als ich sie vor Gericht beschuldigte. Männer vergessen so etwas nicht.«

»Ja, da kannst du Recht haben, mein Kind, aber erst einmal sind sie gar nicht da. Der Jens ist für ein Jahr in Amerika, er soll in Boston eine neue Niederlassung einrichten und eine Hamburger Frau, die anscheinend nichts von ihm wissen will, aus dem Kopf bekommen, und mein Mann ist zur Zeit in London. Du siehst, es besteht keine Gefahr für dich.«

Die Kutsche hatte das Brennicke-Anwesen erreicht. Ein Mann in grüner Gärtnerschürze öffnete das Tor und in flottem Trab fuhr der Kutscher durch den ausgedehnten Park und vor den Eingang der schönsten Villa, die Viktoria jemals gesehen hatte. Keine ihrer Freundinnen wohnte in einem solchen Palais und mit ihrem kleinen elterlichen Sommerhaus an der Alster ließ sich dieses Anwesen nun wirklich nicht vergleichen.

Ein Hausdiener kam, verbeugte sich würdevoll und half Madame Brennicke aus dem Wagen. Viktoria überlegte, ob es sich um einen Butler handelte, eine neue Errungenschaft aus England, wo Männer extra in diesem Beruf ausgebildet wurden. Was die Briten uns so alles herüberschicken, dachte sie, neue Wasserspültoiletten, und Gasbeleuchtung für die Straßen und Schiffe, die nicht mehr mit Wind, sondern mit Dampf fahren werden. Sie schüttelte den Kopf und folgte Irmgard Brennicke in die riesige Halle, die oben an der Decke von einer lichtdurchfluteten Kuppel aus Buntglas abgeschlossen wurde. Wie in einer großen Kirche, dachte sie und folgte diesem Diener in einen Raum mit breiter Fensterfront zum Garten hin. Zierliche weiße Korbmöbel und unzählige grüne Pflanzen unterstrichen den Eindruck von Sommer und Sonne und der Blick auf den breiten Strom unten in der Tiefe rief helles Entzücken bei Viktoria hervor.

»Komm, setz dich, meine Liebe. Bevor ich dir ein Zimmer zeige, musst du meinen Plan anhören und damit einverstanden sein. Setz dich hier hin, Viktoria, und hör mir zu.«

Viktoria nickte und nahm Platz, während dieser Diener

oder Butler oder wer immer es sein mochte ihnen die Mäntel, die Handschuhe, ihre Schultasche und Madame Brennicke den Hut abnahm.

»Also, Kind, ich weiß, dass du zu Hause weggelaufen bist, weil dein Vater dich geschlagen hat und dich in ein strenges Internat bringen will. Nun, Eltern dürfen schon einmal schlagen, und das Recht, ihr Kind in ein Internat zu bringen, haben sie auch. Dagegen kann man nichts unternehmen. Ich kenne das Internat, das er vorgesehen hat, es ist in Bremen und du wirst dort regelrecht eingesperrt sein.«

»Mich sperrt man nicht ein, Madame Brennicke. Es gibt keine Mauer, die zu hoch wäre, um nicht darüber zu klettern, und kein Schloss, das ich nicht öffnen könnte. Doch, man kann ausreißen und für immer verschwinden.«

»Schon, vielleicht kann man das, aber glaube mir, das ist nicht leicht und irgendwann wird man aufgegriffen, weil man gesucht wird, weil man noch nicht volljährig ist, weil man nicht weiß, wo man schlafen kann, oder kein Geld mehr hat. Sie finden die Ausreißer immer.«

Viktoria verzog trotzig ihr Gesicht. »Mich findet niemand, wenn ich es nicht will, und etwas Geld habe ich auch.«

»Ja, ich glaube dir sogar, denn du bist ein mutiges Mädchen, aber was willst du machen? Immer untertauchen kann man auch nicht, irgendwann will man sein Leben in die Hände nehmen und etwas Gescheites daraus machen, das will doch jeder vernünftige Mensch. Könntest du mir nicht erst einmal sagen, was du für Pläne für deine Zukunft hast?«

»Ja, natürlich. Ich will die beste Kauffrau von Hamburg werden und dann will ich die Stelling-Firma übernehmen. Kennen Sie die Geschichte der Adelheid von Bremen? So eine berühmte Kauffrau will ich auch sein.«

»Das ist ein hohes Ziel, meine Kleine, aber ich könnte mir denken, dass du es schaffst. Du besuchst ja schon seit zwei Jahren zwei Schulen, dazu gehören Mut und Disziplin, und du bist auch noch eine gute Schülerin, habe ich gehört.«

»Ich habe eben immer gewusst, was ich will. Allerdings, wie es jetzt mit den Schulen weitergehen soll, weiß ich nicht. Dort wird man mich zuerst suchen und Schulgeld habe ich auch nicht genug.«

»Siehst du, da fängt mein Plan an.«

»Darf ich erst noch fragen, weshalb Sie sich um mich kümmern wollen?«

»Ach Kind, das ist eine lange Geschichte, aber kurz erzählt bedeutet es: Ich wollte schon immer eine hübsche, couragierte Tochter, aber ich habe nur ein einziges Kind geboren, einen Sohn.«

»Aber Sie können doch nicht einfach mich zu Ihrer Tochter machen?«

»Nein, natürlich nicht, aber ich kann dir helfen, ich kann Wege für dich ebnen, ich kann dich begleiten, dir mit Rat und Tat zur Seite stehen, ich kann dir alles schenken, was du zum Leben brauchst, und ich kann dir ein Dach über dem Kopf geben.« – »Bis die Männer kommen und mich rauswerfen.« Nun lachten sie beide und Irmgard musste sich zusammenreißen, um nicht aufzuspringen und diesen Frechdachs in den Arm zu nehmen. Aber dazu war es noch zu früh. Wieder ernsthaft geworden erklärte sie: »Also, ich habe mir gedacht, du wohnst hier, du bekommst einen Privatlehrer und kannst alles lernen, was du zur Führung eines Handelshauses und einer Reederei wissen musst. Später schicke ich dich nach London, damit du Auslandserfahrung bekommst und irgendwann präsentieren wir der Hamburger Kaufmannschaft die berühmteste Kauffrau der Stadt. Was sagst du dazu?«

»Es ist wie in einem Märchen und genau so unwirklich. Es ist nett, dass Sie sich das alles ausgedacht haben, aber daraus wird nichts. Irgendjemand plaudert aus, dass ich hier bin, und dann holt man mich weg und Sie bekommen auch noch eine Menge Ärger, weil es gegen das Gesetz ist.«

»Wir werden das natürlich nicht gegen das Gesetz machen. Du wirst einen Brief an deine Mutter schreiben und ihr alles erklären. Du wirst sie um Verzeihung und um Verständnis bitten, aber du wirst nicht schreiben, wo du bist. Ich gebe deinen Brief einem holländischen Kapitän mit, der ihn in Amsterdam einem Postkurier übergibt, und dann denken alle, du lebst im Ausland.«

Viktoria sah die Frau mit großen Augen an. »Sie haben wirklich an alles gedacht.«

»Es kann überhaupt nichts schief gehen, wenn du mitmachst.«

»Und das bedeutet?«

»Du darfst das Grundstück nicht verlassen und wenn hier Gäste sind, musst du unsichtbar bleiben.«

»Und wie lange?«

»Bis deine Ausbildung fertig ist und du nach London reist.«

»Aber das kann jahrelang dauern.«

»Ja, Viktoria. Und du wirst jetzt und hier entscheiden müssen, was du willst: die berühmte Kauffrau werden oder Vaters folgsame Tochter. Wenn du dich für den Vater entscheidest, lasse ich dich sogleich zurückbringen. Dann steigst du an der Schule aus der Kutsche und bist nie hier bei mir gewesen.«

»Ich muss mich sofort entscheiden?«

»Ja, mein Kind.«

»Über eine so lange Zeit? Und immer hier im Hause?«

»Wir werden zusammen reisen, das verspreche ich dir. Und in den Wochen, in denen mein Mann oder mein Sohn hier sind, bringe ich dich zu meiner Familie nach Glückstadt. Dort kannst du praktische Erfahrungen in einem Handelshaus und in einer Reederei sammeln. Keiner dort kennt dich und niemand wird nach dir suchen. Und wenn meine Männer wieder auf ihren Dienstreisen sind, kommst du zurück. Einverstanden?«

Gedankenverloren sah Viktoria nach draußen. Sie sah die

schnellen Segelschiffe auf der Elbe und in Gedanken sah sie das Wappen der Stelling-Reederei am Fahnenmast im Wind wehen. Irgendwann würde sie im Bug eines solchen Clippers stehen und in die Welt hinaus reisen – als Kauffrau, die ihre Überseeniederlassungen kontrollierte. Sie holte tief Luft, sah Irmgard Brennicke an und sagte: »Gut – ich will eine Kauffrau werden, ich bleibe.«

Irmgard Brennicke nickte. »Ich habe keine andere Antwort erwartet. Komm mit, dann zeige ich dir jetzt dein Zimmer und dann gibt's das versprochene Dinner.«

Bereits am nächsten Morgen traf ein Privatlehrer ein und ebenfalls am Vormittag kam eine Modistin, die die Maße von Viktoria nahm und versprach, in kürzester Zeit eine komplette Garderobe für die junge Dame zu schneidern und außerdem ein Geschäft zu beauftragen, eine komplette Wäscheausstattung an die Elbchaussee zu schicken. Selbst ein Schuhmacher wurde bestellt, um Maß zu nehmen und die nötigen Schuhe zu fertigen.

Noch am gleichen Abend schrieb Viktoria ihrer Mutter: ›Liebste Mama, sorge dich nicht, es geht mir sehr gut. Bitte grüße meine Geschwister und sage Johannes Stelling – meinem Vater –, der mich geschlagen hat, dass er die Suche nach mir einstellen soll, sonst komme ich nie wieder zurück. Ich bitte dich um Verzeihung und um Verständnis und ich umarme dich auf das Herzlichste, deine Viktoria.

PS. Bitte vernichte diesen Brief!‹

Vier Wochen später, als Johannes Stelling spät abends nach Hause kam, fand er seine Frau im Speisezimmer. Sie hatte anscheinend mit dem Abendessen auf ihn gewartet, was schon lange nicht mehr vorgekommen war. Allerdings sah der Tisch nicht so festlich aus, wie das früher der Fall gewesen war, wenn die Familie gemeinsam speiste. Nur zwei Gedecke lagen auf der großen polierten Platte. Es gab keine Blumen, keine Kerzen, keine gestickten Servietten und keine geschliffenen Gläser.

Kein Wein war kühl gestellt, kein Bratenduft kam aus der Küche und keine Mamsell stand für die Bedienung bereit.

Annette nickte ihm zu und reichte ihm, als er Platz genommen hatte, eine Platte mit belegten Broten, die er gar nicht mochte. Aber er sagte nichts. Wenn dieses Abendessen der Anfang einer neuen Beziehung sein sollte, wollte er schweigend über diesen Zustand hinwegsehen.

Annette, die nichts aß und sich nur etwas Wasser aus der Karaffe einschenkte, sah ihn ernst an. »Viktoria hat einen Brief geschickt. Sie teilt darin mit, dass es ihr gut geht und sie schreibt wörtlich: ›Sage Johannes Stelling, meinem Vater, der mich geschlagen hat, dass er die Suche nach mir einstellen soll, sonst komme ich nie wieder zurück.‹ – Also, richte dich danach, wenn du deine Tochter jemals wiedersehen willst.«

Johannes schlug die harte, viel zu stark gestärkte Serviette auf den Tisch und sprang auf. »Wo ist der Brief? Was steht sonst noch darin? Wo ist sie?«

»Der Brief hatte keinen Absender, er war an mich persönlich gerichtet und ich habe ihn verbrannt.«

»Du hast was?«

»Ich habe ihn verbrannt – es war ihr Wunsch.«

»Du hast das einzige Lebenszeichen unserer Tochter verbrannt? Annette, ich kann es nicht glauben. Man hätte mit diesem Brief Nachforschungen anstellen können. Er muss einen Poststempel gehabt haben, anhand des Papiers hätte man feststellen können, wo es herkommt, man …«

Annette unterbrach ihn: »Alles das wollte Viktoria vermeiden. Abgeschickt wurde der Brief in Amsterdam, hierher hat ihn ein Postkurier gebracht. Das ist alles, was ich dir sagen wollte.« Damit stand sie auf und verließ mit aller Würde, die sie aufbringen konnte, das Esszimmer. Er sollte nicht sehen, wie verzweifelt sie über den Unfrieden in ihrem Hause war, denn nach wie vor liebte sie diesen Mann, der so ein erfolgreicher, toleranter Geschäftsmann war und mit seiner Familie einfach nicht mehr zurechtkam. Sie hätte ihm so gern geholfen, aber sie wusste nicht, wie und so ging jeder seine eigenen Wege. Dabei hätten eine zärtliche Geste, ein freundliches Wort genügt, die entstandene Mauer einzureißen.

Das alles war nun zehn Wochen her. Viktoria wälzte sich in der Villa Brennicke unruhig in ihrem Bett hin und her, von dem Wunsch getrieben, einmal das Haus verlassen und zum Hafen gehen zu können. Heute noch würde Justus Habermann mit der ›Königin Sophia‹ den Hafen wieder verlassen und sie konnte ihm nicht vom Kai aus nachwinken. Wenn sie Glück hatte und die Sicht gut war, konnte sie irgendwann im Laufe des Tages den Clipper unten auf der Elbe vorbeifahren sehen, aber in diesen Dezembertagen war der Blick meist nebelverhangen und nicht einmal aus der Ferne konnte sie ihn grüßen. Hinzu kam, dass sie sehr früh nach Glückstadt abreisen musste. Heinz Brennicke kam aus England zurück, um die Weihnachtstage mit seiner Frau in Hamburg zu verbringen. Theaterpremieren, Konzertbesuche, viele Einladungen und auch Festlichkeiten in der Villa an der Elbchaussee standen auf dem Programm und Irmgard hatte entschieden, dass Viktoria nun zum ersten Mal nach Glückstadt reisen musste.

Eigentlich hatte sie sich auf die Abwechslung gefreut, aber als sie in der Zeitung unter der Rubrik ›Ein- und auslaufende Schiffe‹ las, dass Justus mit der ›Königin Sophia‹ im Hafen war, verschwand die Freude mit einem Schlag.

Irmgard legte Wert darauf, dass Viktoria täglich die Zeitungen las, die sie zum Teil extra für sie abonniert hatte. »Die neuesten Nachrichten sind das A und O eines Kaufmanns, der sich am Tagesgeschehen orientieren muss. Du sollst nicht nur die Börsenberichte und die Nachrichten aus der Handelskammer lesen, sondern du musst wissen, was in der Politik, in der Stadt, im Land und in der Welt passiert.«

Und so hatte sie besonderen Wert darauf gelegt, dass Sebastian Ramstatt, der Privatlehrer, jeden Tag die Zeitungslektüre mit Viktoria im Unterricht einplante. Und nun reiste Justus wieder ab, und sie wusste nicht, wie sie es anstellen sollte, ihn noch zu treffen. Heimlich fortzulaufen war unmöglich. Einerseits, weil sie dann ein Versprechen brach, und andererseits, weil sie das Grundstück nicht unbemerkt verlassen konnte. Ihr blieb nichts anderes übrig, als mit Irmgard darüber zu sprechen. Sie war eine verständnisvolle Frau, ob sie allerdings die ersten Liebesgefühle eines jungen Mädchens verstehen würde, musste Viktoria erst noch in Erfahrung bringen.

Als sie am nächsten Morgen pünktlich um sieben Uhr ihrer älteren Freundin beim Frühstück gegenüber saß, wanderten ihre Blicke immer wieder hinaus in den Park, in dem dichter Dezembernebel keinen Blick auf den Fluss freigab.

»Was hast du, Viktoria, du bist so unruhig?«

Sie zögerte einen Augenblick, dann sagte sie entschlossen: »Heute läuft ein Schiff aus und mit ihm ein Mann, den ich seit vielen Wochen nicht gesehen habe und der nun wieder für lange Zeit unterwegs ist.«

»Welches Schiff? Welcher Mann? Und weshalb hast du Hummeln im Bauch, mein Kind?«

»Ich meine die ›Königin Sophia‹ mit Kapitän Habermann, den ich sehr gut leiden kann.«

»Kennst du ihn näher?«

Traurig schüttelte Viktoria den Kopf. »Er ist einer von unseren Kapitänen und wir haben uns ein bisschen angefreundet. Wenn er in Hamburg ist, treffen wir uns am Kai und unterhalten uns über die Schifffahrt und über Probleme, die unterwegs auftauchen. Er ist ein Mann, der mich ernst nimmt, und er sieht großartig aus.«

»Wie alt ist er denn?«

»Hm, ich weiß nicht, vielleicht dreißig Jahre? Ich mag ihn einfach, weil man richtig gut mit ihm reden kann.«

»Und was sagen deine Eltern dazu?«

»Wenn er bei uns ist, darf ich mich mit ihm unterhalten. Dass ich ihn auch am Hafen treffe, wissen sie nicht. Mein Vater hat mir verboten, zum Hafen zu gehen.«

»Es ist ja auch nicht ungefährlich für ein junges Mädchen.«

»Ach was, der Hafenmeister ist mein Freund und das wissen alle Männer im Hafen.«

»Nun, da bin ich ja richtig beruhigt«, lachte Irmgard. »Aber was machen wir denn jetzt mit dem auslaufenden Schiff, dem Kapitän und deiner Sehnsucht nach den beiden?«

Viktoria musste nun auch lachen. »Nichts, da kann man leider nichts machen. Vielleicht kommt er ja bald wieder, aber im Winter, bei den schrecklichen Stürmen«, sie war sehr nachdenklich geworden, »ich finde, da muss man immer Angst haben, dass ein Schiff nie mehr zurückkommt.«

»Also Kind, daran darfst du überhaupt nicht denken. Du willst doch eine Reederei führen, da musst du immer an die Rückkehr deiner Schiffe glauben, immer. Aber ich hätte da eine Idee, wie du deinen Kapitän vielleicht doch noch sehen könntest.«

»Ja? Welche?« Viktoria war aufgesprungen und ans Fenster gelaufen.

»Wir fahren doch gleich nach Glückstadt und wir fahren fast immer an der Elbe entlang, da wäre es doch noch schöner, wenn wir keine Gelegenheit hätten, in die Nähe der ›Königin Sophia‹ zu kommen. Wann läuft sie aus?«

»Mit dem Mittagshochwasser, das stand in der Zeitung.«

»Das müsste zu schaffen sein. Lass mich nachdenken. Du packst jetzt in Windeseile deine Sachen und in zehn Minuten sind wir reisefertig. Wie denkst du darüber? Bei dem Nebel herrscht kein Wind und die Segler kommen kaum vorwärts. Mit zwei flotten Pferden sind wir allemal schneller und ich wüsste auch schon eine Stelle, wo wir deinem Clipper sehr nahe kämen.«

»O, Madame, wann und wo denn?«

»In der Nähe von Wedel, in Schulau gibt es einen Fährbetrieb. Wenn wir früh genug dort sind, fordere ich den Fährmann auf, uns bis zur Fahrrinne der Segler zu bringen und dann werden wir gemeinsam so lange rufen, bis dein Kapitän an die Reling kommt und du ihn grüßen kannst. Einverstanden?«

Glückstrahlend sah Viktoria die Reedersfrau an. »O, danke, Sie sind wunderbar.« Dann umarmte sie die Frau zum ersten Mal, und Irmgard Brennicke wusste, dass es sich lohnte, diesem Mädchen zu helfen.

Und während Viktoria hinauf in ihr Zimmer lief, um sich fertig zu machen – der große Holzkoffer war gestern schon von der Mamsell gepackt worden –, rief Irmgard den Butler. »Sagen Sie bitte dem Kutscher, er soll in zehn Minuten abfahrbereit sein und er soll die beiden Friesenpferde nehmen. Wir haben einen langen Weg vor uns und sie sind stärker und ausdauernder als die Braunen oder die Füchse. Sagen Sie ihm, er soll sich auf eine flotte Fahrt einrichten.«

Wenn Irmgard Brennicke einen Plan hatte, wurde er auch durchgeführt. In einer flotten Fahrt – und nicht nur der Wagen, auch die Insassen wurden gewaltig durchgeschüttelt – ging es nach Blankenese, von dort über Rissen und Wedel nach Schulau und erst vor dem Fährhaus durfte der Kutscher die Pferde bremsen. Der Nebel hatte sich etwas gelichtet und der Fährmann wusste mit Sicherheit, dass die ›Königin Sophia‹ den Ort noch nicht passiert hatte.

Zu dritt warteten sie auf dem Fähranleger und als etwa eine halbe Stunde später die Masten eines Clippers im Osten in Sicht kamen, gingen alle drei auf das flache Boot und der Fährmann brachte sie zur Mitte des Stromes. Als sie den Namen auf dem Bug lesen konnten, riefen sie so lange im Chor »Kapitän Habermann, Kapitän Habermann«, bis sich ein verärgerter Lotse über die Reling beugte. Als er aber Irmgard Brennicke erkannte, rief er: »Einen Augenblick!« und gleich darauf lehnte Justus Habermann über der Reling und blickte erstaunt in die Tiefe. »Viktoria, was um alles in der Welt machst du denn hier?«

»Ich wollte Ihnen ›Auf Wiedersehen‹ sagen und für die nächste Fahrt allzeit eine Handbreit Wasser unterm Kiel wünschen.«

»Danke, min Deern, können wir brauchen. Wir sehen uns bald wieder.« Alle winkten und dann war die ›Königin Sophia‹ vorbei gezogen und wenig später im Nebel verschwunden.

Patrizia, unglücklich und ratlos über die Spannung in ihrem Elternhaus, vermied es, wann immer sie konnte, die Familie, oder das, was von ihr übriggeblieben war, zu besuchen. Aber morgen würde sie um einen Besuch nicht herumkommen, es würde ihr letzter, ihr Abschiedsbesuch sein.

»Ich liebe Frieden und Harmonie«, erklärte sie ihrer Freundin Melanie, »wir waren eine so glückliche Familie und nun geht jeder seine eigenen Wege, ist das nicht schrecklich?«

»Aber es ist ganz natürlich, Patrizia. Solange Kinder klein sind, müssen sie gehorchen, und dann, irgendwann, tritt der eigene Wille in den Vordergrund und jeder macht, was er für richtig hält. Das ist so, das ist auch in meiner Familie so.«

Die jungen Frauen saßen auf einer Bank am Alsterufer und genossen die ersten warmen Strahlen der Frühlingssonne. Mit Sehnsucht im Herzen sah Patrizia hinüber zum anderen Ufer, wo sich immer mehr schöne Häuser an den leichten Uferhang schmiegten. Dort war ihr Zuhause, aber ihr Heim war es schon lange nicht mehr. Sie sah Melanie an, die mit geschlossenen Augen das Gesicht in die Sonne hielt; dabei galt doch nur blasse Haut als elegant. Sie hatten beide länger als ein halbes Jahr in den Lagern für Auswanderer auf der Veddel gearbeitet, bis Amalie Sieveking sie zurückgeholt hatte. Sie brauchte Melanie für die Arbeit in ihren Stiften, die sich im Stadtteil St. Georg immer mehr ausweiteten, und wollte Patrizia die Möglichkeit geben, in zwei Kursen zusätzlichen Einblick in Kindererziehung und ins Rechnungswesen zu geben. Sie wusste, dass Patrizia ihre Arbeit in Amerika fortsetzen wollte, und darauf sollte die junge Frau so gründlich wie möglich vorbereitet werden.

»Haben deine Eltern dich gern gehen lassen, als du sagtest, du willst in der Armenpflege arbeiten?« Patrizia sah die Freundin an und dachte an die Vorwürfe, mit denen sie bedacht wurde, als sie versuchte, mit den Eltern ihre Zukunft zu diskutieren.

»Nein, natürlich nicht. Sie waren entsetzt, sie hatten schon einen Mann für mich im Blick und dann ziehe ich davon. Nein, begeistert waren sie wirklich nicht.«

»Aber du hast dich durchgesetzt.«

»Du doch auch.«

»Ja, ich bereue das auch nicht. Aber ich hätte nie gedacht, dass es eine Familie zerstören würde, wenn die Kinder aus dem Hause gehen.«

»Ganz so schlimm ist es bei mir nicht, ich habe noch drei Brüder und die haben keine eigenen Pläne. Die wollen alle Kaufmann werden und Vater wird Mühe haben, alle drei in der Firma unterzubringen.«

Patrizia sah auf ihre Medaillon-Uhr. »Wir müssen zurück. Die Mittagspause ist gleich um.«

»Schade, ich könnte den ganzen Tag hier in der Sonne sitzen. Was steht für heute Nachmittag auf dem Stundenplan?« Die beiden standen auf, sammelten die Papiere ein, in denen sie Butterbrote mitgebracht hatten und machten sich auf den Rückweg.

»Ich muss heute noch einmal im Büro helfen. Zum Monatsende stehen die Abrechnungen an und der Kassierer hat um Hilfe gebeten.«

Melanie lächelte. »Gut, dass man mich nicht geholt hat, von der ganzen Rechnerei verstehe ich überhaupt nichts.«

»Es ist aber wichtig, sich damit auszukennen. Wenn ich einen solchen Hilfsverein gründen will, muss ich mit Geld umgehen können.«

»Du freust dich auf Amerika, nicht wahr?«

»Ja, und ich könnte dich dort bestimmt gut gebrauchen.«

»Daraus wird nichts, Patrizia, mich würde das Heimweh auffressen. Wie wirst du denn damit fertig werden?«

»Keine Ahnung, ich habe es ja noch nicht ausprobiert, aber wenn ich an meine Familie denke, dann habe ich bestimmt keine Sehnsucht, nach Hamburg zurückzukommen.«

»Und dabei habe ich dich immer so um diese nette Familie beneidet.«

»Ach, weißt du, jeder allein ist schon in Ordnung, aber alle zusammen, das geht einfach nicht mehr. Ich würde gern meinen Bruder Michael wiedersehen, aber der schreibt einen begeisterten Brief nach dem anderen aus Italien und denkt gar nicht daran, wieder nach Hamburg zu kommen. Und ich konnte mich damals nicht einmal von ihm verabschieden.«

»Für diesen Michael habe ich einmal geschwärmt, aber das ist schon lange her. Damals gingen wir noch zur Schule. Er sieht so gut aus, für mich war er immer der männlichste Junge auf dem Pausenhof.«

»Ja, gut sieht er immer noch aus, aber er hat nur seine Malerei im Kopf und für die gab es hier keine Resonanz. In der Familie nicht und in der Stadt auch nicht. Hier denken alle nur ans Kaufen und Verkaufen, an Schiffe und an Waren. Der einzige gute Lehrer, den er hier gefunden hatte, ist nach Italien gezogen und da ist er mitgegangen.«

»Schade, dass die Kaufleute mit Kultur so wenig im Sinn haben. Für einen Künstler muss es schön sein, in Italien zu leben. Und was hörst du von deinen anderen Geschwistern?«

»Die anderen? Niemand weiß, wo Viktoria ist. Seit über einem halben Jahr ist sie fort. Ab und zu bekommt Mutter ein Briefchen, in dem immer nur steht, dass es ihr gut geht. Nie verrät sie, wo sie ist. Ja, und Thomas, der büffelt fürs Examen und dann, wenn Vater ihn im Kontor sehen will, fürchte ich, verschwindet der auch.«

»Du Ärmste, so eine zerrissene Familie. Und du glaubst nicht daran, dass sich das einmal ändern wird?« Melanie raffte den langen Rock des Baumwollkleides zusammen und stieg hinter Patrizia die Stufen zur Straße hinauf.

Patrizia drehte sich um und wartete, bis die Freundin wieder neben ihr war. »Wie soll sich das ändern? Ich gehe ja morgen auch noch fort.«

»Weißt du schon, wann?«

»Sehr früh. Ich fahre kurz nach Hause, um mich zu verabschieden und mein Gepäck zu holen und mittags muss ich im Hafen sein. Gegen zwei Uhr können wir alle an Bord gehen. Mit der Flut um sechs läuft das Schiff aus.«

»Ich bewundere dich, aber ich möchte nicht mit dir tauschen. Ich mache hier meine Arbeit, und zwar gern. Aber Amerika, das ist nichts für mich.«

»Das ist ja auch in Ordnung. Amalie braucht Frauen wie dich, die in die Familien gehen und die Kranken pflegen oder sich im Stift um die Alten kümmern. Nur, ich habe von Anfang an etwas anderes gewollt und ich habe das auch immer gesagt. Ich sehe meinen Platz in New York, was glaubst du, wie schlecht es den Menschen dort geht, wenn sie als Fremde dort ankommen, nichts haben, nichts wissen, die Sprache nicht kennen, ich denke, die brauchen mich.«

Die beiden Freundinnen hatten das Amalienstift erreicht.

»Sehe ich dich heute Abend noch, Melanie?«

»Spätestens im Schlafsaal, ich weiß noch nicht, wohin ich heute Nachmittag gehen muss. Wenn ich wieder drüben am

Hamburger Berg gebraucht werde, wird es spät. Aber vielleicht gibt man mir ja Geld für den Pferdebus, dann bin ich früher zurück.«

Die Frauen umarmten sich kurz und dann ging jede in einer anderen Richtung davon. Patrizia lächelte. Die Freundin bekam bestimmt das Geld, sie wusste, dass es dem Verein finanziell langsam besser ging. Die Arbeit im Büro war interessant, denn bei der ganzen Rechnerei stellte Patrizia fest, dass zur Zeit sehr viele Spenden eingingen. Die Hamburger Bevölkerung kennt den Wert unserer Arbeit, dachte sie, und nicht nur der Senat beginnt, einzelne Aktionen zu finanzieren, auch die wohlhabenden Hanseaten spenden. Ein paar Mal haben sogar sie einen Teil ihres Vermögens dem ›Weiblichen Verein für Armen- und Krankenpflege‹ vererbt.

Patrizia nahm gegenüber dem Kassierer Platz. Ein Stapel mit Einnahmen- und Ausgabenbelegen, ein Stapel mit Rechnungen und einer mit Kostenaufstellungen lagen vor ihr und sie begann, mit ihrer schönen Schrift die Beträge in die Kontobücher zu übertragen. Der Kassierer legte größten Wert auf eine sorgfältige Arbeit, denn mit diesen Kontobüchern musste er jeden Monat einmal beim Vorstand erscheinen und Rechenschaft über alle Gelder ablegen.

Patrizia aber merkte sich, wer wann und wie viel gespendet hatte. Wie war es zu dem Geschenk gekommen, warum hatte jemand sein Testament zugunsten des Vereins geändert, wie sammelte Amalie die Spenden, welche Vorträge und Reden hielt sie und was wurde unternommen, um den Senat zur Hilfe zu bewegen? Abends in ihrem Bett machte sie sich Notizen, um nichts zu vergessen. Sie war sicher, in Amerika würden ihr diese Kenntnisse eine große Hilfe sein. Oft lag sie noch lange wach und dachte über ihre Arbeit und über ihre Pläne nach. Ein Jens Brennicke kam in ihren Gedanken schon lange nicht mehr vor.

Am nächsten Morgen nahm sie die erste Fähre über die

Alster. Eine Tasche mit drei Schwesternkleidern, ein paar Schürzen, einigen weißen Hauben und ihrer Wäsche in der Hand, stand sie am Fähranleger und wartete auf das Schiff. Zum letzten Mal schweifte ihr Blick nach Westen über den See, hin zur Silhouette der Stadt, in der die zerstörten Gebäude wieder aufgebaut wurden und die Wunden des verheerenden Feuers allmählich verdeckten. Die Türme der beiden abgebrannten Hauptkirchen wuchsen wieder gen Himmel und statt der engen Gassen entstanden breite Straßen und weite Plätze mit modernen Geschäftshäusern aus Backstein und nicht mehr aus Fachwerk.

Dann kam Felix Wümmer mit seiner neuen Fähre, die nun mit Dampf betrieben wurde und dem alten Mann die Arbeit leichter machte.

»Na, Fräulein Stelling, wieder einmal die Familie besuchen?«

Patrizia lächelte. Sie mochte den alten Mann, der sie nun schon seit zwei Jahren über die Alster schipperte und immer ein freundliches Wort für sie hatte.

»Ja, Meister Wümmer, aber jetzt zum letzten Mal. Heute Abend geht es übers Meer nach Amerika.«

»So weit weg!«

»Ja, ich will da drüben das machen, was ich hier gelernt habe.«

»Ich weiß, den Plan haben Sie ja schon lange. Und was die Amalie Sieveking hier aufgebaut hat, ist großartig. Ich habe mich schon bei ihr angemeldet. Wenn ich alt bin, will ich in einem ihrer Stifte wohnen. Ich bin allein, keiner könnte sich um mich kümmern, und dann bin ich bei ihr sehr gut aufgehoben.«

»Aber Meister Wümmer, das dauert hoffentlich noch eine Weile.«

»Ach Fräulein Stelling, das weiß man nie. Da muss man vorsorgen, nicht wahr?«

Er musste sich auf die Fahrt konzentrieren. Mehrere Ruderboote waren bereits unterwegs und die Sportler nutzten die Stunden vor dem Arbeitsanfang, um wohlgekleidet nach der Club-Mode englischer Gentlemen die Riemen durch das Wasser zu ziehen.

Weiße Pullover mit blauen Rändern am V-Ausschnitt, weiße weitgeschnittene Hosen und weiße Kappen waren ein unbedingtes Muss. Patrizia amüsierte sich. Nicht nur in der Technik mit Abwassersielen und Gasbeleuchtung, mit Architektur und Straßenplanung holten sich die Hanseaten Anregungen aus England, sondern vor allem im Sport galten die Briten seit langem als Vorbild. Rudern, Reiten, Tennis und neuerdings sieht man sogar vereinzelte kleine Segelboote auf der Alster – die Hanseaten entdecken, dass es mehr als Buchführung und verstaubte Kontore gibt, dachte Patrizia und nahm ihre Tasche hoch, um das Schiff zu verlassen.

»Tschüs, Meister Wümmer, und alles Gute für Sie.« Sie reichte ihm die Hand und sah dem alten Mann in die wasserhellen Augen. »Irgendwann komme ich wieder und dann möchte ich mit Ihnen zurück zum anderen Ufer fahren.«

»Ach Fräulein Stelling, da müssen Sie sich man mächtig beeilen. Alles Gute auch für Sie und Grüße an die verehrte Familie.«

Patrizia verließ das Schiff und wenig später den Anlegesteg. Sie überquerte den Harvestehuder Weg, auf dem ein reger Verkehr zur Stadt hin herrschte, und öffnete die Gartentür. Noch waren die Bäume und Büsche kahl, der Rasen grau und die Blumenbeete unter schützendem Laub verborgen. Aber es würde nicht lange dauern, und die ersten Krokusse, die Schneeglöckchen und dann sehr schnell auch die Osterglocken und die Tulpen setzten Farbtupfer in den Garten. In jedem Jahr hatte sie zusätzliche Zwiebeln in den Boden gelegt und die Blumenbeete erweitert, jetzt würde es nicht mehr lange dauern und die Mutter konnte sich wieder an der bunten Pracht erfreuen.

Annette wartete an der Tür auf die Tochter. Sie wusste, dass ihr Kind heute zum Abschiednehmen kam und sie hatte eine tränenreiche Nacht verbracht. Jetzt versuchte sie, die Trauer zu verstecken, um den Abschied nicht noch schwerer zu machen, als er ohnehin war.

»Komm herein, Kind«, rief sie und versuchte zu lächeln. »Der Frühstückstisch ist gedeckt.«

Patrizia stellte die Tasche ab, brachte den Mantel zur Garderobe und umarmte die Mutter, die ihr Taschentuch in den Händen zerknüllte und nur mühsam die Tränen verbergen konnte.

»Nicht traurig sein, Mutter. Das ist doch kein Abschied für immer. Wenn ich in New York alles geregelt habe, kommst du und besuchst mich. Wir haben eine Reederei, Mutter, immer öfter fahren unsere Schiffe nach Nordamerika und nehmen Passagiere mit. Du wirst eine wunderschöne Reise machen und ich stehe dann dort am Hafen und nehme dich in die Arme. Abgemacht?«

»Ja, mein Liebling, aber es ist so weit und die Reise ist sehr gefährlich.«

»Unsinn, Mutter, du siehst doch, wenn die Kapitäne hier zu Gast sind, wie schnell sie hin- und herfahren und sie kommen immer zurück.«

»Wir werden sehen, Patrizia.«

»O nein, Mutter, darauf lass ich mich nicht ein. Du musst mir hier und heute ganz fest versprechen zu kommen.«

Die Frauen, beide hochgewachsen, schlank und einander sehr ähnlich, umarmten sich. »Ich verspreche es, Patrizia.«

»Na siehst du, das klingt schon besser und jetzt habe ich Hunger.«

Im Gartenzimmer, das morgens immer die ersten Sonnenstrahlen einfing, hatte Babette liebevoll den Tisch gedeckt. Patrizia sah auf die drei Gedecke und fragte: »Sind wir nur zu dritt, wer fehlt denn?«

»Ach Kind, dein Vater hat das Haus bereits verlassen und Thomas schläft noch, aber er wird bald kommen.«

»Vater ist fortgegangen? Will er mir nicht einmal Lebewohl sagen?«

»Er ist so verärgert und enttäuscht, dass du nun auch fortgehst, man kann gar nicht mehr mit ihm sprechen. Und er ist krank.«

»Krank? Was fehlt ihm denn?«

»Ich weiß es nicht, er spricht nicht darüber, aber er kann kaum noch etwas sehen und der Arzt meint, das kommt von der Überarbeitung. Er sollte sich ausruhen und zu einer Kur fahren, sonst ist er in kürzester Zeit blind.«

»Das ist ja furchtbar. Kann man denn da gar nichts machen?«

»Nein, ich glaube, dass die Enttäuschung ihn auffrisst. Er hatte so große Pläne mit euch und nun geht nichts nach seinem Willen.«

»Aber Thomas ist doch noch da. Er wird doch nach seinem Examen im Kontor arbeiten.«

»Ja, und danach?«

Die beiden Frauen nahmen Platz und Babette kam, um Kaffee einzuschenken und ofenwarme Brötchen auf den Tisch zu stellen.

»Danke, Babette, ist Patrizias Koffer gepackt?«

»Ja, Madame, es ist alles fertig.«

»Aber Mutter, welchen Koffer denn? Ich habe alles, was ich brauche, in meiner Reisetasche.«

»Nein, Kind, das kommt nicht in Frage. Du wirst mit einem Koffer reisen und du wirst alles mitnehmen, was ich für dich besorgt habe. Ich möchte, dass du neben deinen blauen Baumwollkleidern auch eine andere, elegante Garderobe mitnimmst. Ich habe Wäsche und Toilettenartikel, Schuhe und Nachtkleider gekauft, und zwar für jede Jahreszeit passend. Ich möchte dich gut versorgt wissen und du darfst mir die Freude nicht nehmen. Hast du denn wenigstens etwas Geld?«

»Ich habe mein Taschengeld gespart. Viel ist es nicht, weil

»Ja«, erwiderte Patrizia, »es sind etwa sechshundert Leute, die mit diesem Schiff reisen.«

»Und woher kommen die alle?« – »Aus vielen deutschen Gegenden, aber auch aus Russland und Polen.«

»Und warum wollen die alle nach Amerika? Hier ist es doch auch schön.«

»Aber sie finden keine Arbeit, viele können kein Handwerk erlernen, weil sie keine Schulbildung haben, viele kommen von Bauernhöfen, wo der älteste Sohn den Hof übernimmt und die restlichen Geschwister keine Bleibe mehr haben. Und die neue Industrie, die überall aufgebaut wird, macht viele Arbeiter überflüssig.«

»Mensch, Patrizia, die sehen ja schrecklich aus, mit denen willst du reisen?«

»Genau um die will ich mich auch kümmern. Weißt du, viele waren krank, als sie hier ankamen, sie hatten weite Strecken zurückgelegt, wurden unterwegs ausgeplündert und beraubt, manche sind auch nie hier angekommen, weil sie die Strapazen der Reise nicht überlebt haben. Hier sind Kinder, die plötzlich keine Mutter mehr haben oder keinen Vater. Und dann mussten sie hier in einem Lager leben, wurden untersucht und registriert und mussten hinter Mauern warten, bis ein Schiff für sie bereit lag.«

»Und was machen sie in Amerika?«

Patrizia zuckte mit den Schultern. »Sie suchen ganz einfach ein neues Leben, ein besseres Leben, Platz zum Leben. Das Land ist so groß und so leer und Gold soll es auch geben. Viele haben Verwandte oder Bekannte, die schon ausgewandert sind, die schreiben dann, dass es ihnen besser geht, und schon wollen alle hinüber.«

»Verrückt. Aber vielleicht hat man dort wirklich gute Chancen, reich und berühmt zu werden. Na ja, fahr du erst mal rüber und dann kannst du mir ja berichten, wie es da aussieht. Vielleicht komme ich eines Tages nach.«

wir ja Unterkunft und Verpflegung im Stift hatten, aber erst einmal reicht es.«

»Und dann in New York, wie und wovon wirst du leben?«

»Es gibt eine Kirchengemeinde dort, die mich aufnimmt und in der ich auch mit der Arbeit anfange. Es ist alles geregelt, du kannst ganz beruhigt sein. Aber jetzt erzähle mir von den anderen.«

»Nun, Thomas wird gleich kommen. Er sorgt dann auch dafür, dass dich ein Lohnkutscher zum Hafen bringt.«

»Und Viktoria und Michael?«

»Viktoria schreibt mir hin und wieder, dass es ihr gut geht. Ich glaube allerdings nicht, dass sie im Ausland ist. Wenn ich das Datum mit dem Ankunftstag hier vergleiche, dann liegt kein langer Weg dazwischen. Und Michael? Der ist glücklich in Neapel.«

»In Neapel?«

»Ja, er ist mit seinem Lehrer dorthin gereist, weil der Winter in Venedig so neblig und kalt und farblos ist. Und die beiden wollen doch bunte Farben auf die Leinwand bringen.«

»Verkauft er denn auch seine Bilder oder wovon lebt er?«

»Ach, das weiß ich nicht. Ich schicke ihm jeden Monat alles, was ich erübrigen kann, deshalb habe ich auch jetzt nichts, was ich dir mitgeben könnte. Es tut mir Leid, Patrizia.«

»Nicht doch, Mutter, ich sagte schon, ich komme zurecht.«

Vom Flur her hörte man Thomas, der mit dem Hund sprach. Dann stand der junge Mann, noch immer müde und unausgeschlafen, in der Tür und blinzelte in die ersten Sonnenstrahlen.

»He, Schwesterchen, du bist ja schon früh auf den Beinen.«

»Ich habe ja auch eine kleine Weltreise vor mir.«

»Ich wollte, ich könnte mitkommen.«

»Lehrjahre sind bei uns keine Wanderjahre, mein Lieber, ich musste auch erst meine Ausbildung machen, bevor ich auf Reisen gehen kann.«

»Frauen und arbeiten. Hm, du könntest es wirklich bequemer haben.«

»Und du kannst da überhaupt nicht mitreden. Besorgst du mir jetzt bitte die Kutsche?«

»Mach ich.« Er griff in den Brotkorb, biss in ein Brötchen hinein, steckte ein zweites in die Hosentasche, pfiff nach dem Hund, zog den Mantel an und rief: »In zwanzig Minuten steht die Kutsche vor der Tür.«

Einen Augenblick noch hörten die Frauen das fröhliche Bellen im Garten und dann auf der Straße.

»Wann macht er den Schulabschluss?«

»Er steckt mittendrin.«

»Und dann?«

»Er macht die Lehre in der Firma. Jedenfalls hat er es mir versprochen.«

»Und danach?«

»Er will Rennreiter werden und Pferde züchten und davon wird ihn auch keiner abbringen, fürchte ich.«

»Weiß der Vater das endlich?«

Annette schüttelte den Kopf. »Ich glaube nicht. Keiner spricht darüber.«

»Du musst mir immer alles schreiben, Mutter, bitte. Sobald ich eine Anschrift habe, schicke ich sie dir.«

»Natürlich, mein Kind. Und jetzt musst du dich fertig machen. Die Kutscher warten nicht gern.«

»Du kommst nicht mit, nicht wahr?«

»Nein, ich könnte es nicht ertragen, dich an Bord gehen zu sehen.«

Und nun kamen die Tränen doch wieder.

»Ist schon gut, Mutter, ich verstehe dich ja. Aber bitte, weine nicht mehr und denke an dein Versprechen. Bestimmt kannst du in einigen Wochen mit der Planung für dein Kofferpacken beginnen.«

»Ach, Patrizia, jetzt muss ich beinahe lachen.«

»Ach Thomas«, sie legte ihm den Arm um die Schultern, »du fehlst mir gerade noch. Bleib bitte bei den Eltern, die brauchen dich wirklich sehr.«

»Ja, ja, mach ich schon.«

Der Kutscher fuhr langsam die Abfahrt zum Kai hinunter und in das Gewühl hinein. Die Pferde wurden unruhig, der Hund bellte aus der Kutsche heraus tobende Kinder an und Thomas hatte größte Angst, dass jemand den Koffer hinten vom Gestell stehlen würde.

»Mutter hat mir eingeschärft, auf das Ding aufzupassen, bis es an Bord ist.« Dann suchte er sich einen Matrosen und bat ihn, das Gepäckstück mit ihm zusammen auf das Schiff zu tragen. Patrizia entlohnte den Kutscher und ging zur Gangway, wo ein anderer Matrose die Auswanderungspapiere prüfte und die Familien, die zusammen gehörten, langsam und eine nach der anderen mit ihrem Gepäck an Bord gehen ließ. Oben am anderen Ende der Gangway stand ein anderer Bootsmann und dirigierte die Auswanderer zu den einzelnen Zwischendecks, wo sie ihre Unterkünfte hatten und ihre Matratzenlager aufschlagen konnten.

Patrizia beobachtete einen Augenblick lang die Abfertigung der Menschen und stellte fest, dass die Matrosen nicht gerade freundlich mit den Leuten umgingen. Für sie waren diese Leute nichts anderes als eine Fracht, die sie von einem Hafen zu einem anderen bringen mussten. Eine unangenehme Fracht, denn bald würde es auf dem Schiff stinken wie in einer Kloake, weil viel zu wenige Aborte vorhanden waren. Eine schreiende oder winselnde Fracht, je nachdem ob die Leute seekrank wurden oder Streitereien anfingen. Der Bootsmannsmaat hatte zwar den Auftrag, die Gruppen, die schon in der Heimat verfeindet waren – wie etwa Auswanderer vom Balkan –, getrennt unterzubringen. Aber es kam immer wieder vor, dass Männer in einem der Zwischendecks landeten, deren Länder seit Generationen verfeindet waren. Dann gab es Mord und Totschlag und sie, die Matrosen, mussten in die Zwischendecks, um für Ruhe zu sorgen. Nein, diese Fracht war übel und das ließen sie die Auswanderer spüren.

Patrizia überlegte gerade, ob sie sich einmischen sollte, als sie ihren Namen hörte. Sie drehte sich um und stand ihrem Vater gegenüber.

»Papa, dass du doch gekommen bist.« Sie umarmte den leicht gebeugten Mann, der ganz graues Haar bekommen hatte.

»Ich kann doch mein kleines Mädchen nicht abreisen lassen, ohne tschüs zu sagen.«

»Danke, Papa, und ich habe schon mit Mutter darüber gesprochen, ihr müsst mich bald besuchen kommen. Deine Schiffe laufen New York an, da ist es doch ganz einfach, mitzureisen.«

»Ach Kind, und wer kümmert sich hier um die Geschäfte?«

»Immer die Geschäfte, Papa. Du hast doch großartige Mitarbeiter, Direktoren und Geschäftsführer, die können doch auch einmal allein fertig werden.«

»Du hast ja Recht, aber ich kann einfach nicht loslassen, die Firma nicht, die Kinder nicht, es ist wie ein Krampf, der mich zwingt, alles festzuhalten.«

»Ach, Papa. Mach doch einfach die Hände auf, lass los, gib die Zügel hin, beim Reiten kannst du das doch auch.«

»Patti, was für ein Vergleich.« Patrizia umarmte ihn, ›Patti‹ hatte er sie schon so lange nicht mehr genannt.

»Wirst du kommen? Werdet ihr mich besuchen? Bitte versprich es, mir fällt der Abschied doch auch schwer und mit deinem Wort im Herzen reist es sich leichter. Und vor allem, Papa, jetzt kurierst du erst einmal deine Augen aus, bitte. Du musst doch richtig sehen können, wenn du nach Amerika kommst.«

Die Gangway herunter kam Thomas und schob sich zwischen den drängenden Menschen hindurch zu seiner Schwester. »O, hallo, Vater, ich wusste gar nicht, dass du kommen wolltest. Schön, dann lass ich euch jetzt mal allein, ich fahre mit dem Pferdebus und nehme Benno mit. Tschüs, Patrizia, vergiss mich nicht und schreibe mal, du weißt schon, die Sache mit den Chancen.« Er umarmte seine Schwester ganz kurz, weil ihm solche Intimitäten peinlich waren und verließ mit langen Schritten den Kai. Oben von der Uferstraße aus winkte er noch einmal, dann war er fort.

»Patti, ich habe eine Kabine für dich reserviert. Der Kapitän hat mir versprochen, dass es dir an nichts fehlen wird.«

»Nein, Papa, ich habe meine Überfahrt wie alle anderen bezahlt und ich werde im Zwischendeck logieren wie diese Leute. Schau mal, ich fahre doch mit, um ihnen helfen zu können, da muss ich doch bei ihnen sein.«

»Patrizia, ich möchte, dass du die Kabine bewohnst. Du kannst dich tagsüber um deine Auswanderer kümmern, aber nachts möchte ich, dass du in einer abschließbaren Kabine bist. Du hast doch gar keine Ahnung, was sich auf diesen Schiffen abspielt. Nicht nur die Matrosen sind auf schnelle Abenteuer aus, viele Männer reisen allein und wenn sie wochenlang auf kleinstem Raum zusammengepfercht mit Frauen leben, werden sie sehr leicht mutwillig, um nicht zu sagen kriminell.«

Patrizia spürte, dass sie hier nachgeben musste. Sie wollte dieses erste Anzeichen von Versöhnung nicht zerstören und sagte: »Ist gut, Papa, ich nehme die Kabine«, aber im Stillen rechnete sie aus, wie viele von den schwachen, kränkelnden Frauen sie darin unterbringen konnte, wenn sie erst einmal den Hafen verlassen hatten.

Johannes Stelling griff in seine Jacke und holte die Brieftasche hervor. »Ich habe hier zwei Schecks auf deinen Namen, Patrizia. Man hat mir gesagt, du kannst sie auf jeder Bank in New York einlösen. Ich möchte, dass du nicht ohne Geld in Amerika ankommst. Und mit dem zweiten Scheck kannst du deine Arbeit finanzieren, jedenfalls am Anfang. Und wenn du Schwierigkeiten bekommst, gehst du zu unserer Niederlassung, hier ist die Anschrift, und bittest dort um Hilfe.«

»Aber Papa, ich –«

»Schon gut, mein Kind. Ich helfe hier, wo ich kann, auch der Verein von Amalie Sieveking bekommt Spenden von mir, weshalb sollte ich nicht eine karikative Arbeit in Übersee mitfinanzieren?«

»Danke, Papa, ich werde die Hilfe gut gebrauchen können. Vielen Dank.« Betroffen und bewegt nahm sie ihren Vater in die Arme. Sie wusste, einerseits wollte er etwas gutmachen, andererseits sprach so viel Herzensgüte aus den schlichten Worten, dass sie tief gerührt war.

»Papa, bitte kümmere dich um Mutter, sie nimmt das alles so schwer.«

»Kind, sie geht schon lange ihre eigenen Wege, schon lange und ich kann sie nicht erreichen.«

»Stell dich ans Ziel, Papa, dorthin, wo sie ankommt, und mach die Arme weit auf. Sie findet dann schon hinein.«

»Wenn das so einfach wäre, Patrizia.«

»Papa, es ist einfach, du wirst sehen, man muss es nur versuchen.«

Die letzten Auswanderer betraten die Gangway. Die Matrosen drängten zur Eile, das Schiff musste sich nach der Flut richten und die hatte fast ihren Höchststand erreicht. Noch einmal umarmte Patrizia den Mann, der ihr in wenigen Minuten so nah gekommen war wie nie zuvor in ihrem Leben. Dann nahm sie ihre Reisetasche und stieg die Gangway hinauf. Oben drehte sie sich noch einmal um und winkte. Als er nicht mehr zu sehen war, stieg sie hinunter in das Zwischendeck, wo sie in den nächsten Wochen, abgesehen von einer Stunde pro Tag, in der die Auswanderer in kleinen Gruppen und nur bei gutem Wetter an Deck gehen durften, zu wohnen beabsichtigte.

Johannes Stelling verließ den Kai noch nicht. Er nahm einem Arbeiter sein Pferd ab, führte die Stute am Zügel hinter einen Schuppen und wartete in dem Versteck auf das Auslaufen des Schiffes. Erst als es in der frühen Abenddämmerung nicht mehr zu erkennen war, bestieg er Carina und ritt tief in Gedanken versunken davon.

Nun ist auch diese Tochter fort, und obwohl sie mir mit ihrem Fortgehen so viel nimmt, hat sie mir unendlich viel gegeben. Sie hat mir einfach wieder Mut gemacht. Er strich dem Pferd über die Mähne und trieb es zu einer schnelleren Gangart an. Ich habe ein Versprechen gegeben, und ich werde es halten. Wenig später hielt er vor dem Bürogebäude von Nelson Lingen, der schon das Sommerhaus und die neuen Speicher gebaut hatte. Er übergab die Zügel einem Knecht und ging sofort in das Büro des Baumeisters.

»Meister Lingen, ich habe einen Auftrag für Sie.«

Der überraschte Lingen sprang auf, lief Johannes entgegen und nahm ihm den schweren Reitermantel ab. »Kommen Sie näher, Herr Stelling, was kann ich für Sie tun?«

Johannes setzte sich, streckte behaglich die langen Beine aus und genoss den Augenblick. Er war drauf und dran, sein Leben wieder in den Griff zu bekommen. »Meister, bauen Sie mein Haus am Mittelweg. Ich will eine große, elegante Stadtvilla mit allem, was dazu gehört. Gehen Sie zu meiner Frau, die hat Verbindung zu einem englischen Architekten, der wohl im Augenblick sehr in Mode ist, und die beiden haben eine Menge Pläne gemacht. Das Haus soll genau so werden, wie meine Frau es haben will.«

Der verblüffte Lingen nickte zu allem. Er kannte seine Kunden, diese Hanseaten schmiedeten erst einmal jahrelang Pläne und dann musste auf einmal alles sofort gemacht werden. Typisch, dachte er, freute sich aber über den großen Auftrag und begleitete seinen Kunden, bis der wieder auf seinem Pferd saß und in der Dunkelheit davon ritt.

Viktoria war glücklich. Ein Lied vor sich hin summend, sprang sie die Treppen hinunter, immer zwei Stufen auf einmal nehmend, weil es ihr nicht schnell genug gehen konnte. Sie hatte viel zu tun, die Tage reichten kaum aus und sie genoss das Gefühl, gebraucht zu werden. Seit mehr als acht Monaten war sie jetzt hier in Glückstadt. Zufrieden dachte sie an die vergangenen Wochen im Elternhaus von Irmgard Brennicke.

Unten in der großen Halle mit dem riesigen holländischen Kachelofen und dem schachbrettähnlich gefliesten Steinboden nahm sie ihren Mantel und verließ mit schnellen Schritten das große, dreigeschossige Gebäude. Mit dem hellgrauen Anstrich und den weißen Fensterumrandungen, mit den Türmchen, den Erkern und dem weißverblendeten Giebel war es eines der schönsten und imposantesten Häuser am Glückstädter Marktplatz.

Wie an jedem Morgen überquerte sie den kopfsteingepflasterten Platz, dann die Brücke über den Kanal und drehte sich noch einmal um, bevor sie in die Hafengasse einbog. Und wie an jedem anderen Morgen auch, winkte ein sehr alter Mann aus einem Fenster im ersten Stock fröhlich hinter ihr her. Sie winkte zurück, lächelte und dachte an die Menschen, mit denen sie zusammenwohnen durfte: an den neunzigjährigen Vater von Irmgard Brennicke und an die zwei Brüder mit ihren kinderreichen Familien. Und sogar ihr Lehrer Sebastian Ramstatt hatte ein Zimmer im Dachgeschoss der großen Villa bekommen.

Ich liebe die Heiterkeit in diesem lebendigen Haus, dachte

sie und eilte die grobgepflasterte Straße hinunter zum Wasser. So viele Menschen unter einem Dach, es ist einfach wunderbar, ich hätte nie gedacht, dass man so viel Spaß in einer Familie haben kann. Wenn ich an zu Hause denke, kommen mir immer nur Gebote, Verbote, steife Sitten und höfliches Benehmen in den Sinn. Wann wurde bei uns eigentlich einmal gelacht, wer erzählte jemals Witze, mit wem konnte man einen richtigen Streich aushecken? Sie rechnete nach: Irmgards Bruder Friederich hatte fünf Kinder, der jüngere Bruder drei und Friederichs älteste Tochter war auch schon mit einem Offizier verheiratet und hatte Zwillinge bekommen. Und dann natürlich der alte Herr, das waren siebzehn Personen in einer Familie, und – was am schönsten war – sie selbst durfte sich dazu zählen.

Sie hatte die Reederei Duberius am Hafen erreicht. Und ich bin die einzige, überlegte sie, die sich um Schifffahrt und Handel kümmert, abgesehen von Irmgard natürlich, die ja mit einem Reeder verheiratet ist. Alle anderen hatten mit Schiffen und Waren nichts zu tun. Die Männer waren, wie der alte Herr früher auch, Offiziere und versahen ihren Dienst tagsüber in der Garnison. Abends füllte sich das Haus mit Leben, dann wurde es richtig munter.

Manchmal bedauerte Viktoria, dass sie so wenig Zeit hatte, am Familienleben teilzunehmen, aber sie hatte ein Ziel und keine Zeit fürs Nichtstun. Mein Tageslauf ist eben streng eingeteilt, dachte sie, betrat das alte Fachwerkhaus und begrüßte die Mitarbeiter in der Reederei, mit denen sie in einem Großraumkontor zusammen arbeitete.

Morgens vor dem Frühstück habe ich schon Fremdsprachenunterricht bei Sebastian, der dann tagsüber die Kinder der Familie unterrichtet, dann geht's ins Kontorhaus, um alles über die Linienreederei mit ihren festen Routen und über die Trampreederei mit der Güterbeförderung nach Bedarf zu lernen. Die Firma ist zwar nur ein mittelständisches Unternehmen, hat aber auch Kutter in der Binnenschifffahrt eingesetzt und darüber weiß ich noch gar nichts. Abends dann muss ich das Handels- und Seerecht, Buchführung, das Rechnungswesen und die Zollbestimmungen, die Personalführung und das Arbeitsrecht büffeln. Himmel, welch ein Pensum, dachte sie und vertiefte sich in die Aufgaben, die ihr der Büroleiter für heute vorgelegt hatte. Manchmal schwirrt mir so der Kopf, dass ich die einzelnen Gebiete kaum noch auseinander halten kann. Aber die Abschlußprüfung will ich mit Auszeichnung bestehen.

Dann wanderten ihre Gedanken wieder in das Haus am Markt. Wann immer sie etwas Zeit hatte, besuchte sie den greisen General Handemitt, Irmgards Vater, und las ihm aus seinen alten Büchern Soldatengeschichten vor. Sie machte das gern und hatte auch ihren Spaß dabei, denn er war ein sehr dankbarer Zuhörer, und wenn er sich unbeobachtet glaubte, genehmigte er sich ein Tröpfchen Rum. Und aus dem einen wurden zwei und auch mehr Tröpfchen und irgendwann schlief er in seinem Ohrensessel ein. Sie schlich sich dann leise aus dem Zimmer und sagte seinem Diener Bescheid.

Irmgard Brennicke schickte ihr jeden Monat einen Brief, in dem sie alles erzählte, was sich in Viktorias Familie, in der Hansestadt und was sich gesellschaftlich ereignete. Es ist so nett, dachte Viktoria, sie will auf jeden Fall vermeiden, dass ich mich ausgeklammert fühle, denn die Zeit hier ist doch sehr viel länger geworden, als wir zuerst geplant hatten. Heinz Brennicke ist noch immer in Hamburg, und solange er dort ist, kann ich nicht an die Elbchaussee zurück, und dieser Sohn Jens kommt auch demnächst aus Amerika zurück. Ich glaube, überlegte sie, in absehbarer Zeit kann ich nicht nach Hamburg zurück, aber das stört mich nicht. Ich bin gern hier. Ich lerne alles, was ich wissen muss und ich liebe diese Leute, die mir einen wunderbaren Platz in ihrer Mitte eingeräumt haben.

Am Abend, als sie aus der Reederei kam, stand Irmgard Brennicke in der Eingangshalle und Viktoria wusste sofort, dass etwas Schreckliches geschehen war.

Die Frau mit dem blassen Gesicht und dem ängstlichen Blick in den Augen kam auf sie zu und nahm sie in die Arme.

»Komm her, mein liebes Kind. Ich habe leider eine schlechte Nachricht für dich.«

»Was ist geschehen?« Viktoria befreite sich und trat einen Schritt zurück. »Was ist los?«

»Es geht um deinen Vater, Viktoria, er ist sehr krank, du musst jetzt zu deiner Familie zurückkehren, man braucht dich dort.«

»O Gott, was fehlt ihm, was ist denn passiert?«

»Er hatte einen Gehirnschlag, einen sehr schweren, aber er lebt noch. Man hat ihn in das Israelitische Krankenhaus gebracht, es ist das beste in Hamburg und die Ärzte sind weit über die Stadtgrenzen hinaus bekannt.«

»Aber wie konnte das geschehen? Er war doch immer ganz gesund.«

»In der letzten Zeit wohl nicht. Wie ich erfahren habe, hatte er schwere Sehstörungen, die wohl von Überarbeitung und zuviel Anstrengung herrührten. Sie waren ein heftiges Warnsignal, aber er hat es nicht beachtet.«

Viktoria nickte. Sie war nicht nur entsetzt, sie war vollkommen benommen und kaum in der Lage, einen vernünftigen Gedanken zu fassen. Sie dachte immer nur, er darf nicht sterben, wir müssen uns doch versöhnen, ich liebe ihn so sehr und er weiß es nicht einmal.

Irmgard Brennicke, die fühlte, was in der jungen Frau vor sich ging, nahm sie wieder in die Arme.

»Wir fahren morgen ganz früh zurück. Sobald es hell ist, sind wir unterwegs.«

»Könnten wir nicht jetzt sofort aufbrechen?«

»Nein, mein Liebes, die Pferde müssen sich ausruhen und

nachts auf den Landstraßen unterwegs zu sein, ist nicht ratsam. Das musst du verstehen.«

Viktoria nickte. »Ja, ich weiß. Ich werde sofort meine Sachen packen, ich nehme an, dass ich dann in Hamburg bleibe.«

»Es wird das Beste sein.«

Als Viktoria in ihrem Zimmer war, sagte der General zu seiner Tochter: »Ich habe sie richtig liebgewonnen, die kleine Stelling. Sie wird ihren Weg gehen. Gut, dass du ihr dabei hilfst. Und wie hübsch sie in den acht Monaten geworden ist. Alle Ecken und Kanten eines Schulmädchens hat sie abgestreift. Wenn sie erwachsen ist, wird sie eine Schönheit sein.«

»Ja, ich bin selbst überrascht. Ein schönes Mädchen und von einer so harmonischen Eleganz, wie man sie nur ererben, niemals erwerben kann.«

»Wirst du auch in Hamburg ein Auge auf sie haben, Irmgard?«

»Darauf kannst du dich verlassen. So ein Kleinod muss man hüten, und wenn es niemand sonst tut, ich werde mich um sie kümmern.«

Bereits im Morgengrauen wurden die Pferde gefüttert, die Kutsche für die Fahrt gerichtet und das Gepäck verladen. Während Irmgard und Viktoria ein schnelles Frühstück zu sich nahmen, versammelte sich die ganze Familie, um Abschied zu nehmen. Alle umarmten sie und der alte General, der so früh am Tage in einem Rollstuhl gefahren wurde, küsste seiner ›kleinen Stelling‹, wie er sie immer genannt hatte, beide Hände und dankte ihr ›für die vielen wundervollen Stunden, die sie ihm geschenkt hat‹. Seine Augen waren feucht, als sie ihm ihre Wange zum Kuss bot und ihn liebevoll umarmte. »Ich habe zu danken, lieber General, ich werde unsere gemeinsamen Abende nie vergessen.«

Dann ging alles sehr schnell. Die Kutsche war vorgefahren, die Pferde scharrten unruhig mit den Hufen, Irmgard drängte und schon waren sie unterwegs. Während die Räder über das Kopfsteinpflaster des Platzes klapperten, stand die ganze Familie vor dem Hauseingang und winkte. Dann bog der Kutscher zur Landstraße hin ab und die kleine Stadt blieb zurück.

Auch diesmal wurde es eine schnelle Reise. Die kräftigen Friesen mit ihren langen schwarzen Beinen preschten dahin, und die Landschaft flog nur so an den beiden Frauen vorbei. Diesmal galten Viktorias Gedanken nicht einem Schiff auf der Elbe, das es einzuholen galt, sondern einem Mann, dem sie eigentlich nie verzeihen wollte und den sie nun so gern in die Arme genommen hätte.

»Werden wir es schaffen, Madame? Werde ich ihn lebend antreffen?«

»Kind, sein Leben liegt in Gottes Hand. Aber die besten Ärzte bemühen sich um ihn, und ab und zu geschehen auch noch kleine Wunder. Viktoria, würdest du mir eine Freude machen?«

»Ja, natürlich.«

»Bitte nenne mich Irmgard und sag ›du‹ zu mir. Ich habe dich wirklich lieb und es wäre mir eine große Ehre, eines Tages von der berühmtesten Kauffrau der Hansestadt mit ›du‹ angesprochen zu werden«, scherzte sie, um die junge Frau auf andere Gedanken zu bringen.

»Ich soll …?«

»Ja, ich bitte dich darum.«

»Ja – Irmgard, von Herzen gern.« Und Viktoria streckte die Arme aus und drückte ihrer mütterlichen Freundin einen herzhaften Kuss auf die Wange. Dann dachte sie an die nächsten Stunden.

»Wie wird es weitergehen, wenn wir in Hamburg sind?«

»Ich habe alles geregelt. Wir fahren sofort in das Krankenhaus. Dann bringt mich der Kutscher nach Hause und anschließend dein Gepäck in den Harvestehuder Weg. Kein Mensch wird eine Verbindung zwischen uns feststellen.«

»Und dann? Ich meine später?«

»Du musst auf jeden Fall in eurem Unternehmen weiterarbeiten. Du musst dir Einblicke in den Handel und in die Schifffahrt verschaffen, ganz gleich ob mit deinem Vater zusammen oder ohne ihn. Denn er wird, auch wenn er diese Krankheit übersteht, lange Zeit hilflos und arbeitsunfähig sein. Er wird merken, dass er dich braucht, und dann, mein Kind, bist du am Ziel.«

»Und die Reederei Duberius? Ich habe mich nicht einmal verabschiedet.«

»Ich habe heute Nacht einen Brief an Berthold Duberius geschrieben und ihm alles erklärt. Er wird dir ein Zeugnis ausstellen und es zu mir schicken. Das kannst du dann bei deinem Examen vorlegen. Und ich habe dich auf der Schule für Überseehandel und Im- und Export angemeldet. Du brauchst nur hinzugehen, man weiß Bescheid. Und mach dir keine Gedanken über das Schulgeld, Liebes, ich bin eine vermögende Frau und du bist das Mädchen, das ich mir immer gewünscht habe.«

Viktoria war so gerührt, dass sie nur nicken konnte. Schließlich fragte sie ganz leise: »Wie bleiben wir beide denn in Verbindung?«

»Mach dir keine Gedanken, mein Kind, ich werde Wege finden. Wichtig ist nur, dass unser kleines Geheimnis gewahrt wird, vorläufig jedenfalls.«

»Ja«, seufzte Viktoria, »es ist sehr schade, aber das wird wohl nötig sein.«

»Lass nur, Kleines, irgendwann ist auch die Zeit der Heimlichkeiten vorbei. Spätestens, wenn du die berühmteste Kauffrau Hamburgs bist.« Nun lachten sie beide und Viktoria holte tief Luft, nahm Irmgards Hand in die ihre und sagte dankbar: »Ich werde mich beeilen, ich verspreche es, ich möchte nämlich aller Welt zeigen, was für eine wunderbare Freundin ich habe.«

Am späten Nachmittag hatten sie das Israelitische Krankenhaus erreicht. Der Kutscher hielt etwas abseits vom Eingang und Viktoria stieg aus und ging in die Halle, ohne sich noch einmal umzusehen. Ihr erster Blick fiel auf das lebensgroße Bildnis von Betty Goldschmidt, der das modernste Krankenhaus der Stadt gewidmet war. Sie war die verstorbene Frau von Salomon Heine, dem Stifter des Hauses, der seiner Frau damit für eine sehr glückliche Ehe danken wollte und der sich nach der Brandkatastrophe als großzügigster Wohltäter der Stadt erwiesen hatte. Durch Fleiß und Ehrlichkeit war er vom einfachen jüdischen Bleistiftverkäufer zu einem der größten Bankiers und schließlich zu einem der erfolgreichsten und wohltätigsten Handelsherren der Stadt aufgestiegen. Ohne Ansehen der Konfession wurden in dem jüdischen Krankenhaus alle Patienten behandelt, die Hilfe brauchten.

Viktoria erkundigte sich bei einer Schwester nach dem Zimmer ihres Vaters und ging, ohne zu zögern, durch die stillen, nach Wachs und Äther riechenden Flure. Dann aber blieb sie mit klopfendem Herzen vor der Tür stehen, zu ängstlich, die Klinke herunter zu drücken und einem Mann gegenüber zu treten, von dem sie nicht einmal wusste, ob er noch lebte.

Endlich kam eine Krankenpflegerin den langen Flur entland. Viktoria nahm allen Mut zusammen und fragte: »Bitte, Schwester, wie geht es meinem Vater?«

Die Frau sah sie einen Augenblick an, dann sagte sie: »Gehen Sie nur hinein. Der Patient schläft viel. Er hat Beruhigungsmittel bekommen. Sie müssen damit rechnen, dass er Sie nicht erkennt. Aber er hat sich etwas erholt und wir haben die Hoffnung, dass er den Gehirnschlag überlebt.«

»Danke.«

Als die Schwester sah, dass Viktoria noch immer zögerte, nahm sie ihren Arm und sagte: »Kommen Sie, ich führe Sie hinein.« Sie öffnete leise die Tür und trat ein. Auf Zehenspitzen folgte ihr Viktoria.

»Mein Gott«, entfuhr es ihr, als sie den bleichen Mann mit dem eingefallenen Gesicht sah. War das noch ihr Vater, dieser gutaussehende, vitale Mann, der so tolerant, aber auch so herrschsüchtig sein konnte? Sie beugte sich über ihn, nahm ihr Taschentuch und strich ihm über die Lippen, um den Speichel abzuwischen, der aus einem Mundwinkel rann.

»Vater«, flüsterte sie, »ich bin es, Viktoria, ich habe dich sehr lieb.«

Dann zog sie einen Stuhl neben das Bett und setzte sich. Die Schwester hatte das Zimmer wieder verlassen und sie nahm eine der schlanken, kalten Hände, streichelte sie behutsam und versuchte, etwas eigene Wärme in die steifen Finger zu übertragen. Sie blieb, bis es draußen dunkel war und die Pflegerinnen kamen, um den Patienten umzubetten. Zögernd stand sie auf und flüsterte: »Gleich morgen früh komme ich wieder. Ich lass dich hier nicht allein, Vater, ich werde auf dich aufpassen, bis du wieder gesund bist.«

Eine der Schwestern beobachtete sie. »Er versteht Sie nicht, Madame.«

Viktoria richtete sich zu ihrer vollen Größe auf und sah auf die kleinere Frau hinunter. »Darauf kommt es gar nicht an. Die Liebe, die ich ihm schenke, die spürt er sehr wohl, und das ist das Wichtigste. Könnte ich wohl bitte mit einem Arzt sprechen?«

Die Schwester schüttelte den Kopf. »Es tut mir Leid, aber die Ärzte sind auf der Abendvisite, die darf man jetzt nicht stören.«

»Dann warte ich.«

»Das kann aber sehr lange dauern, und dann ist es sehr fraglich, ob ein Doktor noch zu sprechen ist. Ich würde morgen früh wiederkommen.«

Zögernd sah sie die Schwester an. »Und mein Vater wird die Nacht gut überstehen?«

»Wir tun alles, was wir können, und ich glaube ganz

bestimmt, er schläft durch und morgen wird es ihm schon viel besser gehen. Vielleicht erkennt er Sie dann sogar.«

Viktoria nickte bedrückt. Dann verließ sie das Zimmer und suchte draußen vor dem Haupteingang nach einer Droschke.

Im Haus der Stellings brannten nur wenige Lichter. Sie entlohnte den Kutscher, stieg aus und ging forschen Schrittes durch den Vorgarten. Sie hatte auf der Fahrt den Schock überwunden und ihre alte Entschlossenheit zurückgewonnen. Sie würde die Mutter aufrichten, Thomas trösten und die Geschicke dieses Hauses ganz schnell in ihre Hände nehmen. Sie betätigte den Türklopfer und trat ein, bevor jemand öffnete, sie hatte es plötzlich eilig, hier nach dem Rechten zu sehen. Mit verweinten Augen kam ihr Babette entgegen, gleich darauf stand die Mutter im Rahmen der Salontür und starrte verstört ihre jüngste Tochter an. »Viktoria, bist du das wirklich?«

»Ja, Mutter. Komm, lass dich umarmen.« Dann nahm sie die Mutter in die Arme, streichelte und tröstete sie. »Alles wird gut, Mama, alles wird wieder gut. Ich bin ja jetzt bei dir. Du musst keine Angst mehr haben.«

Dann führte sie die Mutter zurück in den Salon, half ihr in einen Sessel und setzte sich ihr gegenüber. Und zum zweiten Mal an diesem Tag nahm sie eine kalte Hand in die ihren und versuchte, etwas von der Kraft, die sie in sich fühlte, an die steifen Finger der Mutter abzugeben.

»Wo ist Thomas?«

»Er arbeitet im Kontor. Er bemüht sich sehr, mit dem Geschäftsführer und den beiden Direktoren zusammen zu arbeiten. Aber er hat keine Verfügungsgewalt und die Herren machen mit dem jungen Neuling, was sie wollen, und mit der Firma, was sie für richtig halten. Thomas sagt, sie machen nicht immer das, was der Vater gewollt hätte. Es ist schwierig«, sie seufzte, »was soll nur werden, wenn.«

Viktoria unterbrach sie schnell. »Daran darfst du gar nicht

denken, Mutter. Vater wird wieder gesund. Ich komme gerade aus dem Krankenhaus. Man ist dort ganz zuversichtlich.«

»Konntest du mit einem Arzt sprechen?«

»Nein.«

»Siehst du, die Schwestern müssen so tun, als seien sie optimistisch und sie wollen, dass die Angehörigen abends nach Hause gehen, aber die Ärzte haben mich gewarnt.«

»Mama, Vater ist ein robuster, sportlicher Mann mit großer Willenskraft. Er schafft das.«

»Er war einmal ein vitaler Mensch, Kind, aber das ist lange vorbei. Jetzt ist er ein gebrochener Mann, die Sorgen um das Unternehmen und um die Familie haben ihn aufgefressen.«

»O nein, Mutter, der gibt nicht auf. Vielleicht hatte er eine Krise und die hat ihn jetzt in die Knie gezwungen, aber er erholt sich wieder, das spüre ich.«

»Ach, mein Kind. Ich hoffe, du hast Recht.«

»Wann kommt Thomas?«

»Er wird bald hier sein.«

»Und wo ist Benno?«

»Der Hund liegt drüben vor Vaters Bett und frisst nicht. Er trauert bereits um seinen Herrn.«

»Dann werde ich ihm Beine machen. Hier wird nicht getrauert, auch nicht von einem Hund. Merkt euch das alle.«

Sie stand auf und rief den Setter und – was Annette nicht für möglich gehalten hätte – Benno kam, sprang an Viktoria hoch und schnappte spielerisch nach ihren Locken, was er schon immer gern gemacht hatte.

Unglücklich und unzufrieden stand Thomas im Kontor und berechnete Eingänge und Ausgänge, übertrug Aufträge in Auftragsbücher und quälte sich mit den Bilanzen herum. Eine strohtrockene Arbeit und nie ist ein Ende abzusehen, dachte er und sah sich in dem Großraumbüro um. Dreißig Mitarbeiter in verschiedenen Büros hatte das Großunternehmen allein im Kontorhaus, aber wie viele in den Speichern und auf den Schiffen für die Firma Stelling arbeiteten, entzog sich seinen Kenntnissen.

Ehrlich gesagt, es interessiert mich auch nicht, dachte er und ärgerte sich, weil er den Eindruck hatte, dass alle wichtigen Entscheidungen sowieso an ihm vorbei liefen. Das war schon so, als der Vater noch da war, und jetzt, ohne ihn, machen die Abteilungsleiter überdies, was sie wollen. Dabei bin ich der einzige Stelling im Betrieb und nichts sollte ohne meine Zustimmung geschehen.

Seit drei Tagen fehlte der Vater und fast vom Augenblick seines Zusammenbruchs an saßen die Büromeister und die Geschäftsführer hinter verschlossenen Türen und berieten die nächsten Schritte. Der Vater hat mich ja auch nicht eingeweiht, dachte er, aber das ist etwas anderes. Er hielt eben noch nichts von meiner Arbeit, aber jetzt bin ich sozusagen sein Nachfolger und keiner nimmt mich für voll.

Er sortierte seine Unterlagen, sah verstohlen zu den anderen Mitarbeitern hinüber und als er bemerkte, dass sie alle begannen, die Arbeiten für diesen Tag zu beenden, zeichnete er seine Bilanzen ab, das war Vorschrift, damit man im Falle eines Fehlers nachforschen konnte, wer unkorrekt gearbeitet hatte, und verschloss die Rechnungsbücher im Panzerschrank.

Der Rücken tat ihm weh und dieses stundenlange Stehen am Schreibpult war ihm heute besonders schwer gefallen. Am Wochenende war er von einem jungen, sehr nervösen Pferd gestürzt, das er trainieren sollte, und hatte sich das Steißbein gestaucht – eine schmerzhafte Angelegenheit, die ihm in den letzten Tagen heftig zusetzte. Am liebsten hätte er den ganzen Tag auf dem Bauch liegend im Bett verbracht. Aber daran war natürlich nicht zu denken.

Und nun auch noch die Sache mit dem Vater. Wie soll das bloß weitergehen, wenn er stirbt oder gelähmt und sprachlos im Rollstuhl dahinsiecht? Die Ärzte hatten ihm und der Mutter nicht viel Hoffnung gemacht. Thomas hatte Angst vor der Zukunft, wenn er auch versuchte, sie nicht zu zeigen.

Pünktlich um sieben Uhr legten alle die Arbeit beiseite, streiften die Ärmelschoner ab, zogen die grauen Bürokittel aus und machten sich fertig für den Heimweg.

Das Großhandelshaus Stelling wurde schon lange nicht mehr von den gemieteten Kontorräumen am Gänsemarkt aus geleitet. Nein, nachdem die beiden modernen, fünfstöckigen Speicher fertig waren, wurde sogleich das neue Kontorhaus am Dovenfleet in Auftrag gegeben. Endlich, sinnierte Thomas, arbeitet das Unternehmen von einer respektablen Zentrale aus, in der es nicht nur Büros und Empfangsräume, sondern sogar auf dem Hof einen Stall für die Pferde und einen Stallknecht gibt, die einzige Errungenschaft, die mich wirklich interessiert.

Während die anderen Angestellten auf ein Bierchen in das nahe gelegene ›Anno 1750‹, einem historischen Gasthof mit eigener Brauerei, gingen, lief Thomas zu den Stallungen hinüber, um sein Pferd in Empfang zu nehmen. Es kam nur selten vor, dass die anderen ihn einluden, mitzukommen, er war der Sohn vom Chef und dem ging man lieber aus dem Wege. Thomas war das recht, er legte keinen Wert auf Freundschaften mit den Angestellten. Seine Kumpel hatte er auf der Rennbahn und auf dem Gestütshof.

Heute ritt er ohne Umwege nach Hause. Ich kann Mutter nicht warten lassen. Er strich dem Pferd über die Mähne und trieb es zu einer schnelleren Gangart an. Ich muss wissen, wie es um den Vater steht.

Er brachte ›Chianti‹ in den Stall und sah von der Alten Rabenstraße aus die hellerleuchteten Fenster der kleinen Villa an der Ecke. Seltsam, überlegte er, in den letzten Tagen sah alles so düster und hoffnungslos aus, jetzt könnte man denken, Mutter feiert ein Fest. Er durchquerte den Vorgarten und öffnete die Haustür. Plötzlich stand er seiner Schwester gegenüber. »Mensch, Viktoria, wo kommst du denn her?«

Sie umarmte ihn und stellte fest, dass er sich in den vergangenen acht Monaten sehr verändert hatte. »Thomas, du bist ja ein richtiger Mann geworden. Gut siehst du aus.« Sie trat etwas zurück, um ihn besser sehen zu können. »Richtig gut und so erwachsen.«

»Vicki, wie geht es Vater, weißt du irgendetwas?«, fragte er ängstlich und legte den Gehrock ab.

»Nicht viel. Ich war vorhin bei ihm, aber er schlief. Sie sagen, er wird die Nacht überstehen, morgen müssen wir weitersehen.« Müde strich sie sich eine Haarsträhne aus dem Gesicht. Es war so ein langer, sorgenreicher Tag gewesen.

»Mann bin ich froh, dass du da bist«, sagte er erleichtert, »und wie geht es Mutter?«

»Sie sitzt im Salon und studiert die Baupläne für die zweite Etage ihrer Wunschvilla«, nickte sie gelassen, »ihr Traum wird wahr.«

»Das ist gut, das lenkt sie ab. Das Haus wird sehr schön, hast du es gesehen?«

»Nein, es war schon dunkel, als ich hier ankam.«

»Es wird eine große Stadtvilla mit einem spiegelgleichen Nebenhaus.«

»Was ist das denn?«

»Zwei zusammengebaute Häuser, die fast identisch sind, nur eben seitenverkehrt zueinander stehen.«

»Hab ich noch nie gehört.«

»Ist aber modern und in der ganzen Gegend vom Klosterland sehr beliebt.« Thomas nickte bekräftigend und zog seine Reitstiefel aus.

»Interessant. Aber nun komm erst einmal rein und dann erzähle mir von der Firma. Mutter sagte, du hast Schwierigkeiten?«

Thomas brachte den Gehrock zur Garderobe und legte die Reitermütze mit Schirm und Schottenmuster – eine englische Errungenschaft und neuerdings die sportlichste Kopfbedeckung für hanseatische Reiter – ab. »Hunger hab ich aber auch.«

»Komm nur, es steht alles bereit. Aber während des Essens musst du mir alles erzählen.« Viktoria nahm an dem großen, beinahe leeren Tisch Platz.

»Habt ihr schon gegessen?« Er sah sich um und stellte fest, dass nur für zwei Personen gedeckt war.

»Nein, Mutter möchte nichts, aber ich leiste dir Gesellschaft.«

Simone hatte Maishühnchen mit eingekrusteten Kartoffeln gebraten. Dazu gab es Teltower Rübchen und als Nachspeise Reispudding mit Obstlagen. Den jungen Leuten schmeckte es und die Probleme waren für kurze Zeit vergessen. Einmal blickte Viktoria in die Runde und sagte: »Wie klein diese Familie geworden ist.« Dann aßen sie weiter.

Als Babette das Geschirr abgeräumt hatte, erklärte Thomas: »Komm mit in mein Zimmer, da sind wir ungestört. Mutter muss nicht alles erfahren, sie hat Sorgen genug.«

Sie setzten sich in die kleine Ecke mit dem Tisch und den harten Holzstühlen, die Thomas eingerichtet hatte, nachdem das Bett von Michael im Schuppen verstaut worden war. Viktoria sah ihn gespannt an. »Nun rede endlich.«

»Hm, ja, es ist nämlich so, viel weiß ich eigentlich nicht, aber ich spüre, dass da in der Firma etwas vor sich geht, was nicht im Sinne von Vater ist.« Thomas nahm die Krawatte ab und öffnete den steifen Hemdkragen.

»Wieso weißt du nichts Genaues?« Viktoria wurde ungeduldig.

»Man lädt mich nicht zu den Konferenzen ein. Aber so einiges sickert eben doch durch.«

»Aber Thomas, Vater ist doch erst seit wenigen Tagen krank.«

»Er war vorher schon sehr leidend und ich glaube, er hatte die Zügel nicht mehr fest genug in den Händen.«

»Und um was geht es?«

»Ich weiß nicht, ob du schon etwas von der ›Hamburg-Amerikanischen Packetfahrt-Actien-Gesellschaft‹ gehört hast. Sie nennt sich auch ›Hapag‹ und soll demnächst gegründet werden.«

»Natürlich habe ich davon gehört. Ein paar Reedereien schließen sich zusammen und bilden eine Gesellschaft.« Viktoria zuckte mit den Schultern. »Sollen sie doch, man muss abwarten, was dabei heraus kommt.«

»Genau! Aber ich habe den Verdacht, unser Vorstand will da mitmachen. Denen kommt Vaters Erkrankung genau zum richtigen Zeitpunkt, denn Vater hätte nie zugestimmt.«

Viktoria sprang entrüstet auf. »Nie! Er wollte immer ein selbstständiger Kaufmann sein und seine Reederei so betreiben, wie er es für richtig hielt.« Empört lief sie hin und her.

»Genau das ist es.«

»Aber sie können das doch nicht ohne ihn beschließen, die Reederei gehört ihm, ihm ganz allein. Was machen wir denn da?« Sie sah ihn entsetzt an. »Das dürfen wir nicht zulassen, Thomas.«

»Ich weiß! Aber was sollen wir machen? Es muss sofort etwas unternommen werden. Sie meinen, alle Rechte zu besitzen, weil Vater nicht mitreden kann und keinen offiziellen Vertreter eingesetzt hat.«

»Und was ist mit dir? Die Leitung der Firma stünde dir zu.«

»Um Himmels willen«, Thomas war aufgestanden und streckte abwehrend die Hände aus, »ich will keine Firma, ich will meine Freiheit.«

»Das habe ich mir fast gedacht, und wie schnell müssen wir etwas unternehmen?«

»Sofort! Etwa vierzig Hamburger Reeder und Kaufleute wollen demnächst die Verträge unterzeichnen. Alle, die einen guten Namen haben, werden da mitmachen, heißt es.«

»Das ist eine verdammt kurze Zeit, Thomas.«

»Ja, das ist das Problem. Selbst wenn Vater wieder bei Bewusstsein ist, was kann er da machen?«

»Wir brauchen einen Juristen. Welcher Advokat arbeitet für uns?«

Thomas schüttelte den Kopf. »Ich fürchte, den kannst du vergessen, der steckt mit dem Vorstand unter einer Decke. Er ist seit zwei Tagen bei allen Gesprächen dabei.«

»Hm, da könntest du Recht haben. Kennst du jemanden?«

»Nein.«

Viktoria überlegte, dann sah sie auf. »Ich werde einen guten Juristen besorgen, den besten, den es gibt, verlass dich darauf.«

Zweifelnd sah er seine Schwester an. »Und woher willst du den nehmen? Du warst so lange weg, du kennst dich doch hier gar nicht mehr aus.«

»Ich habe ein paar Beziehungen, Brüderchen, lass mich nur machen.« Sie nickte ihm zu. »Könntest du einen Kurier besorgen, einen Nachtkurier?«

»Ich könnte doch selbst ...«, unterbrach er sie, eifrig darum bemüht, seinen guten Willen und seine Hilfsbereitschaft zu zeigen, zumal es sich um Reiterei handelte.

»Nein«, unterbrach sie ihn hastig. »Auf keinen Fall. Mutter bekäme einen Herzanfall vor Sorge, dass dir bei so einem nächtlichen Ritt etwas passiert.«

Auf keinen Fall darf er erfahren, wen sie um Hilfe bitten will, dachte sie und sagte: »Sei so nett und hole einen Kurier, ich schreibe inzwischen einen Brief.«

Als Thomas das Haus verließ, setzte sie sich in das kleine Büro und schrieb:

›Liebste Irmgard, ich brauche Hilfe. Ich muss so schnell wie möglich mit dem besten Advokaten sprechen, den es gibt. Man will mir alles wegnehmen. Es grüßt dich deine Freundin.‹

Keine Anschrift, kein Absender und ein unverfänglicher Text, falls der Brief in falsche Hände geraten sollte. Sie versiegelte den Umschlag mit dem roten Lack, den schon ihr Großvater benutzt hatte, und wartete ungeduldig auf den Kurier.

Als Thomas mit dem Reiter zurückkam, bat sie den Bruder: »Bitte hole Benno, er muss noch einen kleinen Rundgang machen.«

Und während der Bruder im Haus war und den Setter rief, übergab sie dem Kurier den Brief und erklärte: »Dieses Schreiben muss so schnell wie möglich in die Villa der Reederei Brennicke an der Elbchaussee. Sie dürfen den Brief nur an Frau Irmgard Brennicke persönlich übergeben. Sollte das Schwierigkeiten bereiten, bringen Sie ihn ungeöffnet zu mir zurück.« Sie gab dem Mann zehn Courantmark, ein reichliches Geld für einen nächtlichen Botendienst, und sah ihm nach, bis er in die Dunkelheit eingetaucht war.

Am nächsten Morgen gleich nach dem Frühstück wollten Annette und Viktoria ins Krankenhaus fahren. Sie wussten zwar, dass Besuche erst am Nachmittag erlaubt waren, aber die Unruhe und die Ungewissheit ließen sie nicht zögern, um nach einer Gelegenheit zu suchen, wenigstens mit den Ärzten zu sprechen.

Annette bat Thomas, die Kutsche für zehn Uhr zu bestellen und Viktoria, sich mit der Garderobe zu beeilen.

Viktoria wollte zwar unbedingt ins Krankenhaus, um zu erfahren, wie es dem Vater ging. Sie traute der Mutter nicht zu, energisch genug mit den Ärzten zu reden und sich wirklich durchzusetzen, wenn man ihr den Eintritt versagte. Sie wollte aber auch den Kurier treffen, den Irmgard mit Sicherheit schicken würde. Deshalb trödelte sie mit Absicht herum, probierte so lange die verschiedensten Kleider an, bis die Mutter erklärte: »Wenn du jetzt nicht kommst, fahre ich allein.« Viktoria entschloss sich schließlich für ein graues Kostüm mit einer altrosa Bluse und passendem Hut. Verblüfft sah die Mutter ihre elegante Tochter an, die keinerlei Ähnlichkeit mehr mit dem ungeschliffenen Schulmädchen hatte, das vor vielen Monaten ausgerissen war.

»Woher hast du diese teure Kleidung, Viktoria? Ich habe mich gestern Abend schon über den großen Reisekoffer gewundert, der hier abgegeben wurde.« Prüfend befühlte sie den Kostümstoff. »Eine erstklassige Ware und ganz bestimmt sehr kostspielig.«

»Mutter, ich habe gearbeitet und ich habe Geld verdient«, erklärte Viktoria selbstbewusst und streifte die langen Handschuhe über, die genau zur Bluse passten.

»Du hast gearbeitet?« Annette war entsetzt. »Was hast du gearbeitet und wo?«

»Ich habe in einer anderen Stadt in einer Reederei gearbeitet und Geschäftsleitung gelernt und außerdem hatte ich privaten Schulunterricht. Du siehst, ich war recht fleißig.«

»Willst du mir nicht endlich sagen, wo du warst?«

»Nein, Mutter, ich habe versprochen, nicht darüber zu reden und ich halte mein Versprechen.« Viktoria sah gelassen in den Spiegel und setzte den altrosa Hut mit dem kleinen Schleier auf.

»Kind, ich bin sehr enttäuscht, dass du mir nicht vertraust.«

»Und ich war sehr enttäuscht, Mutter, dass du mir damals

nicht geholfen hast. Aber ich habe dir verziehen und nun wollen wir nicht mehr darüber sprechen.«

»Das ist eine schlechte Grundlage für unsere Zukunft, Viktoria.«

»Wir gewöhnen uns daran, Mutter, ich will keine Entfremdung, ich will aber auch keine Einmischung. Und nun komm, die Kutsche ist vorgefahren.«

»Du bist nicht volljährig, vergiss das nicht«, versuchte Annette noch einmal, elterliche Macht zu demonstrieren.

»Mutter, in dem Augenblick, in dem ich hier nicht mehr frei über mein Leben verfügen kann, bin ich wieder fort. Ich bitte dich, immer daran zu denken. Ich werde mich niemals einer Tradition oder einer Anweisung unterwerfen, die ich nicht für richtig halte. Ich habe meine eigenen Pläne und die werde ich verwirklichen. Ich hoffe, ich habe mich klar ausgedrückt.«

»Ja, das hast du, obwohl ich dich überhaupt nicht verstehe.«

»Begleite mich, Mutter, aber lass mich in Ruhe. Wir brauchen darüber nicht mehr zu sprechen.«

Die Pferde stampften ungeduldig mit den Hufen. Ein warmer Frühsommertag lag über dem Land. Kastanien und Goldregen, Rhododendron und Azaleen, Weißdorn und Flieder in allen Schattierungen zeigten in Gärten und Parkanlagen ihre letzten Blüten.

Annette bat den Kutscher langsam zu fahren. Sie wollte die Fahrt genießen, sie wollte aber auch gesehen werden. Alle sollten wissen, dass ihre hübsche Tochter wieder zu Hause war. Sie wusste, so etwas sprach sich in dieser Stadt und in ihren Kreisen schnell herum, und sie konnte am Nachmittag schon mit den ersten Besuchen von Bekannten rechnen. Hatte die Krankheit ihres Mannes sie alle davon abgehalten, bei ihr vorbeizuschauen, die Rückkehr ihrer geheimnisumwitterten Tochter würde sie wieder in ihr Haus bringen.

»Wie heißt der Arzt, der den Vater behandelt?«

»Es sind verschiedene Ärzte. Jedes Mal war ein anderer dort, wenn ich den Vater besuchen wollte. Sie waren alle so ungeduldig, dabei weiß ich genau, dass Vater vor gar nicht langer Zeit Geld für den Ausbau eines Operationssaales gespendet hat.«

Sie hatten die Krankenhauszufahrt erreicht. »Dann werden wir jetzt nach dem Chefarzt fragen.«

»Der war leider nie zu sprechen.«

»Wir müssen es versuchen. Komm, ich helfe dir.« Sie reichte ihrer Mutter die Hand und stützte sie, bis sie festen Boden unter den Füßen hatte. Dann zog sie ihre Kostümjacke zurecht, richtete ihren Hut, zog den Schleier über den Rand und nahm ihr rosa Täschchen auf. Sie wusste, wie viel von der äußeren Erscheinung und von einem sicheren Auftreten abhing, das hatte sie von Irmgard Brennicke als Erstes gelernt. ›Lass nie spüren, dass du unsicher bist‹, hatte sie immer wieder gesagt, ›zeige nie, dass du Angst hast oder enttäuscht bist, du musst immer über den Dingen stehen. Menschen sind eben auch nur Menschen, vergiss das niemals.‹

Dankbar dachte sie an die mütterliche Freundin, die aus dem Schulmädchen eine respektable, selbstbewusste junge Frau gemacht hatte.

In der Eingangshalle putzten Frauen mit scharf riechenden Desinfektionsmitteln die Fliesen und wedelten mit Federbüschen den Staub von den Grünpflanzen. Annette und Viktoria hoben die Röcke an, um nicht mit dem nassen Boden in Verbindung zu geraten und sahen sich nach einer Pflegerin um, die ihnen weiterhelfen konnte.

Endlich kam eine Schwester. »Meine Damen, wir haben noch keine Besuchszeit. Es tut mir Leid, aber ich muss Sie bitten, am Nachmittag wieder zu kommen.«

»Wir haben nicht vor, einen Kranken zu besuchen. Wie heißt der Leiter dieses Hauses?« Viktoria ließ sich nicht beirren und trat der Schwester selbstsicher entgegen.

»Doktor Wedel ist hier der Chefarzt. Haben Sie einen Termin?«

»Nein, aber es handelt sich um einen Notfall.«

»Ich glaube nicht, dass Doktor Wedel zu sprechen ist.«

»Versuchen Sie es. Wo können wir warten? Hier stinkt es zu sehr, unsere Kleider nehmen diesen Geruch an und das ist sehr unangenehm.«

Die Schwester, die sehr wohl gemerkt hatte, dass sie es mit zwei resoluten Damen zu tun hat, die sich nicht abwimmeln ließen, bat sie, ihr zu folgen und führte sie in einen kleinen Warteraum am Ende eines langes Flures. »Darf ich um Ihren Namen bitten?«

»Erwähnen Sie den Namen ›Reederei Stelling‹, wir sind nicht ganz unbekannt in der Stadt.«

Nach einiger Zeit erschien die Schwester wieder. »Bitte kommen Sie.«

Sie führte die beiden Frauen in ein im englischen Stil eingerichtetes Herrenzimmer mit dunklen Möbeln, schweren Ledersesseln und Regalen voller Folianten. Hinter einem schweren, mit grünem Leder bezogenen Schreibtisch erhob sich ein kleiner Mann mit Brille, der trotz der Augengläser blinzelte, weil er noch immer schlecht sah.

»Meine Damen, ich bin Doktor Wedel, mit wem habe ich die Ehre?«

Viktoria, die das Getue albern fand, denn sie hatte ja den Namen schon gesagt, stellte dennoch höflich ihre Mutter und sich selbst vor und fügte sofort hinzu: »Wir möchten uns nach dem Ergehen meines Vaters, Johannes Stelling, erkundigen.«

Nachdem der Arzt zweimal die kleine Nickelbrille zurechtgerückt hatte, griff er nach einem dünnen Aktenordner und blätterte bedächtig darin herum. »Wir haben es mit einem schwerkranken Patienten zu tun, meine Damen. Wir hoffen, er wird sich langsam erholen, aber wir müssen viel Geduld haben.«

»Wie hat er die Nacht überstanden? Wie geht es ihm ganz konkret heute Morgen?« Viktoria wurde unruhig, dieses Hin und Her passte ihr nicht. Sie wollte eine vernünftige Auskunft und kein Wenn und Aber.

»Wir müssen Geduld haben, meine verehrten Damen. Der Herr Gemahl, Ihr Herr Vater, hatte eine ruhige Nacht. Er hat mit Hilfe von Beruhigungsmitteln geschlafen. Er ist heute in Abständen bei Bewusstsein.«

»Kann man mit ihm sprechen? Versteht er uns, erkennt er uns überhaupt?« Viktoria war erleichtert und besorgt zugleich.

»Das können wir leider nicht beurteilen. Er wirkt sehr apathisch, das ist in seinem Zustand normal. Sie müssen das selbst herausfinden, wenn Sie mit ihm sprechen.«

»Könnten wir ihn kurz besuchen?«

»Eigentlich haben wir jetzt keine Besuchszeit.«

Er muss den Chef herauskehren, dachte Viktoria und richtete sich zu ihrer ganzen, schlanken Größe auf, wobei sie den Arzt um Haupteslänge überragte. Ganz kurz sagte sie deshalb: »Ja oder nein?«

»Wir werden eine Ausnahme machen. Der Herr Stelling ist ein sehr wohltätiger Mann in dieser Stadt und seine Spenden haben auch uns schon erreicht. Kommen Sie bitte.«

Er stand auf und die beiden Frauen folgten dem kleinen Mann, der sich von einer Schwester einen weißen Kittel reichen ließ.

Dann öffnete er die Tür des Krankenzimmers, flüsterte: »Bitte, meine Damen, aber es darf nur ein kurzer Besuch sein«, und zog sich zurück.

Der leichenblasse Mann mit den dunklen Augenringen und den geschlossenen Lidern war kein angenehmer Anblick. Annette warf sich schluchzend über das Bett und Viktoria hatte alle Mühe, sie fortzuziehen. »Bitte, Mutter, du tust ihm vielleicht weh. Komm, setz dich hier hin.« Eilig holte sie einen Stuhl und rückte ihn neben das Bett. Dann nahm sie die kalte Hand des Kranken, beugte sich zu ihm hinunter und fragte leise: »Kannst du uns hören, Vater? Weißt du, wer wir sind?« Aber sie fragte vergeblich.

Sehr bedrückt fuhren die beiden Frauen zurück. Viktoria sah nichts mehr von der Blütenpracht in Parks und Gärten, sie sah immer nur das gequälte Gesicht ihres Vaters vor sich, der einmal kurz die Augen geöffnet hatte, aber niemanden erkannte.

»Möchtest du mitkommen? Ich werde mir noch die Baustelle ansehen, das bringt mich auf andere Gedanken«, fragte Annette und tupfte sich mit einem Spitzentüchlein letzte Tränen aus den Augen.

»Nein, Mutter, ich muss zurück und dann werde ich weiter ins Kontor fahren. Thomas möchte wissen, wie es um den Vater steht.«

»Der arme Junge. Ich glaube, er ist sehr unglücklich im Geschäft und er hat viele Schwierigkeiten. Aber er versucht, die Lehrzeit durchzuhalten. Was soll bloß aus der Firma werden, Viktoria?«

»Wir müssen abwarten, Mutter. Vor allem müssen wir dafür sorgen, dass sie in Vaters Sinne weitergeführt wird.«

»Wir haben doch gute Mitarbeiter, Kind, sie werden sich doch Mühe geben, oder?«

»Wir müssen aufpassen, dass sie nicht zu selbstständig werden, Vater hat keinen offiziellen Vertreter benannt.«

»O, da brauchst du dir keine Sorgen zu machen, es sind alles langjährige Angestellte, fast Freunde, möchte ich sagen.«

»Natürlich, trotzdem muss man ein wachsames Auge haben.«

»Hat Thomas sich beklagt?«

»Nur darüber, dass sie ihn nicht an den Konferenzen teilnehmen lassen.«

»Das muss man verstehen. Er hat doch erst kürzlich mit der Ausbildung angefangen.«

Sie hatten den Mittelweg erreicht. Überall wurde gebaut. Erstaunt sah sich Viktoria um. »Das geht ja mächtig vorwärts hier.«

»Ja, aber es gibt strenge Vorschriften, man will auf jeden Fall den ländlichen Charakter erhalten.«

»Und was bedeutet das?«

»Es dürfen nur villenartige Einfamilienhäuser mit Vor- und Hintergärten gebaut werden. Sie können aber zu zweit oder in Reihen aneinander gebaut werden.«

»Wirkt das nicht langweilig, Mutter, wenn sie alle nebeneinander stehen?«

»Nein, die Eigentümer können sie verzieren, wie sie wollen, und auch die Farbe kann unterschiedlich sein.«

»Und wie wird unser Haus aussehen, wenn es fertig ist?«

»Einfach wunderbar«, strahlte Annette und für einen Augenblick hatte sie die Sorge um ihren Mann vergessen. »Ich habe den besten Architekten der Stadt, einen Engländer, und er plant das Haus genauso, wie ich es möchte. Schlicht, ohne Schnickschnack. In der Einfachheit wird sich die Eleganz zeigen.«

»Ich freue mich, Mutter, dass dein Traum endlich in Erfüllung geht.«

»Früher wollte ich ja gern an die Elbchaussee, aber wenn ich überlege, was für ein weiter Weg damit verbunden ist, in die Stadt zu fahren, dann ist mir der Mittelweg sehr viel lieber. Weißt du, die Stadt wird so schön, man kann dort wunderbar flanieren und einkaufen, sich mit Freundinnen treffen und Theater besuchen, das alles wäre sehr viel umständlicher, wenn man erst einen weiten Weg zurücklegen muss.«

Viktoria hörte interessiert zu. Sie lernte viel über ihre Mutter auf dieser Fahrt. Amüsement und Unterhaltung standen ganz oben auf der Wunschliste, und die Sehnsucht, das Leben zu genießen. Warum auch nicht, dachte sie. Mutter hat auch schwere Zeiten erleben müssen, sie soll ihren Spaß haben, wenn es möglich ist.

Sie hatten das Baugelände erreicht und Annette zeigte auf die Gerüste, an denen die Mauern hochgezogen wurden. »Ich werde hier aussteigen und mich noch ein bisschen umsehen.«

»Und wie kommst du nach Hause, wenn ich mit der Kutsche weiterfahre?«

»Ich werde noch ein paar kleine Delikatessen im Feinkostgeschäft Jacob einkaufen und dann gemütlich nach Hause schlendern. Es ist ja nicht weit, und die Bewegung wird mir gut tun.«

Viktoria half der Mutter beim Aussteigen, verabschiedete sich mit einem Kuss auf die Wange und ließ den Kutscher weiterfahren. Zu Hause suchte sie als erstes Babette.

»Ist ein Bote für mich hier gewesen?«

»Ich habe einen Brief für dich.«

Viktoria nahm den Umschlag und riss ihn ungeduldig auf. Irmgard hatte ihr geschrieben. Sie wusste, auf die Freundin war Verlass, und ging mit dem Schreiben in das kleine Büro, das sie in Zukunft zu benutzen gedachte.

›Meine liebe kleine Freundin, lass dir nichts gefallen. Suche Doktor Hermann Ganzow auf, er ist ein Jurist meines Vertrauens und er weiß Bescheid. Die Kanzlei befindet sich im Heine-Haus am Jungfernstieg. In treuer Freundschaft, I.‹

Viktoria fuhr sofort weiter. Sie nannte dem Kutscher die Adresse und bat ihn, auf sie zu warten, um später zum Kontorhaus zu fahren. Dann öffnete sie die schwere Haustür und betrat den dunklen, leicht muffig riechenden Flur. Eine Messingtafel zeigte ihr, dass sie in den zweiten Stock gehen musste. Sie raffte ihren langen Rock zusammen und stieg die steilen Stufen hinauf.

Leicht atemlos betätigte sie den Klingelzug an der Bürotür mit dem Namen Ganzow. Eine Frau öffnete und bat sie herein, nachdem sie ihren Namen genannt hatte.

Hermann Ganzow war ein älterer Mann mit Backenbart und Brille, der sie höflich begrüßte und in sein Zimmer bat. Viktoria war entzückt von dem Blick aus den beiden Fenstern.

»Von hier oben sieht die Binnenalster wunderschön aus, und die vielen Boote, ein beneidenswertes Büro, Doktor Ganzow.«

»Ich freue mich, dass es Ihnen gefällt, bitte nehmen Sie Platz.«

»Danke.« Viktoria setzte sich und sah den Advokaten fragend an. »Sie wissen, weshalb ich hier bin?«

»Es geht um einen Besitz, den man Ihnen fortnehmen will.«

»Es geht um die Reederei Stelling und um das Handelsunternehmen. Mein Vater ist schwer erkrankt und mein Bruder hat die Befürchtung, dass die Geschäftsführer den Zusammenschluss der Firma mit anderen Unternehmen zu einer großen Gesellschaft planen. Das wäre gegen den Willen unseres Vaters, der immer ein selbstständiger Reeder sein wollte.« Sie erzählte ihm vom Zustand des Vaters, von den Beobachtungen des Bruders, von der Abwesenheit älterer Geschwister und davon, dass sie die einzige sei, die sich für die Firma interessiere und sie eines Tages übernehmen wolle.

»Ich habe eine entsprechende Ausbildung fast abgeschlossen, aber ich bin nicht volljährig und ich habe nicht die Erlaubnis meines Vaters, in dem Unternehmen zu arbeiten. Er lehnt eine berufstätige Frau ab.«

Hermann Ganzow hatte zugehört, ohne sie zu unterbrechen. Nur einige Notizen hatte er sich gemacht.

»Mit welchen Befugnissen arbeiten die Direktoren in der Firma?«

»Einzelheiten sind mir nicht bekannt, aber mein Vater hat ihnen vertraut.«

»Und Ihr Bruder? Erhebt er keine Ansprüche auf die Leitung? Er ist doch älter als Sie und arbeitet bereits in dem Unternehmen.«

»Unser Vater hat ihn dazu gezwungen, aber er will Landwirt werden und Pferde züchten. Er ist bald volljährig und wird spätestens dann den Betrieb verlassen.«

»Schwierige Verhältnisse, Fräulein Stelling, wirklich schwierig. Aber wir werden eine Lösung finden.«

»Sie sehen eine Möglichkeit?«

»Sie müssten volljährig sein, oder besser gesagt, Sie müssen für volljährig erklärt werden.«

»Kann man das?«

»Unter Umständen ist es möglich. Ihre Mutter würde Sie unterstützen?«

»Ich denke schon.«

»Dann müssten wir Ihren Herrn Vater krankheitsbedingt einige Zeit für unmündig erklären lassen, einen Vormund für Sie suchen, der ganz offiziell für Sie bürgt, und beim Gericht einen Antrag stellen.«

»Meinen Vater für unmündig erklären, das hört sich ja furchtbar an. Ich weiß nicht, ob meine Mutter dafür ihre Zustimmung gibt.«

»Sie müssen es versuchen. Und betonen Sie, dass es nur für einige Zeit ist.«

»Gut, ich werde sie überzeugen. Wie lange wird das dauern, es hört sich schrecklich umständlich an.«

»Ich habe da ein paar Beziehungen, das ist nicht so schlimm, aber wer könnte Ihr Vormund und Bürge sein? Das ist eine risikoreiche Aufgabe. Bei falschen Entscheidungen muss der Bürge für Schäden eingestehen.«

»Ich denke an Irmgard Brennicke, sie würde das für mich tun.«

»Dann wollen wir sofort mit der Arbeit anfangen.«

Nachdem der Anwalt Anschrift und persönliche Daten notiert hatte, verabschiedete sich Viktoria. Sie war sehr unsicher und wusste nicht, ob es richtig war, was sie da tat. Aber sie sah keinen anderen Ausweg, wollte sie die Firma behalten und diesen Zusammenschluss verhindern. Müde und gedankenvoll bestieg sie die Kutsche und ließ sich zum Kontorhaus bringen. Die kurze Fahrt tat ihr gut. Sie sah sich neugierig um und stellte fest, dass Hamburg die Verwüstungen der Brandkatastrophe langsam überwand.

Im Dovenfleet angekommen, bat sie den Kutscher, die Pferde auszuspannen und im Stall unterzustellen, da sie eine längere Besprechung hätte. Sie war zum ersten Mal in diesem neuen Haus und es gefiel ihr sehr gut. Die Eingangshalle sah elegant und modern aus, große Fenster ließen Licht und Luft herein und den Mief alter Kontorhäuser suchte man vergebens. Hinter einem Pult saß Heinz Kramer, der alte Lagerverwalter, der bei dem Feuer beinahe umgekommen wäre. Johannes Stelling hatte sein Wort gehalten und ihm eine neue, leichtere Arbeit gegeben. Jetzt war er hier am Empfang und kontrollierte die Besucher und Angestellten.

Viktoria kannte den alten Mann gut und begrüßte ihn sehr herzlich.

»Wie geht es Ihnen, Herr Kramer?«

»Gut, Fräulein Viktoria, ich hätte Sie beinahe nicht erkannt. Haben Sie Ihren Herrn Vater besucht? Wie geht es dem Chef?«

»Nicht sehr gut, Herr Kramer, aber wir hoffen, dass er bald wieder gesund sein wird. Können Sie mir sagen, wo ich meinen Bruder finde?«

»Er ist im Großbüro im ersten Stock. Wenn Sie oben immer geradeaus gehen, laufen Sie direkt auf die Tür zu.«

»Danke.«

Viktoria ging nach oben und von Stufe zu Stufe wuchs ihr Selbstbewusstsein wieder. Das alles gehört uns und keiner wird es wegnehmen, dachte sie und ließ die Hand über das glänzende Holz des Treppengeländers gleiten. Sie sah die hübschen Bilder an, die klein und kostbar die Wände schmückten und alle Schiffe zeigten, die der Reederei gehörten: Clipper, Schoner, Frachter, Zweimaster, Dreimaster und, der ganze Stolz der Firma, fünf Viermaster mit turmhoher Takelage und über hundert Metern Länge. Dann war sie oben, ging den Flur entlang und öffnete die Bürotür.

Groß und stolz stand sie da und sah durch den Raum. Dann kam ein Angestellter auf sie zu. »Sie wünschen?«

»Ich bin Viktoria Stelling. Wo finde ich meinen Bruder?« Inzwischen hatten alle ihre Anwesenheit bemerkt. Ein Tuscheln ging durch den Raum. Die Männer richteten sich auf, sahen sie neugierig an und überlegten wohl, was eine junge Frau in ihrem Büro zu suchen hatte. Viktoria richtete sich auf und sagte: »Bitte, lassen Sie sich nicht stören.« Dann winkte sie Thomas zu sich und fragte laut und für alle verständlich: »Wo kann man hier ungestört sprechen?« Damit verwies sie die Angestellten ganz bewusst in ihre Schranken und verließ zusammen mit dem Bruder das Kontor.

»Donnerwetter, Schwesterchen, welch ein Auftritt«, flüsterte Thomas und zeigte auf eine Tür. »Dort sind wir allein.«

»Was ist das?«

»Ein kleines Zimmer für Besucher. Aber jetzt ist niemand drinnen.«

»Nein, Thomas. Zeig mir Vaters Büro. Das ist der Ort, in dem wir uns in Zukunft aufhalten werden.«

»Aber …«

»Kein ›aber‹. Wir sind die Stellings, uns steht das zu. Daran sollen sich die Herren Direktoren und Geschäftsführer lieber gleich gewöhnen. Gibt es auch eine Sekretärin, die für Vater gearbeitet hat?«

»Sie sitzt jetzt in einem anderen Vorzimmer.«

»Dann geh hin und sage ihr, wir wünschen Tee zu trinken, und zwar umgehend.«

Thomas sah sie verblüfft an. »Du gehst ja ganz schön ran.«

»Man muss gleich richtig anfangen, später ist es sehr viel schwieriger, sich durchzusetzen.«

Als Thomas zurückkam, grinste er über das ganze Gesicht. »Die haben vielleicht geschaut.«

»Das ist gut so. Immer den Kopf hoch, Thomas, und zeigen, wer man ist. Dann kommt man auch weiter.«

»Hast du das in dieser anderen Reederei gelernt?«

»Das und noch viel mehr.«

»Nun erzähle erst mal, wie geht es Vater?«

»Leicht besser, er wird wieder gesund werden, aber es kann lange dauern. Er war ganz kurz bei Bewusstsein, aber erkannt hat er uns nicht. Mutter habe ich bei ihrem Hausbau gelassen. Ich selbst habe einen Advokaten aufgesucht, der mir empfohlen wurde.«

»Und was sagt der?«

»Einer von uns muss die Firma offiziell übernehmen.«

Thomas streckte abwehrend die Hände aus. »Aber ich doch nicht, Viktoria.«

»Das weiß ich, deshalb wird das meine Aufgabe werden.«

»Und wie soll das in der Praxis aussehen?«

»Ich muss volljährig sein. Ich brauche neben der Mutter einen Vormund und dann kann man den Antrag stellen.«

»Und Vater?«

»Mit ihm können wir nicht rechnen, deshalb der Vormund.«

»Und wie ich dich kenne, weißt du auch schon, wer das sein könnte?«

»Ja, Thomas.«

Die Sekretärin klopfte und trat ein. Unwirsch blickte sie sich um. Viktoria sah ihr an, dass es ihr nicht recht war, zwei junge Leute im Büro ihres Chefs zu sehen, die es sich in den Besuchersesseln bequem gemacht und sie zum Teekochen beorderten hatten. Sie stellte das Tablett auf einen Beistelltisch und sagte: »Darf ich darauf hinweisen …«

»Nein«, unterbrach Viktoria, »Sie brauchen auf nichts hinzuweisen. Bis zur Rückkehr meines Vaters übernehme ich dieses Büro. Wenn Sie für mich arbeiten wollen, ist das in Ordnung, wenn nicht, müssen Sie sich um einen anderen Posten in einer anderen Firma bemühen. Morgen früh um zehn Uhr möchte ich die Herren Geschäftsführer hier sprechen. Bitte geben Sie das weiter. Danke, das war's.«

Empört, aber auch beeindruckt verließ die junge Frau das Büro. Thomas sah seine Schwester an. »Und du denkst, das klappt?«

»Es muss, Thomas, sonst habe ich verloren, bevor ich angefangen habe. Und du musst mir helfen. Ab sofort arbeiten wir zusammen.«

»Und wie soll das gehen?«

»Du bist lange genug hier, um Einblick in die Geschäfte zu haben. Du kennst die einzelnen Leute und welche Aufgaben sie haben. Du weißt, welche Schiffe unterwegs sind, welche Aufträge wir haben, welche Einnahmen, was in den Speichern lagert und welche Pläne Vater hatte. Das alles muss ich wissen, am besten morgen vor zehn Uhr.«

»Du bist verrückt, Viktoria, wie soll ich das denn schaffen?«

»Ach, Brüderchen, gar nicht, das weiß ich doch. Aber anfangen könnten wir doch schon mal. Geh und hole zunächst die Auftragsbücher, damit ich einen Überblick bekomme.«

»Jetzt?«

»Ja freilich.«

»Und wenn man sie mir nicht gibt? Vergiss nicht, ich bin hier nur ein kleiner Anfänger, der nichts zu sagen hat.«

»Du bist Vaters Sohn, also los.«

Und während Thomas in die verschiedenen Büros lief, zog Viktoria ihre Jacke aus, legte Hut und Handschuhe ab, krempelte die Ärmel ihrer Seidenbluse auf und setzte sich hinter den Schreibtisch. Als sie merkte, dass sie nicht groß genug für den mächtigen Stuhl war, auf dem der Vater sonst saß, holte sie sich zwei dicke Bücher aus dem Regal und legte sie auf den Sitz. Morgen muss ich mir etwas einfallen lassen, dachte sie, es geht natürlich nicht, dass die zukünftige Chefin auf alten Folianten hockt, während sie mit ihren Angestellten spricht.

Der Signalturm auf den Navesink Highlands, fünfundsiebzig Meter über der tückischen Landzunge von Sandy Hook nahe der Einfahrt in den Hafen von New York, war das letzte, was Jens Brennicke von Amerika sah. Das Meer schob weiße Schaumkronen vor sich her, die ein frischer Wind aus Südwest von der Küste weg trieb.

Jens blickte hinauf zu den riesigen Mengen von Segeltuch, die sich himmelwärts über ihm bauschten, und spürte mit der Begeisterung eines echten Hanseaten, wie ruhig der Clipper im Wasser lag. Während andere Schiffe bei Seegang den Bug hoben und senkten, glitt dieses Schiff mit Windeseile durch die Wellen und lediglich weißer Schaum kräuselte sich rechts und links vom Rumpf. Jens beglückwünschte sich zu dieser Fahrt mit der amerikanischen ›Seagull‹, die eine Ladung Virginia-Tabak nach Hamburg brachte. Er wollte den Vater überzeugen, diese schnellen Schiffe für den Teehandel mit China einzusetzen, um die empfindliche Ernte so rasch wie möglich zu transportieren. Die langen, schlanken Clipper mit ihren messerscharf geschnittenen Steven trugen die höchsten Masten und größere Segel als jedes andere Schiff.

Jens ging an der Reling entlang nach vorn. Ein letzter Blick zurück auf ein Land, in dem er ein ganzes Jahr gelebt und gearbeitet hatte, genügte. Jetzt wollte er nach vorn sehen und vom Bug aus, wo eine Möwe als Galionsfigur mit aggressiv aufgerissenem Schnabel die Luft zu zerbeißen schien, in die Zukunft schauen. Er freute sich auf die Heimat. Er kam mit großen Plänen und vielen Träumen zurück, denn er hatte erkannt, wie fortschrittlich der Schiffsbau in Amerika war, wie einfallsreich Transportfragen, Passagierwünsche und Lagerkapazitäten in diesem modernen Land behandelt wurden.

Jens verließ das Deck und ging hinunter in das Herrenzimmer, das längs im Achterschiff lag und mit jedem Rauchsalon an Land konkurrieren konnte. Mahagonigetäfelte Wände, die Decke und der Boden ebenfalls mit diesem wertvollen Holz verkleidet, mit Samt und goldenen Bordüren bezogene und verzierte Sessel und Kanapees, Petroleumlampen aus weißem, geschliffenem Glas in Messinghaltern, das alles entsprach den Erwartungen, die ein begüterter Mann an einen ›Erster-Klasse-Salon‹ stellen durfte.

Einige Herren lehnten in den bequemen Sesseln, rauchten Zigarren aus Cuba und ließen sich kalifornischen Wein servieren. Es ist unglaublich, wie weit der Handel fortgeschritten ist, dachte Jens. Er sah sich um und stellte fest, dass selbst das Obst in den Schalen tropischer Herkunft war. Das alles verdanken wir der Schifffahrt, schnellen Schiffen wie diesem Clipper, die unsere Waren in unvorstellbarer Geschwindigkeit über die Meere tragen. Daran teilzuhaben, überlegte er, wäre mein größter Traum. Ich muss zwar den stoischen Vater davon überzeugen, aber dann wird es bald nur noch diese schnellen Clipper in unserer Reederei geben.

Er setzte sich zu den anderen Passagieren, sah durch die große Glasscheibe hinüber in den Damensalon, wo einige

Frauen, korrekt mit Hauben und langen Roben bekleidet, an Tischchen saßen und bei Kaffee und Kakao sich selbst oder sorgfältig arrangierte Blumengebinde auf handgeschnitzten Konsolen in einer verspiegelten Wand bewunderten.

Jens dachte zurück an die abenteuerliche Hinfahrt nach Amerika, bei der Passagiere neben der Fracht eigentlich nur geduldet waren und eine starke Leidensfähigkeit mitbringen mussten, um die Reise in einem Lattenverschlag, der ein Bett sein sollte, zu überstehen. Er musste sein eigenes Bettzeug und sein eigenes Essgeschirr mitbringen, litt unter Wassermangel, schlechtem Essen und dem rüden Ton, der an Bord herrschte.

Kaum zu glauben, dass dies erst ein gutes Jahr her ist, dachte er. Aber damals war es eben kein amerikanisches Schiff und von Luxus für Passagiere hatten die europäischen Reeder anscheinend noch nichts gehört. Oder aber, was noch schlimmer war, sie ignorierten die Wünsche von zahlenden Gästen zu Gunsten wertvoller Frachten, die nicht so betreuungsintensiv waren wie Menschen.

Das muss sich ändern, nahm Jens sich vor und machte sich, wie es seine Art war, sogleich Notizen. Zum Abschied hatte ihm seine Mutter ein kleines Taschenbuch mit goldgeränderten Seiten geschenkt, in dem er sich notieren sollte, was ihm gefiel und wo es Kritiken gab. Nun waren die Seiten eng beschrieben und sein Kopf steckte voller Ideen. Private Wünsche, wie etwa der Gedanke an Patrizia Stelling, kamen in seinem gegenwärtigen Leben nicht mehr vor.

Er freute sich auf zu Hause, auf seine Eltern, auf seinen Hengst, auf das schöne Haus und auf die Arbeit. O ja, er würde die Ärmel hochkrempeln und seine Ideen verwirklichen. Er ging auf die dreißig zu und es wurde höchste Zeit, dass der Vater ihm Selbstständigkeit und Kompetenzen zubilligte. Er liebte seinen Vater, daran gab es keinen Zweifel und er bewunderte ihn wegen seiner Weitsicht und sogar wegen seines unberechenbaren Temperaments und den oft überraschenden Entscheidungen. Aber er lehnte ihn auch ab, wenn er seine jähzornigen Anfälle bekam und herrisch, dickköpfig und uneinsichtig wurde. Ein schwieriger Mann, dachte er, wie hat Mutter das nur ausgehalten in all den Jahren?

Auf die Mutter freute er sich am meisten, nicht etwa, weil sie ihn verwöhnte, in Schutz nahm oder gar mit Liebe überschüttete. Im Gegenteil, sie war ihm gegenüber eine zurückhaltende, reservierte Frau, die genau wusste, dass er sich gegen den dominierenden Vater allein durchsetzen musste, aber, und das war das Wunderbare an ihr, sie war immer für ihn da. Mit ihr konnte er offen reden, sie gab vernünftige Ratschläge, sie tröstete nicht, wenn etwas schief gegangen war, sie machte Mut und sie hatte ihn zu dem gemacht, der er jetzt war, ein offener, ehrlicher, fleißiger Mann, der gelernt hatte, seine Rechte durchzusetzen.

Jens lächelte. Welch eine Auseinandersetzung mit der eigenen Person. Nur gut, dass ich nicht eitel bin. Ob sie ihn abholte, ob sie am Kai stand und winkte? Mit Sicherheit wusste die Reederei, wann die ›Seagull‹ einlief und dass er mit diesem Schiff kam, hatte er ihr schon vor Wochen geschrieben.

Jens Brennicke hatte sich nicht geirrt. Als der Clipper Neumühlen passierte und in den Altonaer Westkai einlief, sah er sie in ihrer Kutsche auf ihn warten. Hochaufgerichtet saß sie auf dem äußersten Rand des Polsters und hielt ihren kleinen Schirm kerzengerade in die Luft. Typisch Mama, dachte er, immer korrekt vom Scheitel bis zur Sonnenschirmspitze. Er lächelte und winkte. Und tatsächlich, sie winkte zurück. Sie freut sich, dachte er, und sie zeigt es.

Er befahl zwei Matrosen, sein Gepäck zur Kutsche zu bringen und lief die Gangway hinunter. »Hallo, Mutter, ich wusste, dass du da bist.«

Sie lachte. »Du wusstest das? Woher?«

»Intuition, Gedankenübertragung, nenn es, wie du willst.

Ich glaube einfach, dich hat die pure Wiedersehensfreude hergetrieben.«

»Womit du Recht hast.« Sie beugte sich vor und er durfte ihre Wangen küssen. »Sag mal, wie viel Gepäck hast du denn mitgebracht? Das können wir doch kaum in der Kutsche unterbringen.«

Jens sah sich um, dann zeigte er den Seeleuten, wie sie die Kisten stapeln sollten. »Aber Vorsicht, meine Herren, das sind zerbrechliche Geschenke. Sie haben die Seefahrt überstanden und sie sollen auch die Kutschfahrt überstehen.«

Vergnügt zwinkerte er der Mutter zu. »Lass dich überraschen, Mama, du wirst dich freuen.« Er gab den Matrosen ihren Lohn und die Kutsche setzte sich in Bewegung.

»Wie geht es Vater«, fragte er und sah sich um. »Ich habe natürlich nicht erwartet, dass er mich am Kai begrüßt, aber gewünscht hätte ich es schon, immerhin war ich sehr lange fort.«

Irmgard legte ihm die Hand auf den Arm. »Er lässt dich herzlich grüßen, aber er musste gestern nach Lübeck und wird erst in drei Tagen zurückkommen. Wir können also erst einmal unser Wiedersehen allein genießen.«

»Wie geht es der Firma?«

»So weit ich orientiert bin, steht alles zum Besten.«

Jens sah interessiert nach draußen: »Hier hat sich einiges verändert«, stellte er fest, als sie durch die verkehrsreichen Straßen fuhren. »Der Hamburger Berg ist kaum wiederzuerkennen.«

»Der Hamburger Berg heißt jetzt St. Pauli und der Stadtteil reicht inzwischen bis an die Palmaille heran.«

Sie schwiegen einige Zeit, dann fragte die Mutter: »Du bist so still?«

Jens lachte. »Du wirst es nicht glauben, aber ich kämpfe mit einer gewissen Übelkeit. Nach der langen Seereise muss ich mich an die Kutschfahrt gewöhnen.«

»Mein Junge, wir sind gleich da, dann hast du endlich festen Boden unter den Füßen.«

Kurz darauf hielten die Pferde vor dem Portal. Jens reichte der Mutter beide Hände, um ihr beim Aussteigen zu helfen und dann den Arm, um sie ins Haus zu begleiten. »So verwöhnt wurde ich ja lange nicht«, freute sie sich, »mein Sohn, der vollendete Kavalier. Ist man in Amerika auch so höflich?«

»In gewissen Kreisen, ja. Weißt du, viele Europäer haben ihre Kultur und ihre Tradition bewahrt, aber die jungen Leute demonstrieren ganz bewusst Freiheit und Unabhängigkeit. Und ich habe festgestellt, dieses unkomplizierte Leben hat auch seine Vorteile. Aber keine Angst, ich weiß noch, wie ich mich benehmen muss.«

Wenig später saßen Mutter und Sohn im Salon und Jens bat den Hausdiener, die Pakete hereinzubringen und zu öffnen. »Ich habe versucht, ein paar Kostbarkeiten mitzubringen, die du noch nicht besitzt, Mutter, schau her.« Er stand auf und entfernte die letzten Papiere von einem kunstvoll mit Intarsien verzierten Nähtischchen. Als er den Deckel öffnete, glänzte eine vergoldete Ansicht des Hafens von New York auf der Innenseite.

»Ach, wie entzückend«, freute sich Irmgard und strich vorsichtig mit den Fingern über die kleine, präzise Malerei.

»Das Gold wurde auf eine Oberfläche gestrichen, in die vorher mit einer Stahlspitze die Motive eingeritzt wurden.«

»Danke, mein Junge, das ist ein wunderbares Geschenk.«

»Hier ist noch eine Kleinigkeit, die darfst du selbst auspacken.«

Er reichte ihr ein längliches, in Seidenpapier gehülltes Päckchen.

Irmgard wickelte es behutsam aus und hielt gleich darauf ein reich verziertes Fernrohr aus Holz und Messing in den Händen.

»Damit du unsere Schiffe siehst, wenn sie unten auf der Elbe vorüberziehen und damit du winken kannst, wenn Vater oder ich an der Reling stehen und zu dir heraufsehen. Das Rohr gehörte dem Kapitän der ›Seagull‹, mit der ich gekommen bin. Ich musste ihn ein bisschen überreden, aber dann hat er sich davon getrennt. Es hat schon viele Seereisen hinter sich.«

Irmgard stand auf und umarmte ihren Sohn. »Danke, mein Lieber, es ist ein wunderschönes und sehr praktisches Geschenk, aber vorläufig will ich nicht hoffen, dass ich einem von euch nachwinken muss, weil er mich schon wieder verlässt. Ich bin nämlich eine alte Glucke und habe meine Lieben gern unter meinen Fittichen.«

Jens lächelte. Er kannte seine Mutter und wusste genau, dass sie das Gegenteil einer Glucke war. Sie verstand es loszulassen und manchmal tat es beinahe weh, wenn sie drängte, den Horizont zu erweitern, die Welt kennen zu lernen und sich den Wind um die Nase wehen zu lassen.

»Jetzt erzähle, Mutter, was gibt es Neues in der Reederei und im Handelshaus? Was tut Vater in Lübeck?«

»So viel ich weiß, will er den Handel mit Ostseeländern vergrößern. Du kennst ja sein Motto ›wer rastet, der rostet‹ und stillsitzen oder ausruhen kommt für ihn nicht in Frage. Es gibt da eine Hamburger Firma, die versucht, ihm den Rang abzulaufen und das will er verhindern.«

»Und? Wird er Erfolg haben?«

»Ich weiß es nicht, ich weiß nur, dass der Chef der Firma nicht ansprechbar im Krankenhaus liegt und seine Angestellten zu intrigieren versuchen.«

»Welche Firma ist das?«

Irmgard zögerte einen Augenblick. »Die Reederei Stelling.«

»Ach, die uns das Geld damals abgenommen hat?«

»Dieselbe.«

»Das geschieht dem alten Stelling recht. Dann kommt Vater mit Sicherheit erfolgreich zurück.« Er drehte sich um und sah aus dem Fenster. »Wenn ich den Namen Stelling höre, könnte ich heute noch explodieren.«

»Und warum bist du damals nicht explodiert, Jens?«

»Mutter, man kann doch nicht gegen ein Schulmädchen kämpfen.« Er legte ihr lächelnd den Arm um die Schultern. »Mein Gott, bin ich froh, wieder hier zu sein.«

Irmgard beobachtete ihn. Einen Augenblick war sie versucht gewesen, ihm von dieser aggressiven und dabei so zauberhaften Viktoria zu erzählen, dann ließ sie es sein. Es ist zu früh, dachte sie, da ist nach wie vor viel Wut vorhanden. Man kann nicht hoffen, Brücken zu bauen. Aber wir werden mit Sicherheit später über dieses Mädchen sprechen, verlass dich darauf, mein lieber Sohn! Dann stand sie auf: »Komm, Jens, das Abendessen ist bereitet. Die Köchin hat sich extra nach deinem Leibgericht erkundigt. Wir wollen sie nicht warten lassen.«

Jens sah den liebevoll mit Blumen und Kerzen gedeckten Tisch: Nur seine Mutter konnte einen Tisch so verzaubern. Höflich rückte er ihren Stuhl zurecht, bevor er sich selbst setzte und dem Butler gespannt entgegensah, der die ersten Platten hereinbrachte. Es gab gefüllte frische Steinpilze als Vorspeise, gespickte, gedämpfte Rehschulter in Rotweinsauce mit Kartoffelbällchen als Hauptgericht und zum Dessert in Honig eingelegte Zwetschgen.

Als sie schließlich den Kaffee im Gartenzimmer einnahmen, erzählte er von seinem Leben in Amerika, von den Menschen, von der Arbeit und von seinen Plänen und Irmgard war froh, dass in seinen Berichten nicht mehr jene Frau vorkam, der er hier nachgetrauert hatte.

Was sie beide nicht wussten, war die Tatsache, dass auf der ›Seagull‹ ein langer Brief von Patrizia an ihre Eltern mitgereist war. Ihr erster Brief aus dem fernen Amerika in die alte Heimat.

Patrizia hatte sich lange Zeit gelassen, bevor sie sich hinsetzte, um diesen Brief zu schreiben. Sie wollte den Eltern ausführlich von ihrem Leben berichten, sie wollte sich aber auch erst zurechtfinden, bevor sie erzählen konnte. Sie bewohnte eine kleine Dachkammer in einem Pastorenhaus. Wenn sie sich zu ihrer ganzen Größe aufrichtete, stieß sie mit dem Kopf an die schräge Decke. Es störte sie nicht, sie brauchte nicht viel Platz und kam mit Bett, Tisch, Stuhl und Schrank aus. Ein bisschen Angst hatte sie vor dem Winter, denn die Kammer konnte nicht geheizt werden. Und die Winter sollten in New York sehr kalt sein, aber noch war es nicht soweit. So nahm sie sich eines Abends Papier, Federhalter und Tinte und begann zu erzählen:

›Geliebte Eltern,

ich weiß, dass ihr schon lange auf eine Nachricht von mir wartet. Aber die ersten Tage und Wochen waren zu unruhig und so ungewiss, dass ich einfach keine Zeit und Ruhe fand, Euch zu benachrichtigen. Aber heute kann ich euch schreiben, dass es mir gut geht. Macht euch keine Sorgen um mich, alles wendet sich zum Besten.

Die Schiffsreise war sehr anstrengend und auch gefährlich und ich möchte euch von einer solchen Reise von ganzem Herzen abraten, so sehr ich mir auch wünsche, euch wiederzusehen. Wir hatten eine sehr stürmische See, die armen Menschen aus dem Binnenland haben schrecklich gelitten und auch ich hatte lange mit dieser Seekrankheit zu kämpfen. Das Schlimmste war, dass niemand an Deck gehen und frische Luft schöpfen durfte, weil die Brecher immer wieder über das Schiff hinweg rollten. Da bei Sturm auch die Aufgänge zum Oberdeck geschlossen wurden, haben wir im Zwischendeck oft unter Luftmangel gelitten und der Geruch in diesem Zwischendeck, das nur zweieinhalb Meter hoch war und sich zwischen Laderaum und Oberdeck befand, war kaum zu ertragen. Manche der armen Menschen sind gestorben. Sie wurden einfach von den Matrosen über Bord geworfen. Ich habe dann schnell ein paar Gebete gesprochen, aber oft habe ich es nicht einmal gewusst, dass wieder jemand auf diese ›seemännische Art‹ bestattet wurde.

Ich muss ehrlicherweise bekennen, dass ich mir diese beinahe zwei Monate dauernde Schiffsreise nicht so fürchterlich vorgestellt habe.

Ich weiß, wenn ihr reisen würdet, könntet ihr in einer Kabine wohnen, aber auch diesen Passagieren ging es nicht viel besser. Als wir endlich in New York angekommen sind, waren viele Menschen an Bord sehr krank. Das bedeutete, wir durften das Festland nicht betreten. Wir mussten auf einer Quarantäneinsel das Schiff verlassen und fast sechs Wochen in einem Lager zubringen, bis alle gesund oder, was so besonders schlimm ist, verschieden waren. Es wurde erzählt, dass hundert Menschen auf dieser Reise gestorben sind. Männer haben ihre Frauen, Frauen ihre Männer, Eltern ihre Kinder und Kinder ihre Eltern verloren.

Wie ich gehört habe, sollen sich die amerikanischen Behörden über unsere menschenunwürdige Unterbringung empört haben und verlangen eine Bestrafung des deutschen Reeders als abschreckendes Beispiel. Ich finde das sehr richtig, denn wir hatten alle für die Überfahrt bezahlt, wenn auch nicht soviel wie die Passagiere in der ersten Klasse. Und als wir die Lebensmittel, die wir selbst mitbringen mussten, verzehrt hatten, ließ man uns fast verhungern. Nein, eine solche Reise möchte ich keinem Menschen wünschen.

Als wir endlich das Festland betreten durften, war niemand

mehr da, um uns zu empfangen oder abzuholen. Wer kann schon so viele Wochen warten? Für die meisten war das ganz schrecklich, sie wussten nicht, wie es weitergehen sollte.

Wir standen sehr verloren am Kai, als ein Mann mit einer Kutsche kam und fragte, wer bei ihm arbeiten wolle. Er habe eine Schiffswerft und könnte kräftige Männer zum Bauen und Frauen zum Kochen gebrauchen. Nun gab es zwar kaum noch kräftige Männer unter den Auswanderern, aber ein paar und ihre Familien hat dieser Mann mitgenommen. Sie liefen neben der langsam fahrenden Kutsche her und die ganz kleinen Kinder durften zu ihm einsteigen. Ich hoffe, sie haben einen guten Anfang in diesem Land gefunden. Später, es hatte sich wohl in der Stadt herumgesprochen, dass wir gelandet waren, kam ein Fabrikbesitzer und suchte Frauen für seine Webstühle, dann kam eine Frau, die Pflegerinnen für ein Krankenhaus benötigte und zum Schluss wurden auch noch Leute für die Arbeit auf einigen Farmen im Umland gesucht, und so nach und nach verteilten sich die Menschen und der Kai wurde leer. Ich blieb mit acht elternlosen Kindern zurück. Dann zog ich den Brief aus der Tasche, den Amalie mir mitgegeben hatte, und suchte eine Droschke, die uns zu der angegebenen Adresse brachte.

Man war dort nicht nur erstaunt, sondern auch erschrocken, als ich mit diesen vielen Kindern ankam. Man hatte mich erwartet, aber nicht mit einem so großen Anhang. Aber der Referent wusste sich zu helfen, ließ einige Gemeindemitglieder kommen und verteilte die Kinder einfach in deren Familien bis eine andere Lösung gefunden wird. Nun wohne ich seit ein paar Wochen bei Referent Mertens und helfe bei der Gemeindearbeit. Nebenbei werbe ich in anderen kirchlichen Gemeinden und Vereinen für ein Stift für Waisenkinder und hoffe, mit Hilfe von Vaters Scheck bald so viel Geld zu haben, dass wir ein Haus errichten können. Hier sind die Häuser zum Glück nicht so teuer wie bei uns, denn die meisten Menschen bauen mit Holz und das geht recht schnell. Ich glaube, dass dieses Heim zu Weihnachten eingeweiht werden kann, damit ich ein Zuhause für ›meine‹ Auswanderer-Kinder bekomme. Außerdem gibt es so viele Kinder ohne Eltern, die hier in den Gassen, um nicht zu sagen, in den Gossen leben, dass es höchste Zeit wird, sie irgendwo unterzubringen. Diese Arbeit wird dann meine Hauptaufgabe sein und ich werde bei den Waisen wohnen. Welch ein Glück, dass mich Amalie auch den Umgang mit Kindern gelehrt hat.

Aber noch bin ich in dem Haus von Referent Mertens. Er ist ein gütiger, liebevoller Seelsorger und Familienvater und stammt aus Hildesheim. Er und seine Frau Martha haben sechs Kinder und was ich bei Amalie noch nicht gelernt habe, bringen mir die Kinder hier bei. Vom Säugling bis zu einem Fünfzehnjährigen ist beinahe jede Altersgruppe vorhanden. Demut, Dankbarkeit und Armut bestimmen das Leben dieser Familie, aber ich fühle mich sehr wohl hier.

Von New York habe ich noch nicht viel gesehen, aber man hat mir erzählt, dass am Flussufer des Hudson, etwa in der Mitte der Stadt, ganz große Häuser gebaut werden sollen, zehn und mehr Etagen hoch. Ich kann mir das gar nicht vorstellen, aber Referent Mertens sagte, schon im alten Rom habe es Hochhäuser aus Fachwerk von über zwanzig Meter Höhe gegeben. Stellt euch nur die Treppen vor, die man dort steigen muss!

Nun will ich meinen Brief beenden, denn morgen sticht ein Clipper in Richtung Hamburg in See und Referent Mertens kennt den Kapitän und wird ihm den Brief mitgeben.

Ich wünsche euch Gesundheit und Gottes Segen. Grüßt meine Geschwister und schreibt auch einmal eurer treuen Patrizia.‹

Der Brief erreichte die Familie in einer sehr kritischen Situation: Johannes Stelling kämpfte ums Überleben, Annette um ihr Haus, Viktoria um die Firma und Thomas um die Freiheit.

Einen Tag nachdem Viktoria der Geschäftsleitung ihre Pläne mitgeteilt hatte, stellte der Prokurist sämtliche Zahlungen an die Familie ein. Als Viktoria ihn zur Rede stellte, erklärte er: »Ich habe keine Vollmacht, über die privaten Konten der Familie. Bevor die Rechtslage nicht geklärt ist, muss ich mich an die Anweisungen der Geschäftsleitung halten.«

Viktoria war außer sich. »Sie wollen uns Geld vorenthalten, das uns gehört? Wie können Sie es wagen, über unsere Firma und ihr Vermögen zu bestimmen?«

»Ich bedaure diesen Zustand, Fräulein Stelling, aber ohne die Genehmigung der Firmenleitung kann ich nichts tun. Und die Geschäftsführer sind sich im Augenblick nicht im Klaren darüber, wer das Unternehmen derzeit leitet. Ich bin zuständig für die Ausgaben der Reederei und des Handelshauses, aber nicht für die privaten Aufwendungen Ihrer Familie.«

Viktoria überlegte einen Augenblick. Sie wusste, dass er Recht hatte, sie wusste aber auch, dass sie diese Einstellung nicht dulden konnte. Empört erwiderte sie: »Über welche Bank laufen die Gelder der Firma? Wer ist zuständig für die geschäftlichen und privaten Konten?«

Auch diesmal erwies sich der Prokurist als unzugänglich. »Ich bin nicht befugt, irgendwelche Auskünfte über diese Konten zu geben, Fräulein Stelling.«

»Danke, das genügt. Sie können gehen, aber ich versichere Ihnen, in dieser Angelegenheit ist das letzte Wort noch nicht gesprochen.« Dann rief sie die Bürodame, die, wenn auch widerwillig, noch immer für sie arbeitete und bat sie: »Rufen Sie bitte Herrn Stelling, er muss irgendwo im Hause sein.«

Wenig später erschien Thomas in ihrem Büro und sah sie fragend an. »Thomas, ich brauche eines der Geschäftsbücher der letzten Monate.«

»Das wird schwierig, Viktoria, seit gestern sind sie alle verschlossen.«

»Seit meiner Konferenz mit den Geschäftsführern?«

»Ja, hier herrscht jetzt ein eisiges Klima, Schwesterchen. Ich glaube nicht, dass ich an so ein Buch herankomme. Um was geht es denn?«

»Ich muss die Bankverbindungen der Firma wissen. Mit wem arbeiten wir zusammen und wo liegen unsere Gelder?«

»Das hättest du gleich sagen können. Das weiß ich auch ohne Bücher. Wir arbeiten mit der Salomon-Heine-Bank in Altona zusammen.«

»Ist das der Heine, der auch das Krankenhaus gebaut hat?«

»Genau der.«

»Dann muss ich mit Mutter nach Altona fahren. Und du bist sicher, dass es diese Bank ist? Noch eine Panne will ich mir heute nicht leisten.«

»Wieso Panne?«

»Die Firma zahlt der Familie kein Geld mehr.«

»Was?«

»Der Prokurist fühlt sich nicht zuständig für unsere privaten Ausgaben, wir bekommen auf Anweisung der so genannten Geschäftsleitung keinen Pfennig mehr aus dem Firmenvermögen. Vater hat angeblich private Konten für die Familie.«

»Das kann stimmen.«

»Ja, natürlich, aber es ist eine Frechheit, uns in dieser Situation finanziell im Stich zu lassen.«

»Und jetzt?«

»Ich muss versuchen, mit Hilfe von Mutter an diese Konten heranzukommen.«

»Ausgerechnet mit Mutter, die von finanziellen Problemen überhaupt nichts versteht.«

»Du sagst es.«

Nachdem Viktoria die Kontonummern und den Namen des Direktors notiert hatte, fuhr sie zurück in den Harvestehuder Weg, um die Mutter abzuholen und mit ihr nach Altona zu fahren.

»Aber Kind«, protestierte Annette, »ich bin noch nie in

dieser Bank gewesen. Für Geld hat immer dein Vater gesorgt.«

»Aber du hast doch auch ein eigenes Konto dort, du bekommst doch regelmäßig die Pachtgelder aus Rodenhagen.«

»Auch darum hat sich dein Vater gekümmert.«

»Das muss sich nun eben ändern, Mutter, jedenfalls solange Vater krank ist. Hast du irgendwelche Papiere über diese Konten?«

»Wenn es Papiere gibt, dann sind sie im Bürosafe.«

»Gut, dann werde ich nachsehen. Zieh du dich bitte an, ich schicke Stinchen in den Stall, damit sie die Kutsche bestellt.«

Viktoria fand sehr schnell einen Ordner mit allen Bankunterlagen und zu ihrer Freude stellte sie fest, dass der Vater sehr gewissenhaft über die privaten Einnahmen und Ausgaben Buch geführt hatte. Zu ihrer Bestürzung stellte sie aber auch fest, dass es keine großen Beträge gab, über die ihre Familie zur Zeit verfügen konnte.

Als Annette fertig angekleidet in das kleine Büro kam, sah Viktoria sie verärgert an.

»Was ist los, Kind?«

»Was los ist? Das fragst du noch? Wir haben kein Geld, das ist los.«

»Aber wie ist das möglich?«

»Hast du die Anweisung gegeben, dass alle deine Pachteinkünfte unverzüglich nach Italien überwiesen werden?«

»Ja, natürlich, einer muss ja für Michael sorgen.«

»Ach ja? Hast du vergessen, dass es noch drei andere Kinder gibt? Was hast du denn Patrizia mitgegeben, als sie ausgewandert ist?«

»Sie hat gesagt, sie kommt zurecht.«

»Ja, natürlich. Ihr wäre es auch nie in den Sinn gekommen, um Hilfe zu bitten. Und was bekommt Thomas von dir? Womit kann ich eigentlich rechnen?«

»Du warst ja verschollen.«

»Aber jetzt bin ich hier.«

»Du bist so selbstständig, du kommst schon weiter. Du weißt dir doch immer zu helfen und Thomas auch.«

»Himmel, Mutter«, seufzte Viktoria, »darum geht es doch gar nicht, sondern um eine gerechte Verteilung von Mutterliebe und Zuneigung. Aber was streiten wir, lass uns fahren, damit wir sehen, was noch auf den Konten übrig ist.«

»Ist meine neue Villa betroffen?«

»Damit musst du rechnen. Soweit ich sehen kann, wurde der Bau über die Firma finanziert, weil Vater das Haus auch für geschäftliche Zwecke nutzen will. Und von der Firma gibt es ab sofort keine Courantmark mehr.«

»Um Gottes willen, Viktoria, wir können doch nicht mittendrin mit dem Bauen aufhören. Nachher sind die Maurer und die Zimmerleute nicht mehr verfügbar, weil sie andere Aufträge angenommen haben. Dann verkaufe ich auf der Stelle Rodenhagen und finanziere mit dem Geld mein Haus.«

Empört war Viktoria aufgesprungen. »Das kommt gar nicht in Frage. Das Gut ist neben der Firma unser wertvollster Besitz. Kein Geld der Welt kann uns Grund und Boden ersetzen. Es ist auch unser Erbe, Mutter, es gehört auch Thomas und mir, du kannst nicht einfach darüber verfügen.«

»Ich kann damit machen, was ich will, und ihr habt euch noch nie dafür interessiert.«

»Mag sein, aber in Zukunft werden wir uns darum kümmern. Thomas will ein Gestüt aufbauen, er hat dort die besten Voraussetzungen. Und wenn ich die Firma übernehme, muss er ein gleichwertiges Objekt bekommen, dafür werde ich sorgen.«

Annette begann zu weinen. »Wie ihr alle mit mir umgeht, als hätte ich gar nichts zu sagen. Vergesst nicht, ich bin immer noch eure Mutter und ohne mich seid ihr zwei unmündige Kinder, denen keinerlei Rechte zustehen.«

Viktoria wusste, dass es keinen Zweck hatte, noch länger zu diskutieren. Sie steckte den Aktenordner mit den Bankunterlagen in eine Tasche und begleitete die Mutter zur Kutsche. Während der Kutscher anfuhr, puderte sich Annette das gerötete Gesicht, zog den Hutschleier herunter und lehnte sich zurück.

»Was für ein Ärger, was für ein grenzenloser Ärger, und nur weil ein Mann krank geworden ist und nicht sprechen kann.«

»Vergiss nicht, dass es sich bei dem Mann um meinen Vater und deinen Ehemann handelt. Und nun ruh dich aus, genieße die Fahrt und überlass die Verhandlungen auf der Bank mir.«

»Und du kannst das?«

»Ich werde es lernen.«

Es regnete seit dem frühen Morgen. Der Kutscher hatte das Dach hochgeklappt und den Damen ein Lederplaid als Regenschutz über die Knie gelegt. Träge und monoton rauschte das Wasser auf das Verdeck. Trotzdem bat Viktoria den Kutscher langsam durch die Wallanlagen zum Millerntor und dann weiter durch St. Pauli zu fahren. Sie wollte der Mutter Zeit geben, über das Gespräch nachzudenken und sich zu beruhigen, bevor sie die Bank betraten. Einmal warf sie einen Blick hinaus auf jene Straße, in der das Israelische Krankenhaus lag und dachte: Vater, wie soll es bloß weitergehen? Dann hatten sie die Kreuzung verlassen und näherten sich dem ›Bankhaus Salomon Heine‹.

Viktoria erinnerte sich, was der Vater schon vor Jahren mit großer Ehrerbietung über diesen jüdischen Bankier gesagt und wie er immer wieder seine Großherzigkeit der Stadt und den Menschen gegenüber gelobt hatte. Und im Stillen dachte sie, wenn er doch uns auch helfen könnte, aber er wird in seinem eleganten Haus am Jungfernstieg leben und keine Ahnung von den Problemen einer Viktoria Stelling haben.

Das Haus wirkte dunkel und alt, und so roch es auch. Durch

die kleinen Fenster drang kaum Tageslicht in die Geschäftsräume und die Angestellten in ihren dunklen Anzügen wirkten zwar sehr seriös, aber auch sehr unzugänglich.

Viktoria fragte höflich nach dem Direktor, nannte ihren Namen und führte die Mutter zu einer kleinen Sitzgruppe unter einer müden Zimmerpalme. Dann kam Direktor Sternschmidt, stellte sich vor und bat die Damen in sein Büro.

»Es ist mir eine Ehre und eine Freude, die Damen Stelling begrüßen zu dürfen. Ich habe von dem Leid gehört, das Sie getroffen hat und hoffe sehr, dass sich alsbald alles zum Besten wendet. Womit kann ich dienen?«

Viktoria legte den Aktenordner auf den Tisch, strich mit der Hand darüber und erklärte: »Wir haben im Augenblick finanzielle Sorgen. Die Firma zahlt uns keine Gelder für den Lebensunterhalt und die privaten Konten sind leer. Wir möchten Sie um Rat bitten, wie wir aus dieser Situation herauskommen.«

Direktor Sternschmidt sah die beiden Frauen mitfühlend an. »Die Situation ist mir bekannt. Ihre Geschäftsführer kamen gestern alle zusammen hierher und veranlassten, alle Konten zu sperren. Es tut mir sehr Leid, aber es steht nicht in meiner Macht, daran etwas zu ändern. Ich bin ja nicht der Besitzer, sondern nur der Verwalter, das müssen Sie verstehen.«

»Das wissen wir«, erklärte Viktoria ungeduldig, »dennoch muss es einen Weg geben, einer sehr begüterten Familie – wie viel Geld wir besitzen, wissen Sie am besten – aus einer momentanen Geldnot herauszuhelfen.«

»Sie könnten etwas Kapital von uns leihen, ich meine, wir geben Ihnen Geld und Sie geben uns eine Sicherheit dafür.«

»Woran dachten Sie?«

»Sie könnten den Neubau im Mittelweg beleihen. Oder das Gut in Mecklenburg, oder das Sommerhaus, in dem Sie derzeit wohnen. Das sind alles wertvolle Objekte.«

Viktoria überlegte, wenn sie das Geld nicht zurückzahlen

konnten, würde man ihnen diese so genannte Sicherheit wegnehmen. Worauf also konnten sie verzichten? Das Sommerhaus an der Alster brauchten sie zum Wohnen, das Gut brauchte sie eventuell als Sicherheit für eine Bürgschaft, wenn es um ihre Volljährigkeit ging und das Haus am Mittelweg?

Sie nickte. »Wir können den Neubau verpfänden.«

»Kommt nicht in Frage, das ist mein Traum, den gebe ich nie und nimmer her.« Annette war aufgesprungen und blickte wütend auf Viktoria. »Immer denkst du nur an dich, immer willst du mir schaden. Was habe ich dir getan, dass du so grausam zu mir bist.«

Erschrocken war auch der Bankdirektor aufgesprungen. »Gnädige Frau, beruhigen Sie sich. Es ist nur für den Notfall gedacht. Ihr Haus bleibt Ihnen bestimmt erhalten. Es ist doch nur für den kurzen Übergang, bis Ihr Herr Gemahl wieder die Geschäfte führen kann.«

Viktoria sah ihn ganz ruhig an: »In Zukunft werden Sie mit mir als Firmenchef vorlieb nehmen müssen. Mein Vater ist auf unbestimmte Zeit sehr leidend. Die Firma übernehme ich.«

Verblüfft sah der Mann die junge Frau an. »Verzeihen Sie, das konnte ich nicht wissen.«

»Deshalb habe ich es gesagt. Und nun bitte ich um Vorschläge, wie wir aus dem finanziellen Engpass herauskommen.«

»Wir übernehmen den Neubau und Sie können über ein dem jetzigen Wert entsprechendes Vermögen verfügen.«

»Wie sieht das in der Praxis aus?«

»Wenn es Ihnen recht ist, wird der Neubau geschätzt und einen Tag später befindet sich das Geld auf einem Konto.«

»Auf meinem Konto, wenn ich bitten darf. Ich möchte, dass Sie mir umgehend ein eigenes Konto einrichten.«

»Darf ich annehmen, dass Ihre Frau Mutter die Abmachung mit dem Haus als Sicherheit akzeptiert und mit dem eigenen Konto für Sie einverstanden ist?«

»Weshalb meine Mutter?«

»Gehe ich recht in der Annahme, dass Sie noch nicht volljährig sind?«

»Sie gehen recht. Machen Sie die Papiere bitte fertig. Meine Mutter wird unterschreiben. Wir warten hier.«

Als Direktor Sternschmidt für kurze Zeit das Büro verließ und Annette sich bis zum äußersten erzürnt an Viktoria wenden wollte, hob die abwehrend beide Hände und erklärte: »Es ist unsere einzige Chance, Mutter. Du bekommst dein Haus zurück, es wird in keiner Weise angekratzt sein. Und nun denk einmal an Vater, wir haben sehr große Krankenhausrechnungen zu begleichen und sie werden auch in Zukunft unsere dringendste Ausgabe sein. Also verzichte für eine kurze Zeit auf einen Besitz, der sowieso uns allen gehört, und unterschreibe die Papiere, die dir gleich vorgelegt werden.«

»Aber ich verstehe doch nichts von dem, was ich da unterschreibe, solche Aufgaben hat Vater immer fern von mir gehalten.«

»Wir müssen alle umlernen, Mutter, in Zukunft musst du sehr viel selbstständiger werden. Und die Papiere lese ich gründlich durch, bevor du sie unterschreiben wirst.«

Wenig später war alles erledigt. Das Haus war verpfändet, Viktoria hatte ihr eigenes Konto und spätestens in zwei Tagen hatte die Familie wieder Geld zur Verfügung.

Nun muss ich nur noch Thomas davon überzeugen, dass er seine Pferdezucht in Rodenhagen aufbaut, und ich muss Irmgard bitten, die Vormundschaft und eine Bürgschaft für mich zu übernehmen, dachte Viktoria müde und sank erschöpft in die Polster der Kutsche.

Es war kein heftiger Regen, der diesen Tag begleitete. Es war ein stiller Regen, der Hamburg mit einem grauen Schleier überzog und bereits am Nachmittag für eine frühe Dämmerung sorgte. Ein Regen, der zum Träumen einlud und Viktoria auf eine sanfte Art beruhigte.

Annette befahl dem Kutscher, durch die Innenstadt zu fahren. »Einmal am Tag genügen mir diese tristen Wallanlagen. Komm, ich werde dir zeigen, wie sehr Hamburg sich verändert hat«, erklärte sie Viktoria und setzte sich sehr aufrecht hin, um nichts zu übersehen.

Sie kamen an der Kirche St. Michaelis vorbei, die weithin sichtbar als Wahrzeichen der Stadt über dem Hafen stand. Dann erreichten sie den Hopfenmarkt mit dem Wiederaufbau von St. Nikolai, fuhren mit einem kleinen Umweg nach links zum Rödingsmarkt, wo einst ihr altes Kontorhaus gestanden hatte und wo man im Begriff war, den Kanal zuzuschütten und neue, große Backsteinhäuser zu errichten. Sie fuhren über den Alten Wall an einem freien Platz vorbei und Annette erklärte, dass hier einmal ein neues Rathaus entstehen soll. Als sie wenig später die Wallanlagen kreuzten, zeigte Annette auf eine Baustelle: »Hier wird die Lombartsbrücke entstehen. Sie erspart uns in Zukunft den Umweg um die Binnenalster, wenn man in die östlichen Stadtgebiete fahren möchte.«

Viktoria hörte höflich zu, aber sie war müde und abgespannt und hätte lieber die Augen geschlossen. Doch die Mutter kam durch die Erklärungen auf andere Gedanken und vergaß die hässlichen Gespräche in der Bank, und das war gut so.

Zu Hause angekommen, half sie der Mutter aus dem Wagen, schickte die Kutsche zurück in den Stall und holte sich ihren Regenumhang aus der Garderobe.

»Willst du fortgehen?«

»Ja, Mutter, Benno muss noch ausgeführt werden. Ich weiß nicht, wann Thomas heimkommt, und der Hund muss unbedingt etwas Bewegung haben.«

Sie war müde, sie war erschöpft, nicht nur körperlich, sie war auch seelisch aufgerieben. Die Verantwortung, die sie tragen musste, die Entscheidungen, die sie fällen, die Probleme, die sie lösen musste – all das zerrte an ihren Kräften, an ihrem Selbstbewusstsein und an ihrem Stolz. Es wurde langsam zu viel für sie, das spürte sie ganz deutlich. Sie musste heute ganz einfach noch allein sein, um wieder atmen zu können.

Sie lief mit dem Hund am dunklen Alsterufer entlang, spielte Fußball mit kleinen Kieseln, zertrat knirschend Ästchen und putzte sich die Nässe aus dem Gesicht, von der sie nicht wusste, ob es Tränen oder Regentropfen waren, die sie da wegwischte.

Und zum ersten Mal in ihrem Leben träumte Viktoria von einer Zukunft, die nichts mit Geschäften zu tun hatte. Sie träumte von Ruhe, die nichts von ihr forderte, von Armen, die sie zärtlich festhielten, sie träumte von Worten, die sie trösteten, von Augen, die sie streichelten, sie träumte davon, eine Frau zu sein. Irgendwo, dachte sie, gibt es einen Mann, der mich lieb haben wird.

Viktoria Stelling und Irmgard Brennicke trafen sich zum ersten Mal nach der Rückkehr aus Glückstadt im Büro von Doktor Ganzow wieder. Wie Viktoria gehofft hatte, war der Advokat ein Mann der schnellen Entschlüsse und die mütterliche Freundin eine Frau, die ihr Wort hielt. Sie hatte Viktoria versprochen, ihr zu helfen, und sie tat das mit allen ihr zur Verfügung stehenden Mitteln.

Während Hermann Ganzow die ärztliche Bescheinigung über die ›Unverantwortlichkeit‹ des Johannes Stelling auf Grund der schweren Erkrankung ausstellen ließ und Viktoria die Einverständniserklärung der Mutter beibrachte, hatte

Irmgard die Berechtigungsscheine für die Vormundschaft notariell beglaubigen lassen und mitgebracht.

Außerdem übernahm sie wie selbstverständlich die Bürgschaft für eventuelle Schäden, die durch Viktoria entstehen konnten. Von einer Sicherheit wollte sie nichts wissen, aber Viktoria bestand darauf, ihr das Gut Rodenhagen als Sicherheit überschreiben zu lassen.

»Aber Kind, ich brauche diese Sicherheit nicht. Ich bin absolut überzeugt davon, dass du verantwortungsvoll und wohldurchdacht vorgehen wirst. Und wenn es Rückschläge oder Verluste geben sollte, was in jeder Firma vorkommen kann, dann bin ich vermögend genug, solche Schläge aufzufangen.«

»Dennoch, Irmgard«, erwiderte Viktoria, »ich kann deine Hilfe nur annehmen, wenn ich eine Gegenleistung anbieten darf.«

Irmgard, die spürte, dass Viktoria nicht nachgeben würde, sagte schließlich: »Also gut, meine Kleine. Ich nehme die Sicherheit unter der Voraussetzung an, dass außer uns dreien keiner etwas davon erfährt, ihr das Gut nach wie vor nutzt und dass alle diese Abmachungen an deinem einundzwanzigsten Geburtstag erlöschen.«

Viktoria nickte, »Ich danke dir, Irmgard.«

Als auch diese Vereinbarung schriftlich festgelegt und unterzeichnet war, verabschiedeten sich die beiden Frauen. Doktor Ganzow versicherte, dass er bereits am nächsten Tag einen Termin beim zuständigen Gericht habe und hoffe, in zwei Tagen die Damen wiederzusehen, um ihnen die entsprechenden Papiere zu geben. »Dann, Fräulein Stelling, können Sie unverzüglich die Leitung im Handelshaus und in der Reederei übernehmen. Und es wäre mir eine Ehre, an der Sitzung teilzunehmen, in der Sie die jetzigen Direktoren von Ihrer Vollmacht in Kenntnis setzen.«

Irmgard umarmte Viktoria. »Komm, meine Liebe, jetzt haben wir eine Stärkung verdient.«

Sie verabschiedeten sich und stiegen vorsichtig die steile Treppe in dem alten Haus hinunter. Auf der Straße angekommen, zogen beide die Schleier ihrer Hüte über das Gesicht, um nicht erkannt zu werden. Dann zeigte Irmgard auf Sillem's Basar, einem pompösen Einkaufszentrum am Jungfernstieg, einem Paradies für kauflustige Flaneure. »Komm, gehen wir hinein.«

Sie betraten den Basar durch das elegante ›Hotel de Russie‹. Entzückt blieb Viktoria im Zentrum des Basars, einem Oktogon aus Glas, Eisen, Edelholz, Spiegelscheiben, Marmorwänden und überaus eleganten Läden, stehen. »Hier war ich noch nie«, staunte sie und sah sich um.

»Es soll die erste große Einkaufspassage in Deutschland sein«, erklärte Irmgard. »Kaufmann Sillem hat sie gebaut. Er wollte eine überdachte Einkaufsstraße, wie man sie in London und Paris kennt.«

»Ich bewundere Menschen, die so etwas schaffen«, sagte Viktoria beeindruckt und schlenderte an den dreißig Geschäften entlang.

»Ein Kaufmann, meine Liebe, der Wilhelm Sillem ist ein Kaufmann. Du kannst das auch, ab übermorgen bist du auch ein Kaufmann. Nein«, verbesserte sie sich lachend, »dann bist du die Kauffrau von Hamburg.«

Viktoria war nachdenklich geworden. »Es muss ein großartiges Gefühl sein, einen bleibenden Wert einer Stadt zu schenken. Aber ich glaube, so ein Luxusgebäude würde ich nicht bauen wollen.«

»Und woran denkst du, meine Kleine?« Liebevoll legte Irmgard ihr den Arm um die Schulter und zog sie weiter. »Komm, den Tee nehmen wir im ›Hotel de Russie‹, da schmeckt er am besten. Hm, was würdest du bauen, wenn du es könntest?«

»Etwas Nützliches, etwas, wovon die Menschen mehr haben als regenfreies Flanieren. Vielleicht ein Theater? Oder ein Museum? Weißt du, meine Schwester sammelt in New York Geld für ein Waisenhaus. Wenn sie genug hat, baut sie ein großes Holzhaus für die Kinder, die dort in der Gosse leben. So etwas würde mir gefallen.«

»Das würde mir auch gefallen, mein Liebes. Trotzdem trinken wir jetzt in diesem Luxusladen unseren Tee und ich kann dir die leckersten Schokoladeneclairs der Stadt empfehlen, eine wunderbare Mischung aus Blätterteig, Pudding und Zuckerguss.«

Zwei Tage später besaß Viktoria ihre Volljährigkeitsbescheinigung. Als alle Papiere unterzeichnet waren, gratulierten ihr Irmgard Brennicke und Hermann Ganzow und es gab einen prickelnden Champagner zur Feier des Tages.

»Irmgard, du bist herzlich eingeladen, in meine Firma zu kommen und dabei zu sein, wenn ich die Leitung übernehme.«, sagte sie lächelnd und streckte der Freundin beide Hände hin. »Der Doktor kommt doch auch.«

»Nein, Liebes, ich denke, wir behalten unser kleines Geheimnis noch für uns. Wenn du erst einmal ganz sicher im Sattel sitzt und die Zügel fest in den Händen hältst, dann komme ich eines Tages und stehe einfach in deiner Tür. Aber so lange sollten wir warten.« Als Viktoria sie unterbrechen wollte, sagte sie lachend: »Ich weiß, ich weiß, du hältst die Zügel ab sofort fest in den Händen, aber ich möchte nicht, dass es so aussieht, als sitzest du mit meiner Hilfe in deinem Sattel. Du verstehst mich?«

»Ja, Irmgard, und danke, ich bin so froh, dass es dich gibt.«

Sie verabschiedeten sich und als Irmgard gegangen war, brachen auch Viktoria und Doktor Ganzow auf. Sie fuhren in seiner Kutsche zum Kontorhaus, während Thomas die Mutter abholen sollte. Viktoria wollte unbedingt, dass Annette Stelling dabei war, wenn sie die Geschicke der Firma übernahm.

Sechs leitende Angestellte hatten sich im Büro von Johannes Stelling versammelt. Zwei bezeichneten sich als Geschäfteführer und vier als Direktoren. Viktoria hatte sie dorthin bestellt, um von Anfang an zu demonstrieren, dass dieser Raum in Zukunft ihr gehörte. Die Herren standen leise plaudernd zusammen, als Viktoria mit Doktor Ganzow und Annette am Arm von Thomas pünktlich das Büro betraten.

Sie bat die Herren nicht, Platz zu nehmen, sondern ließ nur für ihre Mutter einen Stuhl zurechtstellen und als Annette Platz genommen hatte, begann sie unverzüglich:

»Meine Herren, ich möchte Sie davon in Kenntnis setzen, dass ich ab heute die Firmenleitung übernommen habe. Dass ich dazu berechtigt bin, kann Doktor Ganzow bezeugen, der den Gerichtsbeschluss bei sich hat und in Zukunft meine Interessen vertreten wird. Ich hoffe auf eine gute, erfolgreiche Zusammenarbeit. Sollte einer der Herren eine Kooperation mit mir ablehnen, so bitte ich um ein Handzeichen.«

Zwei der Direktoren meldeten sich. Als einer etwas sagen wollte, schnitt Viktoria ihm das Wort ab. »Danke, ich brauche keine Erklärungen. Welche Befugnisse hatten Sie in dieser Firma?«

Sie sprach ganz bewusst bereits in der Vergangenheitsform.

»Ich bin zuständig für den Einkauf von skandinavischen Produkten.«

»Ich leite den Einsatz von Binnenschiffen.«

»Danke, das genügt«, erklärte Viktoria. »Ich wünsche, dass Sie im Beisein von Herrn Doktor Ganzow Ihre Schreibtische räumen und das Haus verlassen. Das Gehalt für den laufenden Monat können Sie morgen im Bankhaus Salomon Heine abholen. Sie haben ab sofort kein Recht, die Räume der Firma Stelling hier im Kontorhaus, in den Speichern oder auf den Schiffen zu betreten. Sie werden verstehen, dass ich die Interessen der Firma geheim halten und schützen muss.« Und an alle gewandt: »Ich danke Ihnen, meine Herren. Diejenigen, die mit mir weiterarbeiten, möchte ich morgen um neun Uhr hier sprechen. Guten Abend.«

Und Thomas wies sie an: »Bitte begleite Herrn Ganzow und sorge dafür, dass die entlassenen Herren keine Geschäftsunterlagen mitnehmen.«

Als alle bis auf Annette das Büro verlassen hatten, setzte sich Viktoria auf den Schreibtischrand, atmete tief durch und sah die Mutter strahlend an. Sie hatte erreicht, wovon sie seit ihrer Kindheit träumte, wofür sie jahrelang gearbeitet, gelernt und eine unbeschwerte Jugend geopfert hatte. »Was sagst du, Mutter, bist du zufrieden? Ab sofort geht es uns wieder besser.«

Aber Annette konnte gar nichts sagen. Sie war ganz einfach sprachlos. Woher hatte dieses Kind dieses Selbstbewusstsein, die Energie, eine Autorität, dass ihr selbst alte, erfahrene Männer gehorchten? Männer, die seit Jahren in dieser Firma arbeiteten, die sich auskannten, Freundschaften mit Johannes pflegten und in der Hamburger Gesellschaft als angesehene, kompetente Männer galten?

Annette war nicht überzeugt von dem Können ihrer Tochter, sie war aufs Äußerste erschrocken. So sagte sie nur zurückhaltend: »Ich bin über alle Maßen erstaunt. Warten wir ab, wie es weitergeht.«

Ein halbes Jahr später hatte Viktoria bewiesen, dass sie die Firma führen konnte. Das Unternehmen florierte, denn die neuen und schnelleren Schiffe, die neue Routen befuhren und den Handel bis nach Fernost und Australien ausdehnten, brachten die größten Gewinne ein, die die Reederei jemals verzeichnen konnte.

Viktoria hatte Peter Neubauer als neuen Direktor und ihren Vertreter eingestellt, einen kompetenten, fünfunddreißigjährigen Mann, der in der väterlichen Firma gearbeitet hatte, die Leitung aber dem älteren Bruder überlassen musste und froh war, diesen angesehenen Posten übernehmen zu können.

Johannes Stelling lebte wieder zu Hause, wenn auch an den Rollstuhl gebunden und rund um die Uhr von Pflegern betreut. Die Mutter konnte den Weiterbau ihres Hauses beobachten und Thomas war in der Firma nicht mehr zu halten.

»Ich möchte raus hier«, erklärte er eines Tages im Büro. »Viktoria, ich habe dir geholfen, dich hier einzuarbeiten, ich habe dir immer zur Seite gestanden, ich war immer loyal, aber nun muss ich an mich denken. Es ist Frühling, die Zeit des Aufbruchs in der Natur und für mich. Lass mich jetzt gehen.«

Die Schwester sah ihn traurig an. Es fiel ihr schwer, sich von dem Bruder zu trennen. Sie hatten sich prächtig verstanden und er hatte sich wirklich bemüht, ihr zu helfen. Er vermittelte, wenn sie ungeduldig und damit auch leicht ungerecht wurde, er bremste, wenn sie zu schnell war, er hielt sie zurück, wenn ihre Träume in den Himmel wuchsen und er freute sich über ihren Erfolg. Er würde ihr furchtbar fehlen, aber sie spürte, dass sie ihn jetzt gehen lassen musste.

»Ich weiß, Thomas, ich verstehe dich und halte dich nun nicht mehr. Aber was genau hast du vor, wenn du diese Tür hier hinter dir zumachst?«

»Ich will versuchen, auf einem Gestüt Arbeit zu finden und wenn ich genug Geld gespart habe, will ich meinen eigenen Zuchtstall aufmachen. Das wird noch eine Weile dauern, aber ich muss endlich damit anfangen.«

»Ich wüsste einen schnelleren Weg für dich.«

»Du?«

»Natürlich, ich habe auch über deine Pläne nachgedacht. Schau, ich habe diese Firma, die ich mir immer gewünscht habe, ich möchte, dass du Rodenhagen bekommst. Es ist ein wunderbares Gut mit allem, was zur Gründung eines Gestüts gehört. Und du könntest morgen dort mit der Arbeit anfangen.«

Aber der junge Mann schüttelte den Kopf. »Erstens gehört

das Gut der Mutter und wir können ihr nicht dreinreden. Zweitens gibt es Jochen Benters, den Pächter mit einem Vertrag, der ihm auf lange Zeit die Nutzung von Grund und Boden garantiert. Drittens kann ich mich kaum noch an den Landsitz erinnern. Du siehst, es sind drei gewichtige Gründe, die gegen deinen Plan sprechen, liebe Schwester.«

Viktoria lächelte. »Du kennst mich immer noch nicht richtig, Thomas. Wenn ich einen Vorschlag mache, dann weiß ich, wovon ich rede. Erstens, Mutter ist damit einverstanden, dass du den Hof bekommst, das habe ich damals geregelt, als es um meine Volljährigkeit und eine entsprechende Sicherheit ging. Zweitens, der Pächter ist nur an den Feldern interessiert, Haus und Ställe stehen leer und über ein paar Wiesen werden wir mit ihm reden. Und drittens, wir beide werden hinfahren und alles an Ort und Stelle besichtigen. Ich könnte mir denken, du krempelst sofort die Ärmel hoch und beginnst mit der Arbeit. Und wenn der Stall beziehbar ist, dann ist es mir eine Ehre, dir die ersten Zuchtstuten und einen passenden Hengst zu schenken. Thomas, wir haben das Geld erarbeitet, wir können es auch ausgeben.«

»Ich weiß nicht, was ich sagen soll.«

»Nichts, Brüderchen. Pack deine Sachen zusammen, räume dein Büro und kümmere dich um unsere Reise nach Mecklenburg. Wir könnten Mitte Mai aufbrechen.«

Langsam begriff Thomas, was ihm da angeboten wurde und seine Augen begannen zu strahlen. »Viktoria, du meinst das alles ernst? Du glaubst, das würde gehen? Ich und das alte Gut? Und Mutter ist einverstanden?«

»Mutter ist einverstanden.« Sie erzählte ihm nicht, dass die Mutter sogar bereit war, das Gut zu verkaufen, nur um Geld für die neue Villa zu bekommen, und wie sie die Mutter beinahe gezwungen hatte, dieses wunderschöne Stück Land zu behalten, das sie selbst zwar noch nie gesehen, von dem der Vater aber früher geschwärmt hatte. Es wirft kein gutes Licht auf Mutter, wenn ich ihm das erzähle, dachte sie und sagte: »Mutter wird überglücklich sein, wenn sie erfährt, dass du dich für ihr altes Gut interessierst. Sie hatte immer Angst, dass keines ihrer Kinder dieses Land haben wollte.«

»Und wie gehen wir jetzt vor? Wie ich dich kenne, hast du auch dafür schon Pläne.«

Sie lachten beide und freuten sich, dass die gemeinsame Arbeit in der Firma sie einander so nahe gebracht hatte.

»Du hörst hier auf und fängst dort an. So einfach ist das. Setz dich hin und schreibe dem Jochen Benters, dass wir Mitte Mai dort eintreffen. Er soll eine Frau besorgen, die das Gutshaus in Ordnung bringt und als Haushälterin für dich sorgen könnte. Und er soll einen Stall soweit herrichten, dass wir unsere Kutschpferde darin unterstellen können. Und dann sehen wir weiter.«

»Das gibt Arbeit, aber ich freue mich darauf. Hast du eine Ahnung, in welchem Zustand sich die Gebäude befinden?«

»Das Wohnhaus ist in Ordnung, dafür hat Vater früher gesorgt. Aber die Ställe und die Scheune stehen seit Jahrzehnten leer. Benters hat nur die Felder beackert und die Ernte sofort verkauft.«

»Also gut. Ich schreibe ihm, dass wir kommen, und dann trainiere ich unsere Kutschpferde. Es ist ein langer Weg nach Rodenhagen und sie sind nicht in Form. Und wie kommst du hier heraus?«

Viktoria lachte. »Ich habe Peter Neubauer trainiert, und der ist in Form.«

Thomas umarmte seine kleine Schwester, die inzwischen so groß war wie er selbst. »Danke, Viktoria, dann lass uns anfangen.«

Er kaufte eine Landkarte und berechnete die kürzeste Strecke.

Da sie keinen Pferdewechsel vornehmen wollten, sondern die ganze Reise mit dem eigenen Gespann unterwegs sein würden, mussten die Pferde drei Tage durchhalten. Er rechnete aus: Am ersten Tag bis in die Nähe von Geesthacht, am zweiten bis nach Boizenburg und auf der dritten Etappe über Rodenwalde bis zum Gut. Dann suchte er Raststätten mit Stallungen für die Nächte und schrieb Jochen Benters. Er formulierte sehr sorgfältig, denn er wollte den Pächter nicht erschrecken und nicht verärgern. Der Mann war seit vielen Jahren gewohnt, allein auf dem Gut zu wirtschaften und selbst wenn Ackerbau und Pferdezucht sich nicht in die Quere kamen, war plötzlich wieder ein Besitzer auf dem Hof und es war ganz normal, dass der die Führung übernahm. Also hieß es für ihn, behutsam mit dem Pächter umzugehen, denn sie würden auf Gedeih und Verderb miteinander auskommen müssen. Schließlich brachte er seinen Brief eigenhändig zum neuerbauten Stadtpostamt in der Poststraße und hoffte, dass er zuverlässig und pünktlich Rodenhagen erreichte.

Viktoria, die sich zwar sehr sicher gegeben hatte, plante die Zeit ihrer Abwesenheit ganz besonders gründlich. Sie erarbeitete mit Peter Neubauer genaue Pläne für die Reederei, für jedes einzelne Schiff, das ein- oder auslaufen würde, für den Verkauf der Waren und den Einkauf neuer Produkte. Sie machte die Löhne fertig, die ausgezahlt werden mussten, und stellte Gelder bereit für unvorhersehbare Ausgaben. Neubauer war zwar ein zuverlässiger Mitarbeiter und konnte sie gut vertreten, eine Verfügungsgewalt für Gelder wollte sie ihm aber noch nicht geben. Der alte Prokurist ihres Vaters hatte sich schließlich auch entschlossen, die Firma zu verlassen. Für ihn war es unmöglich, wie er erklärte, unter einer jungen Frau zu arbeiten.

Als die geschäftlichen Fragen geklärt waren, begann Viktoria sich auf die Reise zu freuen. Sie kannte das Gut der von Peggendorffs nicht, denn sie war noch ein Kleinkind gewesen, als ihre älteren Geschwister vor vielen Jahren einmal mit den Eltern dort hinreisten, nachdem die Großeltern gestorben waren und der Vater einen Pächter einstellen musste. Manchmal hatte sie es bedauert, nicht dort draußen auf dem Lande zu leben, aber eben nur manchmal. Ihr Leben war die Firma, der Hafen, die Stadt. Aber jetzt dort Urlaub zu machen, das würde wunderbar werden. Seit vielen Jahren hatte sie keine Ferien gehabt, denn während der Schulzeit hatte sie die freien Wochen zum Lernen gebraucht. Wer gleichzeitig zwei Schulen besucht, muss eben doppelt soviel arbeiten, dachte sie, und es hat sich ja auch gelohnt.

Aber jetzt würde sie die Zeit auf dem Gut genießen. Natürlich, wir müssen mächtig viel arbeiten, damit Thomas zum Sommer hin dort einziehen kann, aber das macht nichts, Arbeit hat mich noch nie gestört und im Gegensatz zum Büro wird es richtig gut tun, sich einmal körperlich zu betätigen.

Trotz der Freude vergaß sie nicht die Aufgaben in der Firma, die für den Sommer geplant waren. Sie würden etwa zur gleichen Zeit wieder in Hamburg eintreffen wie Justus Habermann mit der ›Königin Sophia‹ aus Südamerika. Viktoria freute sich auf das Wiedersehen. Die Schwärmerei war vorbei und während der vergangenen offiziellen, dienstlichen Begegnungen waren sie sich auch menschlich näher gekommen und hatten gemeinsame Pläne für die Zukunft geschmiedet. An erster Stelle stand der Aufbau einer Kette mit Verkaufsstellen für Schiffszubehör in Brasilien. Der Kapitän hatte sich während der vergangenen Reisen in den Hafenstädten nach geeigneten Räumen umgesehen und die Vorschriften und Auflagen der Behörden geprüft und Viktoria hatte in Hamburg nach qualifizierten Verkaufsleitern gesucht.

Sie wussten beide, dass sie ein riesiges Projekt planten, das, wenn es erst einmal existierte, nicht nur enorme Gewinne abwerfen konnte, sondern vor allem, und darauf kam es Viktoria besonders an, von größtem Nutzen für die Schiffe der Südamerika-Routen sein würde.

Am wichtigsten aber war die Geheimhaltung dieser Pläne

und Viktoria wußte, dass sie sich voll und ganz auf Justus Habermann verlassen konnte. Aber nicht nur deshalb freute sie sich auf das Wiedersehen mit dem attraktiven Kapitän.

Bevor sie vier Wochen später abreisten, sprach Viktoria noch einmal mit dem Hausarzt, der den Vater regelmäßig zu Hause besuchte. Es verging kein Tag, an dem sie sich nicht die Zeit nahm, ihn in seinem Zimmer aufzusuchen. Dann erzählte sie ihm von der Firma, von den Schiffen, von fernen Ländern und von neuen Handelsgütern, die in den Speichern lagerten. Sie war überzeugt, dass der Vater sie verstand, ja, dass er auf ihren Besuch wartete und sich darauf freute. Aber er konnte sich nicht verständlich machen. Er sah sie mit großen Augen an und sie hoffte so sehr, einmal wenigstens sein Einverständnis zu erlangen, aber diese Augen sagten nichts.

Als sie mit dem Arzt sprach, versicherte der ihr, dass der Vater sie mit Sicherheit verstehen würde, sein Gehör sei nicht geschädigt und sein Geist gesund, wenn auch sehr langsam. »Sie müssen viel Geduld haben, Fräulein Stelling, Ihr Vater ist ein starker Mann und er hat den Willen, diesen Schlag zu besiegen, das spüre ich bei jedem Besuch, aber es kann Jahre dauern. Und das betrifft auch die Lähmung der rechten Körperhälfte.«

Viktoria nickte, sie sah selbst, wie es um den einst so rüstigen und stolzen Mann bestellt war. Dennoch fragte sie: »Mein Bruder und ich müssen verreisen. Können wir den Vater allein lassen, könnte ein Rückschlag eintreten?«

»Sein Leben liegt in Gottes Hand, verehrte Viktoria, aber nach meinem Ermessen ist kein Rückschlag zu befürchten. Er bekommt gute Medikamente, die Pfleger sind um ihn und er hat Ihre Frau Mutter, die sich rührend um ihn kümmert. Ich denke, Sie können ganz beruhigt fort fahren.«

»Danke, Doktor. Eine Bitte habe ich noch: Mein Vater hat den ganzen Winter im Haus verbracht, weil er vor Erkältungen geschützt werden musste, könnte er jetzt, zum Beginn des Sommers, nicht in den Garten gefahren werden oder kleine Ausflüge an die Alster machen? Ich möchte, dass er etwas Abwechslung hat, andere Menschen sieht und die gute Luft am Wasser genießt. Ist das möglich?«

»Ich werde dafür sorgen, dass er bei gutem Wetter an die frische Luft kommt. Sie können ganz beruhigt sein.«

»Danke, Doktor. Meine Mutter weiß, wo wir zu erreichen sind, wenn sich sein Zustand in irgendeiner Weise verschlechtert. Wir wollen morgen aufbrechen.«

Der letzte Abend vor der Abreise war gekommen. Die Köchin hatte sich selbst übertroffen, um den jungen Leuten ihr Lieblingsessen zu servieren. Sie hatte Blätterteig-Pastetchen mit Geflügelfüllung und Käse als Vorspeise zubereitet, danach gab es Hechtfilets in Dillsauce mit Kartoffelkroketten und Spargelsalat und als Nachtisch die von allen geliebte Eiercreme, mit Früchten und in Wein getränkten Biskuits und Makronen.

Viktoria und Thomas gingen nach dem Essen in die Küche, um sich bei Simone persönlich zu bedanken.

»Ach Kinder, wie leer wird das hier sein, wenn ihr nun auch noch wegfahrt. Für wen soll ich eigentlich noch kochen? Eure Mama isst weniger als ein Spatz, der Figur wegen, wie sie sagt, und der Herr Papa lebt ja nur vom Brei. Eines Tages sind's nur noch das Personal und die Pfleger, die hier richtig Appetit haben«, seufzte sie.

»Aber nicht doch, Simone, wir kommen in vier Wochen zurück. Wenn Thomas dann auf das Gut umsiedelt, bin immer noch ich hier. Und meinen Hunger kennst du ja. Du wirst dich anstrengen müssen, um mich immer satt zu kriegen. Wegen einer schlanken Taille würde ich nie auf deine Leckereien verzichten.«

Die Köchin lachte: »Wart's mal ab, Kindchen, die Zeiten kommen noch, in denen du dich vor dem Spiegel drehst und wendest und jedes Pfündchen einzeln verfluchst, das sich da irgendwo festgesetzt hat.«

Viktoria schüttelte den Kopf. »Nie und nimmer, ich versprech's.«

Dann setzten sich die jungen Leute in den Salon zur Mutter, die ihrem Sohn die Papiere über den Landsitz mitgeben wollte.

»Du bekommst das Gut überschrieben, wenn du volljährig bist, aber die Papiere gebe ich dir heute schon, damit du etwas in den Händen hast, wenn der Landrat Einblick in die Besitzverhältnisse nehmen möchte.«

»Danke, Mutter.«

Annette sah ihn glücklich an. »Ich bin so froh, dass wenigstens eines meiner Kinder das schöne alte Gut haben möchte. Es war immer der Wunsch meiner Vorfahren, dass es im Familienbesitz bleibt. Nun wirst du die Tradition fortsetzen, Thomas, und vielleicht hast du einmal Kinder, die es nach dir bewirtschaften.«

»Ach, Mutter, so weit denke ich nun wirklich noch nicht, aber ich verspreche dir, dass ich den Hof hegen und pflegen werde. Du sollst stolz auf mich sein und mit meiner Pferdezucht werde ich ihn weltberühmt machen.«

Irmgard Brennicke, auf Grund ihrer Herkunft und des Reichtums ihrer Familie eine geachtete Frau, die ihren Weg zu gehen wusste, wurde durch ihre Heirat mit Heinrich Brennicke eine Hamburgerin, aber sie war nie eine Hanseatin. Sie bedauerte das nicht, denn sie empfand die Hanseaten mit ihrem Stolz und ihrem Patriotismus als Vertreter einer Gesellschaft, die durch ihren weltweiten Handel, ihre alten Traditionen und die pflichtbewussten Wohltaten zwar erfolgreich, aber dabei überheblich und anspruchsvoll geworden waren. Sie regierten die Stadt und sie waren die Herren dieser Stadt. Aber sie vergaßen dabei die Bürger, die sie durch ihren Fleiß zu dem gemacht hatten, was sie heute waren. Nein, selbst wenn sie es gekonnt hätte, sie hätte sich niemals als Hanseatin bezeichnet. Dennoch achtete sie das Traditionsbewusstsein ihres Mannes und war ihm eine treue Gefährtin.

In ihrem Hause konnte sie schalten und walten, wie sie wollte, im Handelshaus und in der Reederei hatte sie aber nichts zu sagen. Manchmal beneidete sie die ›kleine Stelling‹, wie sie Viktoria in Gedanken nannte, die tun konnte, was sie für richtig hielt. Ihre Meinung galt, ihre Pläne wurden umgesetzt und ihr Unternehmen erblühte unter ihrer Führung.

Auch Irmgard hatte diesen Tatendrang. Sie war keine Frau, die sich mit Dienstbotenanweisungen und Serviettenstickereien zufrieden gab. Sie hatte Ideen, die Erfolg versprachen und Träume, die sich verwirklichen ließen, aber sie hatte keine Grundlage, auf der sie ihre Ideen und Träume aufbauen konnte. Weder ihr Mann noch ihr Sohn akzeptierten Vorschläge, die von ihr kamen, mochten sie auch noch so erfolgversprechend klingen.

So kam es, dass Irmgard Brennicke nach einem eigenen Weg suchte und ihn schließlich auch einschlug. Sie war nach wie vor eine gute Ehefrau und eine vorbildliche Hausfrau, aber sie wurde auch eine Unternehmerin, die vom ersten Tag an Erfolge verzeichnen konnte.

Irmgard Brennicke gründete eine Immobilienfirma, in der Hermann Ganzow als Jurist ihr Geschäftsführer wurde. Ein Unternehmen, das vom ersten Tage an auch städtebauliche Veränderungen zur Folge hatte. Irmgard entwickelte die Ideen, der Jurist vertrat sie in der Öffentlichkeit und beide zusammen wurden eine unschlagbare Gemeinschaft, die im Verborgenen arbeitete, bis sie mit einem imponierenden Ergebnis an die Öffentlichkeit trat.

Ganzow arbeitete nur noch selten als Advokat für alte, treue Klienten, er hatte seine Büroräume zusammen mit seinen Angestellten in die kleine Gesellschaft eingebracht und Irmgard finanzierte die Arbeit, bis die ersten Erfolge sich einstellten. Dann allerdings mussten sie die Firma sehr schnell vergrößern, neue Räume am Baumwall mieten, zwei Architekten und mehrere Mitarbeiter einstellen.

Geträumt hatte Irmgard von einer solchen Firma seit jenem Tag, als sie durch Zufall von dieser geplanten Speicherstadt hörte. Seit damals hatte sie überlegt und geträumt und kalkuliert, seit jenem Tag hatte sie Erkundigungen eingezogen, Verbindungen genutzt und im Geheimen die Fäden gezogen.

Niemand in Hamburg wusste von ihrer neuen Tätigkeit. Nur ihre Familie in Glückstadt hatte sie eingeweiht, weil sie ihre Ausgaben von ihrem durch die Familie verwalteten Vermögen bestreiten musste. Außerdem war sie froh, die Familie an ihrer Seite zu wissen. In ihrer Villa an der Elbchaussee war sie immer da, wenn ihr Sohn sie brauchte und ihr Mann nach ihr verlangte. Sie führte ihren Haushalt vorbildlich und galt als beste Gastgeberin der Stadt. Aber sie hatte viel Zeit, wenn der Mann auf Reisen und der Sohn im Geschäft waren. Dann saß sie nicht über den Stickrahmen gebeugt oder am neuen Nähtischchen aus Amerika, sondern war mit ihrer Kutsche unterwegs, um Grundstücke zu besichtigen und Straßenkarten zu studieren.

Sie hatte sich einen Einspänner zugelegt, den sie selbst fuhr, und war zu einem oft gesehenen Gast im Hamburger Straßenbild geworden.

»Mutter, wenn ich dich so ansehe, denke ich, du bist die eleganteste Frau der Stadt.« Jens strich seiner Mutter liebevoll über die Hand, die schlank und gepflegt neben dem Frühstücksgedeck lag.

Irmgard lächelte. »Morgens um sieben Uhr schon Komplimente, mein Junge? Früher folgten solchen Äußerungen dann immer besonders große Wünsche, wie ist es heute damit?«

»Also, du weißt genau, dass diese Zeiten vorbei sind. Ich bin nicht mehr der kleine Junge, der schmeicheln musste, um eine Burg mit Bleisoldaten oder ein Schaukelpferd zu bekommen. Ich sage, was ich denke, und das ist: Du wirst mit jedem Tag schöner, Mutter. Was hast du heute vor?«

»Ich werde in die Stadt fahren, ich habe ein paar Einkäufe zu tätigen und ich muss mit meiner Hutmacherin sprechen.«

»Bist du zufrieden mit dem Pferd und der kleinen Kutsche? Ich habe mir wirklich Mühe beim Kauf gegeben.«

»Ich weiß, Jens, und du hast wirklich gut gewählt. Ich wünschte bloß, die Stadt hätte mehr Standplätze, wo man ein Gespann abstellen kann, wenn man Besorgungen macht. Der Verkehr nimmt täglich zu, aber an Abstellplätze denkt niemand. Und wenn man schließlich einen gefunden hat, dann kann es sein, dass nicht einmal ein Wächter da ist, der auf die Pferde achtet, dass schattenspendende Bäume fehlen und kein Brunnen vorhanden ist. Viele Besucher der Stadt kommen von außerhalb und die Pferde sind halb verdurstet, aber daran denkt keiner von den Stadtplanern.«

»Vielleicht solltest du lieber den Kutscher mitnehmen.«

»Auf keinen Fall, Jens. Ich bin so froh über die Selbstständigkeit, dass ich lieber länger suche und weiter laufe, als immer auf die Uhr zu schauen, weil irgendwo die Kutsche wartet.«

»Denk daran, Mutter, auf unserem neuen Firmengelände an der Deichtorstraße ist immer Platz für dich.«

»Ich weiß, mein Junge, aber das ist mir zu abgelegen. Lass nur, ich komme schon zurecht. Ich habe inzwischen meine kleinen Schlupfwinkel gefunden, und wenn man ein guter Kunde ist, drücken die Geschäftsleute auch mal ein Auge zu, wenn man die Kalesche länger auf ihrem Hof stehen lässt, als man bei ihnen einkauft.«

Jens lachte. »Ich glaube eher, sie wollen, dass du so oft wie möglich bei ihnen gesehen wirst. Eine Frau wie du, mit der zeigt sich jeder gern.«

»Noch ein Kompliment! Und was hast du heute vor?«

»Büroarbeit, Mutter, staubtrockene Büroarbeit.«

»Du arbeitest zuviel, mein Junge. Warum nimmst du dir nicht hin und wieder einen Tag frei? Es ist Sommer, warum segelst du nicht oder reitest, Tennis hast du auch seit Wochen nicht gespielt. Warum gehst du nicht einmal zum Tanzen? Meine Bekannten fragen schon, warum du nicht zu sehen bist, sie haben nämlich schöne Töchter.« Einerseits war Irmgard etwas unruhig, weil Jens so gar kein Interesse mehr an Frauen zeigte, nachdem diese erste ernsthafte Beziehung unverständlicherweise zu Ende gegangen ist. Andererseits war sie ganz zufrieden damit, den Sohn noch zu Hause zu haben. Außerdem hatte sie auch einen Traum, der die Zukunft ihres Sohnes betraf.

Jens hob abwehrend die Hände: »Ich habe wirklich viel zu tun. Wenn Vater auf Reisen ist, bleibt alles an mir hängen.«

»Neulich hat mich eine Freundin gefragt, ob Vater die Berufung zum Senator annimmt und ins Rathaus einzieht. Das war ziemlich peinlich, ich wusste gar nichts davon.«

»Na ja, er macht ein ziemliches Geheimnis daraus. Ich habe es auch nur durch Zufall erfahren, als ein Senatsdiener ins Kontor kam und nach ihm fragte.«

»Und was ist dran an der Geschichte?«

»Anscheinend hat man ihm einen Posten in der Regierung angeboten, aber er überlegt noch. Du weißt ja, was für ein stoischer Realist er sein kann. Wenn bei ihm nicht alles bis zum letzten Punkt stimmt, macht er nicht mit.«

»Heinrich Brennicke, Senator der Hansestadt Hamburg – hört sich doch gut an.«

»Es wäre schon eine große Ehre. Aber dann bleibt die ganze Arbeit an mir hängen. Die Firma hat sich gewaltig vergrößert, nicht nur, was den Gewinn betrifft, sondern eben auch, was die Arbeit betrifft. Und als Frau eines Senators könntest du auch nicht mehr ungestört durch die Stadt flanieren, liebe Mutter.«

»Ich weiß, mein Junge. Und wenn du mich fragst, auf den Titel können wir verzichten. Noch mehr gesellschaftliche Verpflichtungen, dein Vater mehr oder weniger immer in der Stadt und damit auch hier zu Hause, das muss ich nicht unbedingt haben.«

Jens lachte laut. »Mutter, du bist durchschaut. Du willst deine Freiheit behalten, stimmt's?«

»Das könnte sein. Hast du eine Ahnung, für welchen Bereich man den Vater im Senat haben will?«

»Ich glaube für die Bebauungsfragen, aber genau weiß ich es nicht.«

Für einen Augenblick wich alle Farbe aus Irmgards Wangen, dann hatte sie sich wieder gefangen. »Nun, warten wir es ab«, erwiderte sie so ruhig wie möglich und im Stillen dachte sie, dann muss ich mir mit meiner kleinen Firma sehr schnell etwas einfallen lassen.

Jens legte das Mundtuch zur Seite und stand auf. »Ich muss leider gehen.« Er verabschiedete sich mit einem zärtlichen Handkuss. »Ich wünsche dir einen wunderschönen Tag in voller Freiheit, liebe Mutter«, rief er noch immer lachend, dann war er fort.

Erst als sie allein war, merkte Irmgard, wie schockiert sie war. Wenn ihr Mann Baupläne und Neubauten kontrollierte oder gar bewilligen musste, fand er heraus, dass sie im Immobiliengeschäft tätig war. Da half ihr auch Hermann Ganzow als Strohmann wenig. Sie musste sofort zu ihm. Die Hutmacherin war nicht so wichtig und mit dem Bauern in Horn konnte sie auch noch etwas später die Grundstücke besichtigen, die er verkaufen wollte. Jetzt ging das eigene Geschäft vor.

Irmgard ging in die Halle, ließ sich vom Butler Hut und Handschuhe reichen und trat nach draußen. Der Stallknecht wartete mit dem Einspänner vor der Tür und während sie in der Kutsche Platz nahm, ließ sie mit Zufriedenheit den Blick über die hübsche Gartenanlage schweifen, in der Rhododendron und Goldregen, Jasmin und Azaleen um die Wette blühten.

Dann klopfte sie mit den Zügeln leicht auf die Kruppe des Pferdes und fuhr los. Jens hatte ihr eine Holsteiner Goldfuchsstute besorgt, die vorbildlich eingefahren war und auf das kleinste Kommando reagierte; ein leichtfüßiges Pferd mit eleganten, raumgreifenden Bewegungen, um das sie schon wiederholt beneidet worden war. Sie hieß ›Fee‹ und Irmgard fand, dass der Name wunderbar zu ihr passte.

Auf der Elbchaussee herrschte reger Betrieb. Pferdebusse, private Kutschen, Mietdroschken und Reiter waren unterwegs und sogar ein paar Fahrradfahrer quälten sich auf dem Kopfsteinpflaster ab. Irmgard wartete, bis die Straße frei war, dann fuhr sie aus dem Tor und reihte sich in der Verkehr ein. Kurz vor neun Uhr hatte sie das Haus am Baumwall erreicht, fuhr in den Hof, wo ein Stallbursche ihr das Pferd abnahm, und eilte in die Geschäftsräume ihrer Firma. Überall wurde bereits eifrig gearbeitet und auch Hermann Ganzow saß schon an seinem Schreibtisch.

Irmgard grüßte nach allen Seiten, schloss die Tür hinter sich und eilte zu dem Kompagnon. »Guten Morgen, lieber Kollege. Ich habe da eine heikle Frage: Wussten Sie, dass mein Mann eventuell das Bauamt im Senat führen wird?«

»Was?« Ganzow war aufgesprungen. »Verzeihen Sie, guten Morgen, liebe Irmgard. Was sagen Sie da?«

Sie legte den Hut und die Tasche ab, streifte die Handschuhe ab und setzte sich. »Mein Sohn machte heute beim Frühstück so eine Andeutung. Noch ist nichts entschieden, aber wir müssen sofort etwas unternehmen. Denn wenn mein

Mann diesen Antrag annimmt, weiß er am nächsten Tag über unser Geschäft Bescheid.«

»Aber das muss doch nicht sein. Wir sind so eine kleine Firma.«

»Wir sind ein Unternehmen, das mächtig floriert. Und Sie kennen meinen Mann nicht, lieber Hermann, er ist die Gründlichkeit in Person. Und wenn er irgendwo Gewinne riecht, dann steht er vor der Tür.«

»Was schlagen Sie vor, meine Liebe?«

»Wir werden dem Geschäft einen Namen geben und melden die Firma unter diesem Namen bei der Bau-Deputation an. Sie sind der Geschäftsführer und mein Name verschwindet. Was halten sie von ›Baumwall-Immobilien?‹

»Eine glänzende Idee, meine Liebe, knapp, einfach und die Anschrift ist sozusagen gleich mit dabei.«

»Gut, dann werde ich in der Druckerei Richter Visitenkarten und Geschäftspapier bestellen und Sie, wenn ich Sie bitten dürfte, könnten ein elegantes Messingschild in Auftrag geben.«

»Mit Vergnügen. Ich kenne einen erstklassigen Schildermacher. Er wird uns bevorzugt bedienen, dann haben wir das Schild in kürzester Zeit.«

»Wunderbar. Vielleicht ist unsere Sorge überflüssig, aber es wird sowieso Zeit, dass wir eine offizielle Ordnung in unser Unternehmen bringen.«

Irmgard stand auf. »Ich fahre als erstes nach Wandsbek in die Druckerei und anschließend nach Horn zum Bauern Petzold. Ich will ihn überzeugen, uns seine Grundstücke zu verkaufen. Ich habe da einen Interessenten, der ganz dringend sein Areal vergrößern muss.«

»Sie sprechen von Herrn Wichern?«

»Ja, seine Rettungsanstalt ›Raues Haus‹ für gefährdete Kinder aus sittlich verwahrlosten Familien sprengt alle Grenzen. Er will mehr Häuser bauen und mehr Kinder aufnehmen, damit sie in Gruppen wie in Familien leben können.«

»Ich habe von diesem Theologen gehört. Ich habe aber auch gehört, liebe Irmgard, dass sein Projekt nur durch Spenden unterhalten wird. Kann er denn vergrößern? Ich meine, hat er die finanziellen Möglichkeiten?«

»Er muss vergrößern, und ich denke, wir sollten uns in die Reihe der Spender wie etwa die Hudtwalckers, Sievekings oder Amsincks einreihen. Wenn wir ihm die Grundstücke überlassen, hat er Platz, um Häuser zu bauen, die andere Hamburger stiften werden.«

»Ein vorzüglicher Gedanke, meine Liebe.«

»Dann sind Sie einverstanden, wenn wir diesmal keinen Gewinn verbuchen, sondern großzügig spenden?«

»Selbstverständlich. Und ich wünsche Ihnen erfolgreiche Verhandlungen, der Bauer soll schwierig sein.«

»Ich weiß, ich werde allen verfügbaren Charme spielen lassen.«

»Viel Glück.«

Nachdem Irmgard die Wandsbeker Druckerei verlassen hatte, fuhr sie durch die schattige Pappelallee hinüber zum Hammer Steindamm, kreuzte den hübschen kleinen Park und bog in den Horner Weg ein. Hier auf dem Hammer Berg, wo einige reiche Hamburger inzwischen Sommerhäuser besaßen, hatte sie einen schönen Ausblick auf die kleine Bille, die sich unten durch die Felder schlängelte und auf die weite fruchtbare Ebene rechts und links der Elbe, die wie ein Silberpfeil in der Ferne dahinzog. Fast so schön wie bei uns, dachte sie. Ich kann verstehen, dass hier Ferienhäuser und Sommervillen entstehen. Hoffentlich passt der Bauer seine Verkaufspreise nicht dem Bedarf der begüterten Hamburger an. Dann können wir sie nicht bezahlen.

Sie fuhr weiter und bog schließlich am Ende der Anhöhe auf den Hof der Petzolds ein. Das alte, strohgedeckte Fachwerkhaus mit dem Bauerngarten dahinter, die Stallungen und die Scheune machten einen ärmlichen Eindruck. Hühner stoben gackernd davon, als sie zur Haustür fuhr. In einem Gatter suhlten sich Schweine und ein kläffender Spitz kam aus der Scheune geschossen, um den Eindringling zu verjagen. Eine Frau, die hinter dem Stall Wäsche aufhängte, rief den Hund zurück und fragte: »Wollen Sie zu meinem Mann?«

Irmgard nickte. »Es geht um die Grundstücke, wir sind verabredet.«

»Geh'n Sie man rein, er wartet in der Küche.«

Irmgard befestigte die Leine am Bremshebel, stieg aus und betrat das Haus. Der Flur war dunkel und muffig, vollgestellt mit alten Schränken. Die Milchglasscheiben einer Tür im Hintergrund gaben etwas Licht und zeigten ihr den Weg. Dann klopfte sie an die Tür und trat ein. Am Tisch saß ein Mann vor einem großen Becher mit Gerstenkaffee in der Hand. Man roch, dass er im Schweinestall gearbeitet hatte. Er drehte sich um und sah sie an. »Sind Sie die Frau, die wegen der Felder kommt?«

»Ja, mein Geschäftspartner hat neulich mit Ihrem Sohn gesprochen. Wir sind an den beiden Grundstücken interessiert, die Sie verkaufen wollen.«

»Es gibt 'ne Menge Leute, die dran interessiert sind, Frau.«

»Ich komme hoffentlich nicht zu spät?«

»Kommt drauf an.«

»Worauf kommt es an?«

»Was Sie damit machen wollen. Für die feinen Pinkels, die hier Sommerhäuschen bauen wollen, hab ich nämlich nichts übrig.«

»Ich möchte die beiden Grundstücke einem Mann schenken, der Häuser für arme Kinder bauen will.«

»Davon hab ich schon mal was gehört. Der sammelt asoziale Kinder oder wie das heißt. Dann hätte ich hier in der Nähe einen Haufen von Kriminellen sozusagen. Das will ich nicht. Ich denke, aus unserem Geschäft wird nichts.«

»Mein lieber Mann, Sie irren sich. Es sind kleine Kinder,

die hier leben sollen, die in die Schule und in die Kirche gehen und von gebildeten Menschen betreut werden. Sie sind gut erzogen und höflich und werden Sie in keiner Weise stören.«

»Hm, wird er einen Zaun um das Gelände ziehen?«

»Das weiß ich nicht, aber wir können ihn fragen.«

»Also mit 'nem Zaun? Und keine Kinder hier auf meinem Hof?«

»Man könnte darüber verhandeln.«

»Dann verhandeln Sie mal.«

»Es soll aber nicht wie ein Gefängnis für die Kinder aussehen.«

»Wird's auch nicht. Das Gelände ist groß genug und es gibt jede Menge Bäume und Büsche, da fällt 'nen kleiner Zaun drum rum überhaupt nicht auf.«

»Gut, ich verspreche Ihnen den Zaun, ich werde selbst dafür sorgen. Wie viel wollen Sie für das Land haben?«

Irmgard verhandelte nicht lange. Der Preis war annehmbar. Sie würde sich mit dem Bauern am nächsten Tag im Grundbesitzeramt treffen und den Besitzerwechsel eintragen lassen. Dann bekam er sein Geld bar auf die Hand, und sie musste sehen, wie sie Herrn Wichern die Sache mit dem Zaun erklärte. Vielleicht gab es damit keine Schwierigkeiten, wenn man den Zaun nicht als Absperrung von innen nach außen, sondern als Schutz der Kinder vor Einflüssen betrachtete, die von draußen drohten.

Als sie am späten Nachmittag in das Büro am Baumwall kam, waren die Mitarbeiter gegangen. Nur Hermann Ganzow saß an seinem Schreibtisch und studierte Pläne für einen neuen Straßenverlauf zwischen Binnenalster, Schopenstehl und altem Fischmarkt. Hier hatte der Brand große Lücken in die ehemalige Bebauung gerissen, die nun durch breite, moderne Straßen neu gegliedert werden sollte.

»Wenn wir schnell handeln und etwas Mut zum Risiko

haben, könnte unsere Firma ein paar Grundstücke erwerben, die sich später als absolute Goldgruben erweisen.«

»Das müssen Sie mir erklären«, Irmgard zog einen Stuhl heran und setzte sich neben den Partner, um in die Pläne sehen zu können. Mit einem Bleistift zog er vorsichtig einen Strich über den Plan und verlängerte ihn nach Süden hin. »Diese ganze Gegend ist der direkte Zugang zu jenen Inseln im Hafen, die zu einer riesigen Speicherstadt ausgebaut werden sollen.«

»Aber wann?«

»Das braucht seine Zeit, liebe Irmgard, aber man hat schon damit begonnen, die Menschen, die dort wohnen, umzusiedeln. Aber wenn dann gebaut wird, ist die Gegend zur Innenstadt hin nicht mehr zu bezahlen.«

»Dann sollten wir zugreifen, bevor es ein anderer tut.«

Ganzow sah sie an. »Wer weiß, eines Tages verkaufen wir diese Goldgruben dann an die Reederei Brennicke?«

Irmgard lachte. »Aber nicht zum Vorzugspreis, diese Reederei hat Geld genug.« Es machte ihr ungeheuren Spaß, mit ihrer kleinen, bescheidenen Macht zu spielen. »Wie geht es jetzt weiter? Wann kann man die Grundstücke besichtigen, wann stehen sie zum Verkauf?«

»Dafür brauchen wir Fingerspitzengefühl und Diplomatie. Ich hörte, dass ein Handel unter der Hand schon angefangen hat.«

»Dann werden wir uns morgen sofort darum kümmern.«

Ganzow stand auf und holte aus dem Schrank eine Flasche Champagner. »Trinken wir auf die hübschen kleinen Goldgruben, die uns morgen Abend gehören werden.«

Was sie beide nicht ahnten, war die Tatsache, dass das Handelshaus Stelling die besten Grundstücke längst erworben hatte.

Auf dem Weg in die Stadt dachte Jens an die Worte seiner Mutter und strich seinem Schimmel über die Mähne. »Irgendwie hat sie schon Recht, mein Junge, richtig zum Vergnügen sind wir schon lange nicht mehr unterwegs gewesen.«

Er dachte an die Stunden, die vor ihm lagen, staubtrockene Stunden mit Kalkulationen und Verhandlungen, zu denen er nicht die geringste Lust hatte. Seit Monaten war er nicht mehr aus der Stadt herausgekommen, sein schönes Pferd ritt er nur morgens und abends auf dem Weg ins Büro und zurück in die Villa. »Wir zwei müssen mal wieder richtig raus, ich werde gleich sehen, was sich machen lässt«, flüsterte er über das Pferd gebeugt und spornte den kräftigen Hengst zu einer schnelleren Gangart an.

Im Büro angekommen, ließ er sich von seinem Büroleiter die Geschäftsbücher bringen. Mal sehen, dachte er, ob da nicht Aufträge sind, um die man sich persönlich kümmern muss. Er brauchte gar nicht lange zu suchen. Die Reederei sollte Holz aus dem Hagenower Forst in die Niederlande verschiffen. Das Holz war bestellt, der Transport aber nicht geregelt. Ein Grund für mich, persönlich nach dem Rechten zu sehen, überlegte er und rief den Geschäftsführer, der die Firma leitete, wenn beide Brennickes unterwegs waren.

»Möller, ich werde für zwei Wochen unterwegs sein. Bringen Sie mir bitte die Unterlagen über den Holzkauf in Hagenow und über den Transport nach Hamburg.«

»Das Holz liegt zum Abtransport bereit und man könnte es ab Boizenburg mit einem Binnenschiff nach Hamburg zum Verladen auf die Hochseebarke befördern. Uns fehlen nur die Langholzfuhrwerke, die das Holz an die Elbe bringen.«

»Und wie viele Fuhrwerke brauchen wir Ihrer Schätzung nach?«

»Ich denke zwölf Fuhrwerke, die zweimal fahren müssten, Chef.«

»Warum nicht vierundzwanzig Wagen, die dann nur einmal fahren?«

»Weder Hagenow noch Boizenburg hat genug Fuhrunternehmer. Es sind nur kleine Orte, da muss man froh sein, wenn man überhaupt ein oder zwei Unternehmen findet.«

»Und die Bauern? Da müssten doch genug Gespanne gegen gutes Geld aufzutreiben sein.«

»Gespanne schon, Chef, aber keine Langholzwagen.«

»Und warum zum Kuckuck haben wir Holz in einer Gegend gekauft, in der wir es nicht abtransportieren können?«

»Der Holzpreis war der günstigste von allen Angeboten, die der Herr Brennicke senior eingeholt hat.«

»Wahrscheinlich deshalb.« Jens dachte flüchtig an den Vater, der seit Wochen in London war, um Bau und Einsatzmöglichkeiten von Dampfschiffen zu studieren.

»Also, ich reite morgen los, um das Holz auf den Weg zu bringen. Machen Sie mir bis abends die notwendigen Papiere fertig. Außerdem brauche ich genügend Bargeld, kleine Unternehmer wollen Geld sehen, keinen Scheck für irgendeine Bank, die sie nicht kennen.«

»Jawohl, Chef.«

»Noch eins, Möller, lassen Sie bitte den Stallknecht holen, er muss Hassan zum Schmied bringen.«

»Wird gemacht, Chef.«

Als der Junge, der tagsüber die Pferde der Firma betreute, kam, erklärte Jens: »Du gehst mit Hassan zum Schmied. Sag ihm, das Pferd braucht frische Eisen und vier Reserveeisen, die gezeichnet sind, damit ich weiß, welches Eisen für welches

Bein bestimmt ist. Außerdem soll er dir eine Zange und eine Hand voll Hufnägel einpacken.«

»Jawohl, Herr.«

»Und du wirst das Pferd führen, nicht reiten, ist das klar? Der Hengst ist unberechenbar und ich will nicht, dass euch etwas passiert.«

»Jawohl, Herr.«

Jens stand auf, streifte die Reitkleidung ab und zog sich Steghosen und einen eleganten Paletot, passend zu den sandfarbenen Beinkleidern an. Er hatte immer genügend Anzüge im Büro, denn in der morgendlichen Reitkleidung konnte er schlecht zu Gesprächen mit Kunden, zu Verhandlungen ins Rathaus oder zu Geschäften auf die Bank gehen. Fröhlich pfeifend stellte er fest, dass er sich auf den ›Ausflug‹ freute. Alle Unlust war vergangen. Er würde einen wunderbaren Ritt mit seinem Hengst haben. Drei Tage hin, drei Tage vor Ort und drei Tage zurück, das würde wieder Spaß in sein Leben bringen. Was die Mutter sagte, war richtig. Er kümmerte sich überhaupt nicht mehr um sich selbst. Seit seiner Rückkehr aus Boston hatte er keine Party mehr besucht, kein Tennismatch gespielt und kaum einen Freund gesehen. Das würde sich jetzt ändern, und zwar sofort.

Schmunzelnd nahm er seinen Hut, den Stock und die Handschuhe und verließ das Büro. Er würde sich neue Reitkleider kaufen. Die Mode hatte sich gewandelt und man saß nicht mehr so steif und stilvoll auf dem Pferderücken, sondern leger, in knapp geschnittenen Breeches mit handschuhweichen Lederstiefeln und einem Jackett, das in der Hauptsache aus Taschen bestand. Ideal für einen weiten Ritt, dachte er und ging zum Neuen Wall, wo die englische Firma ›Horsemanship‹ ein Geschäft eröffnet hatte.

Jens war überrascht von der Eleganz des Interieurs, das dem Stil eines englischen Landhauses nachempfunden war. Selbst die Verkäufer präsentierten sich stilecht und dass die

Jens streichelte der Mutter über die Wange. »Mit Vergnügen, du brauchst mich gar nicht zu überreden. Ich habe auch schon überlegt, ob ich mit so einer Schienenbahn in das Hagenower Land fahren könnte, aber das Waldgebiet ist so abgelegen, da muss ich mit dem Pferd hin.«

»Also abgemacht. Ich hoffe nur, mir wird nicht übel.«

»Aber weshalb denn?«

»Weil es so schnell geht, erzählt man sich, das verträgt der Magen nicht. Wann wirst du morgen früh reiten?«

»Um fünf Uhr. Ich will die kühlen Morgenstunden nutzen. Später werden die Pferdebremsen so lästig.«

»Ich werde dann noch schlafen. Übrigens hat dein Vater geschrieben, er kommt in drei Wochen zurück und ist ganz angetan von diesen neuen Schiffen, die einen Dampfkessel im Rumpf haben und einen Schornstein zwischen den Masten.«

»Zwischen den Masten? Wie sieht das denn aus?«

»Er schreibt, es gebe in England schon viele dieser Schiffe. Sie haben vorn zwei Masten und hinten zwei und dazwischen ist der Schornstein. Ich glaube, er hat große Pläne damit. Aber das hören wir, wenn er hier ist. Jetzt wünsche ich dir erst einmal einen sehr schönen Ritt.«

Dass dieser Ritt sein ganzes Leben verändern sollte, ahnte an diesem Abend keiner von beiden.

Viktoria und Thomas kamen zügig voran. Die Pferde waren gut trainiert, die Straßen trocken und bequem passierbar und als sie am zweiten Abend kurz vor Boizenburg in den Hof eines Gasthauses einbogen, um hier die Nacht zu verbringen, hatten sie den größten Teil der Strecke hinter sich.

»Warte, ich werde fragen, ob man Platz für uns und die Pferde hat.« Thomas stieg aus und ging steifbeinig über das Kopfsteinpflaster. Viktoria sah ihm lachend nach. »Bist ganz schön steif, mein Lieber. Die Pferde hast du trainiert, dich selbst anscheinend nicht.«

Er drehte sich um und winkte. »Warte nur ab, bis du aussteigst, dann werde ich hier stehen und mich vor Lachen schütteln.«

Er hat Recht, dachte sie, wir wurden ganz schön durchgerüttelt. Und ich dachte immer, die Kutsche ist so weich gefedert.

Dann kam Thomas zurück. »Alles in Ordnung. Die Kutsche sollen wir unter das Vordach der Scheune fahren und im Stall sind zwei Ständer frei, in denen wir die Pferde anbinden können. Hilfst du mir? Dann führen wir die beiden gemeinsam in den fremden Stall und es gibt keinen Zirkus, wenn einer draußen warten muss.«

Sie spannten die Pferde ab, nahmen das Geschirr herunter und brachten sie in ihre Ständer. Ein Stallknecht kam und versprach, die Tiere zu füttern und zu bürsten. »Die Hufe mache ich selbst«, erklärte Thomas, nahm den Hufkratzer und kontrollierte die Beine. Viktoria, die sich im Stall umgesehen hatte, rief ihn: »Komm einmal her, Thomas, schau dir diesen Schimmel an. Hast du schon einmal ein so herrliches Pferd gesehen?«

Der junge Mann kam zu dem Verschlag, in dem der Hengst stand. »Mein Gott, ist der schön. Ein Anglo-Araber aus der Oldenburger Zucht.«

»Woher weißt du das?«

»Er hat das Oldenburger Brandzeichen und die Oldenburger Fürsten haben seit Jahrhunderten orientalische und spanische Hengste eingekreuzt. So ein Hengst in meinem Stall und meine Zucht wäre gesichert.« Sie standen in dem beinahe dunklen Stallgang und wagten kaum laut zu sprechen, um das Pferd nicht zu stören. Der Hengst sah aufmerksam zu ihnen hinüber und ließ die Ohren spielen. Dann schnaubte er und wandte sich wieder seiner Heuraufe zu. »Ich kann gar nicht verstehen, wie ein solches Pferd in diesen armseligen Stall kommt«, flüsterte Thomas.

»Das kann ich gern erklären«, hörten sie eine kraftvolle

Stimme hinter sich und drehten sich erschrocken um. Sie hatten nicht gehört, dass jemand gekommen war.

»Sie können ruhig laut sprechen, Hassan stört das nicht.«

Viktoria lief ein Schauer über den Rücken, es war, als gleite diese Stimme Wort für Wort über ihre nackte Haut. Sie wandte sich wieder dem Pferd zu, um ihr Gefühl zu verbergen. So etwas war ihr noch nie passiert. Der Fremde ging zur Gattertür und trat zu dem Pferd.

»Da hast du zwei Bewunderer, Hassan, benimm dich gut.« Er streckte Viktoria die Hand hin. »Kommen Sie näher, er tut Ihnen nichts.« Aber sie schüttelte den Kopf. »Danke, der Pferdekenner bin nicht ich.« Dann wandte sie sich um und verließ den Stall. »Ich hole meine Tasche aus der Kutsche und suche mein Zimmer auf. Hol mich bitte ab, wenn du fertig bist«, rief sie zurück und ging über den Hof. Thomas ließ sich nicht zweimal bitten, das Pferd zu streicheln. Erst zaghaft, dann kräftig kraulte er ihn zwischen den Ohren und klopfte ihm den Hals. »Sind Sie auch auf der Durchreise?«

»Ja, ich will in die Nähe von Hagenow, ein knapper Tagesritt noch, dann haben wir unser Ziel erreicht.«

»In die Gegend wollen wir auch. Aber wenn ich Ihren Hengst und unsere beiden Pferde vergleiche, dann weiß ich, dass wir nicht zusammen reisen können. Mit einem Anglo-Araber können wir nicht Schritt halten.«

»Das könnte stimmen. Außerdem benutze ich oft Abkürzungen, die mit einer Kutsche nicht zu befahren sind.«

»Haben Sie eine so genaue Wegekarte?«

»Nein, aber ich erkundige mich morgens, bevor ich aufbreche, nach den besten Möglichkeiten und so erfahre ich manchen geheimen Weg.«

Thomas lachte, der Mann gefiel ihm. »Daran habe ich noch gar nicht gedacht. Aber ich werde mir das merken, denn in ein paar Wochen werde ich auch als Reiter hier unterwegs sein.«

»Sie sagten etwas von einer Pferdezucht?«

»Ja, es ist mein Traum, ein Gestüt aufzubauen. Mit einem Hengst wie diesem hätte ich den Erfolg schon beinahe in der Tasche.«

»Eine schöne Aufgabe. Und wo sollte das sein?«

»Meine Familie besitzt ein Gut in der Nähe von Rodenwalde, das ist bei Hagenow, aber ich kenne es nicht, ich war nur einmal als kleiner Junge dort.«

»Dann wünsche ich Ihnen viel Glück.«

Inzwischen war es so dunkel geworden, dass sich die beiden kaum noch ansehen konnte. Schließlich ließen sie, der eine knapp zwanzig, der andere gerade dreißig Jahre alt, den Hengst allein. »Haben Sie keine Angst, das Pferd könnte Ihnen gestohlen werden?«

»Nein, er lässt keinen Fremden an sich heran, wenn ich nicht dabei bin.«

»Das ist sehr praktisch.« Sie liefen über den Hof und während Thomas seine Reisetasche von der Kutsche holte, ging der Fremde zum Haus hinüber und rief: »Werden Sie auch hier speisen?«

»Ja, und wie«, lachte Thomas, »wir sind am Verhungern.«

»Dann wäre es mir ein Vergnügen, wenn Sie meine Gäste sind.«

»Oh«, erwiderte Thomas, »da muss ich erst meine Schwester fragen, die setzt sich nicht mit jedem an einen Tisch.«

»Dann legen Sie bitte ein gutes Wort für mich ein.«

Als er allein war, begann Jens zu überlegen. Er kannte diese junge Frau, er hatte sie mit Sicherheit schon einmal gesehen. Aber wann und wo? Es war auch zu dunkel vor dem Verschlag, um das Gesicht genau zu erkennen. Dennoch, er war entzückt, in diesem armseligen Stall einer Frau gegenüber zu stehen, die ihm den Atem raubte. Er hätte den jungen Mann nach dem Namen fragen sollen, aber er war so erleichtert, als der von seiner Schwester und nicht von seiner Frau sprach, dass er völlig vergessen hatte, sich selbst vorzustellen.

Nun, man würde sich beim Abendessen wiedersehen. Hoffentlich ließ bis dahin dieses Rauschen in seinem Blut nach. Noch nie hatte er ein solches Gefühl erlebt, er hatte nicht einmal gewusst, dass es das gab. Und das bei einem Mann in meinem Alter, seufzte er und überlegte etwas hilflos, wie er dieser jungen Frau gegenübertreten sollte. Sie war sehr distanziert, sehr selbstbewusst und so hinreißend. Könnte es sein, dass ich mich bereits in diesen ersten fünf Minuten in einem dunklen Stall in eine fremde Frau verliebt habe?, dachte er seufzend.

Viktoria betrat das alte mecklenburgische Haus mit dem tiefgezogenen Strohdach und dem roten Klinker zwischen den weißgestrichenen Fachwerkbalken. Vor den kleinen Fenstern hingen Kästen mit Kapuzinerkresse und neben der Haustür stand eine Bank. Innen umfingen sie die fremden Gerüche eines alten Hauses: das feuchte, nur widerwillig brennende Holzfeuer im Kamin, Bienenwachs, mit dem die Böden behandelt wurden, leichte Schwaden von Essensgeruch und der abgestandene Tabakdunst ehemaliger Gäste.

In der Eingangshalle führte rechts die Treppe in das Dachgeschoss, in dem die Gästezimmer waren und links die Tür in die Wirtsstube. Ein altes Wagenrad mit Petroleumlämpchen hing an Ketten von der Decke und diente als Kronleuchter, und an den Wänden standen buntbemalte Holztruhen mit gestickten Deckchen auf den Deckeln.

Viktoria fragte den Wirt nach ihrem Zimmer und nahm den Schlüssel in Empfang. Dann ging sie nach oben, die schwere Reisetasche trug der Wirt hinterher. Er zeigte auf ihre Zimmertür und auf einen Nebenraum. »Das ist der Toilettenraum mit der Badewanne für die Gäste. Seit einem Jahr haben wir Fließwasser hier, aber wenn Sie baden wollen, müssen Sie unten Bescheid sagen, dann bringt die Magd heißes Wasser herauf.«

Viktoria bedankte sich und ging in ihr Zimmer. Es roch

nach Lavendel, altem Holz und grüner Seife. Es war nicht komfortabel, aber es war sauber und das genügte für eine Nacht. Auf einer Kommode stand eine Schüssel mit einem Wasserkrug. Ich werde mich hier waschen, dachte Viktoria, ein Bad für alle Gäste, das erspare ich mir lieber. Es ist nicht nötig, dass ich diesem Fremden aus dem Stall hier oben im Hausmantel begegne. Und bei der Erinnerung an diesen Mann überfiel sie wieder dieser Schauer und trieb ihr, wie sie in dem blinden Spiegel deutlich sehen konnte, die Röte ins Gesicht. Rasch drehte sie sich um und legte die verstaubte Reisekleidung ab. Vielleicht ist die Magd so freundlich und bürstet mir die Sachen bis morgen aus, allzu viel Garderobe habe ich nicht dabei und das schlichte braune Baumwollkleid muss auch noch den dritten Reisetag überstehen.

Als Thomas sie wenig später abholte, um sie in die Wirtsstube zum Essen zu begleiten, hatte sie ein hübsches Musselinkleid in bunten Sommerfarben an und das Haar elegant nach oben gesteckt. Nur an den Ohren ringelten sich ein paar verspielte Locken, die ihr Gesicht weich und fraulich machten. Thomas war immer wieder verblüfft über seine Schwester, die sich mit solcher Leichtigkeit von einer harten Geschäftsfrau in ein zartes Mädchen verwandeln konnte. Frauen, dachte er, man lernt nie aus, und nahm seine Schwester liebevoll an die Hand, um sie zum Tisch zu führen.

»Dieser Mann aus dem Stall möchte uns einladen, er hat höflich gefragt und ich habe gesagt, dass die Entscheidung bei dir liegt«, erklärte Thomas, als er sah, dass drei Gedecke auf dem Tisch lagen.

»Ich habe nichts dagegen, obwohl ich schon gern wüsste, mit wem wir es zu tun haben. Er hat sich nicht einmal vorgestellt.«

»Und dunkel war es auch, aber wir waren so in das Gespräch über den Hengst vertieft, dass wir alle Höflichkeit vergessen haben«, lachte Thomas, »wir werden das gleich nachholen.«

»Einverstanden«, sie sah den Bruder liebevoll an. Wenn er über Pferde reden konnte, vergaß er seine gute Erziehung. Und dann erstarrte ihr Gesicht zu einer Maske.

»Was hast du, Viktoria?«

»Da kommt er und ich kenne ihn.« Aber bevor sie weiterreden konnte, stand der Mann an ihrem Tisch, sah sie lächelnd an und erklärte: »Ich freue mich, dass wir zusammen speisen werden. Mein Name ist Jens Brennicke.«

Auch Thomas war jetzt blass geworden, aber Viktoria rettete die Situation. »Wir kennen uns, Herr Brennicke. Das ist mein Bruder Thomas, ich bin Viktoria Stelling. Wir sind sozusagen tief verfeindet.«

»Das Schulmädchen aus dem Gerichtssaal«, platzte Jens heraus und dann verschlug es ihm beinahe die Sprache, was weiß Gott nicht oft vorkam. »Die Viktoria Stelling, die uns um Geld und Gut gebracht hat.«

»Beinahe, Herr Brennicke, nur beinahe.« Viktoria gab sich äußerst gelassen, obwohl ihr Herz raste und sie kaum Luft bekam. Warum musste ausgerechnet jener Mann, der ihren ganzen Körper in Aufruhr versetzte, dieser verdammte Jens Brennicke sein, der ihr damals nie endende Rache geschworen hatte? Sie war den Tränen nahe, als sie an dieses wunderbare Glücksgefühl im Stall dachte, vorhin, als sie seine Stimme zum ersten Mal gehört hatte. Dennoch, trotz Angst und Ärger, das Gefühl war geblieben. Er brauchte nur ein Wort zu sprechen und sie fühlte sich eingehüllt in eine Woge seltsamer Wärme.

»Darf ich mich trotzdem zu Ihnen setzen?«, riss er sie aus ihren Gedanken.

Thomas, der sich wieder gefangen hatte, zeigte auf den freien Stuhl.

»Ich denke schon, nicht wahr, Schwesterchen?«

Viktoria nickte. »Bitte, nehmen Sie doch Platz.«

Jens setzte sich und sah sie an. »Es ist so lange her, könnten wir nicht Frieden schließen?«

»Ich habe nie Krieg gewollt, Herr Brennicke.«

»Die Familien sind schon so lange verfeindet, dieser ewige Konkurrenzkampf sollte wirklich einmal aufhören. Vielleicht könnten wir beide damit anfangen?«

»Ich glaube kaum, dass uns das gelingt. Die Fronten sind zu sehr verhärtet. Ich sehe direkt Ihren Vater vor mir, wie er damals im Gericht vor Zorn bebte, glauben Sie, er vergisst das?«

»Nein, bestimmt nicht, aber er war so wütend, nicht weil er soviel zahlen musste, sondern weil Sie ihm auf die Schliche gekommen waren. Er wusste, dass er schuldig war, aber dass ihm ein vierzehnjähriges Schulmädchen die Schuld nachweisen würde, hat ihn aus der Fassung gebracht. Mich übrigens auch.«

»Obwohl Sie wussten, dass ich Recht hatte?«

»Eben deshalb.«

Viktoria lächelte. »Ein schönes Eingeständnis.« Sie sah auf seine Hände, die auf dem Tisch ausgestreckt lagen. Ein Mann, der zu seinem Wort steht, dachte sie, der nicht mit verkrampften Fingern die Hände im Schoß zu verbergen sucht und um Worte ringt. Es waren schöne Hände, die Finger lang und sensibel und sein Lächeln war offen und brachte Lebendigkeit in sein eher hartes Gesicht.

Sie nickte den beiden Männern zu. »Ich habe wirklich Hunger«, und als der Wirt die spärliche Speisekarte brachte, suchte sie lange, aber nicht, um das richtige Essen in dem kleinen Angebot zu finden, sondern um sich zu beruhigen.

Es gab ein paar Gerichte, in denen Fische aus der Elbe angeboten wurden, und einige Fleischgerichte. Bloß keinen Fisch, dachte sie, diese Suche nach Gräten hätte ihre mühsam aufrechterhaltene Contenance wieder durcheinander gebracht.

»Ich nehme gedämpften Kapaun mit Kapernsauce und

Reis«, bestellte sie, als der Wirt sie erwartungsvoll ansah. Thomas ließ sich nicht von einem Fisch voller Gräten erschrecken und wählte Forelle blau mit Petersilienkartoffeln und Jens bestellte ein Stück von einem besonders angepriesenen Spanferkelbraten. Dazu gab es einheimisches Bier, das der Wirt empfahl, und kleine, warme Brotscheiben mit Zwiebelschmalz als Vorgericht.

Die Wirtsstube war kaum besucht und als Viktoria sich verwundert zeigte, erklärte ihr Jens: »Der Wirt hat mir erzählt, seitdem die Eisenbahn zwischen Hamburg und Berlin verkehrt, ist wenig los auf der alten Überlandstraße und in seiner Wirtschaft. Die Bauern, die hier in den Dörfern leben, fahren um diese Uhrzeit noch nach Hause und Reisende wie wir seien selten geworden. Dabei hat er erst vor wenigen Jahren das Haus ausgebaut und neu eingerichtet.«

Sie sah sich in der gemütlichen Stube um. Die Tische waren mit weiß-blau karierten Decken und kleinen Vasen voller duftendem Goldlack geschmückt. Gemütliche Petroleumlampen sorgten für ein angenehmes Licht und ein paar kleine Ölbilder wiesen mit ihren Fischermotiven auf die nahe Elbe hin. Aus der Küche kam der warme Vanilleduft frisch gebackenen Kuchens und gerade aufgebrühten Kaffees.

»Der arme Wirt«, überlegte sie laut, »diese Schienenbahn wird vieles verändern.«

Jens lächelte. »Meine Mutter hat mich auch schon mit dem Wunsch überrumpelt, mit ihr nach Berlin zu reisen.«

Und plötzlich fiel es Viktoria wieder ein: Die Mutter dieses Mannes war ihr Vormund. Und sie war ihre beste Freundin, ihre einzige Freundin und ihre Vertraute. Irmgard hatte sie zu dem gemacht, was sie heute war und nun saß sie hier, total verkrampft und hatte alle Selbstsicherheit verloren, weil sie in den Bann eines Mannes geraten war, der in geradezu sträflicher Weise attraktiv und dominierend wirkte und der Sohn dieser Freundin war.

Jens hatte eine schlaflose Nacht hinter sich, als er im ersten Morgengrauen aufstand und sich für den Weiterritt fertig machte. Immer wieder sah er Viktorias hübsches Gesicht mit den tiefbraunen Augen vor sich, die sich nicht scheuten, ihr Gegenüber fest anzublicken und auszuforschen.

Sie hatten sich lange unterhalten, auch nach dem Essen hatten sie zusammengesessen und über Gott und die Welt geredet. Nur ein Thema war für alle drei tabu, als hätten sie sich abgesprochen: Mit keinem Wort wurden Firmen und Feindschaft erwähnt.

Der junge Stelling hatte von seiner geplanten Pferdezucht und von seinem Wunsch, nebenbei Rennreiter zu werden, erzählt, er selbst hatte aus Boston berichtet und von Ausflügen in die Kanadische Wildnis – und Viktoria? Sie hatte eigentlich kaum gesprochen. Sie hatte zugehört, als wolle sie jedes Wort in sich aufsaugen und festhalten. Und wenn er ihr in die großen Augen geschaut hatte, sah er sich darin wie in einem Spiegel. Aber es war ihm nicht gelungen, die Sprache dieser Augen zu verstehen.

Wenn sie sich wirklich einmal in das Gespräch einmischte, waren ihre Worte klar, präzise und wohlüberlegt. Sie hatte eine weiche, sehr feminine Stimme und sie sprach leise, man musste sich auf ihre Worte konzentrieren und wahrscheinlich war es genau das, was sie wollte. Man sollte ihr ganz einfach zuhören und es lohnte sich, denn das, was sie sagte, zeugte von großem Wissen und von Erfahrungen, die einem eigentlich nur ein langes Leben bescherten.

Jens überlegte, wie alt sie sein mochte. Damals, im Gericht, war sie vierzehn, das war mehr als vier Jahre her. Inzwischen leitete sie die große Firma mit Reederei und Handelshaus und führte sie mit großem Erfolg. Das bekam auch er zu spüren, wenn sie der Firma Brennicke einen attraktiven Auftrag vor der Nase wegschnappte, weil sie entweder schneller, mutiger oder risikofreudiger war. Eine leichte Wut wollte sich in seinem Kopf breit machen, aber Jens sah sofort wieder diese sprechenden Augen und während sein Herz schneller schlug, wurde die Wut zur Nebensache.

Er dachte an die schlaflosen Stunden der vergangenen Nacht und ließ es zu, dass all seine Wünsche und Träume mit der Macht eines Unwetters über ihn hereinbrachen. Er wollte, dass diese Augen, dieses Gesicht, dieses Mädchen zu ihm gehörten und er wusste, dass es aussichtslose Wünsche waren, die sich da festzusetzen drohten.

Aber weshalb eigentlich? Er war nicht mehr der junge Mann, der erschrocken den Mund hielt, weil der Name ›Stelling‹ bei seinem Vater beinahe einen Schlaganfall auslöste. O nein, den Vater und seine Wutanfälle fürchtete er schon lange nicht mehr, und wenn diese Patrizia sich damals nicht von ihm abgewandt hätte, hätte er um sie gekämpft. Aber wenn er heute die Schwestern verglich, dann war er seinem Schicksal dankbar, denn diese Viktoria war zwar das genaue Gegenteil ihrer lieblichen, stillen Schwester, aber sie war um so vieles begehrenswerter. Er lächelte. Wenn es zu einem Kampf kommt, dann nicht mit dem Vater, sondern mit dem Fräulein Stelling persönlich, das steht fest. Sie ist ein Mensch, der erobert werden will, das sieht man sofort. Aber was soll's, er würde wohl kaum die Chance bekommen, um sie zu werben oder gar zu kämpfen – und seine Mutter würde wieder in lautes Gelächter ausbrechen, wenn er sich besiegen ließe. Sie hatte damals den Wunsch geäußert, dieses Schulmädchen kennen zu lernen, was sie wohl sagen würde, wenn er ihr die kühne Viktoria heute präsentierte?

Mit einem Seufzer, der tief aus seinem Inneren kam, zog er sich an und packte seine Sachen in die Satteltaschen. Heute, auf jeden Fall, würde er jeder Frage und jedem Zweifel aus dem Wege gehen und längst unterwegs sein, wenn die Geschwister Stelling zum Frühstück in die Wirtsstube kamen. Er würde seinen Verstand walten lassen und sein Herz vor dummen Träumen bewahren. Dann sah er wieder ihr Gesicht vor sich, die sanftgewölbten Wangenknochen, diesen kleinen, wohlgeformten Mund und in Gedanken ließ er die seidenweichen braunen Locken durch seine Finger gleiten. Es würde verdammt schwer werden, auf das alles zu verzichten, weil die Angst vor einer Zurückweisung übermächtig war.

Er nahm seine Tasche, bezahlte den Wirt, der verschlafen aus seiner Stube schaute, als er Schritte auf der Treppe hörte, und ging zum Stall hinüber. Frühstücken würde er unterwegs, wenn das Pferd eine Ruhepause brauchte.

Die frühe Sommerluft trug nicht den kleinsten Hauch von Regen mit sich. Über dem Land lag noch der schwache Dunst der Nacht, durch den die aufgehende Sonne ihre ersten Strahlen schickte. Jens fühlte sich belebt und streifte die Mattigkeit der durchwachten Stunden ab. Als er den Stall betrat, wieherte Hassan, der ihn am Schritt erkannte. Er gab dem Pferd einen Korb voll geschrotetem Hafer, legte zwei Hände voller Rüben in die Krippe, füllte den Eimer mit frischem Wasser und kontrollierte die Hufe. An dem Stroh im Fell und in der Mähne sah er, dass der Hengst in der Nacht gelegen hatte. Das war gut, so hatte sich Hassan wirklich erholt und die Beine entlastet, die ihn heute noch etwa dreißig Kilometer tragen mussten. Eine halbe Stunde später saß er auf und verließ den Hof. Dass oben hinter einem leicht geöffneten Fenster eine Frau stand und ihm nachsah, bemerkte er nicht.

Auch Viktoria hatte eine schlaflose Nacht hinter sich. Immer wieder hörte sie die Schritte dieses Mannes, der schuld an ihrer Unruhe war, auf den knarrenden Dielenbrettern. Sie wusste, dass Jens Brennicke im Nebenzimmer übernachtete, denn Thomas hatte ein Zimmer auf der gegenüberliegenden Seite des Flures und andere Gäste waren nicht im Haus.

Wenn sie an den vergangenen Abend dachte, flatterte sie immer noch vor Nervosität und Herzklopfen. Sie war nicht einmal in der Lage gewesen, sich an dem Gespräch zu beteiligen. Sie hatte Angst, dass ihr die Stimme versagte, dass sie sich verschluckte und husten musste oder gar zu stottern begann. Nein, da hatte sie lieber den Mund gehalten und auf diese Stimme gehorcht, die so kraftvoll und so sinnlich war. Immer wieder ertappte sie sich dabei, wie sie auf seine Hände starrte, die so gestenreich seine Worte unterstrichen, und wie sie sich wünschte, diese Hände würden sie ein einziges Mal berühren.

Viktoria seufzte, und nun war er weg. Ohne sich zu verabschieden, war er fortgeritten. Aber vielleicht, dachte sie hoffnungsvoll, hat er einen Gruß beim Wirt hinterlassen. Ich möchte ihn so gern wiedersehen, das kann und darf einfach nicht das einzige Mal gewesen sein. Und in Gedanken sah sie ihn wieder vor sich, das kantige Gesicht mit der geraden Nase und dem strengen Zug um den Mund, der weder Sinnlichkeit noch das Verlangen nach Zuwendung ausdrückte, ein Mund, der ganz einfach nur fest und resolut wirkte. Dass er keinen Bart trug, gefiel ihr besonders, die meisten Männer verstecken doch nur ihre hässlichen Züge hinter dieser Wolle, dachte sie, dabei ist so ein offenes Gesicht viel interessanter. Anders war es mit seinen Augen, denn während die Hände und das Gesicht Offenheit verrieten, waren seine Augen von einer Undurchdringlichkeit, die sie betroffen machte.

Sie träumte noch ein Weilchen, während sie am offenen Fenster stand und dem Klang der leiser werdenden Hufe lauschte. Schade, aber wenn er keinen Gruß, kein Abschiedswort hinterlassen hat, wünscht er kein Wiedersehen und keinerlei Kontakt, und dann, meine liebe Viktoria, wirst du dich strickt an diesen Hinweis halten.

Am liebsten wäre sie ganz schnell nach unten und auf die Suche nach dem Wirt gegangen. Aber das war natürlich nicht schicklich. Meine Güte, ich bin so nervös wie damals am Abend vor dem Abschlussball in der Tanzschule, dachte sie verblüfft und begann sich anzukleiden, die Sachen zu packen und darauf zu warten, dass es im Haus lebendig wurde, ihr Bruder aufstand und sie gemeinsam zum Frühstück gehen würden.

Als Thomas endlich kam und dann unten den Wirt fragte, ob der andere Gast noch schliefe, zuckte der Wirt nur mit den Schultern und schüttelte den Kopf. »Er ist ganz früh fortgeritten. Nicht einmal gefrühstückt hat der Herr, so sehr war er in Eile.«

»Hat er noch etwas gesagt? Hat er nach uns gefragt?«

»Nein, mein Herr, er hat die Rechnung beglichen, sein Pferd versorgt und ist fortgeritten.«

Viktoria sah die beiden an. »Er hatte sicherlich seine Gründe.« Aus ihren Worten sprach nicht die geringste Bitterkeit, nur ein Anflug von Trauer klang auf. Sie war Realistin, sie sah die Dinge, wie sie waren, und nicht durch einen Schleier von Wünschen oder Träumen. Sie hatten einen netten Abend verplaudert und sich gegenseitig eingestanden, dass sie keinen Krieg zwischen den Firmen wollten. Das war alles. Sie war ein praktischer Mensch mit einer realistischen Einschätzung der Gegebenheiten. Das half ihr, Unabänderliches leichter zu akzeptieren – im Geschäft wie im privaten Leben. Thomas sah sie erstaunt an. »Wir haben uns so gut verstanden. Ich dachte, wir könnten uns besser kennen lernen, vielleicht Freunde werden. Und den Hengst hätte ich so gern am Tage und in Bewegung gesehen. Schade, ich verstehe das nicht.«

Als sie nach dem Frühstück in den Stall kamen, hatte der

Knecht die Pferde gefüttert und geputzt und half beim Anspannen. Thomas entlohnte ihn, bezahlte die Rechnung beim Wirt und wenig später waren sie wieder unterwegs.

Es schien ein heißer Tag zu werden. Die schwülheiße Luft, die gegen Mittag aufstieg, machte den Pferden arg zu schaffen. Die Bremsen fielen in Scharen über sie her und die Tiere wurden so nervös, dass Thomas erklärte: »Entweder wir suchen uns einen Stall und brechen die Fahrt hier ab, oder wir fahren trotz der Hitze im Galopp weiter, damit die Pferde dieses Geschmeiß loswerden.«

»Halten sie das aus? Ich meine die Hitze und das Tempo?« Viktoria war besorgt, aber sie wusste auch, dass Thomas genug Verstand besaß, um den Tieren nichts Unmögliches abzuverlangen.

»Wir werden es versuchen. Halten können wir immer noch. Aber eigentlich wollte ich heute den Hof erreichen. Wenn es ein Gewitter gibt, sind die Straßen vielleicht unpassierbar und dann sitzen wir fest.«

»Also fahren wir.«

Thomas strich mit der Peitschenschnur leicht über die Kruppen der Pferde und sofort zogen sie an, fielen in Trab, dann in einen raumgreifenden Galopp. »Siehst du, sie wollten nichts weiter, als diesen Bremsen entfliehen. Sie sind ganz ruhig und leicht zu lenken, die ganze Bockigkeit ist weg. Aber halte dich gut fest, für die rumpelnde Kutsche kann ich keine Verantwortung übernehmen.«

Als sie am frühen Abend Rodenwalde erreichten, waren die Pferde mit weißem Schweiß überzogen. Sie hatten zwar zwischendurch Pausen eingelegt, in denen sie die Pferde im Schatten rasten ließen und mit Buschwerk beklopften, um die Fliegen fern zu halten, aber je mehr die beiden Braunen schwitzten, umso größer wurden die Insektenschwärme. In Rodenwalde ließen sie sich den Weg zum Gutshof erklären und während sie über das leicht hügelige Gelände mit dem weiten Fernblick fuhren, jetzt im Schritt sahen sie die schwere Gewitterwand, die von Süden heraufzog.

Thomas stellte erleichtert fest: »Das haben wir gerade noch geschafft, Schwesterchen.« Sie dachte an einen anderen Reisenden, der einen längeren Weg vor sich hatte und wohl von dem Unwetter eingeholt werden würde. Verflixt, schalt sie sich, geht das jetzt immer so weiter, dass mir dieser Mann bei jeder Gelegenheit im Kopf herumspukt?

In der Ferne sahen sie ein Gebäude, eingebettet in eine Mulde, in der es auch einen kleinen See gab. »Das muss Rodenhagen sein, in zehn Minuten sind wir dort.«

Sie erreichten eine lange, tunnelartige Lindenallee, die auf den Gutshof führte. Während sie im Schritt über das Kopfsteinpflaster fuhren, erreichte der erste Gewitterwind die Baumkronen und trieb Laub und Staub vor sich her.

Dann waren sie auf dem Hof. Es gab kein Torhaus, wie Thomas das von den Gutseinfahrten rund um Hamburg gewohnt war, sondern groß und übersichtlich öffnete sich der Hof zu einem weiten, offenen Viereck. Das Herrenhaus lag gegenüber der Einfahrt breit und behäbig. Es war in der Mitte zweistöckig mit Säulen, die das Portal flankierten, recht und links einstöckig mit weit heruntergezogenem Strohdach. Beide Seiten des Hofes wurden von Stall- und Wirtschaftsgebäuden begrenzt. Im Hintergrund rechts stand ein langgezogenes Gesindehaus mit kleinen Wohneinheiten für die Landarbeiter und das Hauspersonal, links hinten das Verwalterhaus mit eigenem Stall. Auf der Rückseite des Wohnhauses gab es einen verwilderten Garten und dahinter musste der See sein, den sie aus der Ferne gesehen hatten. Thomas hielt an und einen Augenblick ließen die Geschwister die eindrucksvollen Gebäude auf sich wirken. Von weitem sah die Anlage sauber und gepflegt aus, als sie aber näher heranfuhren, stellten sie die Schäden fest. Der Putz blätterte von den Mauern, die Dächer waren schadhaft, die

Gartenanlagen verwildert und alle Gebäude bis auf das Verwalterhaus ungenutzt.

Viktoria sah den Bruder an und tröstete: »Es gibt nichts, was nicht behoben werden könnte, Thomas.«

»Ich weiß, Schwesterchen. Los, beeilen wir uns lieber, bevor der Sturm richtig losbricht.«

Er fuhr zum Wohnhaus hinüber. Als sie davor hielten, um das Gepäck auszuladen, öffnete sich die Haustür und ein Mann und eine Frau traten heraus.

»Ich bin Jochen Benters, der Pächter, guten Tag, die Herrschaften. Und das ist Marie Mühlmann, sie wird sich um das Haus kümmern, wenn Sie hier sind.«

»Danke.« Viktoria stieg aus und bat: »Bitte helfen Sie mir mit dem Gepäck. Thomas, dann kannst du direkt zum Stall fahren.«

Während der Pächter sich auf das Trittbrett stellte und mitfuhr, nahm Marie die Reisetaschen und trug sie ins Haus. Viktoria folgte mit Plaids und Mänteln, die lose in der Kutsche gelegen hatten.

Im Haus roch es muffig und ungelüftet, die meisten Türen waren geschlossen. Nur auf der rechten Seite konnte sie in einen Wohnraum blicken, der hell und freundlich wirkte. Marie erklärte: »Ich habe diesen Salon für Sie fertig gemacht und zwei Schlafzimmer oben. Alle anderen Räume sind noch geschlossen. Wenn Sie mir sagen, welche Sie bewohnen wollen, mach ich alles fertig.«

»Wir werden sehen.« Viktoria sah sich um, öffnete die eine oder andere Tür und blickte in dunkle Zimmer, die Fenster und die Läden geschlossen und die Möbel mit weißen Leintüchern bedeckt.

»Wie lange ist das Haus unbewohnt gewesen?«

»Ich denke mal, so um die zehn, fünfzehn Jahre. Ich bin noch nicht lange in Rodenwalde. Aber als ich vor acht Jahren in das Dorf kam, um meinen alten Vater zu pflegen, war hier schon alles leer.«

»Und jetzt hat Benters Sie gebeten, sich um alles zu kümmern?«

»Ja, mein Vater ist tot und ich habe mal hier, mal da als Aushilfe gearbeitet, aber ich hätte schon gern etwas Festes. Außerdem war ich alle paar Wochen einmal im Hause, um durchzulüften.«

»Wir werden sehen. Zeigen Sie mir jetzt bitte die Schlafzimmer und die Wirtschaftsräume?«

»Die Küche und die anderen Räume sind im Keller, die Schlafzimmer sind oben.«

Sie brachten das Gepäck hinauf. Marie führte sie in zwei Zimmer, deren Fenster nach hinten auf den Garten und den See zeigten. »Das große Zimmer vorne über dem Eingang ist für ein Ehepaar bestimmt, das habe ich nicht hergerichtet, ich hoffe, es ist Ihnen recht mit diesen beiden Zimmern.«

»Das ist gut so.« Viktoria sah sich um. Alles wirkte sauber und frisch geputzt. Die Betten waren mit weißem Linnen bezogen, die Zimmer schlicht und mit alten Bauernmöbeln eingerichtet, die Vorhänge frisch gewaschen und auf den Kommoden standen Krüge mit kühlem Wasser. »Gibt es ein Badezimmer im Haus?«

»Ja, aber das ist unten bei den Wirtschaftsräumen. Das Haus hat einen eigenen Brunnen hinten auf dem Hof, aber es gibt keine Pumpe, die das Wasser hier herauf pumpen könnte.«

Viktoria nickte. Man wird allerlei machen müssen, damit das Haus wieder bewohnbar wird, überlegte sie, zum Glück waren sie dazu finanziell in der Lage. Sie sah auf die Blumensträuße, die in beiden Zimmern standen. Rosa Reseda und weiße Margeriten, blauer Rittersporn, blassviolette Malven und gelbe Buschrosen standen in schlichten Vasen und verströmten den Duft von Sommer und Sonne. »Haben Sie die Blumen gepflückt?«

»Ja, hinten im Garten ist das reinste Blütenmeer. Es ist alles sehr verwildert und wächst durcheinander, aber es ist sehr schön anzusehen.«

Draußen hatte der Sturm zugenommen und bauschte die weißen Vorhänge auf. »Schließen wir lieber die Fenster und die Läden, bevor hier drinnen alles fortfliegt.« Viktoria beugte sich aus dem Fenster und sah die ersten Blitze am Horizont. Sie ging über den Flur in das große Zimmer, um nach den Fenstern zu sehen und winkte nach draußen. Unten kamen Thomas und Benters im Laufschritt über den Hof. Die ersten schweren Regentropfen prasselten auf das Dach. Sie ging nach unten, Marie folgte ihr. »Ich habe für die Herrschaften ein Essen vorbereitet. Wenn Sie möchten, bringe ich es herauf.«

»Essen«, Thomas lachte, »eine großartige Idee, ich bin am Verhungern. Benters, könnten Sie nachher wiederkommen? Ich muss mich erst einmal frisch machen.«

»Selbstverständlich, ich werde das Gewitter abwarten und bei den Pferden bleiben. Später komme ich zurück.«

Und während Marie das Essen wärmte, nahmen die Geschwister ihre Zimmer in Besitz, wuschen sich und kleideten sich um. Als sie dann den Salon betraten, empfing sie ein würziger Bratenduft. Draußen tobte das Gewitter, aber drinnen streckte sich Thomas behaglich aus und strahlte. »Na, wie findest du das alles? Ich bin begeistert, ich entwickle bereits ein Heimatgefühl. Mir kommt es vor, als hätte ich schon immer hier gelebt.«

Viktoria bremste seinen Überschwang. »Wie sieht es denn in den Ställen aus? Sind die Pferde gut und vor allem trocken untergebracht? Die Dächer wirken sehr reparaturbedürftig.«

»Ja, ja, den Pferden geht es gut. Benters hat den Stall so hergerichtet, dass sie zwei geräumige Boxen nebeneinander haben.«

Dann brachte Marie das Essen. Es gab eine frische Schweinskeule nach Mecklenburger Art mit einer dicken Kruste aus geriebener Brotrinde, Zucker und fein gestoßenen Nelken.

Dazu hatte Marie einen bunten Gemüsetopf angerichtet und zum Nachtisch servierte sie warmen Pudding mit Beerenobst.

Später setzte sich Thomas mit dem Verwalter zusammen, um einen ersten Überblick über den Zustand des Gutes zu bekommen, während Viktoria den Zustand des Hauses kontrollierte. Marie hatte eine Einkaufsliste aufgesetzt, denn von der Seife bis zum Salz fehlte einfach alles. »Was wir heute und morgen brauchen, habe ich mitgebracht, aber dann müsste vieles besorgt werden. Wir haben einen Händler, der fährt über die Dörfer und verkauft vom Wagen aus die wichtigsten Sachen. Man muß ihm Bescheid sagen, damit er regelmäßig herkommt. Hagenow ist der nächste, größere Ort, um einzukaufen und Handwerker zu bestellen.«

»Gut, wir werden den Pferden einen Ruhetag gönnen, dann fahren wir nach Hagenow. Hier muss vieles gemacht werden und ich möchte alles so schnell wie möglich erledigen. Könnten Sie im Dorf noch zwei Frauen finden, die Ihnen helfen? Ich möchte das ganze Haus bewohnbar haben und das ist viel Arbeit.«

»Ich habe zwei Cousinen, die helfen könnten.«

»Gut, dann holen Sie sie morgen und bestellen Sie auch gleich den Händler.«

Ganz ähnlich verlief das Gespräch zwischen Thomas und dem Pächter. Auch er hatte eine Aufstellung der Schäden und eine Liste mit den Adressen von Handwerkern mitgebracht. Dann aber sprachen die Männer über die gemeinsame Zukunft auf diesem Gut. Benters wohnte mit seiner Familie im Verwalterhaus am Rande des Hofes. Seine drei Pferdegespanne hatte er in einem eigenen Stall neben dem Haus. Er bewirtschaftete nur die Felder und benutzte eine Wiese hinter dem Stall für zwei Kühe, ein paar Schafe und eine Gänseherde. Die großen Weiden, die zum Gut gehörten, waren seit vielen Jahren ungenutzt und verwildert. »Die müssen von Grund auf kultiviert und entwässert werden, damit Pferde darauf laufen können.«

»Gibt es gar keine Weide, die sofort genutzt werden kann? Ich möchte die beiden Kutschpferde morgen nach draußen lassen und ich will so schnell wie möglich die ersten Zuchtstuten besorgen.«

»Wenn ich zwei oder drei Männer aus dem Dorf anstelle, könnten sie in den nächsten Tagen etwa zwei Morgen mähen, trockenlegen und einzäunen.«

»Wie sieht es überhaupt mit Arbeitskräften aus?«

»Ich beschäftige zwei Knechte für meine Feldarbeit, die kann ich für ein oder zwei Wochen abgeben. Da die Ernte noch nicht angefangen hat, könnten wir ein paar Bauern aus dem Dorf einstellen, die verdienen sich ganz gern zwischendurch ein Zubrot.«

»Gut.« Thomas sah sich zufrieden um. »Ich möchte, dass morgen mit der Arbeit begonnen wird. Stellen Sie genug Männer ein und besorgen Sie auch die nötigen Gespanne für die schwere Arbeit.« Er stand auf. »Das Gewitter ist weitergezogen. Bitte begleiten Sie mich auf einem ersten Rundgang. Ich möchte mir einen Überblick über die Schäden und die anfallende Arbeit verschaffen. Wir werden etwa drei Wochen hier sein, danach fahren wir nach Hamburg zurück und ich bereite meinen Umzug vor. Ich denke, ab Anfang Oktober kann das Gröbste erledigt sein.«

»Wann und wo wollen Sie Stuten kaufen?«

Thomas überlegte einen Augenblick. »Könnten Sie sich um drei bis vier Pferde kümmern, wenn ich in Hamburg bin? Ich möchte tragende Stuten erwerben, damit ich so schnell wie möglich mit der Zucht beginnen kann. Ein Hengst soll später dazukommen, ihn zu finden wird Zeit kosten. Es gibt in der Nähe von Schwerin eine Vollblutzucht. Da will ich mich umsehen.« – »Natürlich kann ich die Pferde versorgen.«

»Sehr gut, dann haben wir für heute die wichtigsten Probleme erledigt. Übermorgen fahren wir nach Hagenow zum Landrat und bestellen Handwerker.«

»Befürchten Sie Schwierigkeiten mit den Besitzverhältnissen?«

»Nein, aber das Gut wurde jetzt auf mich übertragen und das sollte er wissen.«

»Dann gehört Ihnen Rodenhagen?«

»Ja, so ist es.«

»Herzlichen Glückwunsch. Dann verrechne ich Einnahmen und Ausgaben ab sofort mit Ihnen?«

»Ja, bitte. Aber sonst ändert sich für Sie nichts.«

»Dann bin ich beruhigt.«

Die beiden Männer verabschiedeten sich. Thomas ging noch einmal in den Stall, um nach den Pferden zu sehen, und genoss die frische Luft, die das Gewitter hinterlassen hatte. Dann ging er zurück ins Haus, um Viktoria zu suchen. Es gab so vieles zu besprechen und zu bedenken, dass ihm der Kopf schwirrte.

Drei Wochen später fuhren sie zurück nach Hamburg. Bevor die Kutsche das Gut verließ und in die Lindenallee einbog, hielt Thomas noch einmal an und sie sahen zurück. »Wir haben gewaltig viel geschafft«, versicherte Thomas glücklich. »Wir haben aber auch wie die Pferde geschuftet«, erwiderte Viktoria und sah sich noch einmal um. Das Herrenhaus war renoviert und neu gestrichen. Man hatte die ursprüngliche Farbe gewählt, ein kräftiges Hellgelb mit weißen Kanten, Rändern und Fensterrahmen. Die Scheiben waren ausgewechselt und durch feine Butzenscheiben ersetzt und das gesamte Dach war neu gedeckt worden. An den Ställen, Remisen und Scheunen, die ihren weißen Verputz wieder erhielten, wurde noch gearbeitet. Aber der Hofplatz mit dem verwilderten Rondell in der Mitte und der Garten hinter dem Haus war von einem Gärtner und seinen Gehilfen kultiviert worden.

»Alles sieht gepflegt und bewohnbar aus, Thomas, du hast ein wunderschönes Zuhause – und verlass dich darauf, ich werde bei jeder Gelegenheit zu Besuch herkommen.«

»Und, Schwesterchen, ich habe drei wunderschöne Stuten im Stall, die mir im März oder im April ihre ersten Fohlen schenken werden. Dann musst du unbedingt hier sein.«

Er schnalzte leicht mit der Zunge und die Pferde zogen an. Während sie durch die Allee zur Chaussee hinausfuhren, dachte er an den Kauf und den Transport der Stuten, beides war nicht ganz einfach gewesen. Er konnte zwischen einundfünfzig Pferden wählen. Aber da sie ein Geschenk von Viktoria waren und er nicht auf den Preis schauen musste, hatte er die Besten genommen. In einem flachen Transporter, den zwei Kaltblüter zogen, waren sie dann nach Rogenhagen gekommen, etwas verstört, verschwitzt und leicht nervös, aber gesund und unverletzt. Jetzt standen sie auf der Weide hinter dem Stall und in vier Wochen spätestens konnte er seine Pferde wiedersehen, wenn er mit Carina unterm Sattel und Chianti am Zügel zurückkam. Viktoria hatte ihm geraten, die beiden Braunen mitzunehmen, da es in der Familie niemanden mehr gab, der sie reiten würde.

Noch einmal kehrten sie auf dem Rückweg in jenem Gasthaus ein, in dem sie Jens Brennicke getroffen hatten, und noch einmal keimte diese dumpfe Sehnsucht in Viktoria auf. Dann war das Kapitel abgeschlossen. Sie dachte an ihre Arbeit in Hamburg, an die Pläne mit den Schiffsausrüstern in Brasilien und an Justus Habermann, den feschen Kapitän der ›Königin Sophia‹, die in diesen Tagen einlaufen würde. Habermann, dachte sie, wie reizlos er plötzlich war, wie unattraktiv, und sie stellte fest: Nicht ein einziges Mal hat er mir Herzklopfen verursacht, nicht ein einziges Mal mich atemlos und hilflos gemacht. Gott im Himmel, ich habe diesen Jens Brennicke nur einen Abend lang erlebt und er hat mich für alle Männer der Welt verdorben. Das Kapitel war eben doch nicht abgeschlossen.

Annette wusste, dass es das letzte Mal war. Morgen reiste Patric O'Brian nach Berlin und anschließend zurück nach London. Gestern hatte er ihr in Anwesenheit einiger Handwerker den Schlüssel für das fertige Haus überreicht, heute wollten sie sich noch einmal im Alsterpavillon treffen. Die Zeit war anders verlaufen, als sie gedacht und gehofft hatten. Denn Annette war durchaus bereit gewesen, eine Liaison mit dem rotblonden Architekten einzugehen, der nicht aufgehört hatte, mit diskreten Anspielungen seine Wünsche anzudeuten. Sie wäre diesen Wünschen nachgekommen, denn ihr Empfinden für den anziehenden Engländer war bei jedem Treffen intensiver und deutlicher geworden. Aber ein Gefühl von Anstand und Schicklichkeit hielt sie davon ab, ihren kranken Mann zu betrügen. Wäre diese Krankheit nicht eingetreten, wäre Johannes Stelling noch der unzufriedene Mann der letzten Jahre gewesen mit seiner Verdrießlichkeit und seiner Ratlosigkeit der Familie gegenüber, sie hätte mit Sicherheit an ihr persönliches Vergnügen gedacht.

Annette hatte sich mit besonderer Sorgfalt zu diesem letzten Treffen angekleidet. Das lindgrüne Kostüm mit dem bodenlangen Rock und der engtaillierten Jacke stand ihr besonders gut. Dass sie inzwischen ein Fischbeinkorsett zu Hilfe nehmen musste, um ihre schlanke Linie zu erhalten, wusste außer Babette niemand. Ärgerlich war nur, dass ihr die eigene Kutsche nicht zur Verfügung stand, sondern dass sie mit einer Droschke zum Alsterpavillon fahren musste. Aber die Kinder waren von ihrer Reise nach Rodenhagen noch nicht zurück. Sie hatten zwar versprochen, zur Schlüsselübergabe daheim zu sein, aber die Handwerker waren vorzeitig fertig geworden und Patric drängte auf seine Abreise. So kam es, dass sie gestern als einziges Familienmitglied ihr neues Haus in Empfang nehmen musste. Selbstverständlich würde sie ein großes Fest nach dem Umzug veranstalten. Aber im Augenblick mochte sie noch an keine Festivität denken.

Sie schritt die Stufen zum Eingang hinauf, reichte der Garderobiere ihren Sonnenschirm und ließ sich von einem Pagen in das Untergeschoss zu ihrem bestellten Tisch begleiten. Jenem Tisch in der Nische, der nun schon über viele Monate der Ort ihrer heimlichen Treffen gewesen war. Am Anfang war es ihr gleich, ob man sie in Begleitung dieses berühmten Mannes sah, im Gegenteil, sie war stolz darauf, ihn als Architekten engagiert zu haben, aber nach der Erkrankung von Johannes hielt sie es nicht mehr für schicklich, allzu oft mit ihm gesehen zu werden.

Der Page rückte ihr den Stuhl zurück. Sie setzte sich und reichte ihm ein Silberstück. Mit Trinkgeldern ging sie immer großzügig um; sie wusste, wie wenig diese Angestellten verdienten und wie dankbar sie sich zeigten.

Endlich kam Patric. Groß, elegant und unübersehbar schritt er auf sie zu, küsste ihre Hand und nahm Platz.

»Meine liebste Annette, wie schön, Sie hier noch einmal zu sehen. Wir werden diese letzte Stunde genießen, an die interessanten Gespräche denken, die wir hatten, und uns freuen, dass wir so viele gemeinsame Stunden verbringen durften.«

Ein Kellner brachte das Teegedeck, das sie so oft bestellt hatten, dass sie längst keine Wünsche mehr äußern mussten. Nachdenklich nahm Annette Zucker und etwas Sahne in den Tee und rührte mit dem Silberlöffel in ihrer Tasse. Sie sah den Mann gegenüber an und ihr Herz schlug ein-, zweimal schneller, dann war der Augenblick vorbei.

»Patric, ich danke Ihnen noch einmal. Gestern, das waren die offiziellen Worte an den Architekten, heute richtet sich mein Dank an den Mann, der mir so nahe gekommen und doch so fern geblieben ist.«

»Der Dank ist auf meiner Seite. Glauben Sie mir, ich kann mich sehr gut in Ihre Gefühle hineinversetzen und ich weiß, was gewesen wäre, hätte das Schicksal nicht so grausam zugeschlagen.« Er nahm ihre Hand, streifte den Handschuh zurück und berührte mit den Lippen ganz zart die Innenfläche. Dabei sah er sie aus großen, wissenden Augen an. »Wir wollten es beide, aber wir haben es nicht gekonnt. Was uns bleibt, ist die Erinnerung an einen Menschen, dem wir sehr zugeneigt waren, von dem wir uns aber nun mit Achtung trennen können.« Zärtlich strich er über ihre Hand, die er noch immer hielt. »Eine schöne Erinnerung, liebste Annette, die wir nicht zerreden wollen. Deshalb sage ich jetzt Lebewohl. Schauen Sie mir nicht traurig nach, wenn ich nun gehe. Mein Herz ist voller Dankbarkeit und dem Ihren wünsche ich das auch.« Er stand auf, verbeugte sich noch einmal und ging.

Nachdenklich blieb Annette sitzen. Er hat ja Recht, dachte sie und nahm einen Schluck Tee, der inzwischen kalt geworden war. Er hat ja Recht und dann tupfte sie sich eine kleine Träne aus dem Auge. So ganz schmerzfrei war dieser Abschied eben doch nicht. Sie ließ sich eine Droschke rufen und fuhr nach Hause.

Als sie die Halle betrat, kam ihr Babette mit einem zauberhaften Bukett weißer Rosenknospen und Vergissmeinnicht entgegen. »Madame, die Blumen wurden vor wenigen Minuten hier abgegeben.«

Erfreut und überrascht nahm Annette das Bukett in Empfang und drückte ihre erröteten Wangen in das Blütenmeer. Oh, Patric, dachte sie, wie aufmerksam. Dann sah sie das angeheftete Kärtchen. Gab es etwa einen unbekannten Verehrer, der ihr Blumen schickte? Sie nahm das Briefchen und stellte überrascht fest, der Strauß war nicht für sie bestimmt, sondern für Viktoria. Ohne zu zögern, öffnete sie das Billett.

»Verehrte Viktoria, herzlich willkommen in Hamburg. J. B.«

Wer war J. B.? Wer schickte ihrer Tochter Blumen, die ein Vermögen gekostet haben mussten? Und warum heute? Viktoria war doch gar nicht zu Hause. Annette steckte die kleine Karte wieder in den Umschlag und gab den Strauß Babette. »Er ist für Viktoria, stellen Sie ihn ins Wasser. Wer weiß, wann sie kommt, aber sie soll nicht denken, wir hätten ihn nicht gepflegt.«

Enttäuscht und etwas eifersüchtig ging sie in ihr Zimmer und kleidete sich aus. Vor allem das enge Korsett musste entfernt werden, hier im Hause würde ein weiter Hausmantel die leichte Fülligkeit, die sich um ihre Hüften herum ausbreitete, verbergen. Dann rief sie Babette. »Wie geht es meinem Mann? War er im Garten, hat er schon gegessen?«

»Ja, Madame, er war am Alsterufer und sah ganz zufrieden aus, als er zurückkam. Der Pfleger sagt, dass er zum ersten Mal den Hund mit der rechten Hand gestreichelt habe. Er meint, langsam kehre ein Gefühl in die rechte Körperhälfte zurück. Auch beim Essen habe er versucht, mit der rechten Hand den Löffel zu benutzen, aber das sei noch nicht geglückt.«

»Danke, Babette, ich werde später nach ihm sehen.«

Annette hatte sich gerade auf ihrer Chaiselongue ausgestreckt, um etwas zu ruhen und an das Treffen im Alsterpavillon zu denken, als draußen eine Kutsche vorfuhr. Irgendwo im Haus bellte Benno. Kannte er die Kutsche und ihre Insassen? Sie horchte aufmerksam. Dann hörte sie den Türklopfer und dann die Stimmen von Viktoria und Thomas. Neugierig überlegte sie: Dieser Blumenspender, woher wusste er, dass Viktoria heute kam? Nicht einmal sie als Mutter hatte etwas geahnt. Sie erhob sich, denn sie wollte ihre Kinder begrüßen. Sie freute sich über die Rückkehr, da sie nun endlich den Umzug planen konnte.

Müde, verstaubt und durchgeschüttelt, aber zufrieden trugen Viktoria und Thomas ihr Gepäck ins Haus, begrüßten die Mutter und fragten nach dem Befinden des Vaters. Dann winkte Thomas und ging nach draußen. »Ich muss die Pferde in den Stall bringen, wo ist Benno? Ich nehme ihn mit, dann hat er noch etwas Bewegung«, und schon war er fort. Viktoria sah sich um. »Schön, wieder hier zu sein. Mutter, wie geht es dir?«

»Ich hatte gestern die Schlüsselübergabe für das neue Haus. Schade, dass ihr nicht dabei wart.«

»Aber es sollte erst in der nächsten Woche fertig sein, so war es besprochen. Das tut uns Leid, wir wären gern dabei gewesen.«

»Es ist früher fertig geworden. Die Handwerker wollten die Arbeit offiziell abschließen und das geschah eben mit der Schlüsselübergabe.«

»Und, Mutter, ist es schön geworden? Bist du zufrieden?«

»Es ist wunderbar«, und zum ersten Mal zeigte Annette so etwas wie Freude, wenn schon nicht über die glückliche Rückkehr der Kinder, so wenigstens über das fertige Haus. Aber Viktoria kannte ihre Mutter. Sie nahm sie in den Arm und sagte: »Ich gratuliere dir zu deinem Haus, ohne deine Hartnäckigkeit wäre es nie fertig geworden, Mama, wann ziehen wir ein?« Und mit dieser Frage hatte sie die kleine Spannung überwunden, mit der Annette ihrer Tochter begegnete, nicht zuletzt wegen des geheimnisvollen Blumenbuketts.

»Ich fange morgen mit der Planung an. Jetzt, da ihr zurück seid, wollen wir keinen Tag länger warten als nötig. Übrigens, da wurden Blumen für dich abgegeben.«

»Blumen für mich? Wer sollte mir denn Blumen schicken?«

Annette zuckte mit den Schultern. »Ich habe keine Ahnung.«

»Die Blumen können warten. Wie geht es Vater? Ich will zuerst nach ihm sehen.«

Viktoria drückte der Mutter einen flüchtigen Kuss auf die Wange und ging hinüber in das Zimmer ihres Vaters.

Der kranke Mann saß in seinem Rollstuhl am Fenster und blickte in die beginnende Dämmerung. Er war alt geworden. Sein Gesicht war faltig, der Bart und das Haupthaar weiß, die Hände mit braunen Flecken übersät. Als er hörte, dass jemand eintrat, sah er seiner Tochter mit wachen Augen entgegen. Seine Lippen bewegten sich, aber Worte waren nicht zu verstehen. Der Pfleger verließ diskret das Zimmer und Viktoria drückte dem Vater die Hand, die er nach ihr ausstreckte. »Lieber Vater, ich freue mich, dich wiederzusehen.« Dann erzählte sie ihm von der Reise, von Rodenhagen und von den Menschen, denen sie dort begegnet waren. Die Arbeiten im Stall und den Kauf der Stuten verschwieg sie. Noch wusste er nicht, dass Thomas die Firma verlassen hatte und in vier Wochen endgültig auf das Gut übersiedeln würde. Er sollte sich nicht aufregen, noch nicht. Als sie spürte, dass der so sehr gealterte Mann müde wurde und ihren Worten nicht mehr folgen konnte, verabschiedete sie sich und küsste die schlaffe Wange. »Morgen erzähle ich weiter, Vater, dann begleite ich dich an die Alster und vielleicht können wir den Pfleger überreden, mit uns beiden eine Schiffsfahrt zu machen.« Als sie das Leuchten in seinen Augen sah, nickte sie. »Jawohl, das werden wir machen.«

In ihrem Zimmer sah sie ihn sofort, diesen wunderschönen Strauß, der den Raum mit seinem zarten Duft füllte. Sie las das Billett und überlegte: J. B., wer konnte das sein? Wen kannte sie mit diesen Initialen? Und wer wusste, dass sie heute zurückkommen würde?

Sie hörte, wie Thomas ins Haus kam und ging mit dem Kärtchen in der Hand zu ihm. »Thomas, schau mal, wer könnte das sein? Drinnen steht ein besonders geschmackvoller Strauß für mich.«

»J. B.?« Er überlegte einen Augenblick. »Na klar, Schwesterchen, erinnerst du dich an diesen Gast mit dem Schimmel in Boizenburg? Das war doch nicht zu übersehen, dass der ein Auge auf dich geworfen hat.«

»Und dann ist er sang- und klanglos am nächsten Morgen verschwunden? Unsinn, Thomas, und woher sollte er wissen, dass wir heute hier ankommen?«

»Also, meine Liebe, über Männer musst du noch viel lernen. Du bist ja in manchen Dingen bewundernswert klug, aber Männer …? Lass nur, ich werde dir alles beibringen, bevor ich verschwinde. Erste Lektion heute: Wo ein Wille ist, ist auch ein Weg.«

»Na, sehr schlau, so eine Platitude wäre mir zur Not auch noch eingefallen.«

Im gleichen Augenblick kam Annette, um ihre Kinder zu Tisch zu bitten. Als sie die beiden mit der Karte sah, fragte sie sofort: »Nun, wer ist dieser geheimnisvolle Verehrer?«

Thomas holte gerade Luft, um zu antworten, als er einen Stoß gegen sein Schienbein verspürte, der ihm die Lust nahm, sein Wissen auszuplaudern. So zuckten beide nur mit den Schultern und Viktoria sagte schließlich: »Wir grübeln, Mutter, wir grübeln noch.«

Thomas sah Viktoria an und erklärte dann: »Also Mutter, mit dem Essen musst du noch etwas warten. Wir müssen uns doch erst einmal frisch machen und umziehen. Ein Viertelstündchen, bitte, leg ein gutes Wort bei Simone ein.« Dann gab er seiner Schwester einen leichten Stoß, da sie noch immer über das Monogramm nachdachte und lief pfeifend in sein Zimmer. Sieh mal einer an, überlegte er grinsend, dieser Brennicke und mein Schwesterchen, na, wenn das keine Überraschung ist. Hab ich mir doch gleich gedacht, damals in der Gaststube. Der Bursche konnte seine Augen nicht abwenden und Viktoria war regelrecht taubstumm vor Aufregung. Nur, dass er sich dann so klammheimlich davon gemacht hat, das konnte ich nicht begreifen. Und dann überlegte Thomas, der Pferdenarr: Dieser Schimmelhengst in der Familie, das wäre der absolute Clou.

Simone hatte in aller Eile ein festliches Menü gezaubert. Sie liebte ›ihre‹ Kinder und wenn sie konnte, verwöhnte sie die beiden mit deren Lieblingsgerichten. Als endlich alle drei Platz genommen hatten, servierte sie Pastetchen mit Geflügelfleisch und Käse, gedämpfte Kalbsbrust mit buntem Gemüsereis und zum Nachtisch einen Apfelauflauf mit Sahne und Walnüssen. Dazu hatte sie einen Frankenwein aus dem kleinen Raum geholt, der hier als Weinkeller diente, und einen Augenblick wehmütig an die Weinvorräte im abgebrannten Kontorhaus gedacht. Doch dann hatte sie mit energischem Kopfschütteln die Erinnerung verjagt und noch eine Flasche Likör für das Stündchen nach dem Essen mitgenommen, in dem die Herrschaften gemütlich bei einem Mokka zusammensitzen würden. Bestimmt gab es viel zu erzählen und wenn sie sich mit der Küchenarbeit beeilte, konnte sie auf der Treppe sitzend ein wenig lauschen. Vor allem der Rosenstrauß war Gesprächsstoff Nummer eins bei den Angestellten und den Pflegern.

Aber aus dem Plauderstündchen wurde nichts. Die jungen Leute erklärten, sie seien müde von der Reise, und wollten früh zu Bett gehen. Aber eigentlich wollte Viktoria nur allein sein, um an Jens Brennicke zu denken, und Thomas, um von einer Zucht mit dem Hengst Hassan zu träumen.

Viktoria, in ihrem Zimmer endlich allein, beugte sich über den Strauß und sog den Duft mit einem glücklichen Lächeln ein. Was bedeutete dieser Gruß? Würden weitere Zeichen einer kleinen Verbundenheit folgen? Konnte es sein, dass sie diesem atemberaubenden Mann etwas bedeutete? Warum war er damals grußlos fortgeritten, wenn er sie heute so auffällig begrüßte? Ich habe es ja gleich gewusst, stellte sie unsicher fest, mit einem Brennicke bekommt man Probleme. Dennoch war sie neugierig, wie es weitergehen würde.

Als sie spät in der Nacht noch immer wach lag, dachte sie an die Firma und ihre nächsten Aufgaben. In wenigen Tagen würde die ›Königin Sophia‹ einlaufen. Sie musste sich der Begegnung mit Justus Habermann stellen. Es war gut möglich, dass er sich Hoffnungen auf eine gemeinsame Zukunft mit ihr machte. Ihre jahrelange Schwärmerei konnte ihm nicht verborgen geblieben sein. Sie wusste auch, dass er einen Dank für sein Engagement in Brasilien erwartete und dass er nicht verheiratet war. Vielleicht konnte sie zwei Probleme auf einmal lösen: Wenn sie ihn zum Direktor der ›Niederlassungen für Schiffszubehör‹ in Brasilien ernannte, würde er für seinen Einsatz und seine Loyalität ihr gegenüber hochbelohnt werden und gleichzeitig wäre er weit weg, vielleicht für immer. Aber war er für einen solchen selbstständigen, verantwortungsvollen Posten geeignet? Was verstand er von Geschäftsführung und Verwaltungsfragen? Er war ein guter Kapitän, einer, der Wind und Wellen kannte und seine Mannschaft sicher führte, aber konnte er auch brasilianischen Angestellten vorstehen? Sie drehte sich auf die andere Seite und wusste, dass sie die Fragen in dieser Nacht nicht mehr lösen würde.

Der nächste Morgen versprach einen schönen Spätsommertag mit kleinen Nebeln über dem Wasser, ersten welken Blättern, die zu Boden schwebten, und übermütigen Fischen, die aus dem Wasser sprangen, um Insekten zu fangen.

Nach dem Frühstück suchte Thomas einen Tischler auf, der Kisten für den Transport seiner Sachen nach Rodenhagen und für den Umzug vom Alsterufer in den Mittelweg bauen sollte, und Viktoria wies die beiden Pfleger an, den Vater für einen Schiffsausflug auf der Alster anzukleiden. Dann lief sie hinunter zum Wasser und bat den alten Wümmer, mit seinem kleinen Dampfschiff an den Steg zu kommen, damit sie den Rollstuhl bequem in das Boot fahren konnten.

Johannes Stelling genoß die Fahrt, man sah ihm die Freude

deutlich an, und immer wieder streckte er seinen linken Arm aus, um Viktorias Hand zu drücken und sie glücklich anzusehen. Sie fuhren bis zum Ende des aufgestauten Sees und weiter flussaufwärts, bis das Wasser zu flach wurde und sie umkehren mussten. Dann ging es am Ostufer entlang stadteinwärts bis zur Baustelle der Lombardsbrücke. Viktoria erzählte, dass die steinerne Brücke mit den drei Bögen die alte Holzkonstruktion ersetzen sollte, damit die Altonaer Verbindungsbahn in Zukunft durchgehend als neue Eisenbahnlinie weiter bis nach Lübeck im Norden und Berlin im Osten fahren konnte.

Der Pfleger, der in einer Schule des Rauen Hauses von Wichern zum Diakon ausgebildet wurde und zwischendurch Erfahrungen in praktischer Arbeit sammeln sollte, hörte mit großen Augen zu. »Jetzt lebe ich schon zwei Jahre in Hamburg, aber in all der Zeit habe ich nicht so viel über die Stadt erfahren, wie auf dieser kleinen Schiffstour.«

Viktoria lachte. »Mein Vater besitzt eine interessante Bibliothek, Sie sollten sie hin und wieder nutzen.«

Johannes nickte und streichelte Viktorias Hand zum Zeichen des Verstehens. Er konnte sein Vergnügen nicht ausdrücken, aber er freute sich über jede Stunde, die seine Jüngste in seiner Nähe verbrachte. Leider geschah das viel zu selten.

Wümmer wendete und fuhr zurück zum Anleger an der alten Rabenstraße. »Es wird nicht mehr lange dauern«, jammerte er, »dann soll eine Dampfschifflinie auf der Alster verkehren. Dann ist es aus mit dem Fährdienst und wir alten Fährmänner können sehen, wo wir bleiben.«

»Aber das kann noch lange dauern, bis es soweit ist, Meister Wümmer«, tröstete Viktoria ihn. »Sie wissen doch, erst wird darüber geredet, dann wird geplant, dann wird noch einmal überlegt und dann dauert es noch ein paar Jahre, bis es wirklich soweit ist, weil kein Geld da ist. Die alten Hanseaten sind sehr gründlich in ihrer Planung. Denken Sie doch mal an das Rathaus, wie lange die Stadt schon auf ein neues Rathaus wartet.«

»Ach, das Rathaus ist mir ziemlich egal, das nimmt mir nicht die Butter vom Brot, aber diese Dampfschiffe, die könnten uns den letzten Fahrgast wegnehmen.«

Viktoria klopfte ihm freundlich auf die Schulter. »Wir bleiben Ihnen erhalten, Meister Wümmer, wir werden immer Ihr tuckerndes Bötchen eleganten weißen Schiffen einer Alsterflotte vorziehen.«

Um die eigenen Pferde nach der langen Reise zu schonen, beschloss Viktoria, bis zum Dammtor zu Fuß zu gehen und von dort mit einer Droschke ins Kontor zu fahren. Der Tag hielt, was der Morgen versprochen hatte, und es blieb sommerlich warm. Sie freute sich, mit dem Vater den Ausflug unternommen zu haben. Ihm ging es langsam besser und sie hoffte, dass er eines Tages soweit genesen war, dass er wieder am Familienleben teilnehmen konnte.

Auf dem Weg zur Moorweide dachte sie an diese kleingewordene Familie. Sobald Thomas abreiste, waren sie nur noch zu dritt. Sie dachte an Patrizia, die hin und wieder einen Brief schickte und von ihrer wachsenden Arbeit in einem New Yorker Armenviertel erzählte, und an Michael, der so selten etwas von sich hören ließ und immer nur von seinem künstlerischen Durchbruch schrieb, der demnächst erfolgen sollte. Inzwischen lebte er mit einem Maler zusammen in Florenz und träumte von großen Erfolgen.

Viktoria lächelte. Immer sind es nur Träume, von denen er berichtet.

Und von Träumen kann man nicht leben. Jetzt fallen die Einkünfte aus Rodenhagen für ihn fort. Wir müssen ihn mit anderen Mitteln unterstützen, überlegte sie, er hat, genau wie Patrizia, ein Anrecht auf einen Teil unseres Besitzes, ganz gleich, ob er für die Firma arbeitet oder nicht.

Sie ging an der Moorweide entlang und spielte im Schatten der Kastanienbäume, die den Weg säumten, mit den kleinen, stacheligen Früchten, die sich an den verblühten Kerzen bildeten und unreif herabfielen. Wenn wir umgezogen sind, überlegte sie, steht das Sommerhaus leer. Ich werde einen zahlungskräftigen Mieter suchen, der bereit ist, für das Haus und den großen Garten einen angemessenen Betrag zu zahlen. Mit den Mieteinnahmen werde ich einen Fonds für Michael und Patrizia einrichten. Sie beglückwünschte sich zu dieser Idee, denn auf keinen Fall wollte sie sich von dem wertvollen Gelände an der Alten Rabenstraße trennen. Harvestehude wurde mehr und mehr das Wohnviertel der vornehmsten Hamburger Familien und nachdem die erste Wasserleitung in die Gegend verlegt wurde, waren die Grundstücke kaum noch bezahlbar. Hier war man unter sich und wenn am Sonntagnachmittag Fremde beim Flanieren am Alsterweg gesehen wurden, rümpften die reichen Anwohner die Nasen.

Viktoria gehörte nicht zu diesen naserümpfenden Reichen. Sie war eine echte Hanseatin, die durch Bescheidenheit und Toleranz den Ruf der Zuverlässigkeit bewahrte. Zurückhaltung war ihr angeboren und Ehrbarkeit anerzogen. Sie war neunzehn Jahre alt und eine geachtete Persönlichkeit, die ihre erfolgreiche Firma zu leiten wusste.

Sie hatte das Dammtor mit dem Droschken-Standplatz fast erreicht, als sie hinter sich den dumpfen Aufprall galoppierender Hufe hörte und bereitwillig zur Seite trat, um den eiligen Reiter vorbei zu lassen. Aber der Reiter auf dem mächtigen Schimmel zügelte das Pferd und sprang aus dem Sattel.

»Beinahe hätte ich Sie verpasst«, waren die ersten Worte, die Jens Brennicke etwas atemlos hervorstieß. »Verzeihen Sie, dass ich Sie so überfalle, aber meine Spione waren nicht ganz korrekt mit den Zeitangaben.« Er lachte herzlich und streckte ihr die Hand hin, die sie überrascht und verblüfft ergriff.

»Dennoch, alle Hochachtung«, lachte sie leicht verwirrt, »Ihre Spione leisten ausgezeichnete Arbeit.«

»Nun ja, ganz leicht war es nicht, Ihre Zeitpläne zu durchschauen, aber der Erfolg ist schließlich entscheidend.«

Viktoria besann sich auf ihre gute Erziehung, bedankte sich für die Blumen und sah sich um. Und was sie sah, gefiel ihr nicht: Überall waren Leute stehen geblieben, um nach dem stürmischen Reiter und der gutgekleideten Frau zu sehen, die sich gegen alle vornehmen Gebote mitten auf der Straße unterhielten.

»Sie sind zu Fuß unterwegs? Diese stolpersteinigen Wege laden nicht gerade zum Spazierengehen ein.«

»Meine Pferde haben eine weite Reise hinter sich, sie sollen sich erholen und etwas Bewegung vor den langen Stunden im Kontor kann mir nicht schaden. Trotzdem, dort drüben werde ich eine Droschke für den Weg durch die Stadt nehmen.« Viktoria zeigte auf den Platz der Mietkutschen. Die Pferde standen im Schatten der Kastanienbäume, kauten in ihren Futtersäcken und der Gestank von getrockneten Pferdeäpfeln umgab sie wie eine Dunstglocke.

Jens sah kritisch zu den Droschken hinüber. »Sie sollten diese Kutschen meiden. Sie sind nicht sauber genug und oft voller Ungeziefer.«

»Ich bitte Sie«, Viktoria schüttelte den Kopf, »die meisten Menschen sind darauf angewiesen. Wer hat schon eigene Pferde im Stall?«

Jens nickte. »Ich weiß, trotzdem ist es nicht ratsam. Wenn ich dürfte, wie ich wollte, würde ich Sie in den Sattel von Hassan heben, mich hinten draufschwingen und mit Ihnen bis ans Ende der Welt reiten.«

»O, Himmel«, Viktoria lachte, »um nichts in der Welt würde ich mich zu Ihnen auf ein Pferd setzen.«

Der Mann war ernst geworden. »Und weshalb nicht? Bin ich so unakzeptabel, dass man sich nicht mit mir sehen lassen kann?«

Viktoria schüttelte den Kopf. »Darum geht es nicht, sondern um die Frage, was wollen Sie eigentlich von mir? Die Blumen gestern, die Begrüßung heute, Spione? Ich stehe vor einem Rätsel.«

»Darf ich ganz ehrlich antworten?«

»Selbstverständlich.«

»Ich will Sie heiraten.«

Viktoria war einen Augenblick lang nicht fähig, zu antworten. War dieser Mann so unsensibel, einer Frau mitten auf der Moorweide zwischen neugierigen Passanten und grasenden Kühen einen Heiratsantrag zu machen? Oder war das Ganze ein Scherz, den er sich mit ihr erlaubte? Wer war er, ein Casanova oder ein Clown, der meinte, die Welt müsse ihm zu Füßen liegen? Wütend drehte sie sich um, ließ ihn stehen und ging zu den Kutschen hinüber. Nur am Hufschlag des Pferdes hörte sie, dass er ihr folgte. Dann sagte er:

»Viktoria Stelling, ich wollte Sie nicht beleidigen. Ich achte und bewundere Sie, aber Sie wollten die Wahrheit hören. Und ich habe die Wahrheit gesagt.«

Sie hatten die Droschken erreicht und Viktoria gab einem Kutscher das Zeichen, dass sie einsteigen wollte. Er nahm den Pferden die Futtersäcke ab und bestieg den Kutschbock. Jens stand neben dem Trittbrett und sah Viktoria an. »Sie glauben, dass ich scherze, nicht wahr?«

»Mit einem Scherz könnte ich fertig werden, mit einem Flegel nicht.« Sie setzte sich und gab dem Kutscher das Zeichen zum Anfahren. Aber Jens gab nicht auf. Er bestieg seinen

Schimmel und ritt neben der Kutsche her. »Bitte, Fräulein Stelling, könnten wir nicht irgendwo miteinander reden?«

»Ich sehe keinen Grund dafür. Und jetzt lassen Sie mich bitte in Ruhe.« Viktoria war außer sich. Ihr Herz raste – aber weshalb? War es vor Glück, war es aus Zorn? Sie musste sich zusammennehmen und Contenance bewahren. Auf keinen Fall durfte sie zeigen, wie unsicher sie war. Steif aufgerichtet saß sie in der Kutsche, spielte nervös mit ihrem Täschchen und wusste nicht, wie sie diesen dreisten Reiter loswerden sollte.

Dann hatten sie das Kontorhaus erreicht. Jens sprang ab, entlohnte den Kutscher und half ihr formvollendet aus der Droschke: »Viktoria, ich wollte Sie nicht beleidigen und ich wollte Ihnen nicht wehtun, und wenn mein Vorgehen Sie verletzt hat, dann tut mir das sehr Leid. Aber Sie wollten die Wahrheit hören. Und Sie werden mir erlauben müssen, alles zu versuchen, Sie wiederzusehen.« Mit einer Fingerspitze hob er ihr Kinn, als sie sich abwenden wollte. Seine Augen waren freundlich und ehrlich auf sie gerichtet und blickten sie an, als könnten sie bis auf den Grund ihrer Seele schauen. Und bevor sie sich abwenden konnte, berührte sein Mund sanft ihre Lippen. Sein Daumen zeichnete behutsam die Linie ihrer Wange nach, dann verbeugte er sich, stieg auf sein Pferd und ritt davon. Sie ist so unschuldig, dachte er, so zart, so schlank und wie wundervoll sie duftete.

Viktoria schloss für einen Moment die Augen, dann holte sie tief Luft und betrat das Haus. Sie begrüßte ihre Angestellten und legte Hut und Handschuhe ab, als sie ihr Büro betrat. Marianne, eine neue Sekretärin, die sie im Winter eingestellt hatte, empfing sie mit den Worten: »Madame, Sie haben Besuch« und zeigte auf die Tür zum Empfangssalon, den Viktoria vor kurzem eingerichtet hatte, da sie es lästig fand, Gäste in ihrem Büro zu begrüßen. Das Büro war ein intimer Arbeitsraum und kein Salon, es trug ihre Handschrift und

Fremde hatten darin nichts zu suchen. Jetzt konnte sie Gäste an einem neutralen Ort treffen – oder auch nicht, wenn ihr die Besucher nicht genehm waren.

»Wer ist es?«, fragte sie deshalb und war nicht überrascht, als Marianne Kapitän Habermann nannte. Ja, dachte sie, da ist nun gar nichts mehr von Herzklopfen und Atemnot zu spüren – aber dass sie sich diesem Besuch heute schon stellen musste, behagte ihr wenig. Himmel, kaum bin ich dem einen entronnen, muss ich den nächsten abwehren, dachte sie unwillig.

»Bitte, Marianne, bringen Sie uns Kaffee und etwas Cognac. Es könnte sein, dass wir zum Schluss den Kapitän ein bisschen unterstützen müssen.«

Dann ging sie nach nebenan und was sie sah, gefiel ihr noch immer: Gut sah der Mann in seiner maßgeschneiderten Uniform aus, braungebrannt und leicht verwegen. Er stand auf, strich mit einer Handbewegung die Locken aus der Stirn und begrüßte sie mit einem Handkuss. »Ich bin sehr froh, wieder hier zu sein und Sie zu sehen«, sagte er freundlich und wartete, bis sie Platz genommen hatte. Viktoria sah ihn interessiert an, aber da gab es kein Prickeln auf der Haut und keinen Schauer der Gefühle.

»Sie haben Glück, ich bin selbst erst gestern zurückgekommen«, sagte sie kühler, als es nötig gewesen wäre.

»Ich weiß, ich habe mich erkundigt.«

Soso, dachte sie, noch einer, der seine Spione ausschickt. Dann bat sie ihn, von seiner letzten Reise zu berichten. Er erzählte von Stürmen und Gefahren, beschrieb sein Schiff, das so wunderbar zu segeln war, zählte die Probleme auf, die ihm in Südamerika begegnet waren, fand Lösungen für komplizierte Fälle und unterstrich mit jedem Wort die Bedeutung, die eine Hamburger Niederlassung mit Schiffszubehör in Brasilien hätte.

Viktoria nickte. »Sie bestätigen alles, was ich seit langem

denke und auch plane. Ich möchte Ihnen einen Vorschlag machen, Kapitän Habermann.«

»Ich höre?« Er war leicht verletzt, so kühl war sie noch nie gewesen.

»Wir besprachen bei Ihrem letzten Aufenthalt die Bedeutung einer kompetenten Führungsperson für den Aufbau und die Leitung solcher Niederlassungen. Wären Sie daran interessiert, die gesamte Leitung der Aktion mit Büros und Geschäften in São Paulo, Rio de Janeiro und Recife zu übernehmen?«

Justus Habermann starrte sie entgeistert an. »Aber Madame, mein Leben ist das Meer.«

»Ich weiß. Ich will Ihnen weder das Schiff noch das Meer wegnehmen. Aber ich brauche unbedingt einen zuverlässigen Mitarbeiter, dem ich voll vertrauen kann, und mir fällt kein besserer ein.«

Habermann hatte sich noch nicht von seinem Schrecken erholt, aber er nickte zustimmend. »Das verstehe ich und es ehrt mich auch sehr, aber ich bin doch kein Geschäftsmann.«

»Sie könnten es werden, ich stelle Ihnen für die erste Zeit einen kompetenten Mann zur Seite. Aber, und das möchte ich noch einmal betonen, ich brauche vor allem einen Mann meines Vertrauens am anderen Ende der Welt. Sie haben dort das Meer vor der Tür und ich stelle Ihnen die ›Königin Sophia‹ zur Verfügung, damit Sie die einzelnen Hafenstädte anlaufen können. Sie müssen nur für vertrauensvolle Mitarbeiter vor Ort sorgen, die Sie dann regelmäßig kontrollieren sollten.«

Habermann war nachdenklich geworden. »Es ist so verdammt weit weg, wenn Sie erlauben, dass ich das sage.«

»Sind Sie an Hamburg gebunden?«

»Nein, noch nicht« – unsicher sah er sie an. Wusste sie nicht, dass er seit Jahren an sie dachte, dass er von ihr träumte, wenn er draußen unterwegs war, dass er es bisher nicht gewagt hatte, sie erkennbar zu verehren, weil er sie erst für zu jung und später für unerreichbar hielt?

»Nein, ich bin hier nicht gebunden, aber es war das Ziel jeder Reise, hier wieder einzulaufen, die Heimat eben«, versuchte er zu erklären.

»Ich weiß, ich verstehe Sie gut, aber es ist auch sehr reizvoll, ein vollkommen neues Geschäft zu planen, aufzubauen und dann erfolgreich zu führen.«

»Darf ich mir das überlegen, Fräulein Stelling? Es ist doch ein sehr großer Schritt, den ich da machen soll.«

»Natürlich dürfen Sie überlegen«, und dann hielt Viktoria etwas seelischen Druck für angebracht und sagte lächelnd: »Aber nicht zu lange. Ich muss wissen, wie ich die ›Königin Sophia‹ demnächst einsetze.«

Er wurde ganz blass, aber sie sah, dass er das Signal verstanden hatte. Sie war eine gute Geschäftsfrau, aber auch eine harte, wenn es sein musste.

Sie schenkte für beide etwas Cognac in die Gläser und fragte: »Wie ist es, trinken wir auf Ihre Überlegungen?«

Er nickte und sie stieß mit ihm an. »Ich trinke auf Ihre Loyalität, Justus Habermann, und auf eine erfolgreiche Zukunft. Und morgen hätte ich gern gewusst, wie Sie sich entschieden haben.« Damit stand sie auf, reichte ihm die Hand und ging zurück in ihr Büro. Sie war ziemlich sicher, dass sich der Mann für die neue Aufgabe, vor allem aber für sein Schiff entscheiden würde. Einen kleinen Bonbon musste sie ihm reichen, das wusste sie, und wenn er an dem Schiff hing, dann sollte er es haben. Es gab genug Aufträge und Ladungen innerhalb der südamerikanischen Häfen, so dass das wertvolle Schiff auch in Zukunft nutzbringend eingesetzt werden konnte und ausgelastet war.

Sehr nachdenklich ritt Jens Brennicke nach Hause. Was zum Teufel hatte er falsch gemacht? Er hielt Viktoria für eine offene, gradlinige Frau, die krumme Wege scheute. Er hatte sich schließlich erkundigt, nachdem er von diesem verkorksten Holzgeschäft in Hagenow, das er nur mit Mühe wieder in die Reihe gebracht hatte, zurückgekommen war.

Zuerst hatte er seine Bank aufgesucht und sich vertraulich mit seinem Bankier, einem erstklassigen Menschenkenner, unterhalten, diese Leute wussten ganz genau, welche Firma lief und welche abzuschreiben war. Dann hatte er sich auf der Börse umgehört, Einkauf und Verkauf, Erfolg und Misserfolg wurden hier gründlich registriert. Auch bei guten Freunden hatte er sich diskret erkundigt und vor allem die Feststellung gemacht, dass diese Viktoria eine zurückhaltende, wenn auch energische junge Frau war und keinerlei Ambitionen in Bezug auf das männliche Geschlecht zu haben schien. Sie führte ihre Firma, kümmerte sich um die Familie und wurde selten oder gar nicht auf Festivitäten und bei anderen Vergnügungen gesehen. Sie hatte ein paar Konzerte des jungen Pianisten Johannes Brahms besucht, war einmal im Stadt-Theater und einmal mit dem Bruder zusammen bei einem Pferderennen auf dem Derby-Platz gesehen worden. Das alles sprach für die junge Frau und er war sicher, dass er eines Tages Erfolg bei ihr haben würde. Fragt sich nur, wie lange ich diese Sehnsucht aushalten kann, überlegte er und gab dem Schimmel die Sporen. Er wollte nach Hause. Vielleicht war es ratsam, die Mutter, ohne Namen und ohne Gründe zu nennen, etwas auszuhorchen. Sie war eine kluge Frau und kannte sich schließlich mit dem weiblichen Geschlecht aus. Unsinn, dachte er gleich darauf, das ist absolut meine eigene Sache. Es wäre ja noch schöner, wenn ich an Mutters Rockzipfel geklammert meine Zukunft organisieren müsste. Ich bin ein bekannter Großhandelskaufmann mit Schiffen und Geschäften in der ganzen Welt, ich werde es doch wohl schaffen, meine Gefühle und meine Wünsche in den Griff zu bekommen?

Er dachte kurz an Patrizia, auch eine Frau aus dem Hause Stelling, die ihn vor Jahren sehr verletzte, als sie nach New

York abreiste und nicht einmal Lebewohl sagte. Das war vorbei. Damals war ich ein junger Mann, empfindlich, unerfahren und vom Vater gegängelt. Aber das hat sich in den letzten Jahren gründlich geändert. Ich bin ein Kämpfer geworden, ich bin mein eigener Herr, auch im Geschäft. Heinrich Brennicke hat zwar noch die Leitung der Firma, aber gemacht wird, was ich sage. Vater darf von Dampfschiffen träumen, aber ich baue sie und schicke sie auf die Reise.

In der Elbchaussee angekommen, gab er dem Stallknecht seinen Hengst, nahm die Satteltaschen, in denen er sich Arbeit mitgebracht hatte, und ging um das Haus herum zum Garten. Bei dem schönen Wetter wird Mutter auf der Terrasse sitzen, fiel ihm ein und er freute sich auf diese geliebte, patente Frau, die neuerdings ein Geheimnis zu haben glaubte.

Hm, er lachte in Gedanken, sie denkt, sie hat ein Geheimnis, aber sie ist im Irrtum. Ich weiß längst Bescheid und kenne ihre Geschäfte mit Immobilien. Sie vergisst, welchen Einfluss die Firma Brennicke in Hamburg und vor allem im Rathaus bei den einzelnen Behörden hat. Er schmunzelte noch, als er um die Hausecke kam, aber die Terrasse war leer. Der Butler hatte zwar die weißen Korbstühle und die Beistelltische zurechtgerückt, aber niemand machte Gebrauch davon. Jens stellte die Satteltaschen auf die Terrakottafliesen, er wollte nicht die zartgrünen Seidenkissen und die Deckchen mit Pferdehaaren beschmutzen und ging ins Haus.

»Hallooo – keiner da?«

Aus dem Souterrain kam William, der Butler, und nahm Jens das Reitjackett und die Gerte ab. »Nein, mein Herr, die gnädige Frau ist mit der kleinen Kutsche unterwegs und der Herr Brennicke ist im Rathaus. Er lässt mitteilen, dass man mit dem Dinner nicht auf ihn warten möge.«

»Danke, William, ich werde ein Bad nehmen und mich dann zum Arbeiten nach draußen setzen. Bitte stellen Sie mir in zehn Minuten eine gekühlte Flasche Chardonnay und etwas vom Käsegebäck der Köchin auf den Tisch. Ich habe noch zu arbeiten.«

»Jawohl.«

Pfeifend und immer zwei Stufen auf einmal nehmend, sprang Jens die breitgeschwungene Treppe hinauf. Die Glaskuppel reflektierte die Sonnenstrahlen und warf bunte Muster auf die Marmorstufen. Er hatte seinen Optimismus und die gute Laune wiedergefunden.

Was die kleine Stelling jetzt wohl macht? Denkt sie an mich, ist sie wütend? Oder brütet sie über ihren Geschäftsbüchern, verhandelt sie mit Kunden? Mit Männern? Natürlich, wenn sie verhandelt, dann immer mit Männern! Mit attraktiven? Mit solchen, die besser aussehen als ich, die mehr zu bieten haben, die es besser verstehen, sie zu hofieren? Ich habe mich wirklich dämlich angestellt, sinnierte er. Ich hätte nicht mit der Tür ins Haus fallen dürfen, ich hätte sie umwerben müssen, wie sich das gehört. Aber wie so oft, ist mein Temperament mit mir durchgegangen. Verdammt, da muss ich wirklich an mir arbeiten. Frauen haben eben keinen Sinn für die Plumpheiten eines Mannes. Ich werde natürlich nicht mit Mutter darüber sprechen, sie bekäme wieder einen Lachanfall und ich stünde da wie ein Idiot.

Erfrischt von dem Bad und von seinen nüchternen Erwägungen, zog Jens sich einen leichten Sommeranzug an und ging nach unten. Er musste unbedingt die Routen einiger Schiffe korrigieren. Sie fuhren auf Strecken, die sich nicht mehr lohnten. Aber wenn man mehr als fünfzig Schiffe koordinieren muss, kann es schon einmal geschehen, dass man die Übersicht verliert.

Er öffnete die Taschen und breitete die Papiere auf den Tischen aus. Aber erst einmal werde ich mir einen Chardonnay genehmigen. Der Tag war lang und heiß und irgendwie, ganz für mich allein, will ich auch ein bisschen feiern. Mein Erfolg bei

Viktoria war zwar nicht gerade umwerfend, aber ich habe sie wiedergesehen, ich habe mit ihr gesprochen, ich habe sie ein ganz kleines bisschen geküsst und sie hat sich zumindest über die Blumen gefreut. Morgen sehen wir weiter. Denn eines war Jens Brennicke klar, wenn er Viktoria Stelling gewinnen wollte, musste er sich beeilen. Ein so tüchtiges und hübsches Mädchen durfte er nicht mehr aus den Augen lassen. Und während er an die junge Frau dachte, die so couragiert die Geschicke von Firma und Familie in die Hände genommen hatte, ging sein Blick über den träge dahin fließenden Strom weit hinüber zum jenseitigen Ufer, wo im Dunst der Ferne die bläulichen Hügel der Harburger Berge zu sehen waren. Aber er sah nicht den Fluss, die Hügel, den Dunst der Ferne, er sah eine glückliche Frau mit einer Schar von Kindern auf dem Rasen vor dem Haus spielen. Seine Kinder, sein Haus, seine Frau – Viktoria.

Annette hatte den Umzug in ihr neues Heim und die Einrichtung gründlich geplant. Sie wollte nichts dem Zufall überlassen und hatte bereits während des Hausbaus Möbel in Paris bestellt, die seit Wochen in einem ihrer Speicherhäuser lagerten. Sie bevorzugte den strengen Stil des französischen Empire, der sich in den Möbeln ebenso zeigen sollte wie in der Struktur des Hauses. Sie wollte keine Schnörkel, sondern Eleganz, die weder durch Säulchen am Haus noch durch Ornamente an den Möbeln gestört werden durfte. Die Decken der einzelnen Räume zierten weiße Stuckbordüren, die Böden raffiniert verlegte Edelhölzer, und nichts sollte diesen Blickfang stören.

Mit Mühe und Liebe versuchte Annette, ihren Mann in die

Planung der einzelnen Räume einzubeziehen. Der Architekt hatte auf ihren Wunsch drei Eingänge konstruiert: den Haupteingang mit einer schlichten Treppe in der Mitte des Vorderhauses, rechts davon den Eingang hinunter zum Souterrain für die Lieferanten und in die Wirtschaftsräume und links von der Treppe einen weiteren Eingang mit einer geschwungenen Rampe, über die der Rollstuhl in das Haus geschoben werden konnte. Diese Rampe sollte später entfernt und durch Steinstufen ersetzt werden, wenn Johannes wieder gehen konnte.

Ihr Kontakt zu ihrem Mann war noch immer kühl und reserviert, aber sie bemühte sich, ihm hilfsbereit zu begegnen und ihn nicht spüren zu lassen, dass sie mehr von dieser Ehe erwartet hatte, als letztlich daraus geworden war.

Johannes, der in Erinnerung an die Abschiedsworte seiner ältesten Tochter bemüht gewesen war, seine Arme für Annette auszubreiten, hatte sich, durch die Krankheit behindert, wieder ganz in sich selbst zurückgezogen. Er wollte keinem zur Last fallen, stellte keine Ansprüche mehr an sein Leben. Er wollte die Zeit, die ihm noch blieb, bescheiden und unauffällig im Frieden seiner kleingewordenen Familie verleben. Dass seine Firma sich vergrößerte und sich weiterentwickelte, sah er mit Freude, und sehr oft, wenn keiner ihn beobachtete, dankte er Gott, der ihm diese fleißige und erfolgreiche Viktoria geschenkt hatte, die ihm jetzt mit so viel Liebe begegnete.

Einige Tage nach der Rückkehr ihrer Kinder aus Rodenhagen bat Annette ihre Tochter, mit ihr in das neue Haus zu gehen und ihr bei der Zimmereinteilung zu helfen. Sie hatte zwar ihre Pläne, wollte aber nicht ohne die Einwilligung der Familie mit der Einrichtung beginnen.

»Mutter, wenn du unsere Meinung hören willst, dann sollten wir alle zusammen gehen.«

»Auch Thomas und dein Vater?«

»Ja, auch die beiden. Vater muss sich in dem Haus wohl

fühlen, auf ihn sollten wir ganz besonders Rücksicht nehmen. Er hat die Firma zu dem gemacht, was sie heute ist, und mit seinem Geld konntest du das schöne Haus bauen. Und Thomas wird, so hoffe ich, oft in Hamburg sein, dann sollte er wissen, wo sein Zuhause ist.«

Nach dem Frühstück machten sie sich auf den Weg. Der Pfleger schob den Rollstuhl und weil es etwas bergauf ging, half ihm Thomas. Annette und Viktoria folgten Arm in Arm. Der Weg war nicht weit. Sie kreuzten die Magdalenenstraße, wenig später den Mittelweg und standen gleich darauf vor ihrem neuen Domizil. Die Mauern waren braun verputzt und die Fenster, Türen und Balkonkanten weiß abgesetzt. Eine große ›Eins‹ prangte neben dem Haupteingang und bevor Annette die Stufen hinaufging, um die Haustür aufzuschließen, begleitete sie Johannes und den Pfleger die Rampe hinauf, um auch die Seitentür zu öffnen.

Während der Pfleger seinen Patienten durch diesen Eingang fuhr, öffnete Annette die Haupttür, drehte sich mit ausgebreiteten Armen zu ihren Kindern um und rief freudestrahlend: »Herzlich willkommen zu Hause.«

Viktoria, aber auch Thomas waren sehr gerührt. Nach mehr als fünf Jahren hatten sie wieder ein richtiges Zuhause, große helle Räume, moderne Installationen, fließendes Wasser, eine Gasbeleuchtung in allen Räumen sowie einen Speisenaufzug von der Küche im Keller nach oben in einen kleinen Anrichteraum. Und, als Geschenk des Architekten an den Hausherrn, eine versteckte Rampe, die in die oberen Räume und eine weitere, die vom Gartensaal nach draußen in den bereits angelegten kleinen Park führte.

»Nun, wie gefällt es euch?« Annette war glücklich und wollte auch ihre Familie glücklich sehen.

»Es ist wunderschön geworden, Mutter.« Thomas fand als Erster die rechten Worte und umarmte seine Mutter.

»Es ist sehr beeindruckend, und dass ihr das Haus für Vater

bewohnbar gemacht habt, ist einmalig.« Auch Viktoria war zufrieden, obwohl sie das kleine Haus am Ufer der Alster liebte und dort gern weiterhin gewohnt hätte. Sie nahm die Hand ihres Vaters und streichelte sie. »Wir verdanken dir das Haus und hoffen, dass du hier schnell und ganz gesund wirst, Papa.«

Langsam gingen sie zunächst im Hochparterre durch die Räume und Annette erklärte, wie sie sich die Einteilung dachte. »Vorn rechts ist der große Salon, der Empfangsraum für Gäste und dahinter, durch die große Schiebetür getrennt, gelangt man dann in den Gartensaal«, erklärte sie, »hier wollen wir unsere Feste feiern. Vorn links, neben der Eingangstür ist ein kleiner Empfangsraum –«

»– den ich gern als Büro nutzen möchte, Mutter. Ich brauche in diesem Haus eine Geschäftsstelle und sie sollte nicht oben zwischen unseren privaten Zimmern sein.«

Annette nickte. »Das lässt sich machen.« Sie ging weiter und deutete auf einen in den Garten hineingebauten Flügel: »Hier ist unser Speisezimmer und weiter hinten gibt es diverse kleine Räumlichkeiten, Garderoben für die Gäste und ähnliches.«

Die Zimmer in der ersten Etage waren schnell verteilt: Johannes bekam das schönste Zimmer mit dem großen Balkon zum Mittelweg, damit er auch am Straßenleben teilnehmen konnte, wenn er sein Zimmer nicht verlassen konnte, Annette hatte sich zwei zusammenliegende Gartenzimmer als Boudoir und Salon ausgesucht, Viktoria und Thomas teilten die restlichen Zimmer unter sich auf. Im Obergeschoss gab es ein paar Gästezimmer und je ein Zimmer für Michael und Patrizia, sollten sie nach Hamburg zurückkehren. Im Dachgeschoss hatten die Angestellten ihre Räume.

Vier Wochen später war das Haus eingerichtet. Annette nahm keinerlei Mobiliar aus dem Sommerhaus mit. Sie wollte, wie sie sagte, durch nichts an die beschämenden, demütigenden Jahre nach dem Großen Brand erinnert werden.

In all den Wochen arbeitete Viktoria hart und konzentriert. Justus Habermann nahm die Arbeit als Geschäftsführer an und sie hatten gemeinsam die erste Ladung Schiffszubehör zusammengestellt, die er auf der ›Königin Sophia‹ mit nach Brasilien nehmen sollte.

Sie hatte mit Thomas zusammen dessen Umzug nach Rodenhagen organisiert und nun war er endlich mit einem gemieteten Lastenwagen und seinen beiden Reitpferden unterwegs. Es gab Probleme mit einer Lieferung skandinavischer Hölzer, die nicht entladen werden konnten, weil es auf dem angemieteten Lagerplatz plötzlich an Kapazitäten fehlte. Wenn sie abends nach Hause kam, hatte sie nur noch den Wunsch, sich auszuziehen, zu baden und sich auf der kleinen Liege auszustrecken, die sie an den warmen Spätsommerabenden im Garten aufstellte.

Aber diesen Wunsch konnte sie sich beinahe nie erfüllen. Annette, die zwar tagsüber viel mit ihren Freundinnen unterwegs war, wünschte die Gesellschaft ihrer Tochter, weil sie sich langweilte und es sich für eine verheiratete Frau nicht schickte, am Abend allein auszugehen. Dann wartete der Vater auf sie. Er konnte langsam wieder Worte formulieren und Fragen stellen und wollte natürlich wissen, wie es in der Firma lief. Und dann gab es auch noch den alten Benno, der mit wedelnder Rute auf einen Abendspaziergang wartete. Thomas hatte zwar überlegt, ob er den Hund mit nach Rodenhagen nehmen sollte, aber sie entschieden, dass Benno beim Vater bleiben sollte, da man einem alten Hund ein neues Zuhause nicht zumuten könnte.

Dass Viktoria wenig Lust auf die Aufgaben einer Gesellschafterin, einer Berichterstatterin oder einer Hundepflegerin hatte, war verständlich. Aber letztendlich versteckte sie jedes Mal ihre Müdigkeit, seufzte tief und dachte nur: Geht das nun immer so weiter? Ich kann bald nicht mehr. Die Arbeit in der Firma macht mir Spaß und fordert die letzten

Reserven von mir, doch diese häuslichen Verpflichtungen sind zuviel.

Heute nahm sie still und heimlich, bevor die anderen merkten, dass sie zu Hause war, die Hundeleine vom Garderobenhaken, sagte Babette, dass sie zunächst den Hund ausführen wollte und ging nach draußen. Wie an jedem Abend lief sie zur Alster hinunter und dann am Wasser entlang nach Norden. Wenigstens erwartet der Hund keine Unterhaltung, dachte sie und warf ein Holzstück über die Wiese, nach dem er jagen konnte. Aber weite Sprünge waren für den alten Setter nicht mehr möglich und nach einigen Apportierversuchen lief er erschöpft und lustlos hinter ihr her.

Um ihm eine Pause zu gönnen, setzte sie sich kurz vor der Krugkoppelbrücke auf den Stamm einer umgestürzten Trauerweide. Die vertrockneten Äste ließen sich von der leichten Strömung hin- und herbiegen und Benno versuchte, sie mit den Pfoten festzuhalten. Es war ein langer Tag gewesen und Viktoria schaute müde zurück auf die Silhouette der Stadt mit den vielen Kirchtürmen, die sich gegen den dunkler werdenden Himmel abhoben. Wie hübsch die Gasbeleuchtung in den Straßen aussieht, dachte sie und freute sich über den Fortschritt in den letzten Jahren. Hamburg entwickelte sich zu einer großen modernen Stadt, die längst über die alten Wälle und Tore hinausgewachsen ist.

Sie hörte ihn nicht, sie sah ihn nicht, aber sie fühlte ihn. Als der Schauer eines seltsamen Glücksgefühls sie überströmte, wusste sie, dass er hinter ihr stand. Sie drehte sich nicht um und sie blickte auch nicht auf, als er bat: »Dürfte ich mich zu Ihnen setzen?« Sie nickte nur und sah weiterhin zur Stadt hinüber, wo einige Glocken die zehnte Stunde einläuteten. Acht Wochen lang war er nicht zu sehen, weshalb kommt er heute, und woher weiß er, dass ich hier bin?

Als hätte sie die Fragen laut ausgesprochen, erklärte Jens:

»Ich habe Sie sehr vermisst, aber es war mir nicht möglich, Sie früher wiederzusehen.«

»Sie brauchen sich nicht zu entschuldigen. Ich habe nicht damit gerechnet, Sie zu treffen und, um ehrlich zu sein, ich habe Sie nicht vermisst.« Sie sah ihn an und dann ärgerte sie sich über Benno, der dem Mann den Kopf auf die Knie legte und sich kraulen ließ, als seien sie uralte Freunde.

»Ihr Hund mag mich, könnte es sein, dass er ein besseres Empfinden für Glücksgefühle hat als seine Herrin?«

Sie sah ihn verblüfft an. »Ich wüsste nicht, was das Auftauchen eines fremden Mannes mit meinen Glücksgefühlen zu tun haben könnte.«

»Aber ich bitte Sie, Viktoria, ein fremder Mann bin ich nun wirklich nicht für Sie. Auch wenn Sie es nicht eingestehen, Ihr Herz hat doch längst den verhängnisvollen schnellen Schlag getan, ich spüre es doch.«

Verärgert, weil er Recht hatte, wollte sie aufstehen, aber er legte ihr die Hand auf den Arm. »Nicht weglaufen. Es ist so schön hier, ich genieße jeden Atemzug und ich möchte, dass Sie diesen Augenblick mit mir teilen.«

»Sie haben sich aber lange Zeit gelassen, um einen Augenblick mit mir zu teilen.«

»Habe ich Ihnen gefehlt?«

»Wie kommen Sie auf diese absurde Idee? Nein, im Gegenteil, ich fühlte mich frei und vor allem unbeobachtet. Das hat mir sehr gefallen.«

»Ich war in Bordeaux, unser Weinhändler dort ist plötzlich verstorben und ich musste die Qualität der bestellten Ware kontrollieren, bevor sie verschifft wurde.« Er nahm ein Zigarillo aus einer schmalen Blechdose und sah sie an. »Stört es Sie, wenn ich rauche?«

»Nein, aber achten Sie darauf, dass der Hund keinen Rauch abbekommt. Seine altersschwachen Lungen vertragen diesen Dunst nicht mehr.«

»Dann werde ich darauf verzichten. Ich liebe Hunde. Leider habe ich keinen. Mir fehlt die Zeit, ihn zu betreuen. Und so ein Tier geht ein, wenn es keine Zuwendung bekommt.«

Sie sah ihn erstaunt an. Soviel Gefühl für ein Tier hatte sie ihm nicht zugetraut. »Haben Sie denn Zeit, für ihren wunderschönen Schimmel?«

»O ja, Hassan kann sich nicht beklagen. Ich brauche ihn und er braucht mich. Das gleicht unser Verhältnis zueinander aus. Reiten Sie eigentlich nicht?«

»Nein, mir geht es mit den Pferden wie Ihnen mit den Hunden, ich habe keine Zeit, mich intensiv um ein Pferd zu kümmern.«

»Aber Sie können reiten?«

Sie nickte. »Ja, ich habe es als Kind gelernt, genau wie Tennis und Schwimmen und Klavier spielen, aber wenn man sie nicht nutzt, verkümmern die Talente. Meine Firmenordner haben längst den Platz der Notenbücher in meinem Tageslauf eingenommen.«

»Sie arbeiten zuviel, Viktoria«, stellte er betrübt fest.

»Ich habe eine Aufgabe übernommen und der fühle ich mich verpflichtet.«

»Das ehrt Sie und ich erkenne Ihre Einstellung an. Aber könnten Sie sich nicht auch ein anderes Leben vorstellen?«

»Und woran denken Sie?«

»An das Leben an der Seite eines Mannes, an ein Leben mit Kindern, an ein Zuhause, in dem Sie für die Geborgenheit zuständig sind.«

»Ich hatte noch keine Zeit, darüber nachzudenken«, erwiderte sie abweisend. Sie wusste, worauf er hinaus wollte, aber so leicht würde sie es diesem dreisten Menschen nicht machen, der ihr mitten auf einer Kuhweide einen Heiratsantrag gemacht hatte. O nein, nicht mit mir, dachte sie und stand auf. »Komm, Benno, wir müssen zurück.«

Auch Jens stand auf und einen Augenblick sah sie ihn beinahe verlangend an, diesen Mann mit dem kantigen Gesicht, den breiten Schultern und den schmalen Hüften, der allein durch seine Präsenz Macht und Autorität ausstrahlte. Dann war der kurze Augenblick vorbei und sie nahm den Hund an die Leine, damit er jetzt keine Umwege mehr lief.

»Sind Sie ohne Ihr Pferd hier?« Fragend sah sie sich um. »Und wie haben Sie mich eigentlich gefunden?«

»Hassan steht in einem Stall am Klosterhof und dass Sie abends an die Alster gehen, hat mir Ihre Haushälterin verraten. Die macht sich nämlich Sorgen, wenn Sie in der Dunkelheit allein unterwegs sind, und da ich ihr versprochen habe, ein wachsames Auge auf Sie zu werfen, hat sie mir den Weg erklärt.«

»Also das ist ja die Höhe«, schimpfte Viktoria wütend, aber innerlich grinste sie und dachte: Dumm ist der nicht, da hat er bei Babette genau den richtigen Ton erwischt.

»Dann begleiten Sie mich jetzt zurück?«

»Selbstverständlich, das habe ich doch zugesagt. Ich finde es ja auch nicht richtig, dass Sie hier so ganz allein unterwegs sind. Es ist zehn Uhr und dunkel ist es auch schon.«

»Machen Sie sich um mich keine Sorgen, ich kenne hier jeden Stein und den Hund habe ich auch bei mir.«

»Ich möchte mir aber Sorgen machen. Und bitte, werden Sie über meine Fragen nachdenken?«

»Welche Fragen?«

»Nun, ob Sie sich auch ein anderes Leben vorstellen könnten.«

»Zum Beispiel an Ihrer Seite, mit Ihren Kindern und in Ihrem Haus?«

Glücklich blieb er vor ihr stehen und legte ihr die Hände auf die Schultern. »Genau das habe ich sagen wollen.«

Viktoria spürte, dass die Wortplänkelei mit einem Mal zu Ende war. Sie blickte ihm kurz in die Augen und nahm seine Hände langsam von ihren Schultern. »Ich werde über Ihre

Fragen nachdenken. Aber nicht heute Abend. Ich bin müde.« Sie waren vor dem Haus am Mittelweg angekommen, als er sagte: »Ich möchte, dass Sie meine Mutter kennen lernen. Wäre das möglich?«

»Auch darüber werde ich nachdenken, gute Nacht.«

Aber Jens Brennicke wollte mehr als einen so kühlen Abschied, eine so fragwürdige Zusicherung. Er spürte, welchen Eindruck er auf die junge Frau machte und wollte nicht fortgehen, ohne diesen Eindruck zu vertiefen. Er strich mit den Fingerspitzen über ihre Wangen, erst rechts, dann links und sagte: »Wir sehen uns morgen Abend um die gleiche Zeit am gleichen Ort, Viktoria. Ich werde nicht zulassen, dass Sie sich mir entziehen, nicht einmal in Gedanken.« Dann nahm er ihr Gesicht in beide Hände und küsste sie. Behutsam und zärtlich, nicht besitzergreifend, wie er es eigentlich wollte, sondern liebevoll und sanft.

Viktoria war alles andere als glücklich. Sie fühlte sich zerrissen und verunsichert. Da waren ihre Träume von den weltweiten Erfolgen der Firma, die sie anstrebte, von persönlicher und gesellschaftlicher Anerkennung als Frau in einer Stadt, die den hanseatischen Erfolg und Lebensstil allein den Männern vorbehielt. Da war ihr Wunsch, in einer Männerdomäne ihr Können zu beweisen und das Handelshaus Stelling an die Spitze zu führen.

Und dann war da dieses unerklärliche Verlangen nach einem Mann, der so stark, so stolz und selbstbewusst auftrat, dass ihr Körper mit einem Schauer reagierte, sobald er in ihre Nähe kam. Ich will diesen Mann, dachte sie, aber ich will mein Lebensziel nicht aufgeben. Ich will seine Arme um mich spüren. Ich will, dass er mich festhält und liebt. Ich will Kinder von ihm und ein glückliches Familienleben. Aber ich kann meinen Traum vom Erfolg nicht aufgeben. O Gott, dachte sie, ich will alles und nichts loslassen. Ich müsste mich entscheiden und ich kann es nicht. Das alles kommt viel zu früh.

Sie betrat das Haus durch den Nebeneingang, sie wollte allein sein, an die Worte denken, die ihr dieser Mann gesagt hatte und sich mit den eigenen Gefühlen auseinander setzen. Sie wusste, dass er morgen eine Antwort erwartete, er war kein Mann der langen Bedenkzeiten, sondern der schnellen Entschlüsse. Und sie wusste auch, dass es ihr selbst nicht nutzte, wenn sie, von Widersprüchen zerrissen, um die richtige Antwort kämpfte. Sie wollte und sie würde sich entscheiden.

Behutsam öffnete sie die Tür zum Zimmer ihres Vaters, ließ Benno hinein, damit er seinen gewohnten Schlafplatz einnehmen konnte und ging auf Zehenspitzen hinüber in ihr Zimmer. Ein beinahe voller Mond gab genug Licht, um sich auszukleiden und ins Bett zu legen. Aber nach einer Weile stand sie wieder auf. Sie spürte, dass sie keinen Schlaf finden würde, bevor sie ihre Probleme nicht gelöst hatte. Na schön, dachte sie, morgen habe ich sowieso keine Zeit zum Nachdenken, also kann ich es jetzt tun. Sie setzte sich ans Fenster und hörte auf das ferne Zwitschern eines frühen Vogels, der das milde Mondlicht mit der aufgehenden Sonne verwechselte.

Ich muss als Erstes Irmgard sprechen, überlegte sie. Ganz gleich ob ich mich für oder gegen ihren Sohn entscheide, sie ist nicht nur seine Mutter, sie ist meine beste Freundin, sie muss erfahren, was sich da zwischen uns entwickelt. Ich kann nicht darauf warten, dass Jens mich offiziell vorstellt. Einen von beiden würde ich sehr verletzen und das will ich nicht. Das ganze Problem entfällt natürlich, wenn ich mich gegen den Mann und für die Arbeit entscheide, aber will ich das? Was ist das eigentlich, dieses Gefühl ›Liebe‹? Schon schlimm, wenn man sich in seinen eigenen Gefühlen nicht auskennt, überlegte sie. Aber dieses Prickeln auf der Haut, wenn er in meiner Nähe ist, ist das die vielbesungene ›Liebe‹? Es nützt alles nichts, stellte sie fest, auch in dieser Beziehung muss ich Irmgard fragen. Wozu hat man eine Freundin, eine gute noch dazu und, wie ich sie kenne, kennt sie sich auch in der ›Liebe‹ aus. Also, sinnierte Viktoria, zuerst frage ich sie nach der ›Liebe‹ und woran man sie mit Sicherheit erkennt. Wenn ich dann weiß, was mit mir los ist, erkläre ich ihr mein Problem. Als Viktoria so weit mit ihren Gedanken gekommen war, legte sie sich beruhigt ins Bett. Morgen früh suche ich Irmgard auf und dann sehen wir weiter.

Auch für Viktoria war das kleine, anonyme Geschäft, das Irmgard Brennicke und Hermann Ganzow unter der Bezeichnung Baumwall-Immobilien betrieben, kein Geheimnis. Wer in der Hamburger Geschäftswelt mitreden wollte, musste so etwas wissen und auch Viktoria hatte ihre Vertrauensleute, die sie mit solchem Wissen versorgten.

Nach dem Frühstück bat sie Stinchen, die Kutsche zu rufen, und fuhr mit dem eigenen Gespann in den Baumwall. Sie musste damit rechnen, dass Irmgard dort nicht anzutreffen war und sie auf der Suche nach ihr weiterfahren würde.

Aber sie hatte Glück. Die Vorzimmerdame erkundigte sich nach ihrem Namen und kaum hatte sie sich vorgestellt, flog die Tür auf und Irmgard kam strahlend in das Vorzimmer. »Viktoria, Kindchen, wie freue ich mich, dich zu sehen. Woher wusstest du denn, dass wir hier …«

»Aber Irmgard, du hast mich selbst gelehrt, Augen und Ohren offen zu halten, wie sollte mir da eine so erfolgreiche Immobilienfirma entgehen?«

»Recht hast du. Komm herein. Willst du privat zu mir oder suchst du eine Immobilie? Aber wie ich hörte, habt ihr gerade euer neues Haus bezogen.«

»Ja, und es ist wunderschön.«

»Ich würde es gern einmal sehen, dieser Patric O'Brian soll ja ein wahrer Künstler sein. In Hamburg erzählt man sich die reinsten Wundergeschichten, vor allem in Frauenkreisen«, fügte sie kichernd hinzu.

»Ich finde ihn sehr kompetent, vor allem, weil er in sehr fürsorglicher Weise an meinen Vater gedacht hat.«

»Inwiefern?«

»Er hat das Haus für einen Rollstuhlfahrer bewohnbar gemacht, das rechne ich ihm hoch an.«

»Ja, das freut mich auch. Aber nun komm erst einmal in mein Büro und erzähle, wie es dir geht.«

Viktoria folgte ihr in den stilvoll möblierten Raum und dachte: Wie fange ich bloß an? Sie wird mich auslachen, wenn ich mit der ›Liebe‹ beginne.

»Was bedrückt dich, meine Kleine?«

»Du wirst lachen, wenn ich dich etwas frage, was eigentlich jeder wissen sollte.«

»Und was wäre das? Ich verspreche, nicht zu lachen.«

»Also gut. Irmgard, was ist Liebe?«

»Liebe?«

»Ja, woran erkennt man, ob man einen Menschen liebt?«

»Du meinst einen Mann?«

»Hm, einen Mann.«

»Das ist doch ganz leicht, Viktoria, wenn du meinst, ohne ihn nicht leben zu können. Wenn es wehtut, ganz tief drinnen, weil du ihn vermisst. Wenn dein Herz verrückt spielt, sobald du ihn siehst.«

»O Gott, ist das schwierig, ich kenne ihn doch kaum.«

Irmgard nahm sie in den Arm und setzte sich zu ihr auf das Sofa.

»Dich hat es aber ganz schön erwischt, Kindchen. Nun erzähle mal der Reihe nach.«

Und Viktoria erzählte von der ersten Begegnung im Wirtshaus und von der Enttäuschung am nächsten Morgen, von den Blumen und von dem Treffen auf der Moorweide und diesem seltsamen Heiratsantrag, den sie absurd fand. Sie erzählte auch von den nicht gerade vergnüglichen Gesprächen und vom Treffen am vergangenen Abend. Sogar von dem Kuss erzählte sie, nur den Namen erwähnte sie nicht.

»Und nun weißt du nicht, wie du dich verhalten sollst und ob du ihn wirklich liebst?«

»Ja, und ich weiß auch nicht, ob er mich richtig lieb hat, so, wie es sich für Mann und Frau gehört.«

»Da stellst du mich ja vor eine heikle Situation, kleine Viktoria. Wie soll ich dir raten, wenn nicht einmal du deine Gefühle kennst.«

»Ich habe eben keine Erfahrung in diesen Liebesdingen.«

Irmgard überlegte einen Augenblick. »Du musst erst einmal deine Gefühle erkennen. Außer dem Kribbeln im Bauch, gibt es da noch mehr?«

»Ja, schon, da ist der Wunsch, von ihm umarmt zu werden, mit ihm zusammen zu leben, immer, wenn ich das so ausdrücken darf.«

»Ja, Kindchen, das ist ja schon sehr viel. Und sonst?«

»Ich weiß nicht, ob ich wegen diesem Gefühl meine ganze Zukunft aufs Spiel setzen soll. Alles, was ich mir aufgebaut habe, die Firma, den Erfolg, ich hänge an diesen Dingen.«

»Weißt du, ich kenne die Männer ein bisschen länger als du und ich kann dir versichern, sie teilen nicht gern. Alles, was sie begehren, soll auch ihnen gehören, ganz gleich, ob es sich dabei um Macht, Besitz, Erfolg oder eben um eine Frau handelt. Sie brauchen dieses Gefühl, etwas Einmaliges zu besitzen und sie wollen darum beneidet werden. Wenn ein Mann dich also begehrt, dann will er dich mit Haut und Haaren, um es einmal profan auszudrücken. Wenn er dich aber wirklich liebt, dann verzichtet er auch auf solchen Besitz und gibt dir Freiraum.«

»Und was bedeutet das für mich?«

»Stell ihn auf die Probe. Sag ihm, du bist bereit, auf seinen Antrag einzugehen, aber du knüpfst Bedingungen daran, sag, dass du deine Firma weiterführen willst.« – »Das hört sich aber nicht gerade nach Liebe an, Irmgard.«

»O doch, meine Kleine. Wenn er dich liebt, respektiert er

deine Wünsche. Liebt er dich nicht, ist er egoistisch, dann solltest du auf ihn verzichten.«

»Er möchte am liebsten schon heute Abend eine Antwort, und dann, will er mich seiner – Mutter vorstellen.«

»Nun, wenn er dich der Mutter vorstellen will, scheint er wirklich ernste Absichten zu haben. Männer sind da sehr vorsichtig, wenn es um die Mütter geht. Kennst du sie?«

»Ja « – »Aber du willst mir keinen Namen nennen?«

»Nein, Irmgard, noch nicht. Aber ich verspreche dir, du bist die erste, die davon erfährt.«

»Das tröstet mich. Und was willst du nun machen?«

»Ich weiß es wirklich noch nicht, aber du hast mir sehr geholfen. Ich danke dir, Irmgard, und ich wünsche mir, dass ich dich niemals enttäuschen werde.«

»Ich hoffe, ich habe dich richtig beraten, mein Liebes. Komm wieder, wenn du Hilfe brauchst.«

Als Viktoria das Büro am Baumwall verließ, schickte sie den Kutscher zurück in den Stall. Sie wollte allein sein, nachdenken, spazieren gehen und faulenzen. Heute würde sie nicht mehr arbeiten, heute stand mehr auf dem Spiel als Schiffsrouten und Lagerkapazität für kubanischen Rum, den ein bekannter Spirituosenhändler in ›Hamburger Rumtöpfe‹ verwandeln wollte. Heute ging es um ihre Zukunft und, obwohl sie sich gedrängt, ja überrollt fühlte, wusste sie, dass sie sich ihren Problemen stellen musste. Denn eines wurde immer deutlicher, sie wollte auf keinen Fall auf diesen Mann verzichten. Auch andere Hamburger Mütter hatten schöne Töchter und mit Sicherheit war er ein Objekt jungfräulicher Begierden. Er war der erste, der ihr wirklich gefiel, für den sie etwas empfand – Liebe hin oder her, noch nie hatte sie sich nach der Umarmung eines Mannes gesehnt. Jetzt aber war es soweit. Wie weich und behutsam diese Lippen sein konnten, die so hart und konsequent aussahen. Wie würden sich seine Hände anfühlen, die so stark und kraftvoll waren?

Am nächsten Abend benutzte Jens die Kutsche, um zum Rendezvous zu fahren. Er war der Meinung, dass Sitzen in den Polstern sei romantischer als das krumme Hocken auf einem morschen Weidenstamm, und befahl dem Kutscher, nahe bei der Krugkoppelbrücke zu warten, während er auf die Suche nach Viktoria ging. Hoffentlich kommt sie überhaupt, überlegte er und zupfte nervös an dem kleinen Moosrosenstrauß herum, den er in der Hand hielt. Er war sich seiner Sache überhaupt nicht sicher, nur eines wusste er genau: Sie war die Frau, mit der er sein Leben verbringen wollte, die Mutter seiner Kinder, die Gefährtin an seiner Seite, die mit ihm durch dick und dünn gehen sollte. Probleme spielten für ihn überhaupt keine Rolle, die gab es einfach nicht: Nicht die Frage nach dem Weiterbestand der Firmen, nicht die Frage nach der Einstellung seines Vaters, der sowieso toben würde, nicht der Gedanke an die Eltern Viktorias und schon gar nicht der Gedanke fehlender Zuneigung und Liebe – er war so überzeugt, alles regeln, alles in die richtigen Bahnen lenken zu können, dass er nicht einen Augenblick an seinem Vorhaben zweifelte.

Ich weiß, sie ist ein behütetes, unberührtes, wahrscheinlich sogar ein unaufgeklärtes Mädchen, aber ich werde sie schon lehren, was es bedeutet, von einem Mann geliebt zu werden. Ich werde ihr zeigen, überlegte er und ging in seinen Gedanken bis weit ins Detail, was es heißt, in den Armen eines Mannes Liebe und Geborgenheit zu finden.

Er hatte den Baumstamm erreicht und sah, dass er fast alle Blütenköpfchen von seinem kleinen Strauß abgerupft hatte –

und er stellte fest, dass Viktoria nicht da war. Er sah sich um. Noch war es hell genug, um den Weg und die Umgebung zu erkennen, aber er sah weder die junge Frau noch den Setter, der sie begleiten würde.

Verdammt, überlegte er, was habe ich nun schon wieder falsch gemacht? Warum um Himmels willen sind Frauen so kompliziert?

Missmutig setzte er sich auf den Stamm. Es hatte keinen Zweck, ihr entgegen zu gehen, es gab verschiedene Möglichkeiten, an der Alster entlang zu laufen und er hatte keine Ahnung, welchen Weg sie bevorzugte. Enttäuscht blickte er hinüber zum Wasser, auf dem letzte Ruderer ihre Runden unter den lautstarken Kommandos ihrer Trainer absolvierten. Irgendwo tuckerte eine Fähre über den See und hinter ihm auf dem Harvestehuder Weg waren ein paar späte Reiter unterwegs.

Plötzlich bekam er einen Stoß in den Rücken und als er sich herumdrehte, stand hechelnd und mit der Rute wedelnd der rote Setter hinter ihm. Etwas entfernt kam langsam Viktoria auf ihn zu. Er stand auf, verbeugte sich höflich, reichte ihr die Reste des ehemals hübschen Straußes und erklärte: »Ich hatte Angst, Sie kommen nicht.«

»Ich hatte auch nicht versprochen zu kommen.« Viktoria sah auf die kleinen grünen Strünke in ihrer Hand und lächelte: »Ich nehme an, das war einmal ein Blumenstrauß.«

»Ja, bitte verzeihen Sie mir, ich war so unruhig, dass ich ihn total zerrupft habe. Eben – weil Sie nichts versprochen hatten.«

»Benno braucht seinen Auslauf und es ist niemand da, der mit ihm gehen könnte. Wollen wir uns setzen?«

»Ich habe heute die Kutsche dabei, wir könnten sehr hübsch durch die Gegend fahren und diese letzten Spätsommerstunden genießen. Es gibt in Eppendorf und in Winterhude sehr schöne Wirtshäuser mit Gärten, in denen man sitzen und etwas zu sich nehmen kann. Darf ich Sie zu einem Glas Wein einladen?«

»Nein danke. Ich bin nicht die Frau, die man nach vier missglückten Treffen in einen Wirtshausgarten einlädt. Wir können uns hier unterhalten oder unsere Wege trennen sich wieder.«

»Sie sind sehr konsequent, Viktoria. Was muss ich tun, um Ihnen näher zu kommen? Haben Sie über meine Fragen nachgedacht? Bitte, sagen Sie nicht ›nein‹.«

»Ich habe darüber nachgedacht und ich habe festgestellt, dass wir überhaupt keinen Grund haben, über so intime Dinge zu reden. Wir wurden einander nicht vorgestellt, meine Eltern kennen Sie nicht und diese mehr oder weniger heimlichen Treffen hier an der Alster sind nicht nach meinem Geschmack.«

»Sie möchten, dass ich Ihren Eltern einen offiziellen Besuch abstatte?«

»Das wäre wohl die Spielregel, wenn man den nötigen Anstand wahren wollte.« Sie sah ihn nicht an, sie musste selbst um Beherrschung kämpfen. Hätte sie ihm in die Augen geblickt, hätte er gewusst, wie es um sie stand.

»Selbstverständlich! – Ich bin bereit, morgen Ihre Eltern aufzusuchen.«

»Und was ist mit Ihren Eltern? Die Anstandsregeln beziehen beide Elternpaare ein.« Sie dachte an ihr Gespräch mit seiner Mutter – wohin sollte das alles führen?

»Mein Vater ist auf Reisen.«

»Ihr Vater ist sehr oft unterwegs, nicht wahr?«

»Ja, wir haben die Arbeit aufgeteilt, er ist zuständig für die Außenhandelsgeschäfte, ich bin zuständig für Hamburg und die Reederei.«

»Wie praktisch, so ein Partner fehlt mir leider.«

»Auch das hat seine positiven und negativen Seiten. Sie können in jeder Beziehung frei entscheiden, ich muss immer daran denken, was sagt der Partner, störe ich seine Geschäfte oder fördere ich sie.«

»Aber es ist doch innerhalb der Familie, da gibt es doch keinen Verdruss.«

»Viktoria, Sie haben keine Ahnung, wie hitzköpfig und streitbar mein alter Herr sein kann. Aber meiner Mutter würde ich Sie gern vorstellen. Ich müsste nur noch wissen, ob Sie mir überhaupt zugetan sind, ob Sie mich mögen, etwas für mich empfinden. Sie müssen verstehen, so ein Schritt ist von großer Bedeutung und meine Mutter würde ernsthafte Schlüsse aus so einem Besuch ziehen.«

Viktoria schüttelte ungeduldig den Kopf. »Sie lassen mir kaum Zeit, Gefühle zu entwickeln. Sie sind mir nicht unsympathisch, soviel kann ich sagen und das muss Ihnen erst einmal genügen.«

»Hm, das ist ja nicht gerade viel.« Zerknirscht kratzte er mit dem Schuh im Kies des Weges.

»Ich hab doch schon gesagt: Lassen Sie mir mehr Zeit.«

Er nahm ihre Hand in die seinen, drehte sie mit der Innenfläche nach oben und strich langsam mit seinen Fingerkuppen über die Linien. »Können Sie nicht verstehen, dass ein Mann, der fest davon überzeugt ist, die richtige Frau gefunden zu haben, ungeduldig wird, weil er nicht begreifen kann, dass diese Frau nicht die gleichen Gefühle entwickelt? Wofür brauchen Sie Zeit, warum müssen Sie so lange überlegen, was hat der Verstand mit dem Herzen zu tun? Meine Liebe reicht für uns beide, Viktoria, erlauben Sie mir wenigstens, Sie davon zu überzeugen. Bitte: Lassen Sie sich von mir verwöhnen. Und wenn Sie Wert darauf legen, besuche ich morgen Ihre Eltern.«

Als sie seinen traurigen Blick sah, nickte sie. »Ich habe nichts gegen Ihren Besuch. Ich würde nur gern zuerst Ihre Mutter treffen.«

»Selbstverständlich.« Er sah sie an, sie würde das Wort Liebe nie leichtfertig in den Mund nehmen. Wenn sie dieses Wort aussprach, würde sie es ernst meinen, und wenn sie es ernst meinte, dann erst konnte er sicher sein, die Frau fürs Leben gefunden zu haben. Worte waren eben immer nur ein Anfang. Sein Körper straffte sich, er legte ihr den Arm um die Schulter und dann spürte er, dass sie sich dagegen stemmte. »Ich würde Sie gern küssen, Viktoria. Wir sollten uns doch wenigstens eine kleine Intimität gönnen, bevor ich meiner Mutter gestehe, die Frau für mein Leben gefunden zu haben.«

»Bitte, ich bin noch nicht so weit.«

»Was soll das heißen, Viktoria, ein Kuss ist doch nichts Schlechtes. Ein Kuss ist das süßeste Kompliment, das ein Mann einer Frau machen kann.«

»Vielleicht. Ein Kuss ist aber auch wie ein Siegel und ich wüsste nicht, was wir zu besiegeln hätten.«

Jens ließ sie los, bitter enttäuscht und voller Selbstzweifel. Was hatte sie an ihm auszusetzen? Er war ein ehrbarer, zuverlässiger Mann, er war treu und liebevoll und er würde sie immer auf Händen tragen, was zum Kuckuck wollte sie noch? Er ließ seine Hände über ihre Schultern gleiten und dann liebkoste sein Mund ihre Schläfe, ihre Wange, ihr Haar. Als er sie losließ, sah sie ihn mit großen Augen an. »Gegen Küsse dieser Art habe ich nichts einzuwenden«, erklärte sie ernsthaft und sah sich nach dem Hund um. »Es wird Zeit, zurück zu gehen.«

Jens gab dem Kutscher einen Wink, ihm in diskretem Abstand zu folgen und sagte zufrieden: »Ich sehe, wir kommen uns näher, wenn auch auf Umwegen.«

Viktoria lächelte. »Ich sagte ja, Sie sind mir nicht unsympathisch. Aber bevor wir irgendwann zu Ihrer Mutter fahren, möchte ich Ihnen etwas erzählen.«

»Ich höre?« Langsam gingen sie nebeneinander her. Es war fast dunkel und Viktoria war froh, dass sie ihm nicht in die Augen sehen musste. »Ich kenne Ihre Mutter.«

»Nun ja, sie ist nicht gerade unbekannt in dieser Stadt. Ihre Firma und unsere Firma, da gibt es immer wieder Berührungspunkte. Gesellschaften, geschäftliche Verhandlungen, Feste bei Freunden, da trifft man sich öfter als erwünscht.«

»Das meine ich nicht. Ich möchte Sie vor einer Überraschung bewahren.«

»Aber ich liebe Überraschungen.«

»Ihre Mutter ist meine beste Freundin.«

»Was?« Er blieb stehen und packte sie an den Armen. »Was sagen Sie mir da? Und davon weiß ich nichts?«

»Es ist ein Geheimnis und wir haben es seit Jahren gehütet. Aber ich möchte nicht, dass ein solches Geheimnis zwischen Ihnen und mir steht, und ich denke, Ihre Mutter wird das genau so sehen.«

»Ja, wie ist denn so etwas möglich? Gestern noch habe ich mit ihr gesprochen und sie hat mit keinem Wort erwähnt, dass sie Sie kennt.«

»Haben Sie ihr meinen Namen genannt?«

»Nein, natürlich nicht, ich wollte doch erst wissen, wie Ihre Antwort auf meine Frage ausfällt.«

»Auch ich habe gestern mit ihr gesprochen. Auch ich habe keinen Namen erwähnt.«

»Da haben wir uns also beide Rat bei ihr geholt, ohne von dem anderen zu wissen.«

»So ist es.«

»Sie lacht uns schlicht und einfach aus, wenn sie das erfährt.« Jens hatte, als sei es die selbstverständlichste Sache der Welt, ihren Arm genommen und Viktoria hatte es, wie er mit Genugtuung feststellte, geduldet. »Und jetzt?«

»Ich bin bereit, mit Ihnen hinzufahren. Ich möchte um nichts diese Freundschaft verlieren, deshalb denke ich, wir sollten Ihre Mutter jetzt aufklären.«

»Sind wir uns denn selbst im Klaren?«

»Ich denke schon«, sagte sie leise.

Jens drehte sie zu sich herum, nahm sie in die Arme und küsste sie innig und verlangend, aber auch zärtlich. Viktoria spürte nur noch dieses wunderbare Prickeln tief drinnen in ihrem Körper.

Jens ließ sie nur ungern frei, aber schließlich gab es noch einiges zu erfahren.

Er winkte die Kutsche herbei und bat Viktoria: »Bitte, lass uns einsteigen. Du musst mir jetzt erzählen, wie es zu dieser Freundschaft gekommen ist.«

Sie lächelte. »Es ist eine sehr lange Geschichte, Jens. Sie hat vor mehr als fünf Jahren begonnen.«

»Dann werden wir jetzt durch die Nacht fahren, bis die fünf Jahre um sind.«

Sie nickte. Das ›Du‹ war plötzlich ebenso selbstverständlich wie die Tatsache, dass sie zu ihm in die Kutsche stieg.

Sie fuhren den Mittelweg hinunter, durchs Frauenthal, über den Nonnenstieg und durch den Klostergarten, während Viktoria erzählte, wie sie als Schulmädchen zu Hause ausgerissen war und schon am ersten Abend nicht wusste, wohin sie gehen sollte. Sie berichtete von Irmgard Brennicke, die einfach vor der Schule wartete und sie schließlich mit in die Villa an der Elbchaussee nahm. Sie erzählte von den lehrreichen Monaten mit dem Hauslehrer, vom Aufenthalt in Glückstadt und von der Rückkehr nach Hamburg, als ihr Vater so krank wurde. »Alles, was ich heute kann und bin, habe ich deiner Mutter zu verdanken. Sie lehrte mich, selbstbewusst und stolz zu sein, sorgte dafür, dass ich lernte, eine erfolgreiche Geschäftsfrau zu werden und vor allem half sie mir, indem sie für mich bürgte und die Vormundschaft für mich übernahm, damit ich mit achtzehn Jahren unsere Firma führen kann. Sie hat einfach die Hand für mich ins Feuer gelegt und mir hundertprozentig vertraut. Ich kann und ich werde sie nie enttäuschen.«

Die Nacht wich dem ersten Grau des neuen Tages, als sie an der Alster entlang zurückfuhren. Träge floss das Wasser neben ihnen dahin. Das erste Licht verlieh ihm einen matten Glanz.

Die Farben wirkten noch gedämpft und blass, während ein zarter Nebel über dem Wasser sanft in der aufgehenden Sonne schwebte. Wie auf ein Signal hin verließen Enten ihre Nester im Schilf und paddelten dem Licht entgegen.

Jens hatte sie mit keinem Wort unterbrochen. Er war nicht nur überrascht und sprachlos, er war zutiefst betroffen und verwirrt. Er wusste seit Jahren, dass seine Mutter eine Frau war, die ihre eigenen Richtlinien hatte, die sich nie unterordnen würde und die ihre Ziele konsequent verfolgte. Er wusste, dass ihn ein besonders vertrauensvolles Verhältnis mit seiner Mutter verband – er wusste aber auch, dass sie sich ihr ganzes Leben lang eine Tochter gewünscht hatte. Niemals aber hätte er gedacht, dass sie hinter seinem Rücken so sehr ihren eigenen Weg gehen würde, wie das hier geschehen war.

Viktoria sah ihn an. Sie fühlte, was in ihm vorging, und jetzt war sie es, die liebevoll seine Hand nahm und streichelte. »Jens, ihr verdanke ich mein Leben …«

»Und mich hat sie verraten.«

»Aber wie kannst du so etwas sagen? Indem sie mir geholfen hat, hat sie dich in keiner Weise benachteiligt. Sie ist deine Mutter, nichts und niemand kann daran etwas ändern.«

»Sie hätte es mir sagen müssen. Warum hatte sie kein Vertrauen zu mir?«

»Meinetwegen, Jens. Und vielleicht hatte sie auch Angst, dich zu verlieren?«

»So ein Unsinn.«

»Wir waren damals nicht gerade Freunde, deine Familie und meine.«

»Das stimmt. Trotzdem, seit mehr als fünf Jahren hat sie quasi eine Tochter und ich weiß nichts davon.«

»Ich bitte dich, Jens, zwischen uns gab es nie eine mütterliche Beziehung, sondern immer nur eine freundschaftliche. Das ist ein Unterschied.«

»Viktoria«, er entzog ihr seine Hand, »ich weiß nicht, wie ich mit dieser Tatsache umgehen soll. Ich weiß es einfach nicht.«

Jetzt wurde Viktoria ärgerlich. »Jens, wenn die Freundschaft zwischen deiner Mutter und mir irgendetwas an deinen Gefühlen für mich ändern oder gar stören sollte, dann halte ich es für besser, wenn wir uns hier und jetzt Lebewohl sagen. Ich will keinen Zwiespalt zwischen dir und deiner Mutter und schon gar keinen Gewissenskonflikt zwischen uns.«

»Viktoria, jetzt brauch ich die Zeit, die du immer haben wolltest.«

»Das verstehe ich. Aber ich verstehe nicht, wie ein Mann, der mir eben noch sagte, dass er sein ganzes Leben mit mir verbringen will und dass es überhaupt nichts gibt, was diesen Wunsch beeinträchtigen könne, wie so ein Mann plötzlich nachdenklich wird, weil seine Mutter und die Frau, die er lieb hat, Freundinnen sind.«

»Viktoria, darum geht es doch gar nicht, es geht nicht um uns beide, es geht um das Vertrauen zwischen meiner Mutter und mir. Sie hat es mit Füßen getreten, um es ganz deutlich auszudrücken.«

»Und weshalb bedeutet Nächstenliebe Vertrauensbruch?«

»Weil sie in diesem Fall mit Verrat gekoppelt ist.«

»So ein Unsinn. Du brauchst wirklich Zeit zum Nachdenken. Gib mir Bescheid, wenn du genug überlegt hast.« Sie nahm den Hund an die Leine, stieg aus und rief dem Kutscher zu: »Danke, die restlichen paar Schritte gehe ich zu Fuß.«

Dieser Mann, den sie liebte, musste nicht sehen, wie sie litt. War es falsch gewesen, ihr Geheimnis zu lüften, Irmgards Vertrauen zu missbrauchen? Hatte sie die beiden Menschen verloren, die sie am meisten liebte? Ich wollte doch keinem wehtun. Ich wollte nur, dass Klarheit herrscht, bevor wir einen Weg einschlagen, von dem es kein Zurück mehr gibt. Mütter und ihre Söhne, das Geheimnis ihrer Verbundenheit würde wohl nie ein Außenstehender begreifen, und sie dachte an ihre Mutter und ihren Bruder Michael.

Sie ging die letzten paar Meter zum Haus, ging die Rampe hinauf und durch die Seitentür, um niemanden zu wecken. »Komm, Benno, du brauchst Wasser, und Futter hattest du gestern Abend auch nicht, schauen wir mal nach, was Simone in der Speisekammer hat.«

Als der Hund versorgt war, spürte sie, dass sie auch seit dem Frühstück am Vortag nichts mehr gegessen hatte. Sie machte Feuer im Herd, setzte den Wasserkessel auf die Platte und suchte Brot und einen Aufstrich. Aber kaum kochte das Wasser, stand die Köchin in der Tür und schüttelte den Kopf. »Was soll das denn werden, Kindchen? Setz dich oben hin, ich bringe dir das Frühstück rauf.«

»Nicht doch, Simone, ich wollte dich nicht stören. Wieso bist du jetzt schon hier unten?«

»Ich habe einen sechsten Sinn. Wenn sich in meiner Küche etwas rührt, schlagen bei mir die Alarmglocken. Und nun geh rauf. Du siehst aus, als könntest du etwas mehr als Kaffee und Brot mit Aufstrich gebrauchen.«

Wie in alten Zeiten waren sie in das vertraute ›Du‹ der früheren Jahre zurückgefallen und Viktoria genoss es, sich verwöhnen zu lassen.

In kürzester Zeit hatte die Köchin ein köstliches Frühstück auf das Tablett gezaubert: Rührei mit Krabben, Röstbrot mit Butter und Schinken, Käsewürfelchen in Sauerrahm und eine große Kanne Kaffee mit Sahne und Zucker, wie sie es liebte. Und während die frühe Sonne den Garten in das erste goldene Licht tauchte, vergaß Viktoria ihre Sorgen und genoss das liebevoll zubereitete Essen. Wie schön, dachte sie, es gibt doch immer wieder Menschen, die mich mögen, einfach so, wie ich bin, die nicht fragen, die nicht Gedanken sortieren müssen und Probleme haben, die nur da sind und mich gern haben.

Drei Tage vergingen. Drei Tage, in denen Viktoria nicht wusste, ob sie ihrem Herzen gehorchen sollte oder ihrem Verstand. Während sie überlegte, ob sie dem Herzen folgen und Jens aufsuchen sollte, riet ihr der Verstand: Lauf ihm auf keinen Fall nach!

Gut, dachte sie schließlich, er braucht Zeit zum Nachdenken, ich muss ihm diese Zeit zubilligen. Und am vierten Tag, wusste sie, dass sie Recht hatte. Als sie morgens ihr Büro betrat, flüsterte Marianne: »Sie haben Besuch.«

»Wer ist es?«

»Ein sehr gut aussehender Mann, der mir leider nicht seinen Namen verraten hat.«

»Er ist im Salon?«

»Ja, Madame. Und demnächst müssen wir uns unbedingt ein Sortiment an Blumenvasen anschaffen. Nie ist die richtige Größe da, wenn man eine Vase braucht.«

»Warten wir es ab. Vielleicht brauchen wir keine, wenn ich nämlich den ›sehr gut aussehenden Mann‹ zusammen mit seinen Blumen nach Hause schicke.«

»Ich möchte direkt wetten, dass Sie das nicht tun, Madame.«

»Und weshalb nicht?«

»Weil er so zerknirscht aussieht.«

»Zerknirscht? Wie sieht denn ein zerknirschter Mann aus?«

»Er zerrupft vor Aufregung einen ganzen Rosenstrauß.«

»O nein. Nicht schon wieder, die armen Blumen.«

Sie legte ihren Regenmantel und den Schirm ab, – seit zwei Tagen war der Sommer in den Herbst übergegangen –, streifte die Handschuhe und den Hut ab und ging in den Salon.

»Guten Morgen, man hat mir gesagt, ich müsste hier einen Blumenstrauß retten. Wird das zur Gewohnheit?«

Verdutzt blickte Jens sie an. »Was wird zur Gewohnheit?«

»Dass du mir zerrupfte Blumensträuße schenkst.« Sie lachte fröhlich. »Komm, gib schon her, damit ich ihn retten kann.« Sie wollte ihn nicht spüren lassen, wie unsicher sie geworden war. Er hatte Gefühle in ihr geweckt, die sie nicht mehr missen wollte – wie sehr hatte sie auf ihn gewartet.

»Darf ich dir etwas anbieten? Einen Kaffee? Einen Cognac vielleicht?«

»Ich bin nicht hergekommen, um mich bewirten zu lassen. Ich bin gekommen, um dich um Verzeihung zu bitten. Ich war ein Narr, Viktoria, verzeih mir bitte.«

Sie sah ihn ganz ruhig an, wie er da so zerknirscht vor ihr stand und ohne Strauß nicht wusste, was er mit den Händen anfangen sollte. Also nahm sie seine Hände in die ihren und sagte sehr liebevoll:

»Ist schon gut, Jens. Man braucht eben manchmal eine Zeit für sich allein. Ich verstehe dich – und hat dir die Zeit geholfen?«

»Ja, sie hat mir ganz gründlich die Augen geöffnet und mir gezeigt, dass ich die wunderbarste Frau der Welt liebe und dass es nichts, aber auch gar nichts gibt, was diese Liebe stören könnte.«

»Danke, Jens.« Sie nahm sein Gesicht in ihre Hände und küsste ihn sehr liebevoll, bis er sie an sich drückte und stöhnend erklärte: »Ich habe mich so sehr nach dir gesehnt.«

»Wann fahren wir zu deiner Mutter, Jens?«

»Jetzt gleich. Sie wartet schon. Ich habe nicht verraten, mit wem ich komme, diese Überraschung möchte ich auskosten als Lohn für die Angst, die ich hatte. Aber sie wartet schon.«

»Angst? Du hattest Angst? Wovor?«

»Die beiden liebsten Menschen auf der Welt zu verlieren.«

»Ja«, sagte Viktoria, »dann hatten wir wohl beide die gleiche Angst.«

Aber so schnell, wie Jens Brennicke in die Zukunft starten wollte, ging das nicht. Viktoria hinderte ihn daran, und zwar wohlüberlegt und konsequent. Sie wollte den Rahmen regeln, bevor sie das Herz sprechen ließ.

»Ich kann jetzt nicht fort. Ich habe gleich eine Konferenz, dann erwarte ich zwei Geschäftspartner und danach habe ich eine Besichtigung im Hafen. Du kannst mich abends gegen sechs Uhr hier abholen.« Sie wollte ihm begreiflich machen, dass sie berufstätig war und bleiben würde. Er musste sich daran gewöhnen, nicht ein Heimchen am Herd, sondern eine Geschäftsfrau zu heiraten, die ihre eigenen Verpflichtungen hatte.

Er sah sie betroffen an. »Aber ich dachte, unsere Zukunft sei dir wichtiger als ein paar geschäftliche Termine.«

»Jens, eines muss ganz klar zwischen uns sein: Ich leite ein großes weltbekanntes Handelshaus und ich bleibe die Chefin der Reederei Stelling.«

»Viktoria, ich habe nie an deinen Fähigkeiten gezweifelt und ich bewundere die Art, wie du die Firma aus der Mittelmäßigkeit zu einem hanseatischen Imperium gemacht hast, aber als Ehefrau und Mutter hast du ganz andere, viel schönere und befriedigendere Aufgaben – das solltest du doch wissen.«

Sie dachte an die Worte von Irmgard, die gesagt hatte: ›Wenn er dich liebt, akzeptiert er dich so, wie du bist‹ und sah ihn selbstsicher an. »Jens, wenn du mich willst, musst du mich nehmen, wie ich bin. Die Firma Stelling ist mein Leben. Ich bin bereit, dieses Leben mit dir zu teilen, aber zu meinen Bedingungen.«

»Bedingungen? Wie kann man Liebe an Bedingungen knüpfen? Und was wären das für Bedingungen?«

Sie erwiderte ruhig und gelassen: »Ich leite weiterhin meine Firma, auch als deine Ehefrau und als Mutter deiner Kinder.«

Er legte ihr die Hände auf die Schultern und sah sie traurig und verunsichert an: »Ich dachte, du liebst mich.«

»Ja, Jens, ich liebe dich, aber ich liebe auch meine Familie und die Generationen vor mir, die im Schweiße ihres Angesichts eine Firma aufgebaut haben, die den Namen Stelling trägt und die sich nicht nur durch Erfolg und Reichtum auszeichnet, sondern Ehrbarkeit und Treue den Partnern gegenüber. Es ist meine Pflicht, diese Tradition fortzusetzen, selbst dann, wenn mein Herz andere Träume hat.«

Er sah sie an und nickte langsam. »Ich verstehe dich. Und ich akzeptiere dich. Käme eine Fusion unserer Firmen für dich in Frage?«

Sie schüttelte den Kopf. »Nicht, so lange mein Vater lebt.«

Er nahm sie in die Arme. »Also gut, Viktoria. Ich bin einverstanden. Ich liebe dich und ich möchte dich nicht verlieren. Aber werden wir das Nebeneinander, möglicherweise sogar die Konkurrenz unserer Firmen ertragen? Werden wir das schaffen?«

»Wenn unsere Gefühle stark genug sind, gibt es nichts, was unsere Liebe zerstören könnte. Da bin ich ganz sicher.«

»Du möchtest unsere Gefühle bereits jetzt und hier auf die Probe stellen?«

»Ich muss und wir werden uns beide daran gewöhnen, dass wir nicht einfach nach eigenem Ermessen über den anderen und seine Zeit verfügen können.«

»Ich werde meiner Mutter mitteilen, dass wir erst am Abend zu ihr kommen, ist dir das recht?« Viktoria nickte. Sie hatte ihren ersten Sieg errungen, aber sie war nicht glücklich darüber.

»Ab sechs Uhr bin ich frei für dich und daran wird mich keiner hindern.«

Viktoria hatte an diesem Tage wirklich alle Hände voll zu tun und in ihrem Kopf wirbelte das Für und Wider in einigen geschäftlichen Fragen so durcheinander, dass sie kaum wusste, was sie als Erstes erledigen sollte.

In der gleich beginnenden Konferenz ging es um die Anschaffung mehrerer Dampfschiffe, die sie sehr befürwortete, weil sie den Segelschiffen an Schnelligkeit haushoch überlegen waren, und Zeit war blankes Geld. Einige ihrer Geschäftsführer aber lehnten die dampfbetriebenen Schaufelräder-Schiffe ab, weil sie in der Entwicklungsphase steckten und nach Meinung einiger Ingenieure noch nicht sicher genug waren. Obwohl es längst eine erfolgreiche Dampfschiffverbindung zwischen Bremen und England gab, hatten viele Hamburger noch Bedenken. Und dabei plante sie, diese Schiffe sogar auf Überseerouten einzusetzen. Schließlich einigte man sich darauf, noch mehr Gutachten einzuholen.

Gleich nach der Konferenz warteten ein paar Geschäftspartner aus Böhmen, um mit ihr eine neue Art der Binnenschifffahrt zu diskutieren. Man hatte auf dem Rhein die Erfahrung gemacht, dass sich ein Schlepper durch die Montage eines Drahtseiles auf dem Flussgrund stromauf- und stromabwärts bewegen und bis zu siebzehn Lastkähne hinter sich herziehen kann. Die Herren kamen aus dem böhmischen Wirtschaftsraum und mussten ihren gesamten Überseeverkehr über die Elbe abwickeln. Sie suchten nach schnellen und günstigen Verkehrsmöglichkeiten und Viktoria war bereit, Schlepper und Schiffe zur Verfügung zu stellen, wenn die neue Technik und die nicht geringen Kosten übernommen werden. Sie hatte sehr früh erkannt, welche Vorteile diese Art der Binnenschifffahrt ihrer Reederei bringen würde, aber auch, welche Risiken damit verbunden waren. Dennoch war sie dem Experiment gegenüber aufgeschlossen, denn sie hoffte, auf diesem Wege Holz, das dringend für den Schiffsbau gebraucht und in ausreichenden Mengen nicht mehr aus

Skandinavien importiert werden konnte, aus Böhmen und Mähren einführen zu können. Immerhin mussten für ein Segelschiff rund dreihundert Bäume sterben, nicht eingerechnet die Masten, die besonders große und gerade Stämme von dreißig und mehr Metern Länge haben und bis zu neunzig Zentimetern dick sein mussten. Sie wusste, dass es Werften gab, die Schiffbauholz bereits aus Syrien, Indien und Amerika bezogen und rechnete sich aus, dass sie weit günstiger an Holz kam, wenn sie es über die Elbe aus den böhmischen Mittelgebirgen importierte.

Am Nachmittag besichtigte sie ein abfahrbereites Auswandererschiff im Hafen und kontrollierte, ob die Umbauten, die sie angeordnet hatte, ausgeführt worden waren. Das Zwischendeck sollte eine Mindesthöhe von zweieinhalb Metern haben, sie hatte Schlafkojen und ausreichend Toiletten, Aufenthaltsräume und eine Großküche mit Vorratsräumen, sowie Ventilations-Apparate für Frischluft einbauen und ein offenes Oberdeck für die Passagiere des Zwischendecks reservieren lassen. Sie war der Ansicht, dass man den Menschen, die oft ihr letztes Geld für die Überfahrt ausgeben mussten, eine angemessene Reise schuldig war, und dachte mit Grauen an den Brief und die Schilderungen ihrer Schwester. Da sie aber den Schiffsbesatzungen nicht traute, kontrollierte sie jedes Schiff und vor allem die Lebensmittel- und Wasservorräte vor der Abreise persönlich.

Sie wollte auf keinen Fall zu jenen Reedern gehören, deren Schiffe als schwimmende Särge bezeichnet wurden.

Als sie endlich auf dem Kai eine Mietdroschke bestieg, um zurück in ihr Kontorhaus zu fahren, war sie zum Umfallen erschöpft. Eine Stunde bleibt mir noch, bevor Jens mich abholt, überlegte sie. Eine Stunde, in der ich mich einfach ausstrecken und schlafen werde.

»Marianne«, bat sie, als sie endlich in ihrem Büro war, »ich lege mich für eine Stunde hin. Bitte wecken Sie mich kurz vor sechs mit einem starken, süßen Kaffee, der mich dann ganz schnell auf die Beine bringt.« Sie hatte sich noch nicht ganz auf dem kleinen Kanapee ausgestreckt, als sie bereits tief und traumlos schlief.

Als die Sekretärin sie mit dem duftenden Kaffee weckte, fühlte sie sich ausgeruht und dem Treffen mit Irmgard und ihrem Sohn gewachsen. In einem kleinen Waschraum machte sie sich frisch, richtete das Haar neu und legte ein wenig Rouge auf. Sie wollte einen guten Eindruck machen, wenn sie der Mutter ihres zukünftigen Mannes gegenüberstand. Es war immerhin eine andere Situation als die einer Freundin, die auf einen Schwatz vorbeischaute.

Jens war pünktlich. Sie sah ihm lächelnd entgegen. Er ist der attraktivste Mann, den ich kenne, und er weiß ganz genau, welchen Eindruck er auf Frauen macht, dachte sie bei seinem Anblick. Er half ihr in den Regenmantel, nahm ihren Schirm und reichte ihr Handschuhe und Hut. »Wie fühlst du dich?«

»Etwas beklommen. Vielleicht hat deine Mutter ganz andere Pläne mit ihrem gutaussehenden, erfolgreichen Sohn. Und wie fühlst du dich?«

»Siegessicher. Mit dir an meiner Seite könnte ich die ganze Welt erobern.«

»Es genügt, wenn wir unsere Eltern erobern.«

»Viktoria, es gibt nichts, was sich uns in den Weg stellen könnte. Nichts und niemanden, bitte vergiss das nicht.«

Er half ihr in die Kutsche und sagte seinem Kutscher: »Fahren Sie zügig, wenn ich bitten darf, wir haben es eilig.«

Sorgfältig zog er das Regenplaid über ihre Knie und achtete darauf, dass das Verdeck sie rundherum schützte.

Grau und schwer hingen die Regenwolken über der Stadt und nur mühsam durchdrangen die Gaslaternen die früh hereinbrechende Dunkelheit.

Als sie sich dem Anwesen näherten, öffnete ein Gärtner das Tor, so dass die Kutsche in flottem Tempo die Einfahrt entlang rollte. Die Pferde witterten den Stall und das Futter, der Kutscher freute sich auf trockene Kleidung und gutes Essen und Jens fieberte der Begegnung zwischen seiner zukünftigen Frau und seiner Mutter entgegen. Die würde ganz schön überrascht sein. Er wusste genau, dass sie schon lange auf eine akzeptable Schwiegertochter wartete. Oft genug hatte sie Andeutungen in die Gespräche einfließen lassen, hatte hier ein bisschen gefragt, da ein bisschen gebohrt, einmal diesen, einmal jenen Namen fallen lassen und öfter einmal an sein Alter erinnert.

›Junge‹, hatte sie dann gesagt, ›es wird Zeit, an eine Familie zu denken, sonst bist du ein alter Mann, wenn deine Söhne Jagden reiten und Segelregatten gewinnen wollen.‹ Und wenn er sich dann mit den Worten herausredete wie etwa, ›die richtige Frau ist mir noch nicht begegnet‹ oder ›habe ich nicht das Recht, anspruchsvoll zu sein‹, dann hatte sie mit dem Kopf geschüttelt und resigniert gesagt, ›sei nicht zu wählerisch, ich möchte gern meine Enkelkinder hier über den Rasen toben sehen, bevor die Altersschwäche mich senil und blind macht.‹ Dann hatten sie sich lachend umarmt und gegenseitig bestätigt, dass das Alter ihnen überhaupt nichts anhaben konnte.

Nun war es endlich soweit und die Überraschung war auf seiner Seite. Er hatte nur von einem Besuch gesprochen, den er mitbringen würde, nicht einmal von einem weiblichen Besuch hatte er geredet.

Strafe für soviel Heimlichkeit muss sein, dachte er und half Viktoria höflich aus der Kalesche.

Drinnen gab er dem Butler die Garderobe und bat: »Melden Sie uns nicht an, wir wollen die gnädige Frau überraschen.«

»Jawohl, mein Herr.«

Dann führte er Viktoria in den Salon, in dem seine Mutter immer Gäste empfing. Sie stand am Fenster und sah hinaus in der Regen.

»Mutter, wir sind hier und ich habe dir einen Gast mitgebracht.«

Sie drehte sich langsam um, sah die beiden jungen Leute an und sagte erfreut: »Ein verliebtes Paar sendet unübersehbare Signale aus! Herzlich willkommen, ihr Lieben.« Sie breitete die Arme aus und fing Viktoria auf, die glücklich schluchzend Halt bei ihrer Freundin suchte. Etwas verwirrt betrachtete Jens die Szene, dann sagte er fröhlich: »Bist du denn gar nicht überrascht, Mutter?«

»Worüber, mein Junge, dass Gott meine Gebete erhört hat? Nein, ich bin nur einfach unsagbar glücklich.«

Dann zog sie die Glocke und bat den Butler: »Champagner bitte.« Und dann wollte sie alles ganz genau wissen. Vom ersten Treffen bis zu diesem Augenblick erzählten sie abwechselnd, verbesserten sich, fügten hinzu, winkten ab und ließen keinen Augenblick aus, auch nicht die kritischen Augenblicke und die Ängste, den anderen zu verlieren.

Als der Butler mitteilte, dass das Essen bereit sei, gingen sie nach nebenan in den Speisesaal und erst als sie sich setzten und der vierte Stuhl frei blieb, sagte Jens: »Wir haben noch ein Problem, Mutter.«

»Nein, mein Junge«, Irmgard schüttelte den Kopf, »wir haben kein Problem. In zwei Tagen kommt dein Vater zurück und in fünf Tagen reise ich gemeinsam mit ihm nach New York. Er will Raddampfer in Amerika bestellen und wir wollen die Reise auf der ›Vivien Hartman‹ machen, um auszuprobieren, wie es sich auf einem Dampfschiff reist. Auf dieser Reise werde ich ihm von euch berichten. Und ihr könnt sicher sein, er wird euch bei unserer Rückkehr mit Freuden in die Arme schließen.«

Als hätte die Köchin gewusst, dass es sich um ein Menü besonderer Art handelt, hatte sie ein exklusives Dinner zusammen gestellt und servierte Gänseleber auf Apfelringen, marinierten Aal mit Salbei und Gewürzgurken und als Hauptgericht gerolltes Kalbfleisch mit Eiern, Speck und Muskatblüten. Zimtröllchen rundeten das delikate Mahl ab.

Es war dunkel, als sie sich vom Tisch erhoben, um im Salon Kaffee zu trinken. Ein erstes Feuer brannte im Kamin und Irmgard zog sich die Stola enger um die Schultern. »Es ist wirklich Herbst geworden. Gestern noch konnte man an einen verlängerten Sommer denken, aber heute zeigt sich der Herbst schon von seiner kalten Seite.« Sie sah Viktoria an. »Willst du noch nach Hause fahren, oder möchtest du hier bleiben, du weißt, dein Zimmer ist immer für dich bereit.«

Jens sah verblüfft von der einen zur anderen. »Du hast ein Zimmer hier?«

Irmgard nickte. »Schon seit vielen Jahren. Ich habe Viktoria eingeladen, dieses Haus als ihr Haus anzusehen und dazu gehört doch wenigstens ein Raum, in dem man sein müdes Haupt zur Ruhe betten kann.« Sie lächelte. »Schau nicht so ungläubig, Jens. Ich habe nie einen netteren Gast gehabt.«

»Ich bin nur sprachlos, weil ich nichts davon geahnt habe. Gibt es noch mehr Überraschungen?«

Die beiden Frauen sahen sich an, lachten und schüttelten die Köpfe.

»Nein, Schluss mit den Heimlichkeiten, es ist alles gesagt.«

Irmgard war ernst geworden und sah die beiden an. »Und wie geht es nun weiter, privat und beruflich, was habt ihr für Pläne?«

»In den nächsten Tagen werde ich bei Annette und Johannes Stelling um die Hand von Viktoria anhalten. Die Verlobung geben wir offiziell bekannt, wenn ihr aus Amerika zurück seid, damit es nicht so aussieht, als hätten wir hinter eurem Rücken gehandelt.« Er sah Viktoria an. »Ist dir das recht so?«, und als sie nickte, fuhr er fort: »Wann und wo wir heiraten, planen wir dann gemeinsam mit dir und Viktorias Mutter.«

»Und die Firmen? Werdet ihr fusionieren oder expandieren?«

»Weder noch«, diesmal ergriff Viktoria das Wort, »jeder behält seine Firma und seine Eigenständigkeit. So lange mein Vater lebt, muss die Firma selbstständig bleiben. Ich habe damals gegen eine Fusion mit der Hapag gekämpft, um meiner Familie das Handelshaus und die Reederei zu erhalten. Dazu muss und werde ich auch in Zukunft stehen. Ob wir expandieren, wird die Zeit zeigen. Ich habe Ideen, die wir gemeinsam verwirklichen könnten. Sie sind jedoch noch nicht so ausgereift, dass ich darüber sprechen möchte. Aber vielleicht sind sie eines Tages der Anfang einer gemeinsamen Basis beider Firmen.«

»Du willst nicht einmal andeuten, um was es geht?«

»Ein vager Gedanke, weiter nichts. – Jens, wir sollten vielleicht den Bau einer eigenen Werft ins Auge fassen, einer Werft für Schiffe aus Eisen.«

»Aus Eisen?«

»Die Industrie verarbeitet Stahl seit Jahren, weshalb nicht für Schiffsrümpfe?«

»Es ist eine absolut revolutionierende Idee«, überlegte Irmgard, »aber vielleicht tatsächlich zu realisieren.«

»Wir können ausrechnen, wann die Holzvorräte aufgebraucht sind. Wenn man überlegt, dass allein die englische Handelsflotte etwa einhundertsiebzigtausend Bäume pro Jahr für den Schiffsbau benötigt, dann kann man nachrechnen, wann die europäischen Holzvorräte aufgebraucht sind.«

Jens und Irmgard sahen Viktoria mit großen Augen an. »Du hast Visionen, meine Kleine«, Irmgard stand auf und legte ihr den Arm um die Schultern. »Du hast Träume, aber sie könnten wahr werden. Ich kenne dich.«

Jens sah zur Uhr hinüber, die auf dem Kaminsims stand und zehn Mal anschlug. »Wir machen Pläne für die nächsten hundert Jahre, aber nicht für diesen Abend. Viktoria, bleibst du hier oder willst du nach Hause fahren? Ich müsste dem Kutscher Bescheid sagen, bevor er ins Bett geht.«

»Wenn ihr nichts dagegen habt, würde ich gern zurückfahren.«

»Gut«, Jens rief den Butler und bat ihn, die Kutsche zu bestellen.

Irmgard beobachtete Viktoria, die sich fertig machte. »Ich bin für längere Zeit fort, du könntest in den nächsten Wochen meine kleine Kutsche mit der Stute haben. Das Pferd muss bewegt werden und der Kalesche tut es auch gut, wenn sie nicht in der Remise verstaubt. Was meinst du, Viktoria?«

»Ich würde sie gern nehmen. Ich bin oft auf Mietwagen angewiesen, wenn meine Mutter die Kutsche benötigt, und Jens sieht das nicht so gern«, fügte sie lächelnd hinzu.

»Weshalb hast du eigentlich kein eigenes Fahrzeug?«, fragte Jens und half ihr in den Mantel.

»Es hätte sich bis jetzt nicht gelohnt. Die Pferde stehen in einem Mietstall und müssen bewegt werden, wenn wir sie nicht brauchen. Man kann sich nicht so recht auf die fremden Pferdeknechte verlassen. Das war etwas anderes, als mein Bruder sich um die Tiere kümmerte. Aber für dein Pferd werde ich gut sorgen, Irmgard, verlass dich darauf.«

»Davon bin ich überzeugt. Willst du die Stute gleich mitnehmen?«

»Nein, erstens brauchst du sie noch in den nächsten Tagen und so spät könnte ich auch im Mietstall nicht unangemeldet auftauchen.«

»Ich bringe dir Fee und den Wagen, sobald Mutter abgereist ist«, meldete sich Jens zu Wort und dann hörten sie, dass draußen die Kutsche vorfuhr und verabschiedeten sich.

Irmgard umarmte Viktoria noch einmal und flüsterte ihr ins Ohr: »Du hast mich zum glücklichsten Menschen auf der Welt gemacht«, dann half Jens ihr beim Einsteigen, setzte sich neben sie und ließ den Kutscher anfahren.

Der Regen fiel unvermindert und ein heftiger Wind peitschte immer wieder Nässe unter das Kutschendach. Jens drückte Viktoria eng an sich, stopfte das Plaid rund um sie fest und legte ihr den Arm um die Schultern. »Jetzt möchte ich mit dir bis ans Ende der Welt fahren«, flüsterte er und knabberte an ihrem Ohr, bis sie leise stöhnte und ihn bat, aufzuhören. Dann merkte er, dass sie eingeschlafen war. Er hielt sie vorsichtig und zärtlich fest, versuchte das Rumpeln des Wagens abzufedern und bettete ihren Kopf an seine Schulter. Er bat den Kutscher langsam zu fahren, nicht weil er die Stöße der Straße vermeiden wollte, sondern weil die Fahrt kein Ende nehmen sollte. Jens war glücklich!

Er dachte zurück an die Jahre, die hinter ihm lagen. Er hatte ein paar heimliche, ehrenhafte und unverbindliche Affären gehabt, aber aus keiner war eine emotionale Bindung entstanden. Mehr als ein paar schöne, gemeinsame Stunden und die Befriedigung rein physischer Bedürfnisse hatte es nie gegeben, weil er im Grunde immer nur gesucht, aber nie das gefunden hatte, wonach er sich sehnte. Dass er jetzt endlich die Zukunft seines Lebens in den Armen hielt, machte ihn überglücklich. »Ich werde dich auf Händen tragen, kleine Viktoria«, flüsterte er, »ich lege dir die Welt zu Füßen, ich schenke dir die Basis für deine Visionen und mache deine Träume wahr. Und morgen, mein Liebling, bitte ich höflich und formvollendet deine Eltern um die Hand ihrer Tochter.«

Die Elbversandung zwischen Hamburg und der Flussmündung in die Nordsee war ein fast unlösbares Problem für die Hafenmeisterei. Während Bremen einen Vorhafen an der Außenweser baute und damit eine weltweit geschätzte, problemlose Übersee-Schifffahrt anbieten konnte, wurden in Hamburg ständig englische Dampfbagger eingesetzt, um die Fahrrinne tief und dauerhaft auszubaggern. Dennoch waren die Hochseeschiffe darauf angewiesen, mit dem höchsten Stand der Flut im Hamburger Hafen ein- und auszulaufen. So kam es, dass Irmgard und Heinz Brennicke ihre Überseereise wenige Minuten vor Mitternacht an einem trüben und kalten Novembertag antreten mussten.

Die ›Vivien Hartman‹ war ein englischer Schraubendampfer und im britischen Hull, der bekanntesten Werft Europas, die erfolgreich Dampfschiffe herstellte, gebaut worden. Brennicke hatte eine der zwanzig Kajüten für sich und seine Frau reservieren lassen. Ein Mann wie er reiste selbstverständlich nur erster Klasse.

Die englische Reederei, der die ›Vivien Hartman‹ gehörte, bot ihren Passagieren gediegenen Komfort. Die Kajüteneinrichtungen waren unter Vermeidung von überflüssigem Luxus so hübsch und komfortabel, wie man es bei einem Reisepreis von dreihundert Mark Banco pro Person und Überfahrt erwarten durfte. Von den Passagieren in der zweiten Klasse und von den zweihundert Menschen im Zwischendeck sah und hörte man in den Räumlichkeiten der ›Upper-class‹ nichts. Mit rotem Samt bezogene, goldverzierte Möbel und elegante Ölgemälde zierten den Salon, es gab eine Bibliothek mit erlesenen Büchern, das Leinenzeug und das Steingutgeschirr waren mit dem Monogramm des Schiffes versehen und die Behandlung durch die Besatzung war hier musterhaft.

Irmgard, nicht eben eine Befürworterin von Klassenunterschieden, beschloss, diese Reise dennoch zu genießen. Wieder in Hamburg konnte sie sich für die Gleichberechtigung aller Menschen einsetzen. Jetzt und hier wollte sie einmal im Leben Reichtum und Privilegien genießen.

Heinz hatte ihr eine Luxusreise versprochen. Er freute sich, dass sie endlich bereit war, ihn auf so einer langen Überseefahrt zu begleiten. Und sie freute sich, so viel Zuwendung und

Liebe von ihrem wortkargen, strengen Mann, der so unberechenbar und so herrisch sein konnte, zu erfahren.

Jens hatte die Eltern zum Schiff begleitet und die Unterbringung ihres Gepäckes beaufsichtigt, während Heinz sich dem Kapitän vorstellte und keinen Zweifel daran ließ, dass er eine bevorzugte Behandlung für sich und seine Frau erwartete. Dann kam der Befehl, ›alle Besucher von Bord‹ und Jens verließ das Schiff und winkte vom Kai aus den Eltern zu, die sich über die Reling beugten und ihm letzte Worte zuriefen, die der Wind davontrug.

Ein scheußliches Wetter für eine Nordatlantiktour, dachte Jens und winkte im schwachen Licht einiger Gaslaternen den Eltern zu. Dann legte das Schiff ab und verschwand in der Dunkelheit. Jens war erstaunt, wie leise sich der Dampfer bewegte. Von der schweren Maschine im Mittelschiff war kaum etwas zu hören. Im Bug und im Heck gab es zwei Masten, um bei gutem Wind Segel setzen zu können und die Geschwindigkeit zu erhöhen. Er rechnete aus, dass seine Eltern in fünfundzwanzig Tagen in New York sein würden. Das war etwa die Hälfte der Reisezeit eines Segelschiffes und wenn auf der Rückreise Westwind das Schiff vorantrieb, konnten sie die Strecke in zwanzig Tagen schaffen. Dennoch, mit dem Aufenthalt in Amerika würden sie mindestens drei Monate unterwegs sein. Eine Zeit, die er und Viktoria abwarten mussten, bevor sie ihre Verlobung bekannt geben konnten.

Jens ging zurück zur Kutsche und ließ sich nach Hause fahren. Er dachte noch ein Weilchen an seine Eltern, die sich nun in der Kajüte auf die Nacht vorbereiteten, dann wanderten seine Gedanken zu Viktoria, die in diesem Augenblick bestimmt an ihn dachte. Sie wusste, dass ihm die Trennung von den Eltern nicht leicht fiel, denn zu viele Unwegsamkeiten waren noch immer mit diesen Transatlantik-Überquerungen verbunden. Dass sein Vater den November für diese Reise ausgesucht hatte, gefiel ihm gar nicht. Irgendwie hatte er ein ungutes Gefühl, aber er wusste keinen Grund und lehnte sich schließlich in die Polster zurück, beruhigt vom Wiegen der Kutsche und vom gleichmäßigen Rauschen des Regens, der seit Tagen nieder strömte und zu ersten Überschwemmungen in Hafennähe führte.

Dann dachte er an Viktoria und die Begegnung mit ihren Eltern. Alles war sehr zwanglos vor sich gegangen. Er hatte sich höflich und mit einem dezenten, aber geschmackvollen Gardenienstrauß bei der Dame des Hauses vorgestellt, hatte dem Vater im Rollstuhl seine Aufwartung gemacht und schließlich beide Eltern um die Hand von Viktoria gebeten. Dass Annette von dem Gedanken entzückt war, sah er sofort, mit dem Vater zu sprechen war schwieriger. Er musste versichern, dass der Fortbestand und die Eigenständigkeit der Firma Stelling gesichert waren und erhalten blieben, dass seine eigene Firma expandierte und große geschäftliche Erfolge erzielte und, das war dem alten Herrn wohl das Wichtigste, dass seine Eltern die Einwilligung zu der Verbindung gegeben hatten. Hier hatten Viktoria und er vereinbart, etwas zu mogeln und so versicherte er, dass alles zum Besten geregelt sei. Erst danach ergriff Johannes Stelling seine Hand, drückte sie und nickte. »Ja, ich bin einverstanden«, formulierte er mühsam und winkte Viktoria herbei, um ihre Hand mit der seinen zu vereinen. Es war ein rührender Augenblick, dachte Jens und fühlte ihre Hände wieder in den Händen des alten, kranken Mannes zusammengefügt. Annette hatte ein bisschen geweint, Viktoria küsste den Vater herzlich und er hatte tief Luft geholt, denn ganz sicher war er nicht gewesen, ob der alte Mann die Zustimmung geben würde.

In der Villa angekommen, trat Jens hinaus auf die Terrasse und sah hinunter auf den träge dahinfließenden dunklen Strom. Mehrere Schiffe zogen vorbei. Sie hatten die Sturmlaternen und die Positionslichter an, aber in der Dunkelheit konnte Jens keine Einzelheiten erkennen. Die ›Vivien Hartman‹ ist wohl schon vorbei, dachte er müde, ging hinein und verschloss die Türen. Das bedrückende Gefühl blieb.

Irmgard und Heinz Brennicke, endlich allein in ihrer Kabine, sahen sich an. »Damals, vor dreiunddreißig Jahren, hatten wir keine Zeit für eine Hochzeitsreise. Es reichte nur für eine Fahrt nach Glückstadt zu deiner Familie, jetzt werden wir entgangene Freuden nachholen, das versichere ich dir.« Heinz Brennicke umarmte seine Frau und strich ihr behutsam über die elegante Frisur. »Ich habe mir so lange gewünscht, wir könnten einmal zusammen eine richtig große Reise machen, aber immer kam die Arbeit dazwischen.«

»Und dann kam der Sohn«, lachte Irmgard, »und wenn wir nicht aufpassen, kommen uns demnächst die Enkelkinder dazwischen.«

Heinz wurde stutzig. »Bahnt sich da irgendetwas an?«

Aber Irmgard wollte mit ihrer Fürsprache nichts übereilen. »Nein, ich denke nur, es wird langsam Zeit.«

»Da hast du Recht. Jens ist über dreißig, da muss ein Mann endlich anfangen, sein Nest zu bauen. Schließlich will ich bei der Erziehung kleiner Nachfolger mithelfen.« Er drehte sich zur Tür um und zog an der Klingelschnur für den Stewart. »Ich habe Lust auf einen guten Roten aus Frankreich. Was möchtest du trinken?«

»Ich schließe mich an.«

Und während Heinz auf den kräftigen Burgunder wartete und Irmgard die Überseekoffer auspackte, zog das Schiff, ausgestattet mit den grünen und roten Positionslampen an Backbord und Steuerbord, lautlos am Brennicke-Anwesen vorbei. Ihren Sohn auf der dunklen Terrasse sahen sie nicht.

Vier Wochen später traf die furchtbare Nachricht in Hamburg ein. Die ›Vivien Hartman‹ war vor der Küste Neuenglands gesunken. Im Zwischendeck war ein Feuer ausgebrochen, hatte sich blitzschnell ausgebreitet und das gesamte

Schiff erfasst. Bevor auch nur eines der zehn Rettungsboote zu Wasser gelassen werden konnte, war der Dampfkessel explodiert und hatte das Schiff in zwei Teile zerrissen.

Das Feuer war durch das ›Ausräuchern‹ entstanden: Schiffe, die Auswanderer mit sich führten, mussten vor dem Anlegen in einem amerikanischen Hafen desinfiziert werden. Das machte die Besatzung, indem sie gegen Ende der Reise im vollbesetzten Zwischendeck eine glühende Kette in ein Teerfass tauchte. Der dadurch entstehende Qualm überlagerte den Gestank im Auswandererdeck und vernichtete das Ungeziefer.

Auf der ›Vivien Hartman‹ endete diese Routine in einer Katastrophe. Ein kleiner Funken entfesselte in Minutenschnelle ein riesiges Feuer auf dem gesamten Schiff.

Als Viktoria davon hörte, stürzte sie aus dem Büro, ließ die Stute einspannen und raste im gestreckten Galopp durch die Straßen zum Kontorhaus Brennicke. Sie sprang aus dem noch rollenden Wagen, überließ dem Stallknecht das erregte Pferd und rannte die Treppen zum Büro der Geschäftsleitung empor. Bereits auf den Fluren spürte sie, dass man hier noch nichts über das Unglück gehört hatte. Sie lief in das Vorzimmer und, ohne auf die empörten Rufe der Sekretärin zu achten, in das Büro von Jens. Atemlos blieb sie vor seinem Schreibtisch stehen und rang um Worte.

Er war aufgesprungen und nahm sie in den Arm: »Was ist passiert, Viktoria, mein Gott, was hast du denn?«

»Ich –«, sie brach in Tränen aus. »Ich habe etwas Furchtbares gehört. Ich – kann das einfach nicht glauben, ich –«

Er hielt sie ganz fest. »Was ist denn los, meine Kleine, beruhige dich doch. Komm, setz dich erst einmal.« Er ging zum Schrank, holte Cognac und Gläser und goss ein. »Hier, trink das, es wird dir gut tun.«

Aber sie wehrte ab. »Jens, ich muss dir etwas Schreckliches sagen.«

»Dann rede.«

»Im Hafen wird erzählt, die – die ›Vivien Hartman‹ ist – gesunken. Vor Neuengland ist das Schiff verbrannt.«

»Was?« Er sprang entsetzt auf, überlegte einen Augenblick, »Das kann doch nicht wahr sein, das ist bestimmt ein Irrtum, das Schiff muss längst in New York eingelaufen sein. Es ist vor vier Wochen hier weg, Viktoria, das Schiff kann in zwanzig Tagen über den Ozean dampfen. Du hast dich verhört.«

Aber sie schüttelte verzweifelt den Kopf. »Bis die Nachricht hier eintrifft, vergeht doch noch einmal die Zeit der Rückreise.«

»Wer hat es im Hafen erzählt, woher weißt du es?«

»Der Hafenmeister ist ein alter Freund von mir, er hat einen Boten geschickt.«

»O, mein Gott!« – Alle Farbe war aus seinem Gesicht gewichen. »Komm, lass uns zum Hafen fahren. Ich will es direkt von ihm hören.« Sie hasteten hinunter auf den Hof, wo der Knecht noch immer das Pferd beruhigte. Jens half ihr in die kleine Kalesche und nahm die Zügel. »Los, Fee, zeig, was in dir steckt.« In wildem Tempo ging es hinunter und zum Hof der Hafenmeisterei. Aber als sie hielten, sah Jens bereits, dass Viktoria Recht hatte. Überall standen Gruppen von Arbeitern zusammen und diskutierten. Als sie Jens und Viktoria erkannten, machten sie bereitwillig Platz, die Besitzer der großen Handelshäuser Brennicke und Stelling waren überall bekannt und die meisten der Arbeiter verdankten ihnen ihr tägliches Brot. Ein paar Männer nahmen sogar die Mützen ab, sie hatten bereits erfahren, dass der Großreeder Brennicke mit seiner Frau auf der ›Vivien Hartman‹ nach Amerika gereist war.

Als sie das Haus betraten, kam ihnen der Hafenmeister entgegen. Die drei kannten sich seit vielen Jahren und der inzwischen altgewordene Chef war tief traurig. »Ich dachte, Herr Brennicke, es ist besser, Sie erfahren es aus dem Mund einer engen Vertrauten als aus den Polizeiberichten oder aus der Zeitung.«

»Danke. Wissen Sie Einzelheiten?«

»Kommen Sie mit in mein Büro. Im Zwischendeck ist ein Feuer ausgebrochen, als man das Deck desinfizieren wollte. Nach der alten Methode mit Kette und Teer.«

»Aber das Verfahren ist doch längst verboten.«

»Ja, aber die neuen chemischen Mittel sind vielen Schiffseignern zu teuer, und sie denken, was da draußen auf dem Wasser passiert, erfährt in Europa kein Mensch. Bis es dann zur Katastrophe kommt.«

Jens hatte die Hände vor das Gesicht geschlagen und stöhnte. Viktoria legte ihm liebevoll den Arm um die Schultern. Sie konnte ihr eigenes Weinen nicht vermeiden, aber sie wusste, jetzt musste sie erst einmal den geliebten Mann ganz fest halten.

»Wie viele Menschen sind umgekommen?«

»Mehr als dreihundert, die meisten waren Auswanderer. Elf Männer konnten sich retten. Sie haben auf Deck gearbeitet, als das Feuer ausbrach, sind ins Meer gesprungen und haben sich an Holzplanken geklammert. Sie wurden von einem Fischkutter gerettet, der den Rauch am Horizont sah. Er brachte sie an Land und sie haben die Katastrophe im nächsten Hafenamt gemeldet.«

»Dann gibt es überhaupt keine Zweifel?«

»Leider nein, Herr Brennicke.«

»Danke. – Lass uns gehen, Viktoria, ich muss jetzt allein sein.«

Sie brachte ihn zurück an die Elbchaussee und begleitete ihn in den Salon seiner Mutter. Er nahm zwei kleine Portraits vom Kaminsims und stellte sie vor sich auf den Tisch: das Bild seiner bildschönen Mutter und das Bild seines herrischen Vaters. Dann setzte er sich hin, legte den Kopf auf die verschränkten Arme und weinte.

Viktoria strich ihm behutsam über das Haar und sagte: »Wenn du mich brauchst, Jens, ich bin oben in dem Zimmer, das ich früher bewohnt habe.« Dann ging sie hinaus. Auch einem sehr starken Mann muss das Recht eingeräumt werden zu weinen, dachte sie und sagte dem Butler, der verwirrt und besorgt in der Halle stand: »Stören Sie ihn nicht und sagen Sie dem Personal Bescheid. Er trauert um seine Eltern. Sie sind tot.« Danach ging sie in ihr altes Zimmer.

Milchiggrau zog der Morgen herauf. Große, nasse Schneeflocken wirbelten vor dem Fenster. Viktoria lag in ihrem Bett und starrte auf die Scheiben. Sie hatte in dieser Nacht nicht geschlafen. Wie die Flocken draußen waren die Gedanken durch ihren Kopf gewirbelt. Was kann ich tun, wie kann ich helfen. Wie wird es nun weitergehen?

Im Haus waren erste Geräusche zu hören. Kamine wurden gereinigt und neu gefüllt, Fenster geöffnet und wieder geschlossen. Lieferanten klingelten und im Stall wieherte ein Pferd.

Erst von der Treppe, dann vom Flur her hörte sie leise Schritte. Es klopfte an ihrer Tür und sie rief: »Herein!« Die Haushälterin trat mit einem Tablett ins Zimmer und stellte ihr dampfenden Tee auf den Nachttisch.

»Madame, wir wissen nicht, wie wir uns verhalten sollen. Der Herr ist noch immer im Salon. Er hat sich die ganze Nacht nicht bewegt. Der Butler hat all die Stunden in der Halle gewacht.«

»Ich gehe gleich zu ihm. Machen Sie sich keine Sorgen, jeder Mensch braucht Zeit zum Trauern.«

Sie stand auf und zog sich an. Da sie nichts zum Wechseln hatte, mussten die Kleidungsstücke vom Vortag genügen. Sie trank etwas von dem heißen, süßen Tee und dachte mit Wehmut an ihre einzige Freundin. Wie hatte sie damals für sie gesorgt, sie mit Kleidung und Wäsche und all den vielen Köstlichkeiten versorgt. Und nun trug sie nicht einmal ein schwarzes Kleid, um ihrer Trauer Ausdruck zu verleihen.

Langsam ging sie nach unten. Der Salon war dunkel. Wie

sie durch die reichverzierten Glasscheiben der Tür sehen konnte, waren die Vorhänge noch zugezogen. Leise öffnete sie die Tür. Jens saß, wie sie ihn verlassen hatte, am Tisch, den Kopf auf die verschränkten Arme gelegt und die Bilder vor sich. Ruhig legte sie ihm die Hand auf die Schulter und sagte: »Komm jetzt, mein Lieber, ein neuer Tag ist angebrochen, und ein neuer Lebensabschnitt und du musst dich ihm nun stellen.«

Er drehte sich zu ihr um, umfing mit beiden Armen ihren Körper und presste sein Gesicht in ihren Schoß. »Wenn du mir hilfst, wird alles gut. Zusammen werden wir das schaffen, aber du darfst mich nicht allein lassen, nie mehr.« Sie strich ihm mit den Händen übers Haar und wiederholte: »Nie mehr, ich schwöre es.«

Er stand auf, nahm sie in die Arme und küsste sie leidenschaftlich und mit kleinen, versteckten Schluchzern, die sich nicht zurückhalten ließen. »Ich werde mich umziehen und dann beraten wir die nächsten Schritte.« Und während er hinauf in sein Zimmer ging, bestellte sie in der Küche das Frühstück und befahl dem Butler, sich zurückzuziehen und auszuruhen.

Viktoria sah aus dem Fenster und beobachtete die tanzenden Flocken, die den Garten langsam mit einem weißen Schleier überzogen. In drei Tagen ist Weihnachten, dachte sie betrübt, was für ein trauriges Fest. Dann kam Jens herunter. In dem schwarzen Gehrock mit der grauen Hose und dem schwarzen Binder sah er überaus würdevoll aus und Viktoria genierte sich in ihrem taubenblauen Kleid mit den Rüschen und den verspielten Spitzen.

Aber Jens legte ihr den Arm um die Schultern und führte sie zum Tisch. »Komm, meine Kleine, Kleidung ist nur Äußerlichkeit. Ich weiß, wie es in deinem Inneren aussieht. Lass uns etwas essen und dann sehen wir weiter. Vor allem einen heißen, guten Kaffee brauche ich jetzt.«

Als sie die Mahlzeit beendet hatten, setzten sie sich in die Sessel neben dem Kamin und Jens begann zu reden. »Ich habe in dieser Nacht nicht nur getrauert, Viktoria, ich habe auch gedankt für die wundervollen Jahre, die ich mit meinen Eltern hatte, und ich habe überlegt, wie es nun mit uns beiden weitergehen soll.« Er beugte sich vor und nahm ihre Hände in die seinen. »Ich möchte nie mehr ohne dich sein, Viktoria, ab hier und heute wollen wir zusammen bleiben. Ich weiß natürlich, dass das gegen alle Regeln verstößt und gegen jedes korrekte Verhalten. Ich weiß aber auch, dass wir stark genug sind, damit fertig zu werden. Wärst du einverstanden, mich sofort und ohne jeden Aufwand zu heiraten?«

Sie sah ihn an und in ihren Augen konnte er die Antwort lesen, bevor sie laut und deutlich ›Ja‹ sagte. Er nahm sie in die Arme und erklärte: »Dann wollen wir sofort mit den Vorbereitungen beginnen.«

Sie schüttelte den Kopf. »Welche Vorbereitungen, ich denke, schnell und unkonventionell wollen wir heiraten.«

»Nun ja, aber wir brauchen immerhin ein Standesamt, einen Pastor, Trauzeugen und eine Kirche. Auf die wollen wir nicht verzichten, meine Kleine.«

»Und wie sieht die Praxis aus?«

»Du kennst doch die Familie meiner Mutter in Glückstadt.«

»Natürlich, ich habe fast ein ganzes Jahr dort gelebt.«

»Sie müssen von dem Unglück erfahren. Ich dachte, wir verbinden die Reise mit unserer Hochzeit und heiraten in aller Stille dort im Kreise dieser Familie.«

»Meine Mutter wird entsetzt sein.«

»Sie muss es nicht erfahren. Wir sprechen mit ihr, wenn alles vorbei ist und irgendwann, vielleicht im Sommer, kann sie dann ein großes Fest für uns ausrichten.«

»Ja, das wäre möglich.«

»Gut, dann an die Arbeit.«

»Ich brauche Kleidung, ich muss mich umziehen, ich möchte Trauer tragen.«

»Ich weiß. Der Kutscher bringt dich nach Hause und wartet, bis du gepackt hast. Und bitte, bringe deine Papiere für die Hochzeit mit. Ich bereite hier alles vor und lass einen Direktor meiner Firma kommen, um ihm Anweisungen zu geben. Ich muss auch eine Anzeige für die Zeitung verfassen. Aber es wird uns beiden gut tun, an etwas anderes zu denken. Willst du in deinem Büro Bescheid sagen?«

»Ich bitte deinen Kutscher, mich kurz zum Dovenfleet zu bringen, dann kann ich die nötigen Aufträge erteilen.«

Im Haus am Mittelweg erzählte Viktoria den Eltern von der Schiffskatastrophe und von der Reise nach Glückstadt, um die Angehörigen von Irmgard Brennicke zu benachrichtigen. Die Eltern waren entsetzt, verstanden aber, dass ihre Tochter den geliebten Mann begleiten wollte.

Annette half ihr bei der Auswahl der Kleidung, die nicht sehr groß war. »Mein Gott, Kind, wer hat schon Trauerkleider im Schrank. Du müsstest dir unbedingt etwas schneidern lassen, andererseits, du bist mit der Familie noch nicht offiziell verwandt, da ist es auch nicht nötig, ständig Schwarz zu tragen.«

Viktoria nickte nur, lieh sich von der Mutter zwei Kleider, fand ein Kostüm von Patrizia in deren Zimmer und begnügte sich mit dunklen Röcken und Blusen. Sobald sie wieder in Hamburg war, würde sie ihre Schneiderin aufsuchen.

Im Kontorhaus gab sie einige Anweisungen für die kommenden Tage und war gegen Mittag wieder an der Elbchaussee. Jens war fertig für die Abreise, eine geschlossene Kutsche stand bereit und ihr Koffer wurde zu dem anderen Gepäck hinten auf den Halter geschnallt. Jens hatte die robusten Friesen einspannen und genügend Decken für Viktoria bereitlegen lassen. Auf dem Boden lagen heiße Steine zum Wärmen der Füße und ein Korb mit Lebensmitteln und heißen Getränken stand bereit.

Das Schneetreiben war stärker geworden, die nassen Flocken tauten aber, sobald sie den Boden erreichten. Jens hoffte, dass es außerhalb der Stadt nicht glatt wurde. Er hatte die Eisen der Pferde entfernen lassen, damit sich der Schnee nicht darunter ballte, und gab dem Kutscher Anweisung, möglichst die Sandwege neben der Chaussee zu benutzen. Aber je näher sie der Nordsee kamen, umso mehr ging der Schnee in Regen über und schließlich konnten sie den größten Teil der Strecke in einem zügigen Trab zurücklegen. Dennoch war es Mitternacht, als sie das Haus am Glückstädter Markt erreichten.

Viktoria war steif vor Kälte und durchgeschüttelt bis auf die Knochen. Die harte Winterkutsche ließ sich nicht vergleichen mit der leichten Sommer-Kalesche, in der sie die Strecken mit Irmgard zurückgelegt hatte. Aber sie ließ sich nichts anmerken, stieg vorsichtig aus und begrüßte die Familie Handemitt, die Böses ahnend zusammengelaufen war und in der Halle die späten Gäste erwartete. Den General und die jüngsten Kinder hatte man nicht geweckt, als es an der Tür klopfte. Alle anderen waren vollzählig erschienen. Jens bat sie in den Salon und berichtete mit tränenerstickter Stimme von der Schiffskatastrophe im Nordatlantik. Zutiefst bestürzt und weinend nahmen sie einander in die Arme. Ein schwerer Tag kam auf sie zu, wenn sie dem alten Vater von dem Tod seiner einzigen Tochter berichten mussten. Jeder hoffte, dass er die Nachricht überlebte. Er war in letzter Zeit sehr alt und schwach geworden und alle hatten Angst um ihn. Schließlich baten sie Viktoria, am nächsten Morgen mit ihm zu sprechen. Sie wussten, dass sie ein besonders inniges Verhältnis zu dem alten Mann hatte, und hofften, sie könne die rechten Worte finden.

Viktoria nickte erschöpft. Sie hatte während der ganzen Reise befürchtet, dass diese Aufgabe auf sie zukommen könnte. Aber sie stimmte zu, denn sie wusste, dass man sehr viel Einfühlungsvermögen brauchte, um so eine Nachricht zu überbringen. Sie traute diesen Offizierssöhnen und auch ihren couragierten Frauen dieses Feingefühl nicht zu.

Während die Mamsell die Gästezimmer für den unverhofften Besuch richtete, servierte ihnen die Köchin ein spätes Abendessen und als die Familie sie endlich nach oben begleitete, bat Viktoria darum, zeitig am Morgen geweckt zu werden. Sie wollte mit dem alten Mann sprechen, bevor er durch eine unvorsichtige Bemerkung des Personals informiert wurde.

Am nächsten Tag wartete Viktoria, bis ihr der Pfleger versicherte, dass der General die Morgentoilette beendet hatte. Dann klopfte sie und auf sein leises »Herein« betrat sie das wohlbekannte Zimmer. Als er sie erkannte, leuchteten die Augen in großer Freude auf. »Ich habe schon so lange auf dich gewartet, Kindchen, aber immer bekam ich nur Grüße, nie einen zärtlichen Begrüßungskuss. Komm her, meine Liebe, und sag ›guten Morgen‹, wie ich das von dir gewohnt bin.«

Erschüttert von der Freundlichkeit ging sie zu dem alten Herrn, der wie immer am Fenster saß und das frühe Treiben auf dem Marktplatz beobachtete. Sie beugte sich zu ihm und küsste ihn behutsam auf die Wange. Er sah so zerbrechlich aus mit seinen beinahe hundert Jahren, dass sie kaum wagte, ihn zu berühren.

»Was treibt dich her, mein Liebes, komm, erzähle mir von dir, ich möchte alles, aber auch alles wissen.«

Viktoria holte tief Luft, setzte sich zu ihm, nahm seine Hand und sah ihn traurig an. »Lieber General, ich bringe eine traurige Nachricht.«

»Was ist passiert?«

»Wir haben gestern erfahren, dass das Schiff, mit dem Ihre Tochter und Ihr Schwiegersohn auf Reisen sind, untergegangen ist.«

Er zuckte kaum merklich zusammen, dann hob er ihre

Hand und legte sie an seine Wange, und sie fühlte, wie Tränen an ihr hinunter liefen. »Ist es wirklich wahr? Gibt es keinen Zweifel?«, flüsterte er.

Sie schüttelte stumm den Kopf, sie war nicht fähig, noch etwas zu sagen, zu sehr nahm sie die Trauer des alten Mannes mit.

»Dann möchte ich jetzt bitte etwas allein sein.«

Viktoria stand auf, drückte ihm einen Kuss auf die feuchte Wange und ging nach draußen. In der Halle war die ganze Familie versammelt. Sie ging zu Jens, der sie in die Arme nahm und sagte: »Er weiß es jetzt, er möchte etwas allein sein.«

»Wie hat er es aufgenommen?«

»Er hat geweint.«

Zwei Tage später war Weihnachten. Die Familie wollte auf eine Feier am Heiligen Abend verzichten, aber der General sagte sehr energisch: »Wir feiern Weihnachten wie in jedem Jahr. Die Kinder sollen nicht unter unserer Trauer leiden. Wir feiern, wie Irmgard das gewollt hätte, mit Tannenbaum und Weihnachtsliedern, mit Süßigkeiten und Geschenken.«

Viktoria Stelling und Jens Brennicke heirateten am letzten Tag des Jahres 1850. Es wurde ein bewegender Gottesdienst mit einer Gedenkfeier für die beiden Toten und einem bescheidenen Fest für die Brautleute. Die Kirche war bis auf den letzten Platz gefüllt, denn die Tragödie im Hause Handemitt bewegte die ganze Stadt und alle wollten Abschied nehmen von einer sehr beliebten Frau, die so fern der Heimat und auf so grauenvolle Weise gestorben war. Alle wollten aber auch dabei sein, wenn der Sohn dieser Frau vor den Traualtar trat. Und viele kannten die Braut, die fünf Jahre zuvor ein gern gesehener Gast und eine geschätzte Mitarbeiterin in der kleinen Stadt an der Elbe gewesen war.

Viktoria, ganz in Schwarz, trug als einzigen Schmuck einen kleinen Strauß Christrosen, den sie nach der Hochzeitszeremonie mit einem tiefen Knicks vor den Bildern der Toten niederlegte.

Im Hause Handemitt war man sich einig, dass es im Anschluss an die kirchliche Feierstunde weder einen Empfang noch eine Hochzeitsnacht geben sollte. Man nahm im Familienkreis ein kleines Abendessen zu sich und dann zogen sich alle zurück. Als Jens und Viktoria schließlich allein im Salon zurückblieben, jeder mit einem Glas Champagner in der Hand, sah Jens sie liebevoll an: »Wir wollen auf unser gemeinsames Leben, auf eine glückliche Zukunft und auf das neue Jahr trinken, Viktoria. Möge uns Gottes Schutz und sein Segen zuteil werden.« Er nahm sie in die Arme und flüsterte: »Ich liebe dich mehr als mein Leben. Ich brauche dich, ich will nie mehr ohne dich sein.« Dann küsste er sie behutsam, um sie nicht mit seinem Verlangen zu erschrecken. Sie würden diese Nacht nicht zusammen verbringen. Es war ein fremdes Haus, ein Haus voller Menschen, die Tür an Tür mit ihnen schliefen. Sie wollten diese erste gemeinsame Nacht allein für sich haben und das in der vertrauten Umgebung seines Elternhauses. Sie wollten einfach warten, bis sie wieder in Hamburg waren. Morgen ganz früh würden sie fahren und abends im Haus an der Elbchaussee sein.

Jens begleitete sie nach oben bis zu ihrem Zimmer. Als er ihr eine gute Nacht wünschte, sah sie ihn zärtlich an. Sie war glücklich, frei von allen Fragen und Zweifeln. Sie legte ihre Arme um seinen Hals, sah ihm in die Augen und dann küsste sie ihn, voller Glück, voller Verlangen, voller Ungeduld – so lange schon hatte sie sich nach ihm gesehnt und nun war er ihr Mann, vor Gott und der Welt. Dann ließ sie ihn los, drehte sich um und ging in ihr Zimmer. Sie hatten es so besprochen und so sollte es sein.

Noch bevor die erste Morgendämmerung anbrach, hatten Jens und Viktoria ihr Frühstück beendet und standen abreisebereit in der Halle. Der Kutscher verstaute ihre Koffer, die Familienmitglieder, noch müde und in Morgenmäntel gehüllt, kamen herunter, um sich zu verabschieden, die Köchin übergab dem Kutscher einen Korb mit frischen warmen Brötchen und kleinen heißen Kuchen und von guten Wünschen und ein paar Tränen begleitet, bestiegen sie die Kutsche und fuhren ab.

Schnee und Regen hatten aufgehört und der Tag schien klar und kalt zu werden. Als sie Elmshorn erreichten, ging im Osten die Sonne auf. In Wedel erreichten sie wieder die Elbe. Jens legte seinen Arm um Viktoria. Ohne ein Wort zu wechseln, sahen Sie hinüber zum Fluß, der breit und behäbig dem Meer entgegenströmte. Dreimast-Barken, schnittige Briggen, kleine Schoner, Fischkutter und schwere Frachter zogen durch die Fluten. Die einen kamen, die anderen liefen aus. Viktora lehnte gedankenverloren, aber voller Zuversicht ihren Kopf an die Schulter ihres Mannes und dachte: Wohin treiben wir?